A
LIVRARIA
DOS FINAIS
FELIZES

Katarina
Bivald

A
LIVRARIA
dos finais
FELIZES

Tradução
Carol Selvatici

Copyright © 2013 by Katarina Bivald
Publicado originalmente por Forum Bokförlag Estocolmo, Suécia
Publicado mediante acordo com Bonnier Rights

Grafia atualizada segundo o Acordo Ortográfico da Língua Portuguesa de 1990, que entrou em vigor no Brasil em 2009.

Título original
The Readers of Broken Wheel Recommend

Preparação
Sabrina Primo

Revisão
Renata Lopes Del Nero
Marise Leal

Dados Internacionais de Catalogação na Publicação (CIP)
(Câmara Brasileira do Livro, SP, Brasil)

Bivald, Katarina
    A livraria dos finais felizes / Katarina Bivald ; tradução Carol Selvatici. — 1ª ed. — Rio de Janeiro : Suma de Letras, 2016.

    Título original: The Readers of Broken Wheel Recommend.
    ISBN 978-85-5651-015-0

    1. Ficção sueca I. Título.

16-04257   CDD-839.73

Índice para catálogo sistemático:
1. Ficção : Literatura sueca 839.73

[2016]
Todos os direitos desta edição reservados à
EDITORA SCHWARCZ S.A.
Rua Cosme Velho, 103
22241-090 – Rio de Janeiro – RJ
Telefone: (21) 2199-7824
Fax: (21) 2199-7825
www.objetiva.com.br

Broken Wheel, Iowa
15 de abril de 2009

Sara Lindqvist
Kornvägen 7, 1 tr
136 38 Haninge
Suécia

Querida Sara,

Espero que goste de *An Old-Fashioned Girl*, de Louisa May Alcott. É uma história encantadora, apesar de um pouquinho mais moralizante do que *Mulherzinhas*.
    Quanto ao pagamento, não se preocupe com isso. Comprei várias edições desse livro durante todos estes anos. Fico feliz por ele ter uma nova casa e por estar viajando para a Europa! Nunca fui à Suécia, mas tenho certeza de que deve ser um país lindo.
    Não é irônico que meus livros estejam viajando para lugares onde nunca fui? Sinceramente não sei se isso me consola ou se me preocupa.

Um abraço,
Amy Harris

LIVROS: 1 – VIDA: 0

A mulher estranha parada na rua principal de Hope era tão comum que era quase escandaloso. Uma figura magra e modesta com um casaco de outono cinzento e quente demais para aquela época do ano, uma mochila no chão, a seus pés, e uma enorme mala apoiada em uma das pernas. Aqueles que testemunharam sua chegada não puderam deixar de sentir que era falta de consideração alguém se importar tão pouco com a própria aparência. Era como se aquela mulher não estivesse nem um pouco interessada em causar uma boa impressão.

O cabelo dela era um castanho meio indefinido, preso sem cuidado com uma presilha que não parava de escorregar e permitia que uma confusão de cachos caísse em seus ombros. Dava para ver um exemplar de *An Old-Fashioned Girl*, de Louisa May Alcott, na frente de seu rosto.

Ela não parecia se importar com o fato de estar em Hope. Era como se tivesse simplesmente surgido ali, arrastando o livro, a mala e o cabelo despenteado, mas poderia estar em qualquer outra cidade do mundo. Ela estava em uma das ruas mais bonitas do condado de Cedar, talvez a mais bela de todo o sul de Iowa, mas a única coisa para a qual tinha olhos era o livro.

É claro que ela não estava totalmente desinteressada. De vez em quando, dava para ver os grandes olhos cinzentos sobre o livro, como um esquilo que estica a cabeça para fora da toca para ver se está tudo certo. Ela baixava mais o livro e olhava para a esquerda, depois, sem mexer a cabeça, levava o olhar para o ponto mais à direita que podia. Então levantava o livro e mergulhava de novo na história.

Na verdade, Sara já havia notado cada detalhe da rua. Ela teria conseguido descrever como os últimos raios de sol da tarde brilhavam nos grandes carros encerados, como as copas das árvores pareciam organizadas e até como o salão de cabeleireiro a cinquenta metros dali tinha uma placa feita de plástico com faixas patrióticas vermelhas, brancas e azuis. O cheiro de torta de maçã recém-

-assada impregnava o ar. Vinha do café atrás dela, no qual duas mulheres de meia-idade estavam sentadas, observando a moça com claro desgosto. Era o que parecia, pelo menos para Sara. Sempre que ela tirava os olhos do livro, as duas franziam a testa e balançavam a cabeça levemente, como se a moça estivesse quebrando alguma regra secreta de etiqueta ao ler na rua.

Sara pegou o telefone e discou mais uma vez. Deixou tocar nove vezes antes de desligar.

Amy Harris estava um pouco atrasada. Com certeza teria uma explicação perfeitamente aceitável. Talvez um pneu furado. Um tanque de gasolina vazio. Era fácil entender um atraso de, ela olhou o telefone de novo, 2 horas e 37 minutos.

Sara não estava preocupada, ainda não. Amy escrevia boas cartas, em papéis de carta tradicionais e espessos, na cor creme. Não era possível que alguém que escreve em papéis assim abandone uma amiga em uma cidade estranha ou seja uma serial killer com tendências sadomasoquistas, mesmo que essa fosse a opinião da mãe de Sara.

— Com licença, querida.

Uma mulher havia parado ao lado dela e lançava-lhe um olhar forçado de paciência.

— Posso te ajudar com algo? — perguntou a mulher.

Uma sacola de papel marrom abarrotada estava apoiada em seu quadril, com uma lata de sopa de tomate pendendo perigosamente da beirada.

— Não, obrigada — respondeu Sara. — Estou esperando uma pessoa.

— Claro. — A voz da mulher soou condescendente e zombeteira. As senhoras sentadas do lado de fora do café acompanhavam a conversa com interesse. — É a primeira vez que vem a Hope?

— Estou indo para Broken Wheel.

Talvez fosse apenas impressão de Sara, mas a mulher não pareceu nem um pouco satisfeita com a resposta.

A lata de sopa voltou a balançar perigosamente. Depois de alguns segundos, a mulher disse:

— Broken Wheel não é uma cidade muito grande. Conhece alguém lá?

— Vou ficar na casa de Amy Harris.

Silêncio.

— Tenho certeza de que ela já está vindo — afirmou Sara.

— Parece que você foi abandonada aqui, querida. — A mulher tinha um olhar ansioso. — Ande, ligue para ela.

Sara pegou o telefone mais uma vez, relutante. Quando a estranha aproximou a cabeça do telefone de Sara para ouvir o chamado, ela teve que se esforçar para não se encolher.

— Parece que ela não vai atender.

Sara pôs o telefone de volta no bolso, e a mulher se afastou um pouco.

— O que estava planejando fazer lá?

— Passar férias. Vou alugar um quarto.

— E agora está abandonada aqui. Que belo começo. Espero que não tenha pagado nada adiantado. — A mulher passou a sacola de papel para o outro braço e estalou os dedos na direção dos bancos do café. — Hank — gritou para o único homem sentado ali —, dê uma carona para essa menina até Broken Wheel, está bem?

— Ainda não terminei meu café.

— Então leve o café junto.

O homem resmungou, mas se levantou obedientemente e desapareceu no interior do estabelecimento.

— Se eu fosse você — continuou a mulher —, não daria dinheiro nenhum agora. Pagaria pouco antes de voltar para casa. E manteria o dinheiro bem escondido até lá. — Ela fez que sim com a cabeça com tanta violência que a lata de sopa de tomate voltou a balançar de modo preocupante. — Não estou dizendo que todo mundo em Broken Wheel seja ladrão — acrescentou por segurança —, mas eles *não são* como a gente.

Hank voltou com o café em um copo de papel, e a mala e a mochila de Sara foram jogadas no banco de trás do carro dele. A própria Sara foi levada de forma cuidadosa mas firme para o banco do carona.

— Vamos, dê uma carona a ela, Hank — disse a mulher, batendo no teto do carro duas vezes. Ela se inclinou para a janela aberta. — Você sempre pode voltar para cá se mudar de ideia.

— Então vai para Broken Wheel — disse Hank, pouco interessado.

Sara juntou as mãos sobre o livro e tentou parecer relaxada. O carro tinha cheiro de café e loção pós-barba barata.

— O que vai fazer lá?

— Ler.

Ele balançou a cabeça.

— Estou de férias — explicou ela.

— Vamos ver, não é? — disse ele em um tom desencorajador.

Sara observou a paisagem mudar. Gramados se tornaram campos, os carros brilhantes desapareceram e as pequenas casas arrumadinhas deram lugar a uma enorme parede de milho, que surgia dos dois lados da estrada e se estendia por quilômetros. De vez em quando, o asfalto era cortado por outras estradas perfeitamente retas, como se alguém, em algum momento, tivesse olhado para os enormes campos e decidido desenhar estradas com uma régua. *Era um método como outro qualquer*, pensou Sara. A viagem continuou, mas o número de estradas perpendiculares foi diminuindo, até que a única coisa que os cercava eram quilômetros e quilômetros de milho.

— Não deve ter sobrado muita coisa da cidade — disse Hank. — Tenho um amigo que cresceu lá. Ele vende seguros em Des Moines agora.

Ela não sabia o que falar depois de ouvir aquilo, mas tentou.

— Legal.

— Ele gosta — concordou o homem. — Com certeza é muito melhor do que tentar gerenciar a fazenda da família em Broken Wheel.

E foi isso.

Sara esticou o pescoço para olhar pela janela do carro, em busca da cidade que aparecia nas cartas de Amy. Tinha ouvido tanto sobre Broken Wheel que quase esperava que a srta. Annie passasse de moto a qualquer momento ou que Robert estivesse parado ao lado da estrada acenando com a última edição de seu jornal na mão. Por um instante, quase pôde vê-los diante dela, mas, por fim, as imagens enfraqueceram e sumiram na poeira que o carro levantava. Em vez disso, um celeiro em mau estado apareceu, apenas para voltar a ser escondido pelo milho, como se nunca tivesse surgido. Fora o único imóvel que ela vira nos últimos quinze minutos.

Será que a cidade seria como ela havia imaginado? Agora que finalmente a veria com os próprios olhos, Sara tinha se esquecido da ansiedade que sentira por Amy não atender ao telefone.

Mas, quando os dois por fim chegaram, ela percebeu que não teria notado a cidade se Hank não tivesse estacionado. A rua principal não era nada além de uma reunião de poucos imóveis. A maioria parecia vazia, sem cor e deprimente. As janelas de algumas lojas estavam fechadas com tábuas, mas uma lanchonete ainda parecia aberta.

— O que você quer fazer? — perguntou Hank, entediado. — Quer uma carona de volta?

Ela olhou ao redor. A lanchonete estava definitivamente aberta. A palavra *Lanchonete* brilhava em letras vermelho neon, e um homem solitário estava sentado em uma mesa perto da janela. Ela fez que não com a cabeça.

— Você que sabe — disse Hank em um tom de "o azar é seu mesmo".

Sara saiu do carro e tirou a bagagem do banco de trás, o livro ainda embaixo do braço. Hank foi embora assim que ela fechou a porta, fazendo uma curva fechada no único sinal de trânsito da cidade.

O semáforo ficava pendurado em um cabo no meio da rua e a luz vermelha brilhava.

* * *

Sara ficou parada em frente à lanchonete, com a mala aos pés e a mochila pendurada em um dos ombros. Segurava o livro com força.

Vai ficar tudo bem, pensou. *Tudo vai dar certo. Isso não é uma catástrofe...* Ela analisou a situação: desde que tivesse livros e dinheiro, nada poderia ser uma catástrofe. Tinha dinheiro suficiente para se hospedar em um albergue caso precisasse, mas tinha quase certeza de que não encontraria um em Broken Wheel.

Sara abriu as portas — verdadeiras portas de saloon, que ridículo — e entrou. A não ser pelo homem perto da janela e a mulher atrás do balcão, o lugar estava vazio. O homem era magro e esguio, seu corpo quase pedia perdão pela própria existência. Ele não desviou o olhar quando Sara entrou; apenas continuou girando a xícara de café lentamente.

A mulher, por outro lado, de imediato direcionou toda a sua atenção para a porta. Pesava pelo menos cento e cinquenta quilos e seus braços enormes estavam apoiados no balcão alto à sua frente. Era um balcão feito de madeira escura e teria se encaixado bem em um bar, mas, em vez de descansos para copos, havia porta-guardanapos de aço inoxidável e cardápios plastificados com várias fotos de alimentos borrachudos servidos ali.

A mulher acendeu um cigarro com um movimento hábil.

— Você deve ser a turista.

A fumaça do cigarro chegou ao rosto de Sara. Na Suécia, fazia anos que não via ninguém fumar em um restaurante. As coisas eram claramente diferentes ali.

— Sou a Sara.

— Que dia você foi escolher para aparecer!

— A senhora sabe onde Amy Harris mora?

A mulher fez que sim com a cabeça.

— Que dia. — Um montinho de cinzas caiu do cigarro e bateu no balcão. — Meu nome é Grace. Pra falar a verdade, é Madeleine. Mas não adianta me chamar assim.

Sara não estava planejando chamá-la de nada.

— E agora você está aqui.

Sara teve certeza de que "Grace" estava gostando daquela situação e analisando tudo. A mulher assentiu três vezes para si mesma, deu uma longa tragada no cigarro e deixou a fumaça sair lentamente por um dos cantos da boca. Ela se inclinou sobre o balcão.

— Amy morreu.

* * *

Na cabeça de Sara, a morte de Amy ficaria associada para sempre ao brilho fluorescente de placas luminosas, à fumaça de cigarro e ao cheiro de fritura. Era surreal. Ali estava ela, parada em uma lanchonete de uma pequena cidade americana, ouvindo que uma mulher que nunca encontrara pessoalmente havia morrido. Toda a situação era doida demais para ser assustadora, estranha demais para ser um pesadelo.

— Morreu? — repetiu Sara.

Era uma pergunta extraordinariamente estúpida até para ela. Sara caiu sentada em um dos bancos do bar. Não tinha ideia do que fazer. Os pensamentos se voltaram para a mulher em Hope e Sara se perguntou se, no final das contas, deveria ter voltado com Hank.

Amy não pode estar morta, pensou Sara. *Ela era minha amiga. Ela gostava de livros, caramba!*

Sara não estava em processo de luto, mas ficara assustada com a fragilidade da vida, e essa sensação estranha continuou a crescer. Tinha ido da Suécia para Iowa para tirar uma folga da vida (quase para se afastar dela), e não para encontrar a morte.

Como Amy havia morrido? Uma parte dela queria perguntar, e a outra não queria saber.

Grace continuou falando antes que Sara tivesse tempo de se decidir.

— O enterro deve estar acontecendo agora. Enterros não são particularmente festivos hoje em dia. Tem muita bobajada religiosa na minha opinião. Era diferente quando minha avó morreu. — Ela olhou o relógio. — Mas você devia ir até lá. Tenho certeza de que alguém que conhecia melhor a Amy vai saber o que fazer com você. Eu tento não me envolver nos problemas da cidade, mas agora você é um deles.

Ela apagou o cigarro.

— George, você poderia levar a Sara até a casa da Amy?

O homem perto da janela levantou o olhar. Por um instante, pareceu tão paralisado quanto Sara se sentia. Depois se levantou e carregou sem muita animação as malas dela para o carro.

Grace agarrou o cotovelo de Sara quando a moça começou a seguir o homem.

— Aquele é o pobre George — disse ela, indicando as costas dele com a cabeça.

A casa de Amy Harris era grande o bastante para que a cozinha e a sala parecessem espaçosas, mas limitada o bastante para que o pequeno grupo que havia se reunido ali depois do enterro a fizesse parecer lotada. A mesa e o balcão da cozinha estavam cobertos por assadeiras cheias de comida, e alguém havia preparado tigelas de salada e pão, distribuído talheres e arrumado os guardanapos em um copo.

Sara havia recebido um prato de papel cheio de comida e, em seguida, fora deixada quase sozinha. George ainda estava a seu lado e ela ficou emocionada com a demonstração inesperada de lealdade. Ele não parecia uma pessoa particularmente corajosa, mesmo comparado a ela, mas entrara na casa com a moça e andava pelo lugar de forma tão hesitante quanto ela.

No corredor mal iluminado, havia uma cômoda escura em que alguém pusera um porta-retratos com a foto de uma mulher, que Sara supôs ser Amy, e duas bandeiras velhas, dos Estados Unidos e do estado de Iowa. *Nossas liberdades valorizamos e nossos direitos manteremos*, dizia a segunda bandeira em letras brancas bordadas, mas ela estava desbotada e com uma das bordas desfiada.

A mulher na foto devia ter vinte anos, tinha o cabelo separado em duas tranças finas e abria o sorriso padrão, artificial, para a câmera. Era uma completa estranha. Talvez houvesse algo em seus olhos que Sara pudesse reconhecer das cartas: um brilho de riso que mostrava que a moça da foto sabia que tudo era uma piada. Mas era só.

Ela queria estender a mão e tocar na fotografia, mas fazer aquilo parecia ousado demais. Em vez disso, ficou onde estava, no corredor escuro, equilibrando com cuidado o prato de papel, com o livro ainda sob o braço. As malas tinham sumido, mas Sara não tinha mais energia para se preocupar com aquilo.

Três semanas antes ela havia se sentido tão próxima de Amy que tinha decidido passar dois meses na casa dela. No entanto, naquele momento, era como se qualquer vestígio da amizade também tivesse morrido. Sara nunca havia acreditado que uma amizade dependesse de um encontro ao vivo — seus melhores relacionamentos envolviam pessoas que nem sequer existiam —, mas de repente parecera falso, e até desrespeitoso, agarrar-se à ideia de que elas haviam, de alguma forma, significado alguma coisa uma para a outra.

Ao seu redor, as pessoas se movimentavam pelos cômodos de forma lenta e cuidadosa, como se estivessem se perguntando o que faziam ali (quase exatamente o mesmo que Sara estava pensando). Mesmo assim, não pareciam chocadas. Não pareciam surpresas. Ninguém chorava.

A maioria olhava para Sara com curiosidade, mas algo, talvez respeito pela importância do dia, impedia que se aproximassem dela. Em vez disso, eles a circundavam, sorrindo sempre que ela acidentalmente olhava em seus olhos.

De repente, uma mulher se materializou ao lado de Sara e a encurralou contra a parede, no meio do caminho entre a sala e a cozinha.

— Caroline Rohde.

A postura e o aperto de mão eram militares, mas a mulher era muito mais bonita do que Sara havia imaginado. Tinha olhos amendoados e profundos, e traços tão pronunciados quanto os de uma estátua. Sob a luz que emanava da lâmpada no teto, a pele tinha um tom de branco quase brilhante nas proeminentes maçãs do rosto. O cabelo era grosso e entremeado por faixas grisalhas. No pescoço, ela usava um lenço preto de uma seda fina e fria que teria ficado estranho em qualquer outra pessoa, mesmo em um velório, mas nela criava uma imagem atemporal, quase glamorosa.

Era difícil adivinhar a idade dela, mas a mulher tinha o ar de alguém que nunca havia sido realmente jovem. Sara teve quase certeza de que Caroline Rohde não tivera muito tempo para a juventude.

Quando Caroline começava a falar, todos à sua volta ficavam em silêncio. A voz combinava com sua postura: determinada, resoluta, direta. Havia, talvez, o sinal de um sorriso de boas-vindas em sua voz, mas ele nunca chegava até a boca.

— Amy disse que você viria — disse ela. — Não achei que fosse uma boa ideia, mas não cabia a mim falar nada. — Então acrescentou, quase como se tivesse pensado aquilo na hora: — Você há de concordar que essa não é uma situação muito... prática.

— Prática — repetiu Sara.

Ela só não sabia como Amy podia saber que ia morrer.

Outras pessoas se reuniram em torno de Caroline, formando uma espécie de semicírculo e encarando Sara como se ela fosse de um circo itinerante que tivesse feito uma breve parada na cidade.

— Não sabíamos como entrar em contato com você quando a Amy... faleceu. E agora você está aqui — concluiu Caroline. — Bom, vamos ver o que podemos fazer com você.

— Vou precisar de um lugar para ficar — disse Sara.

Todos se aproximaram para tentar ouvir.

— Ficar? — perguntou Caroline. — Você vai ficar aqui, é claro! A casa está vazia, não está?

— Mas...

Um homem com vestes de pastor abriu um sorriso amistoso para ela, acrescentando:

— Amy pediu que a gente dissesse que nada mudaria nesse aspecto.

Nada mudaria? Sara não sabia quem era mais louco: o pastor, Amy ou o restante de Broken Wheel.

— A casa tem um quarto de visitas naturalmente — explicou Caroline. — Durma lá hoje à noite e depois a gente vê o que fazer com você.

O pastor fez que sim com a cabeça e, de alguma forma, aquilo foi decidido: ela ficaria sozinha na casa vazia da falecida Amy Harris.

Sara foi levada para o andar de cima. Caroline subia primeiro, como um comandante de guerra, seguida de perto por Sara e George, uma sombra silenciosa e compreensiva. Atrás deles estava a maioria dos convidados. Alguém carregava as malas de Sara. Ela não sabia quem, mas, quando chegou ao pequeno quarto de hóspedes, a mochila e a mala apareceram milagrosamente.

— Vamos ver se você tem tudo de que precisa — disse Caroline da porta, com um traço de gentileza.

Então mandou os outros embora e lançou um breve aceno para Sara antes de fechar a porta.

Sara desabou na cama, mais uma vez sozinha. Ainda tinha o prato de papel nas mãos e havia largado o livro solitário na colcha a seu lado.

Ai, meu Deus, pensou.

Broken Wheel, Iowa
3 de junho de 2009

Sara Lindqvist
Kornvägen 7, 1 tr
136 38 Haninge
Suécia

Querida Sara,

Muito obrigada pelo presente! É um livro que eu provavelmente não teria comprado, então foi muito bem-vindo. Que história horrível! Eu não tinha ideia de que essas coisas aconteciam na Suécia, apesar de não saber por que não aconteceriam. Acho que há muito mais violência, sexo e escândalo nas pequenas cidades e, se isso é verdade para cidades, então imagino que também seja para os pequenos países. Suponho que seja porque as pessoas ficam mais próximas. Nós certamente já tivemos alguns escândalos aqui em Broken Wheel.
 Mas uma Lisbeth Salander? Isso com certeza não tivemos. É uma mulher impressionante. Pelo que entendi, a série tem outros dois livros. Poderia me fazer a gentileza de mandar o segundo e o terceiro? Não vou conseguir dormir até descobrir o que acontece com ela. E também com aquele jovem tenso, o sr. Blomkvist, é claro.
 Vou pagar por eles, claro. Falando em cidades pequenas, assassinato e sexo, estou mandando *O sol é para todos*, de Harper Lee, como primeira parcela.

Um abraço,
Amy Harris

A NEWSLETTER DE BROKEN WHEEL

Você tem quatro novas mensagens. Recebidas hoje às 5h13.
— Querida! É a mamãe... O quê?... É, e o papai também, é claro. Acabamos de voltar da casa da Anders e do Gunnel. Você se lembra deles? São nossos antigos vizinhos que se mudaram para aquela linda *villa* em Tyresö. Como estão as coisas? Já chegou? Como é estar aí entre os caipiras? A Amy é uma doida varrida? Conseguiu pegar o ônibus certo? Não entendo por que você tinha que ir para...

Recebida hoje às 5h15. A mãe dela continuava falando como se não tivesse sido interrompida:
— Para o interior... Espere, não terminei... Está bem, vou passar para o seu pai, que tem que falar uma coisa, apesar de eu não ter acabado ainda.
Uma breve pausa e um grande pigarrear.
— Sara! Espero que não esteja presa dentro de casa, lendo. Tem que sair e conversar com as pessoas. Viajar é uma oportunidade fantástica. Eu me lembro de quando eu e sua mãe...

Recebida hoje às 5h18.
— Qual é o problema dessas secretárias eletrônicas? Por que não me deixam terminar? Bom, tchau por enquanto... Espere. Sua mãe quer falar outra coisa.
— Você sabe que, se mudar de ideia, ainda pode ir para Nova York. Ou Los Angeles.

A mensagem foi cortada de novo, e a seguinte só havia sido gravada três horas depois. Era a mãe de novo:
— Sara! Por que você não me atende? A Amy é uma serial killer? Você sabe como é nos Estados Unidos. Se te picaram em pedacinhos e espalharam em al-

gum lugar, nunca vou perdoar você. A não ser que ligue de volta agora mesmo, vou telefonar para a CIA... — O pai murmurou algo ao fundo. — FBI. *Não importa.*

Quando Sara finalmente conseguiu falar com a mãe, ela ainda não havia se acalmado.

— Não estou gostando dessa história de cidade pequena. Nem um pouco.

Era uma discussão que as duas já haviam tido várias vezes.

Sara esfregou a testa e se recostou na cama. O quarto em que estava era pequeno, talvez uns quinze metros quadrados. Além da cama, havia uma poltrona sob a janela, uma mesa de cabeceira e uma pequena cômoda. E só. O papel de parede era de um floral vivo e parecia ter pelo menos duas décadas. As cortinas tinham uma estampa floral completamente diferente e eram curtas demais para a janela.

— Cidades pequenas são tão... chatas. Você poderia ter ido para qualquer outro lugar.

Era irônico. A mãe de Sara estava sempre importunando a filha para que ela viajasse. Agora que a moça finalmente havia saído do país, a mãe ainda não estava satisfeita.

— E exposta. Quem sabe que tipo de louco se esconde por aí.

Sara não sabia o que era pior: o tédio ou o risco de esbarrar com um dos muitos serial killers escondidos em todos os cantos da cidade. As palavras da mãe fizeram com que se lembrasse de uma coisa.

— É porque as pessoas ficam mais próximas aqui.

— Sinceramente, o que você sabe sobre pessoas? Se não estivesse sempre com a cara enfiada em um livro...

Aquela era outra discussão que as duas haviam tido muitas vezes.

Talvez não fosse tão estranho que a mãe visse a filha mais velha como um desafio. A irmã de Sara, Josefin, trabalhava como trainee na corte distrital de Södertälje. Um dia, ela seria advogada, profissão socialmente viável, exercida com terninhos apropriadamente caros. Já Sara... teria uma *livraria*. Em um centro comercial nos arredores da cidade. Era só um pouco melhor do que sua situação atual: vendedora de livraria desempregada. E agora que viajara para o exterior? Tinha decidido ir para um fim de mundo, no interior dos Estados Unidos, para ficar com uma senhora idosa.

Sara não costumava se importar com o fato de sua mãe achá-la tediosa. Afinal, a mãe tinha certa razão. A filha nunca havia feito nada que pudesse ser considerado arriscado. Mas os constantes ataques a Amy haviam começado a irritá-la mesmo antes da viagem e, naquele momento, com a tragédia do enterro ainda fresca em sua mente, a paciência dela estava acabando.

A mãe pareceu notar que tinha passado dos limites, pois acrescentou:

— Bom, pelo menos você não foi cortada em pedacinhos. — O tom de voz era tão claramente pessimista que ela nem precisou acrescentar um "ainda". — E como é a Amy? Ela está sendo gentil com você?

— Amy... — Sara interrompeu a frase. — Ela é legal.

E era. Só que ela também estava morta.

Sara se esgueirou para fora do quarto e andou pelo corredor escuro como um ladrão assustado. Como Caroline explicara quando havia levado Sara ao quarto de hóspedes, o espaço estreito levava primeiro ao banheiro e depois ao quarto de Amy. Sara passou rapidamente por ele, tentando não olhar para a porta fechada. Perguntou a si mesma se alguém voltaria a abri-la. Ela, pelo menos, não tinha nenhuma intenção de fazê-lo.

Quando chegou à escada, parou um instante e ouviu com atenção antes de descê-la lentamente.

A cada cômodo novo, Sara hesitava e olhava para dentro com cuidado. Não sabia direito o que esperava encontrar. Um casal de vizinhos escondido atrás do sofá? Parentes irritados no corredor, acusando-a de ficar na casa sem pagar? O fantasma de Amy na cozinha? Mas tudo estava deserto.

Ela vagou pela casa de Amy, entrou e saiu dos cômodos em que a senhora tinha vivido, tocando nas superfícies em que Amy tocara. O silêncio do lugar a assustava. Pequenas lembranças de uma rotina, do dia a dia, surpreendiam-na quando menos esperava.

Alguém deixara um pote de café instantâneo e uma caixa de leite para Sara na cozinha. Havia pão do dia anterior e, na geladeira, uma abundância de comida cuidadosamente embalada, com etiquetas descrevendo o prato e a data do dia anterior.

Ela comeu o pão puro e ligou a chaleira elétrica antes de subir cuidadosamente para tomar banho. O chuveiro era antigo e ficava sobre uma pequena banheira oval. Sara se despiu, dobrou o pijama e o arrumou em uma pilha, depois pôs tudo no velho banco em frente ao vaso sanitário. Esperava que a roupa ficasse seca ali, mas nem o ralo nem a cortina do chuveiro pareciam particularmente confiáveis.

Um gemido grunhiu pelos canos e a água não chegou a ficar mais do que morna.

Não era para ser assim, pensou Sara. Tinha o cabelo enrolado em uma toalha de rosto e havia desfeito as malas antes de voltar para a cozinha. Até aquele momento, ela não passara mais de vinte minutos em lugar nenhum, com exceção do quarto de hóspedes, onde dormira. Por alguma razão, sentia-se mais segura em movimento.

Tinha demorado treze minutos para desfazer as malas. Agora eram dez e meia, e ela não tinha nada para fazer. Do lado de fora, o ar já se tornava opressivo. O aroma de terra seca e de plantas sufocadas entrava pela porta aberta da cozinha e competia com o cheiro vindo de dentro da casa, dos cômodos abafados, da madeira e dos tapetes antigos.

Sara se sentou em uma cadeira na cozinha, procurando vestígios da vida de Amy, mas tudo o que viu foram portas de armário velhas e plantas mortas em vasos na janela.

Aquilo deveria ter sido uma aventura. Ela e Amy teriam se sentado ali, talvez naquelas mesmas cadeiras, e conversado sobre livros, a cidade e as pessoas que Amy conhecia. Teria sido legal.

— Amy — disse ela —, que diabos você foi fazer?

Ao lado da porta da cozinha que levava à varanda, havia dois pares de botas de borracha, de tamanhos diferentes. A grama do jardim estava alta e amarelada por causa do sol de verão, e fazia muito tempo que a horta se enchera de ervas daninhas. Provavelmente havia todo tipo de tesouros escondidos na grama, mas Sara só distinguia duas macieiras tortas, um pequeno canteiro de ervas que já voltavam a brotar e dois enormes tomateiros.

Ela voltou para dentro e passou uma hora espalhando seus livros pela casa, em uma tentativa de deixar o lugar mais aconchegante. Mas treze livros não eram nem de longe o bastante para ocupar todos os cômodos.

Em casa, Sara tinha quase dois mil livros. E três amigas, se considerasse as antigas colegas de livraria.

Ela havia começado a trabalhar na loja aos dezessete anos. De início ficava lá apenas no Natal, na promoção anual de livros da Suécia e nas férias de verão, mas depois fora contratada permanentemente. E ali ficara. A meia hora de onde nascera. A vida não havia sido mais empolgante do que isso.

Uma vez, uma das meninas da livraria dissera que todas as histórias começavam com alguém chegando ou alguém indo embora. Ninguém nunca tinha ido até a Livraria Josephssons procurar Sara e ninguém nunca tinha ido até seu pequeno apartamento em Haninge. As únicas coisas que haviam chegado tinham sido as cartas, lindas cartas escritas à mão. Por um tempo, Sara havia jurado que traziam um pedaço de Iowa com elas; uma lembrança vaga, mas incontestável, de uma vida mais atemporal, cheia de aventura e oportunidades.

No entanto, agora que estava ali, tudo o que podia sentir era o cheiro da madeira úmida e dos tapetes antigos.

— Faça o favor de se controlar, Sara — disse ela.

Escutar uma voz humana fez com que se acalmasse, mesmo sendo a sua própria voz. Os únicos outros barulhos que ouvia eram provocados por galhos grandes demais que arranhavam uma janela no andar de cima, e por canos de água que chacoalhavam ocasionalmente, sem motivo.

Como era possível viajar milhares de quilômetros e ainda assim ser a mesma pessoa? Sara não conseguia entender.

Tirando o fato de que agora tinha treze livros e nenhum amigo, obviamente.

— Faça o favor de se controlar — repetiu ela. Mas não sentiu a mesma firmeza dessa vez.

Sara sabia que a maioria das pessoas acreditava que ela usava os livros para se esconder da vida.

Talvez fosse verdade. Já no ensino médio havia percebido que poucas pessoas prestavam atenção a quem estava escondido atrás de um livro. De vez em quando, tinha que olhar para desviar de uma régua ou de um livro que havia sido lançado na direção dela, mas isso não era frequente e Sara não costumava perder o ponto em que estava na leitura. Enquanto seus colegas provocavam e eram provocados, entalhavam símbolos sem sentido nas carteiras ou faziam marcas nos armários uns dos outros, ela vivenciava paixões incontroláveis, mortes, alegrias, terras estrangeiras e dias passados. Outros podiam acreditar que estavam presos em uma velha escola de ensino médio, mas ela havia sido uma gueixa no Japão, andado ao lado da última imperatriz chinesa pelos cômodos fechados e claustrofóbicos da Cidade Proibida, crescido com Anne e os outros habitantes de Green Gables, presenciado vários assassinatos, amado e perdido amores milhares de vezes.

Livros haviam sido uma muralha de defesa, sim, mas não apenas isso. Tinham protegido Sara do mundo que a cercava, mas também haviam se transformado em uma espécie de cenário para as verdadeiras aventuras de sua vida.

Pode-se pensar que dez anos em uma livraria tirariam parte da mágica dos livros, mas, para Sara, havia sido o contrário. Agora a moça tinha duas lembranças para cada livro: a de tê-lo vendido e a de tê-lo lido. Ela vendera inúmeros exemplares de Terry Pratchett antes de, apenas alguns anos atrás, ceder à tentação e finalmente ler um deles, conhecendo um dos autores mais fantásticos e mais certeiros da atualidade. Lembrava-se do verão que passara vendendo praticamente apenas a biografia de Ulla-Carin Lindquist sobre sua luta contra uma doença incurável. E também da noite de três anos depois, quando lera o livro. Lembrava que a capa tinha uma silhueta escura e cores suaves, como uma noite quente depois que o sol se põe. O livro era compacto e curto, e todos que o compravam simplesmente precisavam falar sobre ele. "É ela, a âncora do jornal", "A jornalista que morreu", "Ela era tão boa na TV". Falavam como se tivessem ficado de coração partido com a ideia de que uma pessoa famosa podia morrer. Sara sabia que era um livro que emocionava as pessoas mesmo antes que começassem a ler.

Ela havia carregado mais pilhas de romances de Dan Brown do que podia aguentar, vendido a série Harry Potter em pelo menos três edições diferentes e visto a incrível onda de romances policiais suecos surgir, crescer e continuar para todo o sempre. Não havia notado a chegada de Camilla Läckberg, mas a descobrira no lançamento do livro. Era isso que costumava acontecer com Sara.

Devia ter vendido dezenas de milhares, talvez até centenas de milhares de livros, mas era bobagem tentar contar. Se durante aqueles anos tivesse parado para pensar em seu futuro, teria imaginado que envelheceria na livraria, que gradualmente se tornaria mais cinzenta e empoeirada do que os livros não vendidos do pequeno estoque, e que venderia papel e refis para canetas esferográficas por toda a eternidade antes de se aposentar com uma pensão que consistiria em grande parte dos livros que, com o passar dos anos, teria comprado com o desconto de funcionária.

Mas a Livraria Josephssons havia fechado, Sara se vira desempregada e ali estava ela, completamente sozinha nos Estados Unidos.

Quando um carro entrou na garagem da casa, Sara ficou feliz pela distração. O pastor do enterro saiu do automóvel e, enquanto ele caminhava até a porta, ela experimentou três sorrisos diferentes no espelho do corredor.

— Aja normalmente, Sara — disse ela ao reflexo.

No entanto, a mulher que a encarava de olhos arregalados infelizmente parecia um rato de turbante, petrificado. Sara havia andado em torno da casa por quase uma hora e se esquecera de tirar a toalha da cabeça. Jogou-a em um armário, tentou pentear o cabelo com os dedos e foi até a varanda cumprimentar o pastor.

O sorriso, Sara, lembrou a si mesma.

O pastor parecia tão nervoso quanto a moça se sentia. O colarinho clerical branco devia dar a ele certa dignidade, mas era arruinado pelo cabelo ralo, que teimava em se manter arrepiado e pela jaqueta acolchoada laranja e barata, que parecia ter sido comprada em uma promoção nos anos 1980.

— A morte de Amy foi um grande choque para a cidade — começou ele. Estava parado em frente à varanda com um pé no primeiro degrau, como se não conseguisse decidir se subia ou se ia embora outra vez. — Um choque muito forte.

— É — respondeu Sara. — Como... como Amy morreu?

Talvez não fosse apropriado perguntar, mas Sara percebera que realmente queria saber. O pastor murmurou algo sobre uma "doença". Então não havia sido um acidente. Mas ainda assim a morte fora repentina. Três semanas antes, Sara havia mandado todos os detalhes da viagem para Amy e não recebera nenhuma informação sobre doenças.

Sara se perguntou se deveria oferecer um café ao pastor. Quais eram exatamente as regras de hospitalidade para uma visita que ficava de graça na casa de uma mulher morta?

— Eu não sei para onde devo ir — disse ela.

— Ir? — O pastor pareceu ficar ainda mais nervoso, se é que isso era possível. Ele tirou o pé do degrau. — Mas você vai ficar aqui, não vai? — Quando viu que a frase não a fizera mudar de ideia, acrescentou: — Todo mundo adorava Amy, sabia? É bom ver que a casa dela não está vazia e abandonada. Falando nisso, precisa de alguma coisa? Tem comida?

— Tenho comida suficiente para várias semanas.

Sara disse a si mesma que aquilo não significava que estava concordando em ficar. Naquele exato instante, ela simplesmente não sabia se tinha outra escolha. Duvidava que o pastor concordasse em levá-la a algum lugar e, além disso, não tinha ideia de para onde podia ir.

— Muito bem, muito bem. E quer alguma outra coisa? Provavelmente vai precisar de um carro.

— Não tenho carteira de motorista.

Ele levou um susto.

— Ah, está bem. Hummm, é... Vou ter que conversar com a Caroline sobre isso.

O homem pareceu aliviado por ter tomado uma decisão e se despediu antes que Sara tivesse a chance de decidir se deveria perguntar se ele queria um café.

Ela ainda não havia resolvido a questão do café quando a visita seguinte chegou. Dessa vez, isso não foi um problema.

A sra. Jennifer — "Pode me chamar de Jen" — Hobson era uma dona de casa americana que podia estar na vice-presidência do país. Tinha cabelos escuros muito bem-arrumados, que quase pareciam ter vida própria, e o sorriso levemente maníaco de alguém que passa tempo demais com crianças pequenas. Ela marchou para a cozinha e ligou a cafeteira.

— Sou responsável pela newsletter de Broken Wheel — explicou por sobre o tilintar de xícaras e colheres.

Jen abriu um dos armários mais baixos e pegou o açúcar. O cabelo balançou enquanto ela se abaixava.

— Escrevemos sobre todos os grandes acontecimentos da cidade. Uns dois anos atrás, um cara de Nova Jersey parou aqui. Era um freelancer. Queria *se encontrar*, mas se mudou para Hope depois de duas semanas e se recusou a dar entrevistas.

Sara não entendeu se Jen havia ficado mais chateada com a mudança para Hope ou com a recusa em dar entrevistas.

— Uma das minhas amigas de Spencer estuda genealogia — continuou Jen por sobre o ombro. — Eu sou de Spencer. Vim para cá quando me casei. — Uma expressão resoluta passou pelo rosto dela. — Bom, ela fez uma pesquisa. Encontrou parentes na Suécia. Ficou muito feliz com isso. É muito melhor do que ter parentes na Irlanda ou na Alemanha, eu disse a ela. Todo mundo tem parentes lá. A Suécia é muito mais exótica.

Jen olhou para Sara e balançou a cabeça, provavelmente desesperada por a moça ser tão comum.

— Qual é o seu sobrenome? Talvez sejam parentes. Coisas mais estranhas já aconteceram e não tem tanta gente assim na Suécia, não é?

— Nove milhões.

— Vocês têm carvalhos?

— Carvalhos?

— É a árvore do estado de Iowa. Temos árvores fantásticas aqui.

— É, a gente... a gente tem carvalhos.

— Gostaria de compartilhar algumas palavras conosco?

Sara não gostaria.

— Nada? Nem um cumprimento rápido? Talvez uma primeira impressão sobre nossa cidade?

— Eu só fui à lanchonete.

— Acho que vou ter que pensar em alguma coisa — disse Jen. — Tenho certeza de que vai adorar a cidade depois que conhecer tudo. — Em seguida, acrescentou: — Não se preocupe, sua fala no artigo será muito articulada. Assim que eu descobrir o que você vai dizer.

Broken Wheel, Iowa
23 de agosto de 2009

Sara Lindqvist
Kornvägen 7, 1 tr
136 38 Haninge
Suécia

Querida Sara,

Fico feliz que tenha gostado de Harper Lee. Não tenho uma opinião decisiva sobre o título sueco, mas talvez o nome "Pecado mortal" realmente faça o livro parecer um best-seller barato. Você saberia melhor do que eu.

    Como gostou de *O sol é para todos*, estou mandando também *A resposta*, de Kathryn Stockett. Eles têm o racismo em comum pelo menos. Sei que existem pessoas que duvidam que o racismo ainda seja um grande problema, mas, a meu ver, só pessoas de meia-idade pensam assim. São aquelas que acham que o mundo se tornou automaticamente melhor só porque agora têm idade suficiente para influenciá-lo, mas nunca deram nenhuma contribuição para tentar melhorá-lo. Isso é uma das poucas coisas que ainda me deixam irritada. Muito irritada, de acordo com meu bom amigo John. Ele é negro e já passou muito da meia-idade, e diz que as coisas *realmente* melhoraram. Pelo menos em Broken Wheel. John não gosta muito de generalizações. Não estou dizendo que a visão dele seja a certa sobre o mundo em geral, mas aqui as pessoas estão acostumadas a ele. É o único negro da cidade e também tem a única loja que ainda vende leite, então não sei como alguém poderia não gostar dele. Acho que é impossível não gostar dele, é claro, mas ele também não concorda com isso.

Um abraço,
Amy Harris

É UMA VERDADE UNIVERSALMENTE ACEITA QUE UMA TURISTA SUECA EM IOWA DEVE ESTAR À PROCURA DE UM MARIDO

Havia um velho cinema em Broken Wheel, na calçada oposta à lanchonete de Grace. Sua arquitetura clássica dos anos 1950 dava certa dignidade àquele lado da rua principal, mas o cinema tinha parado de exibir os últimos lançamentos havia muito tempo. Alguns anos antes, parara de exibir filmes em geral. O projetor havia quebrado. Agora o espaço era usado apenas para as reuniões do conselho da cidade.

Chamar o grupo de pessoas que se reunia ali de conselho era um pouco como chamar o cinema de cinema: tinha mais a ver com o que haviam sido do que com o que eram agora. No passado, o conselho era eleito e ser um membro dele dava certo prestígio. Havia dinheiro e brigas para decidir como gastá-lo: novos bancos para o jardim de uma das igrejas, novas lâmpadas de rua, a cor dos bancos, o tipo de lâmpada. Se o cinema era o orgulho da cidade ou a ruína de seus filhos.

Agora, apenas um punhado de pessoas ainda estava interessado em se envolver no que acontecia na cidade e não havia mais dinheiro para gastar.

Mesmo assim, elas continuavam a se reunir às quintas-feiras, a cada duas semanas, na primeira fileira do cinema.

Com um ar de leve desânimo, Caroline Rohde observou Jen gesticular energicamente no pequeno palco em frente ao que um dia havia sido uma tela.

— Uma turista! — dizia Jen.

Caroline resistiu à vontade de massagear as próprias têmporas.

A mais recente onda de turismo na cidade era o único item da pauta, e Caroline já estava extremamente cansada dele.

Ela sentia falta de Amy Harris. Sabia que as pessoas achavam que tinha um coração duro demais, um cuidado exagerado com as coisas de Deus e de Jesus e, por fim, que era chata. Mas também sabia que cidades pequenas precisavam de alguém que cuidasse delas e as ajudasse, alguém que soubesse o que era certo e alguém que soubesse o que era bom. Caroline era uma dessas pessoas, e Amy havia sido a outra. As coisas sempre tinham funcionado bem enquanto Amy estava viva, mas agora Caroline se sentia sozinha e insuficiente.

Nunca havia conseguido ajudar as pessoas como Amy fazia. Ela sempre parecia saber exatamente o que as pessoas queriam ouvir. Caroline sabia apenas o que *deviam* ouvir, e as duas coisas quase nunca eram iguais.

No entanto, ambas eram necessárias, e agora Caroline era a única na cidade. Teria que cuidar sozinha da turista que começava a tremer no instante em que falavam com ela.

Amy era a culpada por aquela situação. Que ela descansasse em paz, é claro.

O que seria fácil, já que Caroline era a única presa ali, com todo aquele trabalho para fazer. Certamente não teria nenhuma ajuda do restante do conselho da cidade.

Apenas três pessoas haviam sobrado. Caroline supunha que Jen Hobson fazia parte das reuniões porque sonhava em transformar Broken Wheel em um tipo de dormitório paradisíaco da classe média (como Hope), o lugar perfeito para morar caso se trabalhasse em Cedar Rapids. Jen havia nascido no que chamava de "um belo e agradável subúrbio" de Spencer, no noroeste de Iowa, e Caroline não conseguia deixar de pensar que não teria sido uma grande perda para a cidade se Jen simplesmente tivesse ficado lá. Mas o marido era de Broken Wheel e, pelo que todos diziam, era uma pessoa tão boa quanto um Hobson podia ser. Eles não eram conhecidos pela inteligência, mas Caroline não gostava de julgar as pessoas por coisas que não podiam controlar. Já havia pecados conscientes demais com que se preocupar. No entanto, ela não conseguia deixar de lado a suspeita de que Jen tinha visto a mudança para Broken Wheel como um tipo de fracasso pessoal. Isso, sim, a incomodava. Não imaginava que Spencer tivesse algo que Broken Wheel não tinha. Além disso, Jen morava ali havia apenas dez anos.

Claro, a cidade tinha seus problemas e suas restrições, coisas que a própria Caroline não hesitava em apontar, mas a ideia de que alguém *de fora* pudesse menosprezar Broken Wheel e querer mudar as coisas... Ela balançou a cabeça.

Pelo menos Jen não tinha medo de contribuir. Caroline tinha que admitir isso. Se Jen tivesse tanto bom senso quanto tinha energia, teria conseguido fazer muito mais coisas. Era responsável pela newsletter de Broken Wheel, além de ser a única jornalista na cidade e a principal fonte de notícias. Também havia criado um blog sobre Broken Wheel. Caroline nunca se tinha dado ao trabalho de descobrir o que era exatamente um blog. Nada de bom podia vir de algo assim, tinha certeza. Pelo que sabia, as únicas pessoas que liam as newsletters eram os parentes de Jen, e todos moravam em Spencer. Nenhum deles havia demonstrado vontade de se mudar para Broken Wheel, apesar — ou talvez por causa — da newsletter.

Ela não tinha mais muito tempo para o outro membro do conselho: Andy, o último integrante da família Walsh que ainda morava na cidade. Caroline havia realmente odiado o pai dele, Andrew Walsh Senior, e estava sempre disposta a perdoar Andy (só porque ele não era o pai). Mas havia limites.

Andy gerenciava o Square, o único bar da cidade, junto com Carl, um amigo *muito* próximo. Ele já havia morado até em Denver. Caroline não gostava de fofocas, mas, por outro lado, não era preciso inventar nada, já que ele tinha vindo de Denver e assumido o bar com um... *bom amigo*.

Naquele dia, Andy usava uma calça jeans muito azul, camisa xadrez e um cinto com uma fivela que parecia pesar tanto quanto suas botas de caubói. Tudo caía bem nele, mas as roupas eram novas demais. Aos olhos de Caroline, ele parecia um turista recém-chegado da costa leste, apesar de sua família ter morado em Broken Wheel por gerações.

— Uma turista em Broken Wheel — disse ele, levantando-se e se juntando a Jen no palco.

— É estranho — acrescentou a dona de casa — que a gente não receba mais.

— Não é *tão* estranho assim — lembrou Caroline. Ela costumava enfatizar algumas palavras quando falava. — E uma turista sem carteira de motorista.

Ficou onde estava, sentada em uma das confortáveis poltronas do cinema. Fazia doze anos que o último filme havia sido exibido ali, mas um leve aroma de pipoca e de manteiga derretida ainda pairava no ar. Isso não fazia Caroline se lembrar de encontros que tivera muito tempo antes, mas a deixava impressionada com o fato de o tecido das poltronas ainda estar em tão boas condições.

— Temos que encontrar coisas para ela fazer — disse Jen. — Ela precisa se divertir!

— O quê? — perguntou Andy. — Essa é a grande questão.

— Passeios principalmente — respondeu Jen. — Temos toda essa linda natureza. Os carvalhos!

— E o milho — acrescentou Caroline secamente.

Na verdade, ela gostava tanto dos carvalhos quanto os outros dois e era até presidente da Associação para a Preservação dos Carvalhos, mas as árvores estavam longe de ser uma atração turística.

— Não só o milho — disse Andy. — A soja também.

— Talvez Tom possa levar a moça para passear — sugeriu Jen como se a ideia tivesse acabado de passar por sua cabeça. — Quando não estiver trabalhando.

Caroline fechou os olhos. O tom inocente não a enganava. *Meu Deus*, pensou. Sara tinha chegado à cidade havia dois dias e Jen já estava oferecendo os jovens do lugar ao altar dela. No entanto, se fosse sincera, provavelmente era a turista que estava sendo sacrificada. Assim como os carvalhos, os solteiros da cidade não eram uma grande atração turística.

Pela primeira vez, Andy e Jen pareceram não se entender.

— Tom? — perguntou ele, apesar de ser claro para qualquer pessoa o que Jen queria.

Ela hesitou.

— É, o Tom... Eu fiquei pensando se eles não poderiam... se dar bem. — Seu olhar estava fixo em um ponto acima da cabeça de Caroline. — Você não acha que um romance de férias seria perfeito para ela se divertir aqui?

Andy riu.

— É, por que não? Tom nunca foi muito bom em flertar. E essa Sara parece precisar de um empurrãozinho também. Vou falar com Tom e avisar sobre o dever dele.

Jen não queria ir tão longe.

— Eu me pergunto se não seria melhor deixar as coisas acontecerem naturalmente...

— Seria melhor não deixar que acontecessem — afirmou Caroline.

Ela conhecia Jen. Sabia que não ficaria satisfeita com um simples romance de férias, o que já seria ruim o suficiente. Provavelmente já estava sonhando com um casamento e depois com outra pessoa que pudesse ser acrescentada à estatística de população; talvez até várias, com edições especiais da newsletter sobre os casamentos, nascimentos e batizados que logo se seguiriam.

— De qualquer forma, podemos pedir que Tom banque o motorista da moça — disse Jen.

— George pode bancar o motorista para a Sara — afirmou Caroline. — Podemos pagar a ele. Bom, simbolicamente. Podemos fazer uma coleta.

Era possível fazer uma coleta para qualquer coisa que valesse a pena.

Ela percebeu o olhar rápido que Andy e Jen trocaram, mas não ligou. Toda cidade precisa de uma mulher para ficar de olho no que vale a pena. Sabia que eles riam pelas suas costas, mas pelo menos Caroline conseguia resolver as coisas. E ninguém ousava rir quando ela estava por perto.

— Mas será que o pobre George... — Jen parecia procurar um eufemismo, mas por fim desistiu — ... está sóbrio o bastante?

— Ele não bebe há um mês — disse Caroline. — As mãos dele quase nem tremem mais. Precisa fazer algo de útil em vez de ficar sentado na lanchonete *daquela mulher* bebendo café o dia inteiro.

— É um bom homem — murmurou Jen.

— George vai ser o motorista da moça — afirmou Caroline.

E, assim, tudo ficou decidido.

Broken Wheel, Iowa
9 de outubro de 2009

Sara Lindqvist
Kornvägen 7, 1 tr
136 38 Haninge
Suécia

Querida Sara,

Broken Wheel não é bem uma cidade. Muito pouca coisa nela é interessante. Na verdade, há muito pouca coisa aqui em geral. Mas eu gosto. Nasci e cresci aqui, e isso faz toda a diferença.
    Há uma rua grande chamada, simplesmente, de rua principal e outras três que a cruzam. Essas se chamam rua Dois, rua Três e rua Jimmie Coogan. A última pode precisar de alguma explicação. Até 1987 era chamada de rua Quatro (somos um grupo de pessoas prosaicas sem nenhuma predileção por floreios nem palavras imponentes), mas agora ganhou o nome de um cara importante. Fico feliz. A cidade ganha certa dignidade por ter tido um.

Um abraço,
Amy Harris

ASFALTO E CONCRETO

Ler livros não é uma forma ruim de viver a vida, mas, naqueles tempos, Sara havia começado a se perguntar que tipo de vida era aquela. Pensara no assunto pela primeira vez quando descobriu que a Livraria Josephssons ia fechar. Era como se dez anos da vida dela tivessem desaparecido junto com a livraria, como se tudo o que ela tivesse sido existisse apenas nas prateleiras brancas e acinzentadas da loja poeirenta, entre pessoas que compravam "três ou quatro livros no verão" e "qualquer coisa brilhante e bem embrulhada" no Natal.

Claro, ela provavelmente arranjaria emprego em outra livraria. No entanto, durante aquele verão interminável no centro comercial suburbano, contando os dias para o fechamento, ela perguntara a si mesma se aquela vida era suficiente. E aquilo a assustara. Afinal, o que mais havia senão os livros e o trabalho?

Além de Amy e sua pequena cidade em Iowa (que parecia ter saído diretamente de um romance de Fannie Flagg ou de Annie Proulx) havia realmente pouca coisa. Sara comprara um livro de Amy em um sebo on-line, onde não era preciso ser uma loja para vender livros. Quando Amy se recusou a receber qualquer pagamento pelo livro, Sara tomou coragem para enviar outro livro em agradecimento, e as coisas haviam evoluído a partir disso. Amy escrevia cartas maravilhosas sobre livros e sobre os habitantes de sua pequena cidade, e, naquele verão, as cartas eram tudo em que Sara podia se agarrar. O único fiapo de vida em uma existência que havia começado a parecer completamente sem sentido.

Por isso, quando chegou a Broken Wheel, Sara procurou ajuda nos livros. Era o que sempre havia feito.

Naquela manhã, levou *O diário de Bridget Jones* para a varanda, junto com a terceira xícara do quase intragável café instantâneo. Andou rapidamente pelo corredor, mantendo os olhos fixos na porta da frente. Tentava não olhar para o pequeno altar. Queria que alguém tirasse pelo menos as bandeiras dali, mas não achava que era seu papel fazê-lo.

Sentia-se melhor do lado de fora. As cadeiras de balanço eram confortáveis e o jardim com a grama alta parecia mais charmoso do que abandonado. Quando balançava para a frente e para trás, a cadeira rangia de modo agradável sob seu peso.

Enquanto o sol subia lentamente até a copa das árvores, Sara tentou imaginar que tudo estava em seu devido lugar, como deveria ter sido.

Talvez Amy não estivesse morta. Talvez só estivesse ocupada com as flores na cozinha. Talvez estivesse no segundo andar, com um livro na mão. Podia ser verdade.

Sara suspirou. Era como tentar mudar o final infeliz de um livro. Por mais que uma pessoa tente se convencer de que as coisas terminariam de forma diferente se ela pudesse se livrar do autor sádico e idiota, tudo ainda continuava na memória. Rhett Butler havia abandonado Scarlett quando ela começara a merecê-lo, desrespeitando o bom senso, a própria personalidade, a natureza do amor e sua promessa, tudo e todos. Nem mesmo o pai terrível de Charlotte Brontë havia conseguido impedir a morte do sr. Paul em *Villette*, não importava quanto Charlotte tivesse tentado enganá-lo com um fim tão aparentemente ambíguo.

Era incompreensível.

Mas era assim que as coisas aconteciam. Era só tentar não pensar naquilo. Margaret Mitchell era burra, Charlotte Brontë, determinada, e Amy Harris estava morta.

Sara pegou *O diário de Bridget Jones* do colo e se forçou a continuar a leitura. Havia algo de consolador no fato de o livro continuar igual ao que havia sido na Suécia. Bridget não conseguia cumprir as resoluções de Ano-Novo exatamente como não conseguira antes. O sr. Darcy usava o mesmo suéter maluco. Quando Daniel Cleaver finalmente surgiu, Sara já havia mergulhado no refúgio seguro do livro e teria ficado lá se não tivesse sido distraída por um carro virando na direção da casa.

George usava a mesma camisa xadrez de sábado, tão amassada quanto estivera naquele dia. As mãos tremiam mais que antes. Ela se lembrou de como ele a havia seguido até o velório, depois do enterro, e sorriu para ele por cima do livro.

— Vim dizer que vou ser seu motorista.

Ela baixou o livro lentamente.

— Vou levar você de carro para onde quiser. É só me ligar. — Ele disse o número do telefone. — Se eu não estiver em casa, estarei na lanchonete. — Deu a Sara o número da lanchonete também, sem esperar que ela anotasse nenhum dos dois.

— Mas eu posso caminhar.

— Eles me disseram que eu devia levar você de carro.

— Eles?
— Jen e Andy. Caroline também.
Provavelmente era isso.
— E então? — perguntou ele. — Posso levar você a algum lugar?

— Hoje em dia, não tem muita coisa para ver aqui — disse George enquanto se dirigiam até a cidade.

A única coisa que parecia haver em abundância era milho. Naquela época do ano, no final de agosto, o cereal formava torres nos enormes campos que os cercavam. O sol forte transformava os campos em um mar revolto, verde e dourado, que impressionou Sara e resplandeceu em seus olhos até que Broken Wheel apareceu quase como um alívio. Conforme se aproximavam da cidade, o milho dava lugar a uma fileira de casas de concreto e um estacionamento para trailers.

— É ali que eu moro — disse George.

Ela esperou que ele estivesse falando da fileira de casas, pois o estacionamento de trailers parecia totalmente abandonado. Os dois passaram por uma cerca quebrada, um estacionamento e algumas árvores solitárias em uma faixa de terra inútil. A única coisa que havia entre o lugar onde George morava e o centro de Broken Wheel era um posto de gasolina abandonado, composto de um barracão de ferro corrugado branco, ao lado do qual alguém havia jogado dois pneus de trator e um barco quebrado.

Por fim, a rua ficou mais larga e mais imóveis apareceram.

— Antigamente a gente tinha mais lojas — disse George, quase pedindo desculpas, como se a cidade fosse culpa dele —, mas a maioria fechou depois da crise. Não havia clientes suficientes.

Pelo menos ela veria a rua Jimmie Coogan, lembrou a si mesma. Já era alguma coisa. Mesmo assim, Sara lutava para demonstrar algum entusiasmo. Agora que tinha descansado, tomado banho e visto a cidade, o lugar parecia — se é que era possível — ainda mais deprimente do que quando havia chegado.

A paisagem ampla das Grandes Planícies havia inspirado uma arquitetura própria, com casas baixas e retas que se misturavam à pradaria e ruas cheias de calçadas cobertas por telhados de madeira; um híbrido entre varanda e passeio público, criado para andar e observar as vitrines. Em muitas cidades, aquilo havia funcionado e criara um ambiente calmo e aconchegante.

No entanto, Broken Wheel era um completo desperdício de tijolos, asfalto e concreto. Os prédios também eram baixos, mas só porque ninguém nunca sentira a necessidade de criar mais do que dois andares. Hoje, nem um andar era necessário. Em vez da pradaria varrida pelo vento, os imóveis de tijolo cru se misturavam a uma rua desnecessariamente larga. E agora mal era usada, já que havia se tornado dispensável por causa da autoestrada interestadual próxima dali.

Quando George a deixou e desapareceu na lanchonete, Sara andou a esmo. Não demorou muito, e ela parou, como se tivesse se sentido sobrepujada pelo ambiente. Havia algo de triste na cidade, como se gerações de problemas e decepções tivessem penetrado nos tijolos e nas ruas. Um grupo de homens estava parado em uma esquina. Deviam ter mais de cinquenta anos, talvez até sessenta; era difícil dizer pelas camisetas gastas e pelos rostos cansados. Irradiavam o mesmo tipo de inércia irrequieta dos adolescentes que frequentavam o centro comercial em que Sara trabalhava. Como se os dias não tivessem mais nada a oferecer e o futuro nunca fosse chegar.

Será que aquela realmente era a Broken Wheel de Amy? A mesma cidade em que o irmão dela tivera um jornal chamado *Bent Farmer* e em que uma das professoras da escola havia começado uma biblioteca móvel improvisada usando uma moto e um carrinho?

Sara continuou descendo a rua, basicamente para escapar dos olhares que os homens lhe lançavam. Não eram hostis, apenas muito concentrados, talvez porque não houvesse mais nada para olhar. Se ela encontrasse a rua Jimmie Coogan, pensou, então a cidade de Amy se revelaria, como mágica, com suas fachadas de madeira, mulheres de saia e o tipo de existência amish, atemporal, que Sara havia imaginado quando lera as cartas da senhora.

O sol do meio-dia batia sem piedade nas lojas vazias. Muitas realmente tinham lindas vitrines antigas de madeira, sugerindo que a cidade havia sido, um dia, charmosa e animada. Mas a impressão era arruinada pelas próprias lojas. Algumas tinham vitrines cobertas por tapumes, outras exibiam janelas quebradas que ninguém havia se dado ao trabalho de consertar ou fechar.

Em algum momento, árvores esguias que não pareciam ter fixado raízes tinham sido plantadas em frente a algumas lojas, e havia algo que parecia uma tentativa de parque no final de um dos cruzamentos. Esse era todo o charme da cidade.

Sara levou vinte minutos para andar por toda a Broken Wheel, mas não conseguiu ver nem um cantinho da rua Jimmie Coogan.

Do outro lado da rua havia a propaganda de um pesticida. CONTROLE O VERME DA RAIZ DO MILHO!, gritava para o mundo, com seus seis metros quadrados e pelo menos vinte anos de idade. COM DYFONATE 20-GINTERSECTITUDE. IDEAL PARA O GRANDE PRODUTOR DE MILHO!

Sob o outdoor, havia uma pequena placa anunciando que a cidade se chamava Broken Wheel. Era tudo. Ninguém tinha se preocupado em acrescentar "Coração de Iowa", ou "Jardim de Iowa", ou qualquer tentativa de orgulho cívico. A placa era tão pequena que Sara achou que parecia estar quase pedindo desculpas pelo incômodo.

Ela precisou subir e descer a rua principal duas vezes para finalmente encontrar a rua Jimmie Coogan, e só conseguiu por um processo de eliminação. Não havia nenhuma placa e a rua em si era apenas um beco escuro, com paredes de tijolos altas dos dois lados.

Depois daquilo, a moça se sentiu desanimada. Parou em frente à lanchonete. Em cima da porta, distinguiu leves letras douradas em um fundo vermelho fosco. AMAZING GRACE. Quando a própria Grace acenou para que ela entrasse, Sara quase agradeceu por poder deixar outra pessoa decidir o que devia fazer.

Grace serviu uma xícara de café sem que Sara pedisse e pôs um hambúrguer de carne rosada na chapa atrás de si.

A lanchonete estava praticamente vazia. Havia apenas três carros estacionados do lado de fora: duas velhas picapes azuis empoeiradas e uma van branca usada para consertar as ruas. Três homens em jaquetas amarelas fluorescentes estavam sentados a uma mesa, comendo ovos com bacon e tomando café; era mais um jantar adiantado do que um almoço ou um café da manhã atrasado. George estava sentado a uma das mesas do canto, sozinho.

— Não há muito que ver na cidade, não é? — perguntou Grace, os braços enormes apoiados novamente no balcão.

— É uma cidade bonita — disse Sara, sem acreditar muito em si mesma.

— É um buraco, isso, sim. Se eu fosse você, não ficaria. — Grace fez uma pausa para dar mais ênfase ao que havia dito. — Fuja enquanto pode, é só isso que estou dizendo. Nunca entendi por que minha avó quis ficar aqui. — Ela acendeu um cigarro e continuou quase no mesmo segundo: — Então George vai ser seu motorista? Não sou de fazer fofoca, mas ele andou tendo umas dificuldades. Talvez precise de um pouco de ajuda. A mulher deixou o coitado. Foi depois disso que ele começou a beber. Mas não é constante. É de vez em quando. Conseguiu manter o emprego no abatedouro por alguns anos.

Grace não havia se preocupado em baixar a voz, mas George não demonstrou ter ouvido o que ela dissera. Talvez a audição seletiva fosse um talento que ele tivesse sido forçado a desenvolver.

— Foi bom ele ter sido demitido, na verdade. Não é o melhor emprego para um cara que não tem mãos muito firmes. — Ela piscou para Sara. — Ele poderia facilmente ter ficado sem nenhuma... Mas ele parou de beber agora. Está sóbrio há um mês. É um bom homem.

Sara se forçou a tomar um gole de café. Era fraco demais e tinha o leve gosto de queimado dos cafés que ficam muito tempo na cafeteira.

— Por que chamam você de Grace?

— O nome da minha mãe era Grace. O nome da mãe dela era Grace. O nome da mãe da mãe dela era Grace.

Sara ficou com medo de que aquilo fosse continuar por muito tempo.

— Mas eu? Sou Madeleine. É nome de senhora. O tipo de mulher que desmaia se você encostar nela. Uma mulher que se casa e borda lenços com as iniciais. As iniciais de casada. Não é um nome para uma mulher que prepara hambúrgueres e mantém trabalhadores bêbados sob controle com uma espingarda de cano curto.

— Talvez sua mãe quisesse que você trabalhasse em um ramo diferente — sugeriu Sara, antes de olhar para Grace por sobre a xícara de café para ver se tinha ido longe demais.

Grace parecia muito satisfeita.

— Não é um ramo de trabalho. É uma tradição familiar. As mulheres da minha família sempre foram duronas, sempre venderam bebidas e sempre se chamaram Grace.

Ela bateu o hambúrguer no pão com tanta força que Sara achou que a carne fosse pular para fora de novo. Em seguida, pôs uma porção de batatas fritas em um prato e empurrou tudo para o outro lado do balcão. O prato fez barulho, mas chegou em segurança até Sara.

— Minha mãe se apaixonou por um homem que tinha uma pequena fazenda perto da cidade — continuou Grace. — E o que você acha que a burra fez?

Sara não queria tentar adivinhar, então Grace continuou:

— Ela se casou. Nasci dois anos depois. Uma Grace que não era ilegítima. Isso fez as velhinhas fofoqueiras enlouquecerem, posso garantir. Minha avó ainda estava viva e cuidava do bar; minha mãe e o marido nunca foram realmente aceitos. Mas tudo bem se quer saber.

Grace acendeu um cigarro. Sara deu uma mordida cuidadosa no hambúrguer.

— Minha mãe tentou fazer com que a aceitassem. Já tentou fazer isso?

Sara pensou por um instante antes de responder.

— Não sei — disse, apesar de supor que todas as pessoas enfrentassem algo parecido em algum momento.

— Não adianta nada — explicou Grace. — Se seguir as regras deles, sempre vão derrotar você. É como naquele velho ditado americano: "Nunca tente discutir com um idiota. Ele vai arrastar você até o nível dele e derrotar você porque tem experiência". O mesmo se aplica à maneira como uma pessoa deve viver a

própria vida. — Ela bateu as cinzas do cigarro no cinzeiro, que já transbordava.
— Nunca viva sua vida de acordo com as regras dos idiotas. Porque eles vão arrastar você para o nível deles, vão vencer e você vai sofrer pra caramba durante o processo.

Ela olhou para Sara de perto.

— Veja só a Caroline. Ela é ainda mais chata do que a mãe e isso é quase impossível. A velha sra. Rohde era irritante pra caramba, mas pelo menos tinha mais atitude. Era metida. A Caroline passou a vida inteira se curvando às expectativas de outras pessoas e agora passa o tempo todo tentando forçar todo mundo a fazer o que ela quer.

Sara não disse nada. Não via Caroline como alguém que se curvava diante de expectativas. Com exceção, talvez, das próprias.

Broken Wheel, Iowa
14 de janeiro de 2010

Sara Lindqvist
Kornvägen 7, 1 tr
136 38 Haninge
Suécia

Querida Sara,

Uma livraria! Deve ser um lugar legal para trabalhar. Nunca tivemos uma livraria em Broken Wheel, mas já tivemos uma biblioteca móvel em uma bicicleta. A srta. Annie, professora da nossa escola, decidiu criar uma biblioteca escolar e levar para a comunidade todo sábado. Nunca tivemos muitos livros e os que tínhamos ficavam um horror depois de andar na bicicleta que a srta. Annie conduzia. Mas que aventuras! Peguei *Mulherzinhas* emprestado dela. Acho que o tom levemente moralista da bela Louisa se encaixava à proposta. Também li *A cabana do pai Tomás* da biblioteca, mas isso deve ter sido um erro deles. Muitos aqui em Broken Wheel tiveram abolicionistas na família, mas não acho que percebiam como os valores que aprendi com Harriet Beecher Stowe eram liberais. Para certas pessoas, o cristianismo, o liberalismo e o comunismo são bem pouco diferentes. Havia um exemplar da Bíblia também, claro, mas eu já tinha lido aquelas histórias.

    Os empréstimos de livros sobreviveram na cidade até que a escola fechou. De qualquer forma, a biblioteca já não era a mesma, porque passamos a receber dinheiro do governo para comprar livros didáticos. Há alguma coisa de pouco inspiradora em bibliotecas escolares, acho. Vinte exemplares de edições caras do mesmo livro, como se todos devessem sempre ler a mesma coisa; sem contar aquele cheirinho especial de obrigação para acompanhar tudo. Nunca fomos uma cidade de leitores. Acho que somos práticos demais. É preciso ser sonhador para gostar de livros, pelo menos no começo. Mas imagino que seja diferente em cidades um pouco maiores.

Havia uma biblioteca em Hope, mas nunca houve uma livraria. Há algo de estranho em uma cidade que tem três lojas de decoração, mas nenhuma livraria, você não acha? Estou falando de Hope. Não temos nenhuma loja de decoração desde que a Molly's Corner fechou, mas, de todo modo, ela só vendia estatuetas de porcelana.

Uma grande amiga minha, Caroline Rohde, esteve aqui. Ela é muito legal, mas muito atuante na igreja. Disse que temos um tipo de livraria aqui, já que a Sociedade Bíblica (a Caroline é presidente da divisão deles em Broken Wheel) tem um cômodo na casa paroquial. Eles têm vinte Bíblias que podem ser compradas por cinco dólares ou levadas de graça se a pessoa provar que não tem nenhuma em casa.

Desculpe o tamanho da carta. Recebi a ordem de ficar na cama e tenho tempo demais nas mãos, então não sinto a necessidade de me expressar concisamente.

Não tenho muita coisa para contar sobre a minha vida, mas foi gentileza sua perguntar. Quando era mais nova, eu tinha certeza de que todos os idosos tinham uma história de vida dramática. Acho que é porque cresci no interior. Todas as famílias daqui parecem ter vivido segredos obscuros, gestações misteriosas, acidentes com tratores e colheitadeiras ou desastres naturais. Estes últimos costumam ter proporções bíblicas, às vezes literalmente, como em 1934 e em 1935, quando fomos atingidos por uma nuvem de gafanhotos. Mas, agora, nossa vida parece tão comum. Hoje me interesso muito mais pela vida dos jovens; estes, sim, *têm* muito drama.

Não há mais muitas crianças na cidade, é claro, e aquelas que vejo como as "minhas crianças" são adultas agora. Minhas crianças são aquelas que eram pequenas quando eu era adulta. Mas Claire, Andy e Tom já têm mais de trinta anos. Tom é meu sobrinho, filho do meu irmão Robert. Claire tem uma filha de dezessete anos; uma dessas gestações misteriosas. Não acho que tenha sido o Tom, nunca achei, mas sempre me perguntei se não teria sido o Andy, apesar de ele ter se mudado para Denver na mesma época (algumas pessoas acharam que a mudança foi meio suspeita. Às vezes acho que o pai dele espalhou esse boato de propósito. Só que não adiantou muito no fim das contas). Andy voltou com um grande amigo chamado Carl, que é muito legal, apesar de ser quase insuportavelmente bonito. Não há muitas pessoas que eu perdoaria por ter esse tipo de aparência, mas Carl é uma delas.

Caroline me perguntou se você tinha uma Bíblia. Tomei a liberdade de dizer que achava que sim.

Um abraço,
Amy Harris

UMA TURISTA NA CIDADE

Se Sara soubesse quanta fofoca estava gerando na cidade, teria ficado surpresa. Ela não era interessante. Nem exótica. E definitivamente não era bonita.

Teria sido a primeira a admitir que era difícil notá-la. Já aos sete anos fora forçada a aceitar que seu cabelo era sem graça. Não havia como escapar. Nem mesmo a pessoa com mais boa vontade do mundo o teria chamado de *louro* ou de *castanho-claro* ou de qualquer outra das cores usadas para descrever o cabelo das heroínas dos livros que lia. Além disso, nunca tivera nenhuma noção de estilo. A melhor coisa que a mãe já havia dito sobre ela era que, pelo menos, a filha se mantinha limpa e arrumada.

Na verdade, os olhos eram sua característica mais marcante. Eram grandes e expressivos, quando não estavam arregalados de medo ou escondidos atrás de um livro.

Mas Broken Wheel nunca tivera uma turista de verdade antes.

No dia seguinte à visita de Sara ao Amazing Grace, ela foi o principal tema de conversa entre duas das habitantes mais antigas da cidade. Ambas tinham ido até a lanchonete tomar uma xícara rápida de café para ficar sabendo das últimas fofocas sobre a nova habitante da cidade.

— Ela com certeza chegou no momento certo — disse uma delas.

De longe era difícil distingui-la, sentada em uma ponta do balcão; em parte porque o corpo magro havia diminuído com a idade e em parte porque ela sempre parecia cercada por uma nuvem constante de fumaça. Apesar das aparências, fumar em espaços públicos havia sido proibido anos antes. Só que, embora Grace fizesse uma exceção para si mesma, Gertrude evitava fumar como gentileza para Grace. No entanto, mesmo que não estivesse fumando, o cigarro nunca deixava Gertrude. E ela também bebia. Nem isso nem o modo como cozinhava (gostava de sal e de gordura, e seu prato ideal era uma combinação dos dois) haviam conseguido matá-la, para desespero de seus dois maridos. Eles haviam se desesperado, até que a comida e o fumo passivo os tinham levado. Ela ficara viúva duas vezes.

— Um velório — continuou Gertrude. — Uma cidade sempre chega ao auge em um velório. É sempre bom quando alguma coisa acontece.

A amiga dela, May, balançou uma das mãos para afastar a fumaça.

— E foi tão bonito. Todos em roupas pretas arrumadas. E tanta comida...

— Levei minha caçarola de milho — afirmou Gertrude. — Com bacon extra, é claro.

As duas mulheres olharam cheias de expectativas para Grace.

Grace mais uma vez se apoiou no balcão.

— Ela é uma moça legal. Passou aqui ontem e ficou pelo menos uma hora. Esteve aqui quando tinha acabado de chegar também.

— Ah, é? — perguntou Gertrude, o que era basicamente todo o incentivo de que Grace precisava para contar uma história.

— É legal, mas um pouco estranha. Estava agarrada a um livro quando chegou. Abraçava aquilo como se fosse sua única defesa contra o mundo. Eu vi a moça primeiro, então sei disso. Do que um livro poderia proteger uma pessoa? Já uma boa espingarda... — Ela parou, e Gertrude e May sabiam que não deviam incentivar Grace a contar mais um de seus causos. — Bom, mas também não posso falar nada. Nós, Graces, já tivemos nossas obsessões. Uma das primeiras Graces foi até obcecada por um xerife. Não deu certo, mas qualquer um teria adivinhado. Ela acabou sendo expulsa da cidade.

May não fez comentário nenhum. Em vez disso, perguntou:

— Mas ela vai ficar?

— E por que não ficaria? — retrucou Gertrude em um tom irritado, já que não tinha pensado em nenhuma outra possibilidade.

May tinha cabelo branco fino, preso em um coque solto. Parecia uma avozinha gentil e fazia cinquenta anos que era assim. Não era casada — um dos caprichos cruéis da natureza. É ótimo parecer avó quando se tem netos, mas não é o melhor visual para alguém que quer *ter* um neto. Ironicamente, May sempre tinha se interessado mais por homens do que por crianças. Crianças eram tão pouco românticas...

— Acho que ela vai conhecer alguém.

— Conhecer? — Gertrude soou preocupada.

— Eles sempre conhecem, sabia? — respondeu May na defensiva.

— Eles?

— Solteiros que chegam a novas cidades. Nas histórias. Até os homens.

— Homens... — disse Grace, dando a entender que a categoria não merecia nenhum outro comentário. — Se ela tiver um pingo de bom senso, vai sair correndo daqui. Não vale a pena ficar nesta cidade.

— E vale a pena ficar em alguma cidade? — perguntou Gertrude. — Pelo menos somos melhores do que a *Europa*.

LIVROS E PESSOAS

Um fogão a gás. Como se liga um fogão a gás? E o que acontece se der errado?
    Sara nunca havia ligado um fogão a gás. Primeiro, morara com os pais e eles tinham um fogão elétrico perfeitamente normal, muito caro; uma maravilha brilhante negra e cromada. Depois, vivera sozinha no apartamento em Haninge, que também tinha um fogão elétrico perfeitamente normal, só que muito mais velho, com bocas no estilo antigo e que um dia fora branco.
    Ela andara em torno do fogão da cozinha de Amy por alguns dias sem se atrever a acendê-lo. Tinha uma vaga noção de que fazê-lo exigiria fósforos e, em um acesso de atrevimento, conseguira até encontrar uma caixa em uma gaveta da cozinha. Então toda a coragem a havia deixado.
    Às vezes parecia que a casa em si estava lutando contra a moça. Talvez o problema fosse sua consciência culpada por não pagar aluguel, mas ela não conseguia escapar da sensação de que a maioria dos cômodos já estava triste muito antes de Amy morrer. Não havia livros na sala de estar, só um sofá de couro preto que nunca poderia ter feito ninguém feliz.
    Estava quase chegando à conclusão de que seria melhor comer o jantar frio outra vez quando o telefone tocou. Ela ficou paralisada.
    Pense, Sara.
    O aparelho continuou tocando, agudo e insistente.
    O que quer que decidisse fazer seria doloroso. Muitas pessoas sabiam que ela estava ficando ali, mas deveria haver outras pessoas que não faziam ideia disso. Se fosse alguém que não soubesse, seria muito estranho atender ao telefone de repente. Se fosse alguém que não soubesse que Amy havia morrido, seria insuportável.
    O telefone parou de tocar.
    Ela se arrependeu de não ter atendido. Tinha certeza quase absoluta de que devia ter pegado o telefone. Então o aparelho começou a tocar outra vez, e ela

voltou a ser jogada na indecisão. Por fim, atendeu dizendo "Sara" apenas para não ter que pensar mais naquilo.

Uma voz alegre e acolhedora a cumprimentou do outro lado da linha.

— Sara, aqui é o Andy. A gente se conheceu no velório.

— Andy! — exclamou ela, imediatamente temendo que tivesse soado familiar demais. Não se lembrava dele do velório, mas sabia quem era pelas cartas de Amy.

— Quer vir até o Square hoje? Venha tomar uns drinques com alguns caras de Broken Wheel. É um bar bem tranquilo. Cerveja gelada e pessoas legais.

Ela olhou para o fogão a gás. O aparelho não deu nenhuma resposta. Em vez de aceitar, Sara hesitou:

— Hum... Ahm...

Claro que pessoas novas eram assustadoras. De certa forma, porém, era como se ela já as conhecesse. Além disso, significava que ia sair de casa.

— Obrigada — respondeu. — Vai ser ótimo.

— Que bom! Vamos pegar você às seis. Não, não, não é problema nenhum — acrescentou ele antes que Sara pudesse considerar que poderia ser.

Às cinco, ela já estava pronta. Tinha se esquecido completamente do jantar e passara um bom tempo vasculhando as próprias coisas, procurando algo que fosse arrumado, mas não arrumado demais. Bonito, mas não bonito demais. Ficara satisfeita com o resultado. A calça cinza estava bem passada, fazendo com que ela ficasse quase elegante. O suéter preto de gola em V era levemente acinturado e mostrava seu corpo magro, a clavícula e um toque do decote. Sara até pusera um pouco de rímel e sombra.

Agora estava sentada na cozinha, com as costas eretas, tentando se manter imóvel para não amassar a calça nem borrar a maquiagem. Por dentro, porém, estava extremamente ansiosa com a ideia de conhecer as crianças de Amy. Parte da ansiedade e do coração acelerado podia estar sendo provocada por certo nervosismo, mas, se esse fosse o caso, então era diferente do medo que normalmente sentia quando sabia que ia conhecer pessoas. Sentia que qualquer coisa podia acontecer, que, de certa forma, Amy havia voltado por meio de suas crianças. Sara as conhecia da mesma forma que conhecia Lizzy Bennet, Jack Reacher e Euthanasia Bondeson. Nunca um deles a havia decepcionado, e ela estava convencida de que Andy e os outros também não o fariam. A desilusão sobre a rua Jimmie Coogan tinha desaparecido como em um passe de mágica.

Quando uma picape vermelha estacionou no terreno, ela rapidamente se levantou e disse a si mesma para não agir como uma idiota. *Eles não conhecem você*, pensou. *Para eles, você é só uma estranha que não sabe nada sobre eles, sobre a Amy nem sobre a cidade.* A ideia a fez sorrir.

Sara teve certeza de que o homem que saiu do carro não era Andy. Havia algo de tenso e relutante nos movimentos dele, que não combinavam com a voz gentil ao telefone nem com a descrição das cartas de Amy.

— Sou Tom.

— Sara — respondeu ela automaticamente, piscando, confusa.

Havia uma rede de pequenas rugas em torno dos olhos do homem, mas ele não estava sorrindo. Tom tinha olhos verdes-acinzentados, como o mar sueco no inverno. No entanto, eles irradiavam quase a mesma quantidade de calor. Sua linguagem corporal exalava distância e irritação. Ela não sabia o que tinha feito para que ele não gostasse dela, mas não havia dúvida. Tom não gostava dela.

Por um instante, o chão da moça sumiu, assim como acontecera quando ela vira a rua Jimmie Coogan. A sensação durou apenas alguns segundos; o bastante para fazer tudo parecer distorcido e não confiável, mas não o bastante para que ela pudesse entender exatamente o que havia mudado.

Ele usava jeans e camiseta, o que fazia a calça da moça parecer ridiculamente inapropriada. Ela não tinha mais a ilusão de que a roupa fazia suas pernas parecerem elegantes. Haviam voltado a ser os cambitos costumeiros, e Sara uma pessoa insossa.

Isso já aconteceu outras vezes, Sara, pensou. *Se você foi burra o bastante para pensar que as coisas iam mudar só porque as crianças de Amy estavam envolvidas, então a culpa é sua! Rímel! Sua idiota...*

Sara obteve certo consolo com a ideia ou pelo menos estava acostumada a obter.

— Andy me pediu que viesse buscar você — disse Tom, como se aquilo fosse, de alguma forma, culpa dela.

— Eu poderia ter ido andando.

— Claro.

Ela pensou em dar meia-volta e entrar. Não achou que aguentaria se descobrisse que Andy também era antipático. Mas Tom já havia aberto a porta do carro e dava um leve empurrão no braço dela para ajudá-la a se sentar.

— Então você é a Sara — disse ele por fim. Soou cansado, mas aparentemente ainda acreditava em tentar manter uma conversa educada.

Sara não era boa em bater papo. Não conseguiu pensar em nada para dizer, então ficou em silêncio. Sem perceber, estava agarrando o bolso da jaqueta, onde havia enfiado um livro por garantia. Não achava que podia tirá-lo do bolso, apesar de ser absolutamente óbvio que Tom não queria conversar com ela. As pessoas são estranhas. Podem não estar nem um pouco interessadas em alguém, mas, no instante em que esse alguém pega um livro, é *esse alguém* que está sendo grosseiro.

Assim que saíram da pequena rua que levava à casa de Amy, os campos de milho apareceram outra vez. Ela não conseguia saber se devia se sentir protegida ou ameaçada por eles.

— A Sara que gosta de ler.

Por um segundo, ela se perguntou se Tom podia ler sua mente.

— Você está com um livro escondido no bolso. — Ele soava cada vez mais desdenhoso.

— As pessoas são melhores nos livros — murmurou ela. Falou tão baixinho que não achou que ele tivesse ouvido, mas, quando olhou rapidamente para ele, pensou ter visto uma das sobrancelhas de Tom se erguer. — Você não acha? — perguntou na defensiva.

— Não — respondeu ele.

Sara sabia que a maioria das pessoas discordaria.

— Mas elas são tão mais divertidas, interessantes e... — *Simpáticas*, pensou.

— Menos perigosas?

— Isso também. — Sara conseguiu rir.

Então ele pareceu voltar a perder o interesse, tanto na conversa quanto nela.

— Mas não são reais — afirmou, como se quisesse encerrar a discussão.

Reais. O que havia de tão interessante na realidade? Amy estava morta, e Sara, presa em um carro com um homem que claramente não gostava dela. Com os livros, ela podia ser quem quisesse, estar onde quisesse. Podia ser durona, bonita, charmosa, dizer a frase perfeita no momento perfeito e... *viver* coisas. Coisas reais. Que aconteciam com pessoas reais.

Nos livros, as pessoas eram charmosas e simpáticas, e a vida seguia certos padrões. Se um personagem sonhava em fazer alguma coisa, então o leitor podia ter certeza de que, até o final do livro, ele estaria fazendo exatamente aquilo. E que encontraria alguém para concretizar o sonho com ele. No mundo real, podia-se ter certeza de que a pessoa acabaria fazendo qualquer outra coisa, menos aquilo com que havia sonhado.

— Elas são construídas para serem melhores do que a realidade — disse Sara. — São maiores, mais engraçadas, mais bonitas, mais trágicas, mais românticas...

— Em outras palavras, nem um pouco realistas — retrucou Tom.

Ele fazia parecer que ela estava falando de uma fantasia romântica de adolescente sobre heróis, heroínas e amor verdadeiro.

— Quando são realistas, são mais realistas do que a vida. Se for uma história sobre um dia normal, cinzento e sem sentido, então ele será mais cinzento e sem sentido do que os nossos dias cinzentos e sem sentido.

Sara achou que ele parecia estar se esforçando para não rir. No entanto, o sorriso desapareceu tão rapidamente quanto havia surgido.

— Os livros que você pediu para a Amy chegaram dois dias antes do enterro — disse ele.

E, com isso, a conversa acabou.

No mesmo instante, Sara se sentiu egoísta o bastante para pensar: então onde é que eles estão? Os treze livros que ela havia trazido não durariam muito. Especialmente se continuasse lendo na mesma velocidade.

O Square era um imóvel grande, cercado por um estacionamento vazio. A vinte minutos da cidade, ele se erguia do asfalto em majestosa solidão. Tom parou o carro e olhou em volta como se também estivesse vendo o bar pela primeira vez. Então balançou a cabeça e abriu a porta para Sara.

— Talvez eu devesse avisar você sobre Andy e Carl. Eles... bom, eles moram juntos. Todo mundo é muito compreensivo. Não falamos sobre isso.

— Eu sei — respondeu ela.

Tom ergueu uma das sobrancelhas, mas não disse nada.

Só havia dois outros clientes no bar: um parecia estar dormindo, e o outro comia amendoins sem parar. Sara viu que as pessoas nos Estados Unidos realmente usavam chapéus de caubói, mas, quando se virou, entusiasmada, para comentar sobre isso, Tom pareceu tão pouco impressionado que ela decidiu que não era a hora certa.

Ele fez um gesto para que ela continuasse andando e a seguiu até o bar. Sara subiu com cuidado em um dos bancos, e Tom puxou o assento ao lado dela e se sentou com um único movimento relaxado.

Quando viu Andy, ele abriu o primeiro sorriso verdadeiro que ela o tinha visto dar. Sorrir o fazia parecer mais novo.

Andy não se parecia em nada com a imagem que Sara fizera dele a partir das cartas de Amy. A única semelhança era o brilho infantil em seu olhar, que sugeria que ele ainda esperava que a vida fosse cheia de aventuras.

Ele abriu um sorriso impossível de resistir, como se tivesse certeza de que os dois se dariam bem. Depois olhou para Tom e para ela de forma que fez o rosto de Sara queimar e Tom ajeitar o banco para ficar mais longe dela.

— Bem-vinda ao Square — disse Andy. — Um pedaço da história, uma fonte constante de álcool, um local de reunião de Broken Wheel desde muito antes de eu chegar. — Ele fez um gesto apontando para o restante do bar.

Sara piscou.

— Eu só assumi o bar... — Ele olhou em dúvida para Tom. — Há uns sete anos? Será que já faz tudo isso? Quando o Abe se foi. Na época, ele tinha ficado estranhamente obcecado por cantoras de música country.

Sara relaxou à medida que foi ficando óbvio que ninguém esperava que ela fizesse parte da conversa. Andy parecia estar se saindo muito bem sozinho.

Ele se apoiou no bar.

— A mulher dele foi embora. E ele não procurou Johnny Cash, Don Williams nem Willie Nelson para se sentir melhor. Na verdade, foram Dolly Parton, Emmylou Harris, Patsy Cline, Loretta Lynn e Tammy Wynette. Durante cinco anos, as vozes dessas mulheres tristes e cheias de dores de amor deixaram o Square meio deprimente. Até que as Dixie Chicks acabaram com isso.

— Ah, pelo amor de Deus, Andy. — Tom claramente já ouvira aquela história muitas vezes.

— O Abe foi um dos primeiros a queimar os discos delas, em uma lata verde do quintal, para protestar pelo que disseram sobre Bush e o Iraque. A lata ainda está lá. Eu guardei. Faz parte da história, não é? Ele morreu uma semana depois. Ninguém achou que tivesse alguma ligação, mas não dá para não pensar nisso, não é? Foi quando eu trouxe Carl de Denver e a gente começou a morar aqui.

— E a música country voltou a ser tocada aos berros no bar — disse Tom baixinho para Sara.

Era verdade, mas ela não fazia ideia do que estava ouvindo.

— E a gente está aqui desde então.

Tom pediu duas cervejas e Sara tentou pagar por elas, mas não conseguiu. Tom simplesmente entregou o próprio dinheiro, convicto de que Andy não aceitaria o dela. Estava certo.

Ela teria preferido que Tom a tivesse deixado pagar. Havia algo de trágico em ver sua cerveja ser paga por alguém que não gostava dela. Ele ficou sentado ali, em silêncio, imóvel, demonstrando querer estar em qualquer outro lugar que não ali ao lado dela. Sara tomou um gole cuidadoso da cerveja e se arrependeu de ter saído da cozinha.

— Carl — chamou Andy —, venha cumprimentar a turista da Amy.

Carl veio andando da outra ponta do bar. Sara olhou para ele cheia de expectativa e ficou paralisada, a cerveja a meio caminho da boca. Ele era mesmo insuportavelmente bonito. Parecia ter saído da capa de um romance de banca, apesar de estar usando uma camiseta branca, e não uma camisa roxa de seda, claro. Não que fizesse muita diferença.

Ela tentou não demonstrar o que pensava enquanto estendia a mão para ele, mas percebeu que deveria demonstrar *alguma coisa*.

Então tentou abrir um sorriso relaxado.

Carl apertou a mão dela rapidamente e recuou, como se estivesse com medo de que a moça se jogasse em cima dele (mesmo tendo o balcão inteiro como proteção). Sara entendia o porquê. Quando alguém era bonito daquele jeito, era melhor se prevenir.

— Parece um romance de banca — disse ela baixinho.

Tom riu, fazendo barulho pelo nariz.

— Você lê muitos deles, é? — perguntou.

— Toda mulher já leu um — respondeu Sara. — Já foram mais de seis bilhões de exemplares vendidos no mundo. Só uma editora publica mais de cem novos títulos por mês e já vendeu um milhão e meio de livros só na Suécia. E nossa população é de apenas nove milhões. Acredite, mesmo se você levar em conta as fanáticas, com gavetas cheias deles, é estatisticamente possível que toda mulher já tenha lido pelo menos um. — Olhou para Tom. — E provavelmente os homens também.

— Ah. — Ele parecia levemente impressionado.

Ela deu de ombros.

— Eu trabalhava em uma livraria.

— E vendia muitos livros desse tipo?

— Na verdade, não. Jilly Cooper e Judith Krantz eram o mais próximo que tínhamos disso.

Andy empurrou outra cerveja para os dois e fez que não com a cabeça ao ver o dinheiro dela.

— Bom, Sara — disse ele. A conversa sobre livros havia claramente acabado. — O que você está fazendo aqui?

— Estou de férias — respondeu ela, decidida. — E preciso conversar com alguém sobre a casa da Amy. Não paguei nada para ficar lá. Não me parece certo.

— Pagar? — perguntou Andy. — A quem você está planejando pagar? Ao Tom?

Tom pareceu achar todo aquele assunto de mau gosto. Mas não era *certo* ficar lá de graça.

— Amy queria que você ficasse lá — disse Andy.

— Deve haver alguém a quem eu possa pagar.

— Ela não teria deixado você pagar — afirmou Andy.

— Mas a gente combinou isso. Ela *prometeu* que eu poderia pagar do meu jeito. Era praticamente impossível trazer livros suficientes para pagar Amy dessa forma. Porque a companhia aérea só me dava direito a vinte três quilos de bagagem.

— Eu duvido que ela teria deixado você pagar depois que tivesse chegado aqui — disse Andy. — E por que isso importa agora? Ela queria que você ficasse.

E estava doente havia tanto tempo que, se convidou você para ficar dois meses inteiros, devia saber que corria o risco de morrer durante a sua estadia. Desculpe, Tom, mas essa é a verdade.

— Ela sabia que ia morrer? — perguntou Sara, espantada.

Amy sabia que ia morrer? Sara segurou a cerveja com mais força.

— Ela estava doente — explicou Andy, incomodado. — Há vários anos. Mas só ficou de cama recentemente. Não foi surpresa para ninguém. Já a sua chegada foi.

Por que Amy a havia convidado se sabia que poderia morrer durante a estadia dela? Quem convida alguém para o seu *leito de morte*? Sara se sentiu estranhamente traída. Nunca tinha achado que conhecer pessoas era fácil. A ideia de ficar com alguém por dois meses inteiros a havia deixado morrendo de medo, mas ela tinha visto algo nas cartas de Amy, na ideia de que ela também amava livros, que lhe dera coragem e a fizera querer se arriscar.

— Talvez você devesse ir para Hope — sugeriu Tom. — Tem um hotel bem decente lá. Pode ser mais confortável para você.

— Hope? — deixou escapar Andy. — Por que ela faria isso se tem uma casa de graça aqui?

Ele empurrou um pequeno copo de bebida para Sara. Ela deu um gole cuidadoso e fez uma careta. Uísque. Talvez ajudasse. Virou o copo, tossiu e fez que sim com a cabeça, agradecendo, quando Andy voltou a enchê-lo.

Atrás do bar havia uma geladeira coberta com propagandas de cerveja, com uma faixa de luzes coloridas em cima. As cores brilhavam diante dos olhos de Sara e se refletiam no espelho. Tudo parecia irritantemente festivo.

— Você não tem por que ficar aqui — disse Tom.

A voz dele soou distante. Como alguém podia convidar uma completa estranha para uma visita se sabia que poderia morrer durante a estadia dela? Era incompreensível. Sara tomou outro gole de uísque.

— Mas, Tom, você sempre defendeu Broken Wheel. Mesmo quando a gente era mais novo, você nunca pensou em ir embora. Eu queria sair daqui para ir a bares gays, e a Claire queria fazer alguma coisa importante, mas você... Você sempre planejou ficar aqui, ajudando seu pai...

— É, mas ele morreu... — retrucou Tom.

Sara olhou para ele.

— Sinto muito — murmurou para ninguém em especial. Tudo a seu redor girava.

— ... com a fazenda.

— É, mas ela foi vendida.

— Ajudou o Mike com o negócio. Sempre leal, sempre aqui.

— É, mas o que isso me trouxe? — Tom claramente havia se cansado da conversa. — Por que você quis vir para cá afinal? — tentou perguntar a Sara, mas ela simplesmente não sabia como responder.

Talvez eu devesse beber até cair, pensou ela. Tomou alguns longos goles da cerveja. Nunca tinha ficado bêbada, então não sabia se aquilo ajudaria a resolver seus problemas. Outras pessoas pareciam gostar de ficar bêbadas, então talvez ajudasse um pouco. Mas, se pensasse nas colegas de trabalho, talvez aquilo só criasse outros problemas.

— Sara? — chamou Tom. Ela olhou para ele. — Quer outra cerveja?

Ela fez que sim com a cabeça. Que outros problemas a bebedeira poderia criar?

— Por que você veio parar aqui afinal? — Era a vez de Andy tentar.

Por causa da Amy.

— Por que não viria?

— Você sabia que Iowa existia?

— É claro.

— O que você sabia sobre a gente? — perguntou Tom.

Ela pensou em contar que sabia que o pai dele tivera um jornal, mas decidiu no último instante que não seria uma boa ideia.

— Eu sabia que tinha um gato — disse então.

O comentário não teve o efeito que esperava.

— Um gato bibliotecário — acrescentou. — Dewey Readmore Books. Vocês devem saber qual é.

— Ah, meu Deus... — disse Andy. — O gato de Spencer. Como diabos você sabia disso?

— Amy tinha... — começou Sara, mas se interrompeu.

— Um livro sobre isso, aposto — completou Tom, encerrando o assunto.

Ela bebeu mais uísque. Talvez ajudasse.

No fim da noite, Tom foi forçado a ajudá-la a descer do banco. Estava bêbada, disso ela sabia, mas não tanto que tivesse resolvido algum de seus problemas. Sentia-se decepcionada. Por que as pessoas bebiam se aquilo não fazia com que se sentissem melhor? Talvez não estivesse suficientemente bêbada.

Tom também teve que ajudá-la a travar o cinto de segurança. Ela olhou para ele. Não sabia direito o que pensar. Fez uma careta.

Ele ergueu uma das sobrancelhas ao sentir o olhar investigativo e virou a chave na ignição.

— Então você *sabe* ser simpático? — falou Sara, fazendo tanto uma declaração quanto uma pergunta.

Ele sorriu.

— Dizem que sim.

Ela fez que sim com a cabeça.

— É bom saber.

Então encostou a cabeça na janela fria do carro e fechou os olhos.

Tom a levou até a porta.

— Vai ficar bem sozinha? — perguntou.

— Claro — respondeu Sara, confiante, e acrescentou: — Boa noite. — Queria enfatizar o que dizia.

Sentia-se mais corajosa bêbada e era uma sensação fantástica. Mas isso tinha mais a ver com a traição de Amy do que com o uísque. Se fora convencida a ir para os Estados Unidos por uma mulher que sabia que ia morrer, então pelo menos não precisava se sentir mal por estar ficando ali. Ou pelo menos foi o que disse a si mesma enquanto tropeçava pela casa como se fosse sua.

Ela iria para cama e, de manhã, decidiria o que fazer. No entanto, quando passou pelo quarto de Amy, parou.

Sara hesitou. Estava bêbada o bastante para não pensar em nada por alguns instantes. Então, de repente, teve uma ideia.

Livros!

Tinha que haver livros em algum lugar da casa. A pilha que trouxera consigo fora tudo o que pudera colocar na bagagem, mesmo depois de tirar parte das roupas e o segundo par de sapatos. Além disso, ela já havia lido alguns deles e os trouxera mais como velhos amigos do que novos conhecidos. Amy devia ter mais livros para ela ler.

Ficou parada por mais um instante. Sentia-se um pouco zonza. Rindo de si mesma por causa da tontura, Sara abriu a porta lentamente.

Ela caiu na cama e olhou em torno de si, impressionada.

O quarto de Amy era como a biblioteca perfeita. Havia uma enorme cama no meio, onde Amy devia passar os dias, morrendo lentamente de seu "probleminha chato". Todas as paredes eram cobertas por estantes. A mesa de cabeceira era uma pilha de livros. Nela havia uma coleção de fotos de Iowa, coberta de marcas de copo.

Alguém havia recolhido o copo, feito a cama e aspirado o quarto. Havia uma sensação de abafamento no cômodo que não devia existir quando Amy ainda estava viva.

De um lado havia uma janela sem cortinas. Era a única parede não coberta por livros. De onde estava sentada, Sara viu a copa de uma árvore balançar com a brisa. E viu centenas, talvez milhares de livros piscando à sua frente quando o quarto começou a girar diante de seus olhos.

Os livros formavam um arco-íris de cores. Havia livros finos, grossos, com textos luxuosos e ilustrações, brochuras baratas, edições clássicas, velhos volumes de couro, gêneros incompatíveis. Às vezes organizados em ordem alfabética, às vezes por gênero, às vezes por nenhum sistema óbvio.

Ela ficou onde estava, na cama, olhando assombrada enquanto livros, cores, vidas e histórias pairavam em torno dela.

Jane Austen estava ali, todas as suas obras, além de uma biografia e uma coletânea de correspondências. As três irmãs Brontë também, mas Amy parecia ter uma apreciação especial por Charlotte: havia três edições diferentes de *Jane Eyre*, um exemplar de *Villette* e uma biografia. Havia biografias de presidentes americanos, até dos republicanos, e volumes pesados sobre o movimento pelos direitos civis — um equilíbrio saudável entre poder e resistência.

Paul Auster, Harriet Beecher Stowe, muitos livros de Joyce Carol Oates e dois de Toni Morrison. Uma coleção de peças de Oscar Wilde, alguns Dickens, nenhum Shakespeare. Todos os Harry Potter em capa dura. Na prateleira seguinte, Annie Proulx, todos os que Sara havia lido; Proulx era uma das favoritas dela. Havia exemplares em capa dura e brochura de *Chegadas e partidas*, além de outros títulos muito manuseados.

Alguns livros de Philip Roth, *Suave é a noite*, de F. Scott Fitzgerald, e vários thrillers: Dan Brown, John Grisham e Lee Child — uma descoberta que agradava a Sara quase tanto quanto os livros de Proulx.

Havia também alguns Christopher Paolini: *Eragon*, *Eldest* e *Brisingr*. Sara foi forçada a fazer uma pausa e caiu de novo na cama.

Talvez os últimos anos de vida de Amy não tivessem sido muito animados, mas ela devia ter lutado contra a morte até o fim. Sara entendia por que havia negado aquilo a si mesma por tanto tempo. Devia ser uma noção assustadora: tantos livros que ela nunca leria, tantas histórias que aconteceriam sem ela, tantos autores que ela nunca poderia descobrir.

Naquela noite, Sara ficou horas sentada na biblioteca de Amy, pensando no quão trágico era o fato de a palavra escrita ser imortal, e as pessoas não. Sara ficou em luto por Amy, a mulher que nunca havia conhecido.

Broken Wheel, Iowa
26 de fevereiro de 2010

Sara Lindqvist
Kornvägen 7, 1 tr
136 38 Haninge
Suécia

Querida Sara,

Concordo totalmente com o que você diz sobre a Bíblia: com tantas histórias interessantes, é uma pena que ninguém a tenha editado melhor. Entendo que deve ter se tornado um processo tedioso no terceiro e no quarto evangelhos. Nesse ponto, todo mundo já sabe como a história vai acabar. Sempre achei que as melhores histórias estavam no Velho Testamento. Que Deus eles tinham naquela época! Se meu pai tivesse se disposto a me sacrificar, eu não veria isso como sinal de integridade religiosa. Não que meu pai pudesse fazer isso. Ele era igualzinho ao meu irmão Robert. Uma pessoa boa demais. Às vezes acho que Tom conseguiu escapar dessa característica familiar. Não me entenda mal, ele é um homem muito bondoso — muito carinhoso comigo, sempre —, mas não se mete no assunto dos outros. Coisa que meu pai e Robert nunca deixaram de fazer. Os dois morreram jovens.

    Espero que me perdoe por ter dito à Caroline que você já tinha uma Bíblia e já a havia lido. Não acho que ela seja alguém que aprecie uma visão literária das Sagradas Escrituras. Ela manda no coitado do nosso pastor, William Christopher, e mandaria em Deus também se Ele aparecesse em Broken Wheel. Mas, é claro, talvez alguém devesse mesmo mandar em Deus. Espero que essa conversa fique entre nós se um dia você conhecer Caroline.

Um abraço,
Amy Harris

BRIDGET JONES TRAZ CERTO CONSOLO

— Há vários lugares legais para visitar por aqui.

A voz de Jen atingiu os ouvidos de Sara com a animação de um martelo.

— Temos um rio, por exemplo. Talvez um belo piquenique de fim de verão? Vou pedir ao Tom que leve pratos típicos de Iowa para vocês dois se divertirem juntos enquanto você conhece o melhor da comida e da natureza do estado.

— Não.

Sara cobriu o rosto com uma das mãos. Estava com dor de cabeça, de ressaca e já tinha feito um papelão na frente de Tom uma vez.

Tinha acordado com frio, dura, na cama de Amy, com a ponta afiada do livro de fotografias machucando suas costas e com a cabeça em quatro obras de Lee Child como travesseiro. Ela esfregou a bochecha. Devia ter conferido se alguma das letras em relevo do título estava marcada em seu rosto.

— Ele pode levar você a uma corrida de demolição. — Jen usava um vestido salmão, em estilo Jackie Kennedy, e parecia muito à vontade. — Eu soube que a Associação para a Preservação dos Carvalhos estava planejando organizar uma.

— A... Uma corrida de demolição?

— De carros — explicou Jen. — Os carros ficam se batendo até se destruírem, e o último funcionando vence. É divertido de ver. Tom pode dar uma carona a você.

— Não — repetiu Sara.

Em seguida, fez uma pausa. Tirou os olhos da xícara de café e analisou o rosto ansioso de Jen, a visita matutina, as inúmeras sugestões... Todas incluíam Tom.

Sara se ajeitou na cadeira, chocada. Já tinha lido livros suficientes para perceber que Jen estava tentando fazê-la se envolver com Tom. *Justo ela.*

— Um passeio pela floresta? — perguntou Jen, esperançosa.

Sara riu.

— Não — respondeu.

No que eles estavam pensando? Ela era comum e Tom... Bem, Tom não era. Sara sempre havia tentado ser uma pessoa justa, por isso fizera um esforço para não julgá-lo. Mas a verdade era que sempre desconfiava de pessoas com corpos em forma. Eles costumavam ser totalmente incompatíveis com outras qualidades, como inteligência, bondade ou mesmo um mínimo de educação.

No entanto, ela também sabia que uma aparência comum não garantia um charme inato.

Sara parou de sorrir. Meu Deus, e se tivessem sugerido aquilo *a ele*? Será que fora por isso que Tom tinha ido buscá-la no dia anterior, contra a vontade dele, por ser parte de um plano maluco inventado por Jen e, provavelmente, por Andy? Andy parecia o tipo de pessoa que inventaria algo assim. Não à toa Tom havia se demonstrado tão distante. Sara realmente queria não tê-lo chamado de simpático.

Só havia uma coisa a fazer. Mudar de assunto.

— Já descobriu para quem eu tenho que pagar o aluguel? — perguntou, fazendo Jen parecer triste no mesmo instante.

George havia começado a passar pela casa de Amy todos os dias, antes de ir para a lanchonete, a fim de ver se Sara precisava ir até a cidade ou comprar alguma coisa. Ele estava levando o trabalho de motorista muito a sério.

Naquele dia, quando George chegou, Sara estava sentada na varanda com um cobertor fino nos joelhos, lendo.

Ela baixou o livro e olhou para George quando ele se sentou ao seu lado.

— O que você está lendo? — perguntou ele.

Ela ergueu o livro.

— *O diário de Bridget Jones*.

Ele fez que sim com a cabeça como se o nome soasse familiar.

— Quer café? — perguntou ela. — Com leite e açúcar? Só não sei se tenho leite.

— Tudo bem — respondeu ele rapidamente. — Posso tomar puro também. Não tem problema.

— Mas você costuma tomar com leite e açúcar?

— Às vezes.

— Imagino que você goste dos dois — disse ela.

— Gosto... Não muito de leite, mas devo admitir que costumo acrescentar nata. Ou açúcar, se tiver que escolher. Isso faz sentido?

Ela sabia bem do que ele estava falando.

— Às vezes acho que há escolhas demais na vida — continuou George. — É difícil. — Ele se virou para Sara e disse: — Às vezes eu gostaria de estar doente para ficar na cama o dia todo. Não ter que fazer nada. Passar dias sem tomar decisão nenhuma.

— É para isso que os livros servem — explicou ela, sorrindo. — São a desculpa perfeita para não fazer nada. Não tomar decisão nenhuma.

— É sério?

— Claro. Quer pegar um emprestado?

Sara tinha sugerido aquilo mais como brincadeira, mas ele respondeu de forma séria, hesitando um pouco:

— Um livro?

— É, um livro. — *Na verdade, não é uma ideia tão ruim*, pensou Sara.

— Esse que você está lendo é bom? Posso pegar emprestado? — perguntou ele, acrescentando rapidamente: — Quer dizer, depois que você terminar.

— Eu já li algumas vezes. — Mais do que queria admitir. Já devia ter chegado à casa das dezenas de vezes.

— Algumas vezes? Então deve ser bom.

Ela estendeu o livro para George, com sentimentos meio confusos. Esperava que aquilo não o afastasse para sempre da leitura. Sugeriria algo mais durão em outra oportunidade. Um thriller agitado, talvez. Michael Connelly: nada além de masculinidade pesada, violência e policiais alcoólatras. Ou talvez Connelly, não. No entanto, quando pensou no assunto, talvez fosse difícil encontrar um thriller masculino que não falasse de problemas com bebida.

Sara olhou para George. Ele não era nenhum Jack Reacher. Mesmo assim, Reacher nunca bebia mais do que uma cerveja de vez em quando, então podia ser uma boa escolha. Ela simplesmente teria que continuar pensando no assunto.

George pegou o livro, desconfiado. Na capa, Bridget aparecia encolhida no beiral da janela, fumando. Era dos primeiros livros de bolso lançados, antes de os filmes serem feitos.

— Pode ficar — disse Sara.

Ele pôs o livro no colo, indeciso.

— Você precisa de carona para algum lugar? — perguntou, como se um favor imediatamente exigisse outro, o que era ilógico, já que ele vinha levando a moça para vários outros lugares sem pedir nada em troca.

— George — começou ela lentamente. — Há uma coisa que você poderia fazer por mim. O fogão.

Ele olhou para ela, preocupado.

— Tem alguma coisa errada com ele?

— Não sei como funciona.

George pareceu aliviado.

— Eu sei — disse, entrando na casa na frente dela.

Depois de revelar os mistérios do fogão a gás, George levou Sara à cidade para que ela comprasse comida para cozinhar. Ele a deixou ao lado da loja de ferramentas, vizinha à lanchonete, e foi tomar o terceiro café do dia.

A loja de ferramentas havia ganhado esse nome porque, em algum momento, vendera as ferramentas e máquinas de que todo homem e fazendeiro de respeito precisavam e que todo menino de respeito queria. Agora era mais uma mercearia que também vendia martelos.

Um pequeno sino tocou quando Sara abriu a porta, e o homem atrás do caixa olhou para ela. A moça hesitou por um instante, como se estivesse esperando um sinal de Amy, alguma visão que indicasse o que devia dizer ou fazer. Então, nervosa, cumprimentou-o e entrou na loja.

O lugar era arrumado, de certa forma. Além de várias ferramentas, pregos, parafusos e velhas varas de pescar, havia geladeiras cheias de laticínios e carne, algumas prateleiras de pães e bolos, uma prateleira de enlatados e uma pequena variedade de sorvetes e doces. Ela andou pela loja, pegando as coisas de que precisava: mais pão, carne moída, uma lata de tomates picados e alguns ovos, vendidos individualmente em uma caixa na frente da loja.

No balcão, hesitou outra vez enquanto olhava para o homem sentado ao caixa. Como não havia pegado uma das cestas frágeis da entrada, estava sendo forçada a ficar imóvel para não deixar que nada caísse. O homem tinha que ser John.

Ele tinha cabelo acinzentado e uma leve barba salpicada de pelos grisalhos, mas talvez fosse a tristeza que fizesse o restante do corpo praticamente se misturar aos itens empoeirados atrás dele. Usava um paletó de lã grosso e o corpo parecia perdido entre os enormes ombros acolchoados.

Quando Sara, por fim, entregou os produtos a ele, John passou os itens pela registradora sem dizer nada.

Os movimentos do homem eram automáticos, algo que ela reconhecia por causa do tempo que passara atrás de um caixa. Os gestos faziam com que Sara se lembrasse da época de Natal, quando os vendedores ficavam tão cansados que a única coisa que os salvava era o fato de já terem feito aqueles gestos muitas vezes. *Quer mais alguma coisa? Quer que embrulhe para presente? Quer uma sacola? Muito obrigada.* Quando as compras de Natal estavam no auge, ela podia ir a um café, comprar uma bebida e se pegar dizendo para quem quer que a servisse: "Obrigada, quer mais alguma coisa? Quer uma sacola?".

John tinha o mesmo olhar vazio e levemente desesperado. Ela hesitou, mas, por fim, estendeu a mão.

— Sou a Sara.

— A convidada da Amy. — A voz dele soou como se estivesse limpando a garganta. Ele não se preocupou em cumprimentá-la.

Ela baixou a mão.

— Você deve ser o John — continuou.

— Sou.

— Amy escreveu várias vezes sobre você. — Era uma coisa boba de se dizer, mas foi a única em que conseguiu pensar.

Sara se perguntou se ele a tinha ouvido. Foi apenas quando estendeu as mesmas notas amassadas com que vinha tentando pagar o que consumia que o olhar dele mudou e realmente se concentrou nela.

— Não, não — disse John. — É por minha conta.

— Você não pode dar compras de graça a uma pessoa — protestou ela.

Uma xícara de café era uma coisa. Cerveja no máximo. Mas tomates picados? Não, se ela ia ficar um tempo na cidade, eles teriam que deixá-la pagar o que consumia.

Mas John voltou a dispensar o dinheiro com um aceno de mão.

— Suas cartas deixavam Amy muito feliz. Significavam muito para ela. Especialmente perto do fim.

Entre a loja de ferramentas e a lanchonete, havia uma loja abandonada. Enquanto esperava George terminar o café, Sara ficou parada do lado de fora, segurando sua sacola de papel marrom tipicamente americana.

Algo no estabelecimento chamara sua atenção, mas ela não sabia dizer o quê. Definitivamente não era a única loja vazia da rua. Quase metade delas estava desocupada. Essa era uma das razões pelas quais Broken Wheel parecia tão abandonada; a cidade havia claramente sido construída para ter *mais*. As ruas haviam sido pavimentadas para mais carros, as casas construídas para mais crianças, a rua principal feita para mais lojas, e as lojas — as que haviam sobrado — para mais clientes.

Talvez fosse apenas porque as vitrines daquela loja específica ainda estivessem intactas ou porque não parecesse tão maltratada quanto as outras. Estava suja, mas eram apenas cerca de dois ou talvez três anos de poeira.

— Quando essa loja fechou? — perguntou a George assim que ele saiu da lanchonete.

Sara se aproximou da janela e limpou uma parte do vidro. No meio do lugar havia um balcão, e algumas prateleiras estavam presas à parede. Duas cadeiras tinham sido deixadas para trás e ambas ainda pareciam inteiras. A luz consistia em uma única lâmpada e, apesar de o sol estar passando pela poeira das janelas, era difícil dizer de que cor as paredes e os poucos móveis eram.

— A loja da Amy? — perguntou George.

— Essa loja é da Amy?

Era, pensou Sara, mas George não pareceu notar que ela havia usado o tempo verbal errado.

— É — respondeu ele, brincando com as chaves do carro. Olhou em volta como se tivesse medo de que alguém o ouvisse. — O marido dela comprou. Não fez muito sucesso enquanto ele estava vivo, mas acho que mantinha o cara longe dela algumas horas por dia pelo menos. — A expressão no rosto dele era estranhamente amarga. — Ela fechou assim que ele morreu. E já foi tarde.

Sara não entendeu se George estava se referindo ao fechamento da loja ou à morte do marido de Amy.

— Quando foi isso?

— Quase quinze anos atrás, mas ela sempre limpava tudo. Não sei direito por quê, não acho que ela pensava que fosse conseguir alugar. Ela parou, é claro, quando... quando a saúde dela piorou.

Sara imaginou Amy limpando a loja do marido morto ano após ano. Certinha e organizada.

— Que tipo de loja era?

George pareceu ainda mais irritado.

— Uma loja de ferramentas.

Depois não disse mais nada. Ele a levou para casa em silêncio.

Naquela noite, Sara estava na cozinha aproveitando a primeira refeição quente que tinha preparado para si mesma desde que havia chegado. Tinha um dos livros de Amy preso na beira do prato para poder comer e ler ao mesmo tempo.

A comida quente tinha renovado a coragem de Sara. Ela nem se dera ao trabalho de acender todas as luzes antes de escurecer. A luz da cozinha era a única de que precisava. Estava começando a sentir que podia se virar e que poderia ter as férias, as histórias e as aventuras no fim das contas.

Sara havia contado à família que ia para Broken Wheel para fugir por um tempo, para ter férias de verdade, para ler e conhecer Amy, mas aquela não era toda a verdade. Ela queria viver algo... grande. Para ser capaz de dizer às pessoas, apesar de não saber exatamente para quem, que já havia passado dois meses inteiros em uma pequena cidade dos Estados Unidos.

— Amy — disse ela —, você sabia que mais de trezentos mil livros novos são publicados todo ano nos Estados Unidos? E agora aqui estou eu.

Não importava como tudo terminasse. Ela teria *feito* alguma coisa na vida.

Duas horas depois, Sara havia espalhado os livros de Amy por todas as superfícies disponíveis e estava sentada, satisfeita, em uma das cadeiras de balanço da varanda, uma xícara de chá esquecida a seu lado.

Tinha três livros no colo, mas não lia nenhum deles. Ouvia o barulho da brisa noturna que brincava com a velha casa. De alguma forma, a descoberta dos livros de Amy havia mudado aquele ambiente. Como se ele tivesse voltado a ser a casa de Amy, e Sara tivesse voltado a ser sua convidada. Os ruídos constantes haviam-na deixado nervosa nos primeiros dias, mas agora eram um complemento reconfortante à noite. Os galhos que batiam na janela do segundo andar faziam com que Sara se sentisse menos sozinha, como se a árvore e a janela lhe estivessem fazendo companhia. O ranger dos canos, o ruído constante da madeira... era como se algo ainda estivesse presente na casa, como se ela nunca fosse ficar totalmente vazia, mesmo depois que Sara tivesse voltado para casa.

Às nove horas, o ar já estava frio, mas não tão frio que um cobertor e uma das jaquetas gastas que encontrara em um dos armários não pudessem mantê-la aquecida.

Sara viu os faróis primeiro. Eles varreram como holofotes o jardim malcuidado antes de virarem para ela e sumirem totalmente. Foi só então que ela percebeu que era o carro de Tom.

Ele saiu, mas não foi até a varanda. Apenas se apoiou na porta do motorista e cruzou os braços.

— Achei que devia passar aqui para ver se você estava bem.

— Eu não bebi *tanto* assim... — respondeu ela.

Sara não ficara tão bêbada assim, ficara? Ou será que ele estava pensando que ela estava envolvida no plano maluco de Jen e queria garantir que Sara soubesse que não estava interessado? Ela estava quase dizendo que jamais teria concordado com aquilo quando Tom continuou.

— Com tudo o que aconteceu com Amy... Você aqui sozinha. Deve ter sido um choque quando chegou.

Ela acenou com um dos livros, envergonhada.

— Encontrei os livros da Amy — disse Sara. — E conheci John.

As duas coisas pareciam combinar de certa forma. Tom fez que sim com a cabeça, mas não disse nada. Mesmo assim, não parecia estar com pressa de ir embora. Ela se enrolou mais no cobertor e na jaqueta.

O silêncio não a deixava à vontade. Tom estava parado ali, na frente dela, levemente iluminado pela luz da janela da cozinha, ainda um pouco tenso. No entanto, Sara achou que havia um tipo de calma entre eles, algo que não sentira na noite anterior. Talvez fosse o fato de estarem na casa, talvez ele tivesse simplesmente aceitado que ela ia ficar ali. Talvez, mas Sara estava convencida de que isso tinha algo a ver com o espírito de Amy. Ele era mais forte na casa.

— Tom — disse ela. — George me contou sobre a loja vazia ao lado da loja de ferramentas. A loja da Amy.

Ele fez que sim com a cabeça.

— Ele disse que tinha sido do marido dela.

Tom não respondeu, então Sara continuou:

— George disse que era uma loja de ferramentas.

— George parece ter dito várias coisas.

— Mas, Tom, *John* tem uma loja de ferramentas.

— É.

— Então eles eram... concorrentes?

— O marido da Amy... — Tom se interrompeu, como se pensasse. Então mudou de posição. Tinha os olhos fixos no chão em frente ao carro. — O marido da Amy não era um homem feliz. Era confuso. E irritado. Tinha problemas com muitas coisas, mas especialmente com John, porque ele era negro e era... aceito.

Parecia que Tom estava pensando em dizer algo mais, mas Sara não se atreveu a perguntar por medo de que ele perdesse o fio da meada.

Tom passou a mão no carro, sem perceber.

— O marido de Amy achou que podia acabar com o negócio do John. O que era loucura porque as pessoas gostavam do John e não eram muito fãs do marido da Amy. Quando ele comprou a loja, todo mundo já fazia compras com o John havia muitos anos. Era lá que todos iam, simples assim. No fim, foi só outra das péssimas ideias de negócio do marido da Amy. Ele continuou tentando por um tempo, mas depois desistiu.

Sara quis que Tom continuasse.

— Ele não era muito popular. Amy ficou muito melhor sem ele. Acho que poucas pessoas ficaram tristes quando ele morreu. Talvez nem Amy tenha ficado, e ela era uma pessoa muito boa.

Tom abriu um breve sorriso. Tão breve que Sara não teve certeza de que o tinha visto.

— Eu pelo menos não fiquei — explicou ele. Ficou claro que não queria mais falar sobre o assunto.

Então Sara mudou o rumo da conversa.

— Como as lojas daqui se mantêm?

— A maioria não consegue.

— Mas ainda estão abertas.

— Algumas estão.

— Mas não a Molly's Corner — disse Sara, sem saber se seria estupidez falar sobre isso. Ela ainda não tinha certeza de que devia demonstrar quanto sabia sobre a cidade por causa das cartas de Amy.

Mas Tom simplesmente riu.

— Como diabos você sabe sobre a loja da Molly? — Por sorte, ele não esperou que Sara respondesse. — Deve fazer uns vinte anos que fechou. Eu era pequeno quando ela vendia galinhas e tudo o mais de porcelana. Meninos não podiam entrar lá. Não que a gente quisesse mesmo.

Ele balançou a cabeça, como se quisesse se livrar da lembrança. Quando ajeitou as costas e deu um passo hesitante, Sara não soube dizer se ele tinha conseguido se livrar da sensação ou se desistira de tentar. Tom se aproximou lentamente da varanda e se sentou ao lado dela. Sara se ajeitou na cadeira para que pudesse olhar para ele, mas Tom continuou encarando o vazio à sua frente.

— Sabe quando eu percebi que tudo estava mudando?

Ele não teve que acrescentar que as mudanças não tinham sido para melhor. Sara já havia percebido que isso nunca acontecia por ali.

— Quando minha escola fechou. Quando eu era pequeno, a escola era mais certa e inevitável do que a morte. Aquele lugar tinha atormentado meu pai e faria o mesmo comigo para toda a eternidade.

— E por que fechou?

— Não havia mais crianças suficientes. Quando as pequenas fazendas desapareceram, a maioria das pessoas se mudou para cidades maiores. Broken Wheel costumava ser cercada de pequenos vilarejos e todos mandavam as crianças para a escola daqui. Hoje, as crianças são mandadas para Hope. Não há fazendeiros suficientes aqui para haver uma escola. Da próxima vez que for à cidade, olhe para os campos de milho e conte quantas fazendas ainda existem... Quando a Molly's Corner fechou, não me importei nem um pouco. Havia uma loja de eletrodomésticos aqui também, mas ela fechou depois que o WalMart abriu, perto de Hope. Além disso, a maioria das pessoas já estava acostumada a comprar em lojas maiores. Com a escola foi diferente. Eu ainda era jovem o bastante para ficar surpreso com a ideia de que coisas que tinham existido na minha infância não existiriam para sempre. É engraçado, na verdade. Meu pai já tinha morrido na época. Eu já devia ter aprendido a lição.

Tom sorriu, mas não foi um sorriso feliz.

— Bem-vinda a Broken Wheel — disse ele. — Não há mais nada para ver.

— John ainda está aqui — respondeu Sara. — E Grace. O Andy e o Carl.

Ele deu de ombros.

— Mas não a Amy — admitiu ela baixinho.

— Não — concordou Tom. — Amy não está.

E, com isso, ele se levantou, cumprimentou-a e voltou para o carro. Com a mão na maçaneta, disse:

— Não vou à escola há mais de dez anos. É claro — acrescentou em tom de brincadeira — que isso provavelmente tem a ver com a fábrica de metanfetamina que montaram lá.

Sara não sabia se ele estava brincando ou não.

— Eu só não quero que você tenha alguma ilusão quanto a este lugar. Não pode dizer que não avisei.

Ela ainda não sabia dizer se ele estava brincando ou não.

— Ah, Amy... — disse a si mesma, enquanto juntava as coisas que havia deixado na varanda, depois que Tom tinha ido embora. — Fábricas de drogas. Que belo paraíso você tinha aqui.

Broken Wheel, Iowa
8 de abril de 2010

Sara Lindqvist
Kornvägen 7, 1 tr
136 38 Haninge
Suécia

Querida Sara,

Respondendo à sua pergunta: acho que tive uma vida feliz. Sei que tive sorte. Tenho bons amigos e pessoas bondosas ao meu redor. Infelizmente não tive filhos, mas, na verdade, isso não me incomoda. Pelo menos não me arrependo disso desde que aceitei o fato. Tive que fazer tanto pelos filhos de outras pessoas que não tive tempo para pensar nisso. Veja Andy, por exemplo. O pai dele não era perfeito, mas, como eu tinha tempo e espaço de sobra, não vi problema nenhum em oferecer uma cama a ele naquela noite. Também dei duzentos dólares para que se mantivesse em Denver por algumas semanas.

Tive meus problemas, é claro, mas nada além do que eu poderia aguentar. Às vezes acho que não é a quantidade de tristeza que conta, mas quanto ela pode dominar alguém. Talvez algumas pessoas sejam mais suscetíveis ou talvez todo mundo seja suscetível de vez em quando, mas já vi pessoas sobreviverem a coisas horríveis, até a perda de um filho (minha mãe perdeu dois filhos antes de eu e Robert nascermos, mas as coisas eram diferentes naquela época). Também já vi pessoas totalmente envolvidas nos próprios problemas; eles praticamente entram por baixo da pele delas e as consomem, até que a reação a eles se torna muito pior do que os problemas em si. Essas pessoas se tornam cruéis e amargas, por isso é difícil se lembrar de ter pena delas.

Não sou uma pessoa intrinsecamente boa e acho que isso me evitou muitos problemas na vida. Acho que deveria tentar ser uma pessoa melhor, mas seria difícil. Sinto que é tarde demais para ensinar novos truques a esta velha alma.

Em todo caso, acho que a vida e a tristeza andam juntas, como os fazendeiros e a chuva: sem um pouco dela, nada cresce. Mas qual é a quantidade certa? Não acho que seja possível dizer isso. E as pessoas podem falar o que quiserem, pois não vai fazer a menor diferença.

Um grande abraço,
Amy Harris

FAVORES E RETRIBUIÇÕES

Desde que havia chegado a Broken Wheel, Sara sentia que estava, de certa forma, em dívida para com a cidade. Não apenas por causa do aluguel, apesar de isso ainda incomodá-la, mas também por causa do café, da cerveja, dos hambúrgueres e dos tomates picados de John.

A micro e a macroeconomia nunca tinham sido o forte de Sara, por isso ela não havia notado a rede fina, complexa e ocasionalmente (quando o assunto eram alguns itens da loja de John) empoeirada de transações econômicas e de dependência mútua que unia os habitantes de Broken Wheel.

Na verdade, a cidade sobrevivia por meio de um delicado malabarismo. Grande parte do dinheiro vinha de outros lugares. Como a comida gordurenta era a mais barata em quilômetros, alguns clientes de fora da cidade ainda iam à lanchonete, e outros continuavam visitando o Square porque bares sempre têm clientes regulares, mesmo nos lugares mais vazios. Além disso, alguns dos habitantes de Broken Wheel tinham empregos e dinheiro, claro. Os que não tinham eram sustentados pelos outros, que eram pagos com favores sempre que algo precisasse ser consertado.

Muitas lojas haviam se adaptado totalmente a essas condições. John, por exemplo, não vendia muita coisa. Poucas pessoas podiam pagar por novas varas de pescar ou se dar ao luxo de sempre comprar novas chaves de fenda. No entanto, isso também significava que a loja quase não encomendava novos itens. Ou seja, ao não vender as redes de pesca, John poupava dinheiro. Antes de a doença de Amy ficar mais grave, ele ainda exibia propagandas de novos produtos que haviam sido enviadas por seus fornecedores, criando uma ilusão de prosperidade e crescimento, mas ninguém nunca pedia nada.

Madame Higgins tinha a única loja de roupas da cidade. Ela não comprava produtos novos desde os anos 1960. Vestidos de baile feios e bregas nunca realmente saem de moda. Cedo ou tarde, toda mulher precisa de um vestido no estilo "bolo de noiva", apesar de raramente necessitar de mais de um. Quando os vestidos não eram mais necessários... bem, Madame Higgins também estava lá para isso.

O problema era que Sara não tinha nenhuma experiência nesse tipo de sistema e, para piorar, não tinha nada a oferecer. Sempre que tentava pagar e que alguém se recusava a receber pela cerveja ou pelo café, ela pensava em quanto precisava retribuir. Sem perceber, isso a deixava um pouco mais envolvida com a cidade.

George foi a gota que fez o copo transbordar. Ele tentou pagar o almoço dela.

George, *George*, que estava desempregado, mal ficava sóbrio e que passava o tempo todo levando Sara aonde quer que ela quisesse.

Bem ali, na lanchonete de Grace, ela foi tomada por uma sensação poderosa de decisão. Era uma mulher adulta, tinha *o direito* de pagar pelo que consumia e *ia* pagar pelos dois almoços.

— M-mas... — gaguejou George.

Sara se manteve firme.

— Eu pago — disse ela.

Estava puxando o dinheiro da carteira (notas novíssimas dessa vez) quando Grace passou pela mesa.

— Ah — exclamou ela. — Esse é por minha conta.

Quando precisava ser, Sara era uma mulher muito decidida e imaginativa.

De início, ela não fez nada.

Deixou que Grace pagasse pelo almoço, que George a levasse para casa e passou a noite andando de um lado para o outro na cozinha, murmurando para si mesma. Tinha falado com todas as pessoas possíveis sobre pagar aluguel. Havia tentado pagar tudo o que comera ou bebera. Não conseguira gastar um dólar. A carteira amarela e as notas novíssimas dentro dela estavam intocadas em uma gaveta.

Mesmo assim, ela não se desesperou.

No dia seguinte, voltou à rua principal.

Se não podia pagar em dinheiro, então uma troca de favores teria que ser suficiente. Sara se ofereceria para ajudar em todas as lojas que ainda estavam funcionando. Tinha tempo e experiência. Além de na livraria, ela havia trabalhado no refeitório de uma escola e fizera um bico em um cemitério. Tinha mais de dez anos de experiência atrás de um caixa. Podia trabalhar sete dias por semana e o número de noites que quisessem. Em alguns dias a dívida dela estaria paga.

Começaria pela loja de ferramentas. Se não funcionasse, iria ao Square. Depois disso, ao Amazing Grace.

Tinha certeza de que John ia gostar de ter uma folga.

— Oi, John.

— Sara.

Talvez fosse impressão, mas ela achou que ele estava nervoso. Talvez John suspeitasse que Sara estava em busca de algo que ele não ia gostar. Talvez não quisesse que ela falasse sobre Amy. Sara sentiu que ele quase se encolhia a fim de se afastar dela.

Mesmo assim, perguntou:

— Posso ajudar em alguma coisa?

— Ajudar?

Ela deu de ombros, em uma tentativa de parecer confiante e relaxada.

— Qualquer coisa. Organizar as coisas, no caixa... Já trabalhei em uma loja.

— Mas não preciso de ajuda.

— Não quer tirar uma folga? Se me mostrar o que costuma fazer, pode me deixar encarregada de tudo. Pode tirar quantas folgas quiser. Já liguei e desliguei alarmes e já fiquei sozinha em um caixa.

— Não tenho alarme.

— Bom, tudo bem.

— Não posso pagar um ajudante, mas, se você precisar de dinheiro... — Ele se interrompeu, confuso. Por fim, desesperado, acrescentou: — Já falou com Caroline sobre isso?

— Não, não — respondeu Sara rapidamente. — Não preciso de dinheiro. De qualquer forma, não posso trabalhar com o meu visto. Só achei que talvez você precisasse de... ajuda.

— Não, não — respondeu John na mesma velocidade. — Não preciso de ajuda. De ajuda nenhuma. Mas muito obrigado, Sara. Se eu precisar de mais gente... vou procurar você.

Ela saiu da loja, garantindo a ele que não precisava de emprego. Caramba, era difícil ser independente. Perguntou a si mesma se devia tentar na lanchonete, mas decidiu deixar para lá.

Provavelmente teria mais sorte com Andy. George a levou ao bar, mas não entrou.

— Só por garantia.

— Ajudar? — perguntou Andy. — Mas a gente não precisa de ajuda.

Ela olhou para o bar. Estava praticamente vazio. Havia um cliente, mas ele não precisava de ajuda. Estava quase dormindo, agarrado a um copo cheio de cerveja.

À luz fria do dia, Sara notou outros detalhes do lugar: o chão gasto de madeira, os arranhões nas mesas, o cheiro de cerveja velha e de suor, e as camisas do Iowa Cubs na parede, ao lado do aviso policial sobre como reconhecer usuários de metanfetamina.

— Então não há nada que eu possa fazer? Não quer que eu faça limpeza? Não tem louça para lavar?

— Se você precisar...

Sara o interrompeu.

— Não preciso de dinheiro, preciso de alguma coisa para fazer.

— Não posso ajudar com isso, sinto muito.

Sempre gentil, Andy ofereceu uma cerveja. Ela suspirou e tentou pagar, mas, antes que a moça pudesse tirar a droga do dinheiro do bolso, ele disse:

— Essa é por minha conta.

Sara suspirou de novo, dessa vez de forma mais profunda.

— Quer uísque? — perguntou ele, esperançoso. — Jantar?

— George já está vindo me buscar — disse ela, acrescentando baixinho para si mesma: — Isso não é normal.

Andy pareceu disposto a concordar.

— Eu soube que Sara está sem dinheiro — disse May.

— Sem dinheiro? — perguntou Gertrude. — Interessante.

Elas estavam outra vez na lanchonete de Grace, onde ambas tinham passado toda a hora do almoço com apenas uma xícara de café à frente delas. Era uma arte que tinham aperfeiçoado havia muito tempo. O truque de Gertrude era deixar o café ficar tão frio que ela perdia a vontade de tomar um gole. O de May era parecer amistosa como uma vovozinha e confiar nos refis grátis.

— Minha nossa... — disse May.

Era uma frase clichê para uma senhora idosa e motivou um olhar irritado de Gertrude.

— Não tenho nada a dizer sobre isso — afirmou Gertrude. — Todo mundo tem problemas com grana de vez em quando.

No mesmo instante, Grace saiu do balcão e se inclinou para fora da porta.

— Sara! — gritou. — Está com fome? Quer almoçar aqui?

Tanto Gertrude quanto May esticaram o pescoço, apertando os olhos para olhar pela janela. Pareciam estar torcendo para que Sara aceitasse prontamente a oferta e assim pudessem analisá-la em paz e de perto. Até ali, não tinham conseguido fazer isso. Se não tivessem mais sorte, seriam forçadas a fazer algo de drástico, como encurralá-la na rua e falar com ela diretamente. Mas Sara simplesmente pareceu se sentir culpada e continuou andando antes de murmurar um:

— Não, obrigada.

Gertrude balançou a cabeça.

— Ela está recusando comida de graça? Nunca ouvi falar disso.

Tom não tinha visto Sara desde que fora até a casa de Amy. Quando a viu na cidade, estacionou o carro e correu atrás dela.

Ele não sabia o que achar da moça nem de sua leitura constante. Havia algo de ofensivo em uma mulher que preferia tão claramente livros a pessoas. E também tinha uma coisa que ele precisava perguntar a ela.

Naquele instante, Sara não estava lendo. Estava inclinada de forma estranha em frente à velha loja de Amy, o rosto pressionado contra a vitrine suja.

— É verdade que você está sem dinheiro? — perguntou Tom.

— Sem dinheiro? — Ela se ajeitou e se virou para ele. — Quer dizer... claro que não. Acabei de chegar aqui.

— Me pareceu ridículo você vir para cá sem dinheiro.

— É claro que tenho dinheiro. Mas ninguém me deixa pagar nada. Meu Deus — exclamou ela —, será que é por isso que ninguém me deixa pagar nada? Desde a comida na loja de John, até o café na lanchonete, passando pela cerveja no Square? Por que as pessoas acham que não tenho dinheiro?

Havia algo de charmoso na maneira como Sara arregalou os olhos cinzentos, como se pensasse que ele tinha todas as respostas.

— Acho que não estão deixando você pagar porque veem você como a convidada de Amy. Ou a nossa convidada agora.

— Mas isso é ridículo. Eu tenho dinheiro. Como eles vão sobreviver se ficarem distribuindo coisas de graça para todo mundo?

— Boa pergunta. Mas eu não chamaria isso de ridículo. É simpático.

Uma ruga apareceu entre as sobrancelhas dela.

— Então, quando perguntei se podia ajudar, eles acharam... Então por que me oferecem coisas, mas não me deixam ajudar em troca?

— Ajudar?

— É, eu poderia ajudar John a colocar os produtos nas prateleiras ou ficar no caixa, ou ajudar Andy com a louça...

— Você se ofereceu para lavar a louça? — perguntou Tom só para ter certeza de que a havia entendido. *Nossa*, pensou, *como eu queria ter visto a cara de Andy quando ela disse isso.*

Mas Sara respondeu como se fosse a coisa mais natural do mundo.

— É, sou boa nisso. Bom, não só com a louça — acrescentou ela —, mas em lidar com o caixa e em estocar estantes. Já fiz isso muitas vezes na vida. Para falar a verdade, nunca trabalhei em um bar, mas já tive um emprego no refeitório de uma escola, então sei lavar louça. E fiquei anos no caixa da livraria.

— Tenho certeza que sim — disse Tom. — Mas não é a mesma coisa oferecer uma cerveja ou uma xícara de chá para uma visita, e essa visita se oferecer para lavar a louça em troca.

Tom pôde ver que Sara se esforçava para encontrar uma objeção.

— Talvez não — disse ela, por fim. — Mas estariam me fazendo um favor. Preciso de alguma coisa para fazer. Tenho que pagar minhas contas em algum momento.

— Já está cansada daqui?

— Parece que faz uma eternidade que não tenho nada para fazer. Como vou aguentar dois meses sem fazer nada além de ler e ganhar cafés?

Tom olhou para o relógio. Estava atrasado para o trabalho.

— Mas você sabia que tipo de cidade Broken Wheel era antes de vir, não sabia?

— Sabia... — respondeu ela, hesitante. A expressão revelou que não era verdade. — Não é tanto a cidade. É não poder trabalhar. Nunca tirei férias longas na vida.

Sara se virou e se inclinou em direção à vitrine. Tom voltou a olhar para o relógio. Tinha realmente que ir.

Sara quase se esqueceu de que Tom estava parado ali ao seu lado. Parecia bobagem a loja estar vazia, pensou, apesar de não ter certeza absoluta de por que aquela loja em especial deveria ser diferente das outras nem de por que mereceria menos aquele destino. Ela tentou imaginar uma loja de video game ou de outra coisa moderna. Não, video games, não, pensou, decidida. Uma padaria talvez funcionasse. Todos gostam de pão fresco. Entretanto, talvez não houvesse clientes suficientes em Broken Wheel para sustentar uma padaria.

Por um instante, ela riu imaginando aquilo como um Starbucks. Pôde ver os adolescentes de avental verde estressados, atrás do balcão cinzento sujo, enquanto George tentava entender o que era um *mocha* expresso descafeinado com dose extra de café. E se ele queria um. Ela olhou para Tom. Por alguma razão, não achou que ele fosse ficar particularmente impressionado com um Starbucks. Ele olhou de volta para ela, com um breve sorriso, irônico e seco. Sara não sabia se ele estava rindo dela ou de alguma piada interna que não tinha nenhuma intenção de contar.

Foi ali, fora da loja vazia de Amy, que a sombra de uma ideia começou a se formar. Ainda era vaga demais para contar a alguém ou mesmo para admitir a si mesma, mas era uma ideia, definitivamente era uma ideia.

— Tom — disse ela —, pode me levar para casa?

Broken Wheel, Iowa
11 de maio de 2010

Sara Lindqvist
Kornvägen 7, 1 tr
136 38 Haninge
Suécia

Minha querida Sara,

Realmente não sei dizer que clássicos americanos você deveria ler. Na verdade, penso pouco na ideia de "clássico", como você, mas pelo menos vejo que os críticos literários que criam essas listas têm senso de humor. Senão, como explicariam a adição dos livros maravilhosos de Mark Twain a elas? Temos que lembrar que o escritor dizia que "um clássico é algo que todos querem ter lido, mas ninguém lê". A não ser que seja algum tipo de provocação disfarçada, mas eles não podem ser tão mesquinhos, podem?

    Não que eu não ache que a justiça é o principal argumento contra as listas de clássicos. Ou melhor, de certa forma, é uma clara questão de justiça, mas não contra aqueles que não a fazem. Não, tenho pena mesmo é dos livros incluídos nessas listas. Vamos usar Mark Twain como exemplo de novo. Uma vez, quando era pequeno, Tom chegou reclamando que tinha que ler *As aventuras de Huckleberry Finn* para o primeiro ano do ensino médio. *As aventuras de Huckleberry Finn*! Nossos críticos e educadores têm que pedir muitas desculpas por fazer meninos verem histórias sobre rebelião, aventura e palavrões como uma obrigação. Está me entendendo? O verdadeiro crime dessas listas não é deixar livros merecedores de fora, mas fazer as pessoas verem aventuras literárias fantásticas como um dever.

    De todo modo, posso mandar os nomes de alguns dos meus autores americanos favoritos, contanto que não se sinta obrigada a ler nenhum deles.

Paul Auster. Prefiro *Desvarios no Brooklyn* à *Trilogia de Nova York*, apesar de ser uma blasfêmia dizer isso.

Reli *O grande Gatsby*, de F. Scott Fitzgerald, no último verão. Li esse livro como "clássico" quando era moça e nunca o havia apreciado como merecia. Temo que meus verdadeiros autores favoritos sejam apenas mulheres. Talvez eu seja parcial.

Não acho que nenhum livro tenha me emocionado de forma mais profunda que *Amada*, de Toni Morrison; e não há autora que eu admire mais que Joyce Carol Oates. Acho que o único motivo de ela nunca ter ganhado o Nobel (o que vocês estão inventando aí? Você não pode falar com eles?) é o fato de escrever demais. Uma produtividade como a dela simplesmente acaba com a autoestima dos críticos; ela escreve mais rápido do que eles conseguem criticar suas obras. Como poderiam criticar uma nova obra se não leram os cinquenta livros anteriores primeiro?

Um beijo,
Amy

UMA LIVRARIA NA CIDADE

— Seu pai e eu conversamos e achamos que está na hora de você voltar para casa.

— Para casa? — perguntou Sara. Ela não podia voltar agora. Tinha acabado de aprender a usar o fogão, caramba.

— Achamos que é o melhor.

Os pais dela usavam a terceira pessoa do plural sempre que queriam se apresentar como uma unidade e, ao mesmo tempo, enfatizar que eram maioria.

— Por quê? — disse Sara.

— Você já ficou tempo suficiente. Sabemos que queria conhecer essa tal de Amy, e agora já conheceu.

Sara suspirou. Ela teria que contar a eles.

— Bom... — começou, mas a mãe a interrompeu.

— Nós nem sabemos se é *educado* ficar mais. Tenho certeza de que ela está dizendo que está tudo bem, mas, sejamos sinceros, que tipo de pessoa deixa uma total estranha ficar com ela por semanas? Quando Per e Gunilla...

— Quem? — perguntou Sara. Não que se importasse de verdade. As conversas da mãe eram sempre cheias de pessoas que Sara não conhecia.

A mãe alegremente a ignorou.

— Quando Per e Gunilla receberam parentes americanos, eles só ficaram dois dias. E em um hotel! E eram parentes. Distantes, mas eram. Tenho certeza de que Amy nunca imaginou que você fosse ficar tanto tempo.

— Amy morreu — disse Sara.

Pela primeira vez na vida, ela deixou a mãe sem fala. O silêncio se estendeu por tanto tempo que Sara quis garantir que a mãe não havia desligado e chamou:

— Alô?

— Morreu? — repetiu a mãe.

Sara a ouviu passar a informação crucial para o pai, apesar de, com certeza ele tê-la ouvido, já que havia começado a falar agitadamente ao fundo. O pai quase nunca ligava para o que Sara fazia, mas, quando se importava, sempre dava sua opinião. A mãe era implacável e persistente mesmo nos assuntos pouco importantes; o pai era incisivo, mas apenas em ocasiões especiais. E essa era uma delas obviamente.

— Mas onde você está ficando? — perguntou a mãe.

— Na casa da Amy.

Mais silêncio. Mais discussões ao fundo.

— Então está decidido.

Sara ouviu o pai dizer, mas a mãe ainda estava concentrada no lado prático das coisas.

— Mas como você pode estar aí? Quem deu permissão?

— Foi uma decisão... coletiva.

O pai aparentemente conseguiu tomar o telefone da mãe porque sua voz, de repente, berrou no ouvido de Sara:

— Isso é ridículo! Isso não é contra a lei?

— Espere um pouco — disse a mãe. — Quando ela morreu? E *como*?

— Você não devia se envolver nisso — afirmou o pai, como se a polícia fosse bater à porta a qualquer minuto.

Sara não pôde deixar de notar que nenhum dos dois havia demonstrado nenhum tipo de tristeza pela morte de Amy.

— Ela era minha amiga. E... e agora tenho outros amigos aqui. Não posso ir embora.

— É claro que pode — afirmou a mãe no mesmo instante em que o pai dizia:

— Simplesmente troque a passagem e venha para casa.

— Você ainda pode ficar alguns dias em Nova York — sugeriu a mãe.

— Não. Ainda não posso voltar. De qualquer forma, minha passagem não pode ser alterada. — Sara não tinha certeza quanto a isso, mas fora a primeira coisa em que havia pensado. — E eu gosto daqui. As pessoas têm sido... todos têm sido muito legais comigo. — Pensou na gentileza que tinham demonstrado desde que ela havia chegado. — Devo muito a eles.

— Você está com *dívidas*? — gritou o pai. A voz havia subido de volume e de tom. — Você está envolvida na morte de uma mulher maluca, gastou todo o seu dinheiro, você...

— Ela era minha amiga! — exclamou Sara. — E não é esse tipo de dívida. — Respirou fundo e se forçou a se acalmar. — Eu tenho que fazer isso. Eu não vejo por que não deveria ficar aqui pelo tempo que planejei. Sinto muito se vocês não gostam da ideia, mas é assim que vai ser.

Sara, de repente, sentia muito mais firmeza do que havia sentido no início da conversa. De forma inconsciente, os pais a haviam lembrado que ela não tinha por que voltar para casa. Em um instante, aquela sombra de ideia ganhou vida. Sara sabia exatamente como retribuir a todos, como ajudar.

Quanto mais os pais tentavam convencê-la a voltar para a Suécia, mais determinada ela se sentia não só a ficar mas a aproveitar o tempo em Broken Wheel.

— Bom, se vai ficar, vai ficar por sua conta — disse o pai. — Não volte correndo para a gente quando alguma coisa acontecer.

"Quando", e não "se". Sara não ligava. Ela ia fazer aquilo.

A cidade precisava desesperadamente de uma livraria.

— Uma livraria? — perguntou Jen.

Ela podia não ter soado declaradamente hostil, mas seu ceticismo era claro. Andy olhou de forma estranha para Sara, e Caroline ficou sentada, com uma expressão indecifrável no rosto.

Sara estava de pé, no palco, diante deles. Queria não ter que fazer aquilo. Queria estar sentada na sala de projeção. Estava usando suas roupas mais formais: uma calça preta que, com um pouco de imaginação, parecia fazer parte de um terninho, e uma camisa branca de manga três quartos que parecia quase ter sido passada. Nem aquilo estava ajudando.

— Eu gostaria... — Ela engoliu em seco e contou a eles o restante do plano, de uma tacada só, antes que tivesse tempo de mudar de ideia. — Gostaria de abrir uma livraria na loja da Amy. Usando os livros dela. Como uma homenagem.

Sara havia ensaiado aquela última parte na casa de Amy, mas já não soava tão bem.

— Quer vender os livros de Amy Harris? — perguntou Andy.

— Não pelo dinheiro, é claro. Não seria a minha livraria. Não posso trabalhar com o visto que tenho.

A embaixada americana havia enfatizado que ela não poderia trabalhar sob nenhuma circunstância. Um destino pior do que a morte a esperaria caso ela tentasse. Tinha sido surpreendentemente difícil conseguir um visto de turista comum. Ela fora aconselhada a usar o direito que tinha de entrar nos Estados Unidos sem precisar de visto, o que daria a ela noventa dias no país.

No entanto, Sara quisera um visto mais longo para ter alguma segurança, para ter a possibilidade de estender a estadia caso o dinheiro durasse mais tempo do que havia planejado. Ou simplesmente para ter mais liberdade. Mas isso apenas deixara todos mais ansiosos. A embaixada americana, descobrira Sara, não gostava de palavras como extensão ou liberdade. Decidir visitar uma pequena cidade americana e querer ficar mais tempo do que o planejado era muito suspeito, parecido demais com um projeto de residência. Eles provavelmente teriam preferido que ela não tivesse ido para os Estados Unidos.

— Seria mais como... a *nossa* livraria — explicou ela. — Eu só estaria ajudando a cidade.

— *Nossa* livraria — repetiu Andy.

— Uma livraria.

Sara podia ouvir a indignação na voz de Jen.

— O lugar vai precisar de uma limpeza — afirmou Sara. — E de uma decoração nova. Mas posso fazer isso. Vou pagar tudo.

— Não é uma má ideia — analisou Caroline. — Seria bom limpar aquilo lá. Você não vai criar uma loja registrada nem nada.

— Mas... — protestou Sara. Ela sempre seguia as leis à risca.

Isso fez Andy se intrometer.

— É claro que não. Pense nos impostos.

— Não há motivo para isso — continuou Caroline. — A loja só vai ficar aberta enquanto você estiver aqui. Além disso, duvido que tenha algum lucro, então não é como se a gente estivesse roubando alguma coisa da Receita.

O modo como Caroline disse isso sugeriu que ela não imaginava que fosse sequer possível roubar da Receita Federal. As autoridades tinham muito mais experiência na nobre arte da evasão de divisas.

Sara sempre seguia as regras. Especialmente quando o assunto eram impostos. Ela nunca havia tentando nenhum tipo de desconto no imposto de renda por medo de que fosse acusada de exagerá-lo. Mas, naquele instante, não estava pensando na Receita, nas regras do visto nem nas milhares de outras razões que deviam existir para não abrir uma livraria em uma cidade desconhecida.

Estava pensando em retribuir à cidade. Soubessem ou não, eles precisavam de livros. Isso estava claro. E Sara estava pensando nos livros de Amy, em como seriam lidos e apreciados mais uma vez, como deveriam ser. Ela poderia pedir outros para cobrir quaisquer falhas. Livros usados, baratos, selecionados de forma pessoal; e pagos por ela. Outras pessoas também poderiam doar livros. Eles começariam em pequena escala, é claro, mas a livraria ia funcionar. A moça tinha o dinheiro e o tempo necessários. Poderia *fazer* alguma coisa.

Andy e Jen olharam um para o outro.

— Tem certeza de que quer abrir uma livraria? — perguntou Andy.

— Acho que, em vez disso, você deveria deixar a gente organizar um piquenique — afirmou Jen. — Ou talvez um passeio pela floresta.

— Vou abrir uma livraria — disse Sara a George.

As palavras saíram no instante em que George abriu a porta do carro. Ele simplesmente fez que sim com a cabeça.

— Quer dizer, não vou ser dona dela — acrescentou Sara rapidamente. Estava com medo de que as pessoas achassem que estava tentando ganhar dinheiro com os livros de Amy. — Só vou ajudar. Enquanto estiver aqui. Trabalhei em uma livraria na Suécia, então sei como funciona.

Aquilo não era verdade absoluta. Ela nunca fora encarregada da loja. E definitivamente nunca abrira uma loja própria.

— Acho que é uma boa ideia — afirmou George.

Ele era o único.

Depois da reunião no cinema, Sara constatara que ninguém em Broken Wheel tinha tempo para sua "insanidade temporária", como Andy chamava o projeto. Mesmo assim, todos haviam concordado em encontrá-la na loja no dia seguinte. Agora estavam inspecionando a poeira e a sujeira com expressões amargas. A única lâmpada que pendia do teto lançava um brilho direto, impiedoso, no cômodo abandonado, mas pelo menos mostrava que a loja ainda estava conectada à rede elétrica.

— Quero que seja amarela — disse Sara.

Ela imaginava a loja à sua frente banhada em luz e cor. Seria um local de encontro aconchegante para livros e suas histórias, com grandes poltronas em que todos pudessem mergulhar e muito tempo para conversas longas. E livros também. Milhares de livros de todas as cores e formatos possíveis.

— Vai ter que comprar tinta — retrucou Caroline, desaprovando a ideia. — A não ser que alguém tenha algumas latas sobrando.

— De um amarelo vivo — afirmou Sara.

— Amarelo vivo — repetiu Caroline, irritada. — Acho que John pode ajudar você com isso — acrescentou, relutante.

— E eu vou me responsabilizar pela limpeza — ofereceu George.

Os outros o encararam por tanto tempo que ele enrubesceu.

— Sei limpar — disse George, demonstrando um pouco de hesitação na voz.

Andy, Jen e Caroline haviam claramente ouvido o bastante, pois foram embora, um depois do outro, deixando Sara e George sozinhos na loja.

De repente a ideia pareceu loucura outra vez. Ela não sabia se era porque não precisava mais agir de forma confiante na frente dos outros ou porque estava vendo a sujeira com mais clareza agora que a loja estava vazia. Ficara tão envolvida com o sonho da livraria colorida e aconchegante que tinha conseguido se esquecer de que as paredes eram de um amarelo-amarronzado, e o piso, cinzento.

Sara e George contra anos de poeira e lixo. Por onde deviam começar?

George, por outro lado, não parecia ter dúvidas.

— Vamos começar pelos vidros — disse depois que os outros foram embora. — Assim, com um pouco mais de luz, vamos poder ver como o restante vai ficar.

Ele não deixou Sara se aproximar das janelas mesmo durante a primeira lavagem.

— Vai tudo ficar manchado se não for feito direito — explicou ele, gentil.

Mas deixou que ela trocasse a água do balde.

George era incansável. Por duas vezes até fez piada. Depois, disse:

— Sabe *O diário de Bridget Jones*? — Ficou em silêncio enquanto lidava com uma parte complicada da janela e, em seguida, continuou: — Até que não é um livro ruim. As mulheres realmente falam sobre homens daquele jeito?

Sara não sabia, agora que havia parado para pensar naquilo.

— Talvez falem em Londres — sugeriu.

Ele fez que sim com a cabeça.

— É, talvez em Londres.

Quando pararam para almoçar, os músculos de Sara doíam, e as instruções de George tinham se tornado mais militares. Ele havia permitido um intervalo para o almoço apenas porque Caroline passara pela loja e sugerira. Diante de Caroline, a autoridade recém-descoberta de George enfraquecera e, quando Andy e Jen chegaram logo depois dela, ele voltou a ser o pobre George.

Eles almoçaram do lado de fora da loja. O sol ainda estava quente, quando decidia brilhar, e Sara estava com calor demais para se importar com a brisa fria de outono.

Grace chegou com hambúrgueres e parou fora do grupo.

— Vocês nunca vão conseguir abrir uma livraria aqui — disse ela. — Isso é loucura.

Ninguém se deu ao trabalho de responder.

— Uma livraria — repetiu Grace no tom alarmante que costumava significar que outra história de família estava a caminho.

Andy e Jen olharam para ela, nervosos. Caroline ficou imóvel. E, claro, Grace continuou.

— Já contei sobre a vez em que um vendedor de Bíblia visitou a minha avó?

Todos olharam para Caroline. Era uma história péssima para se contar. Caroline tinha muito apreço por vendedores de Bíblia.

— Quanta coisa vocês já fizeram! — exclamou Jen, a primeira a se recuperar. Era um comentário inútil, mas, pelo menos, fez com que o assunto mudasse.

— Muito — acrescentou Andy rapidamente. — E ainda há muito que fazer. Talvez seja melhor voltarem ao trabalho.

Ele e Jen saíram rapidamente, carregando Caroline, e George e Sara voltaram à limpeza.

Pouco a pouco, a poeira na loja foi sendo substituída pelo cheiro forte de produtos de limpeza.

Na noite seguinte, Sara viu uma breve imagem de como o piso um dia havia sido — escuro e chique — antes de ser coberto mais uma vez com jornal e latas de tinta.

Enquanto andava de um lado para o outro, o chão rangia sob seus pés. Já passava das oito, e George ainda estava na livraria. Por fim, os dois se sentaram em um silêncio aconchegante do lado de fora da loja, tomando um café da lanchonete de Grace e sonhando com livros e com a derrota da sujeira. O tempo estava um pouco menos quente.

Sara sorriu. A cidade parecia mais viva naquela noite. Tinha voltado a ganhar parte de sua dignidade. Como cenário, era impressionante: os imóveis escuros e altos surgiam e se misturavam ao céu, igualmente negro.

Ela podia ver quilômetro e mais quilômetro de ruas escuras e retas se estendendo em ambas as direções. Durante o dia, a cidade era dominada pela rua. Na verdade, era ameaçada por ela. À noite, porém, as fachadas dos imóveis chamavam mais a atenção e se tornavam parte de algo maior. Durante o dia, era possível passar pela cidade em um minuto e, por distração, deixar de vê-la. À noite, ela surgia furtiva e demandava atenção.

— Você gosta de estrelas? — perguntou George no mesmo tom que teria usado para perguntar se ela gostava de espaguete à bolonhesa.

— Acho que sim — respondeu Sara, olhando para o céu noturno.

Ela não conhecia nenhuma das constelações. Aquilo era libertador. Era trágico que as pessoas fossem tão obcecadas por padrões que tivessem tentado forçá-los até nas estrelas. Como a Ursa Maior. Quando pequena, ela achava que o nome soava mágico, como o de uma criatura feroz e temível de um conto de fadas, mas, quando, por fim, aprendera a reconhecê-la, vira que parecia mais uma panela. Sete estrelas, a milhões de anos-luz de distância, forçadas pelos habitantes da Terra a tomar a forma de uma panela. Ou talvez a de um carrinho de compras.

— Não sei direito o que penso sobre elas — admitiu George. — Às vezes fazem com que eu me sinta muito pequeno. — Ele sorriu. — E normalmente não preciso de ajuda para me sentir insignificante. Mas gosto disso às vezes. Do fato de sermos tão pequenos que duas pessoas podem estar em duas cidades diferentes olhando para o mesmo céu.

— Está pensando em alguém em especial? — perguntou Sara, hesitante.

Ele a surpreendeu ao dizer que sim, como se fosse algo óbvio.

— Na Sophy — explicou.

— Sua mulher? — sugeriu Sara.

— Não, credo — respondeu ele, rindo. — Então você ficou sabendo *dela*. Não, a Sophy era minha filha. Falaram dela para você também?

— Não.

— Não? Bom, ela não era *minha* filha. Teriam dito isso se tivessem contado alguma coisa. — Ele havia mantido os olhos nas estrelas todo o tempo em que haviam conversado, mas agora olhava para Sara. — Que se danem. Ela era minha.

Quando voltou a falar, seu tom de voz soou totalmente diferente.

— Gosto de pensar que, um dia, ela vai olhar para as estrelas no mesmo instante em que eu. Isso se eu olhar para elas com bastante frequência. — Fez uma careta. — É idiotice, não é?

Ela sorriu.

— É uma coisa boa de pensar — disse Sara.

— É. É quase como ver tudo junto com ela — respondeu George. — Em todo caso — continuou depois de um instante —, comecei a beber depois que Sophy desapareceu. Imagino que tenham contado isso a você.

— Contaram.

— Não adianta fingir que não aconteceu.

— Disseram que você está sóbrio agora — lembrou Sara.

— Há um mês e meio. Alguns dias ainda são difíceis.

A TEORIA DE GEORGE PARA AS CRISES ECONÔMICAS

George não mencionou nada quando levou Sara para casa, mas estava determinado a fazer um bom trabalho com a limpeza e provar que era digno da confiança dela.

Ele era, à sua maneira, tão estranho quanto todas as outras pessoas que haviam ficado em Broken Wheel e sobrevivido. A história da cidade deixara uma marca nele, assim como na maioria dos moradores. A diferença era que ele também tinha sido muito afetado pelas pequenas catástrofes da vida e bem cedo se tornado o pobre George, um bom homem "apesar de tudo".

Em determinado momento da história, o interior dos Estados Unidos foi domado por pioneiros corajosos, tenazes e resistentes. Fazendeiros em busca de terra fértil, preparados para enfrentar os desafios e as tribulações decorrentes do cultivo e do fato de terem sido os primeiros a chegar.

Aqueles que haviam tentado domar a região em torno das Grandes Planícies eram, de acordo com a lenda, especialmente loucos. Malucos o bastante para escolher um lugar no meio do nada para se estabelecer. E doidos o bastante para conseguir viver ali.

A sobrevivência se tornou um tipo de teste darwiniano em muitas regiões do Meio-Oeste, em que apenas os mais malucos sobreviviam. E o que não os matava os deixava ainda mais loucos.

Pouco mais de cento e cinquenta anos antes, grupos de corajosos colonos viajaram em comboios em busca de uma versão mais antiga (e menos materialista) do sonho americano.

Um dia, a roda da carruagem de um desses comboios se quebrou. Assim a cidade de Broken Wheel foi fundada e recebeu o nome do acidente. Desde então, a sensação era de que a cidade vinha tentando fazer o melhor que podia para fazer jus ao nome.

Nada nunca havia sido simples em Broken Wheel. Mesmo durante os bons anos, quando as fazendas prosperavam em Iowa, a agricultura familiar ainda era forte e havia milho, dinheiro e torta de maçã para todos, os habitantes da cidade tinham sido forçados a lutar. A vida estava sempre levemente contra eles, os moradores estavam sempre correndo atrás; ainda no jogo, mas com alguns pontos de desvantagem. Nunca podiam parar de tentar.

Essa época era vista como "os anos dourados" da cidade. Contudo, mesmo durante aquele período, George já era visto como o pobre George. Apesar de ser o filho mais velho, ele havia perdido a fazenda para os irmãos. O pai não confiara as terras a ele, pois acreditava que era preciso ser agressivo para ter sucesso na agricultura familiar. Ser forte. E George não era; até ele sabia disso. Depois, por um bom tempo, ele se mantivera solteiro em um lugar em que ninguém nem ousava usar aquela palavra. Isso também não o ajudara.

Então as engrenagens da economia centrada na agricultura familiar tinham começado a se soltar e tudo passara a ir ladeira abaixo.

George se lembrava da época e tinha uma explicação própria para a crise. Sabia que tudo havia começado quando perdera Sophy.

Na mesma época, ele começara a beber.

Quando a esposa aceitou se casar com ele, George não entendeu bem por quê. Então tudo se tornou óbvio demais: depois de sete meses de casamento, ela deu à luz uma menina. George sabia que Sophy não era sua filha. Ele tinha se casado virgem.

Mas não se importava. Tinha uma esposa e uma filha maravilhosa, e as pessoas olhavam para ele com respeito. De repente, não era mais o pobre George. Era um marido e um pai, um adulto.

A filha foi a primeira pessoa com quem ele se deu bem. Outras pessoas tinham notado aquilo também. "Que bom pai você é, George", diziam quando ele passeava com a menina. Não mencionavam o fato de ele não ter assumido a fazenda apesar de ser o mais velho nem de ter trabalhado no matadouro por dez anos sem nunca supervisionar um turno, mesmo quando havia vagas disponíveis e apenas mexicanos dispostos a aceitá-las.

Agora que tinha voltado a ser o pobre George, ele às vezes não conseguia se lembrar da época em que quase havia sido respeitado. Mas ainda se lembrava muito bem de Sophy. O fato de a mulher tê-lo deixado não era importante, mas Michelle havia levado Sophy com ela. Sua Sophy. Ele ainda se lembrava de cada expressão no rostinho da filha, de como a pele dela parecia macia ao encostar na dele. Como veludo sobre lixa, pensara uma vez, apesar de não ser um homem muito poético. E da risada da menina. Do cheiro dela quando dormia e do cuidado que ele tinha quando enfiava o nariz nos cabelos da filha; com cuidado para que Michelle não visse e não risse dele. Ele não se lembrava do cheiro de Michelle.

Toda a desgraça tinha começado quando Sophy desaparecera. Outras pessoas diziam que a crise era resultado do preço do petróleo, da taxa de juros, de empréstimos exagerados de banqueiros entusiasmados demais, de políticos em Washington que tomavam decisões sobre coisas que não conheciam e sabe Deus mais o quê. Mas George sabia que aquelas coisas não eram a causa verdadeira.

Sophy desapareceu e, depois desse acontecimento único, impossível e inexplicável, nada mais fez sentido. A cidade ficou sem defesa e, de repente, tudo mudou. O preço dos produtos deixou de ter a ver com o custo das máquinas ou dos empréstimos, taxas de juros não indicavam nada, e os bancos, que sempre tinham sido simpáticos e enchido os moradores de dinheiro, passaram a agir como se nunca tivessem visto George e os outros, apesar de o gerente do banco ser da região.

As casas da área foram niveladas para abrir mais espaço para o milho. Toda a droga daquele milho, pensou. A velha agricultura familiar se tornou mesquinha e imprevisível.

Antes de a mulher deixá-lo, dissera a todos que ele não era pai de Sophy. Ele imediatamente voltara a ser o pobre George. E começara a beber.

Então, quando cada vez mais pessoas começaram a ser forçadas a vender suas fazendas e muitos tiveram que largar o papel de bom marido e bom pai, mais moradores da cidade se tornaram pobres alguéns e passaram a fazer companhia a ele na bebedeira.

Os outros nunca haviam acreditado quando ele explicara que a escuridão tinha começado com Sophy. Talvez todos tivessem a própria fonte de escuridão, pensava ele agora que já estava sóbrio havia algum tempo.

E ele estava sóbrio. Não bebia nada havia um mês e meio. Era verdade que, desde o desaparecimento de Sophy, quinze anos antes, ele tivera períodos em que não bebera muito. No entanto, havia uma diferença entre não beber e estar sóbrio, e George estava sóbrio.

Ele encontraria algo de útil para fazer. Ajudaria Sara e daria um jeito.

— Vou levando um dia de cada vez — costumava dizer a Sophy.

Nunca havia prometido não beber mais. Não tinha a intenção de fazer promessas que talvez não pudesse cumprir. Não para Sophy.

— A Sara é uma boa pessoa — disse a Sophy enquanto dirigia para casa, com a cabeça cheia de ideias para a limpeza.

CAROLINE ORGANIZA UMA COLETA. OUTRA VEZ.

Era uma e meia e Caroline já havia visitado cinco casas. Tinha se responsabilizado por encontrar os móveis que Sara disse que precisaria. Não conseguia deixar de pensar que tipo de livraria precisava de poltronas, luminárias de chão e abajures de mesa antiquados, mas era o projeto de Sara. E ela conseguiria o que queria. Uma decoração estranha era um pequeno preço a pagar por uma nova loja na cidade.

Caroline raramente tinha dificuldade para convencer as pessoas a fazerem doações. O truque era andar muito. Passar em todas as casas. Conversar com todo mundo. Manter a conversa curta mas gentil e fazer com que entendessem o que era esperado. No entanto, por alguma razão, sentia-se cansada naquele dia, como se de repente estivesse achando exaustivo pressionar as pessoas à sua volta.

Mas com Henry e Susan, os próximos em sua lista, ela não teria problemas. Henry e Susan sempre pareciam ter mais coisas do que deviam. Às vezes Caroline suspeitava de que viam a vida como um tipo de feira ao contrário, em que a ideia era colecionar a maior quantidade possível de objetos inúteis.

Ela suspirou e pulou uma raquete de tênis quebrada. Bateu com firmeza e determinação à porta, como se estivesse tentando se convencer, assim como teria que convencer Henry e Susan.

Susan atendeu. Era uma mulher gentil e nervosa, de sessenta e poucos anos, que sempre parecia excessivamente agradecida e surpresa pelas menores gentilezas, apesar de nunca ter tido nenhuma intenção de ser maldosa na vida.

— Susan — disse Caroline —, estamos fazendo uma coleta.

Susan se iluminou. O rosto inteiro se transformou em um sorriso.

— Que ótimo! — disse, sendo sincera.

— Precisamos de poltronas e mesas basicamente.

Isso havia feito outras pessoas pararem para pensar. Todo mundo sempre tem muitas coisas de que quer se livrar, mas costuma ser mais fácil quando as próprias pessoas podem escolher o que querem doar.

— Tenho certeza de que vamos encontrar alguma coisa — falou Susan antes de gritar para a sala de estar: — Henry! Uma coleta! — Ela se virou de volta para Caroline. — Quer café?

Ela tomara café em todas as casas que visitara, mas fazia parte da atividade, por isso fez que sim com a cabeça e seguiu Susan até a cozinha. Recebeu uma xícara de café e um prato de biscoitos, daqueles secos, comprados prontos.

— Nós vamos... bem... abrir uma livraria — explicou Caroline. Não estava à vontade com essa parte da história. Parecia... otimista demais. — Com os livros da Amy Harris.

— Foi tão triste... — murmurou Henry. — Essa história da Amy.

Susan manteve uma expressão triste no rosto redondo por cerca de trinta segundos, até que Caroline se lembrou de perguntar sobre os netos dela. Então o sorriso voltou.

Susan e Henry tinham três filhos, todos morando fora da cidade, e quatro netos que nunca os visitavam e que nunca se lembravam do aniversário deles. Apesar disso, a casa dos dois era cheia de fotos das crianças, e o casal adorava falar sobre elas.

Depois da breve conversa, Henry e Susan desapareceram no porão. Caroline ficou onde estava, perguntando a si mesma por que as pessoas se davam ao trabalho de se casar e ainda por cima de ter filhos.

Ela mesma nunca fizera nenhum dos dois.

Às vezes Caroline achava que as mulheres casadas olhavam para ela como se fossem mais cristãs por terem começado uma família própria. Ou simplesmente não olhavam para ela, como se uma mulher que não tivesse encontrado um idiota qualquer para se casar não existisse. Ela perdera a conta do número de casamentos e batizados a que comparecera em que as pessoas haviam parecido determinadas a *não* olhar de forma significativa para ela, fazendo-a se sentir invisível. Como se uma mulher solteira se misturasse ao papel de parede sem deixar marcas ou fosse algo sobre o qual os olhos das pessoas tinham que passar antes de pousar, aliviados, nos casais com filhos.

Mas isso mudou, claro, pensou ela, tomando um gole do café e tentando não fazer uma careta. Muito poucas pessoas se casavam em Broken Wheel naqueles tempos.

De qualquer modo, você já está mais velha agora, disse a si mesma. Quando chegara aos quarenta anos, todos haviam parado de esperar algo dela. Aparentemente, ter quarenta anos era uma espécie de limite etário mágico.

Caroline normalmente se mantinha afastada das mulheres que se achavam melhores do que ela porque haviam se casado. Não tinha muita simpatia pelas famílias-modelos. Estar em uma era melhor do que muitas das alternativas, claro, mas não um bom motivo para tanta presunção e condescendência. Afinal, o próprio Jesus podia ser considerado um hippie de cabelos longos que havia deixado os pais para viajar com uma grande família coletiva.

Não que ela tivesse muito apreço pelos hippies. Eles eram extremamente condescendentes também.

Henry pôs a cabeça para dentro da cozinha, interrompendo os pensamentos de Caroline, e disse, com certa esperança na voz:

— Móveis de jardim não interessam a você, não é?

Ela balançou a cabeça.

— Sinto muito, mas só móveis comuns — respondeu, acrescentando, em nome da diplomacia: — Dessa vez.

Tudo era possível. Logo ela teria que organizar outra coleta para a igreja. Então eles aceitariam tudo que as pessoas quisessem doar e agradeceriam por isso. E, é claro, ela seria a responsável por convencer as pessoas a doarem seus móveis de jardim quebrados, organizar a venda e escrever os cartões de agradecimento. Mais uma vez.

Às vezes Caroline sentia que era a cola que mantinha unida a igreja e, com isso, toda a cidade e sua história. Quando jovem, o trabalho havia parecido quase mágico, a noção de um mundo adulto emocionante, em que Coisas aconteciam e Conversas eram realizadas. O trabalho era feito por mulheres de todas as idades, todas com diferentes experiências, vidas e opiniões, que se ajudavam. E brigavam, é claro.

Ela ainda se lembrava de Samuel Goodwin, o vagabundo que um dia batera na mulher com um pouco mais de força do que os outros podiam deixar passar. Isso acontecera quando Caroline tinha doze ou treze anos e já era adulta o bastante para que as discussões sérias, sussurradas, não parassem sempre que ela chegasse perto e grande o bastante para entender parte do que estava sendo dito. Ela se lembrava de como todas as mulheres tinham, à sua maneira, ajudado; mesmo aquelas que nunca haviam se importado com aquela esposa silenciosa e submissa. A sra. Goodwin havia perdido um filho em uma gravidez já adiantada e aquilo parecia ter dado certa permissão a elas. Mulheres tinham se materializado do nada e começado a visitá-la, a preparar pratos e a ajudar de forma quase imperceptível na limpeza e no cuidado com as crianças. As coisas simplesmente tinham sido feitas. Nenhum agradecimento fora necessário.

As pessoas cuidavam dos outros naquela época. Havia uma espécie de arrumação e ordem no caos da vida. Claro, todos esperavam que as pessoas enfrentassem seus problemas e sofressem em silêncio, mas, sempre que as coisas ficavam pesadas demais, todos entendiam que não precisavam passar sozinhos por aquilo.

Caroline às vezes se perguntava se aquelas mulheres tinham sido o motivo pelo qual ela nunca havia se casado. Tinha visto a mãe ajudar em todos aqueles problemas e desenvolvido um tipo de desgosto pelas relações ou pelos homens. Não queria dizer que todos os problemas do mundo eram causados por homens, mas, na opinião dela, sempre havia um homem envolvido em alguma parte da história.

Susan e Henry ainda estavam ocupados no porão e, do lado de fora, o vento havia ficado mais forte. Pela janela, Caroline viu as árvores balançando e não teve nenhuma pressa de sair da cozinha quente. Tomou outro gole do café e tentou não soltar outro suspiro.

Caroline não se arrependia de nunca ter se casado. Não exatamente. Mas às vezes se perguntava quando tinha ficado tão velha.

Talvez quando a mãe havia morrido. Talvez fosse um tipo de mudança geracional: o trono passara da senhora para a srta. Rohde. A mãe morrera, e as mulheres continuavam apanhando, divorciando-se ou se desesperando por causa de gestações inesperadas. Ou por gestações que nunca se materializavam, apesar de o quarto do bebê estar pronto havia anos e as roupas já terem sido bordadas. Amy fora responsável pelo apoio diário a muitas dessas mulheres, mas, quando a catástrofe as abatera, sempre havia sido Caroline que as ajudara a enfrentar os problemas como boas cristãs. Milhares e milhares de vezes. Então, antes mesmo que percebesse, ela fizera quarenta anos. E então quarenta e quatro.

Mas quando exatamente tinha decidido que queria ficar sozinha para o resto da vida?

Do porão, ela ouviu a voz alegre de Susan, levemente distorcida pela distância:

— Temos *quatro* poltronas!

Caroline supôs que teriam que reunir tudo na igreja e que ela teria que encontrar um lugar para guardar os móveis.

Então suspirou.

Não seja ridícula, Caroline, pensou, dando uma bronca em si mesma.

Teve uma ideia.

— Muito obrigada — disse ela. — Sei exatamente onde posso guardar tudo.

OUTRO TIPO DE LOJA

— Está bem. Você quer abrir uma livraria. Por que não? Mas já pensou direito em como quer que ela seja?

A voz de Jen soava amistosa, mas lá estava ela, parada, com os braços abertos, fechando todo o corredor e impedindo a entrada de Sara. Atrás de Jen, Sara podia ver uma escada larga, com pilhas de roupas esportivas, tênis e brinquedos em todos os degraus. Era o único sinal de que havia crianças na casa. No primeiro andar, tudo tinha tons variados de cor de café: cappuccino e café com leite nas paredes e móveis de um couro escuro como um expresso.

A casa de Jen tinha o dobro do tamanho de uma típica casa sueca. Espaço claramente não era um problema em Broken Wheel. A casa seguinte ficava a pelo menos vinte metros de distância, e a faixa de terreno entre as duas não era exatamente uma terra de ninguém, mas... simplesmente nada. Apenas um espaço supérfluo com o qual ninguém parecia se importar.

— Já conseguiram algum móvel? — perguntou Sara.

Quando Jen havia telefonado, Sara supusera que haviam encontrado tudo de que precisavam, mas não tinha mais tanta certeza.

— Existem móveis e móveis...

— Quero que seja aconchegante — afirmou Sara. — Com poltronas e coisas assim.

Caroline havia prometido que não seria um problema. Uma coleta resolveria tudo, dissera ela com certeza absoluta.

— Podemos encontrar algumas poltronas, mas você não preferiria que fosse... não sei, algo mais estiloso?

— Não.

— Nem mesmo com uma pequena mesa de vidro? Um par de poltronas de couro? Seria couro falso, é claro, mas mesmo assim ficaria tão bonito.

— Quero que não combinem e sejam de tecido. Que sejam poltronas de leitura de verdade, daquelas em que a gente se aconchega.

Jen suspirou e, relutante, deixou que Sara entrasse.

— Entre então — murmurou enquanto andava, arrastando os pés, até a sala de estar.

Ela claramente estremeceu quando entrou na sala, com uma expressão de sofrimento no rosto. Sara parou na porta e abriu um sorriso.

Entre as poltronas cor de expresso (de couro legítimo, supôs Sara), uma mesa de vidro e uma cristaleira de madeira escura, havia uma enorme variedade de poltronas e mesas. Poltronas com braços, apoios para os pés, peças mais finas, coisas gigantescas que pareciam poder engolir uma pessoa, pequenas mesas de madeira, mesas redondas de tampo de metal, mesas vermelhas, mesas azuis, de toda a variedade de madeira que Sara conhecia e mais algumas que ela nunca tinha visto.

— Caroline pediu que as pessoas ajudassem — explicou Jen, triste. — Acho que imaginaram que fosse para a paróquia. E ela pediu que deixassem tudo *aqui*. Passei o dia todo recebendo coisas. — Ela olhou em volta, desesperada. — O que vou fazer com tudo isso?

Sara riu.

— Dê para a igreja — disse ela. — Só preciso de duas poltronas e de uma mesa.

Ela também precisava de estantes, mas não estava muito preocupada com isso. É claro, elas seriam a base para a livraria, mas ficariam cobertas por livros, então a aparência delas não importava tanto, acabariam se misturando à decoração. As pessoas mal as notariam. Na livraria na Suécia, as prateleiras eram de um metal cinzento que um dia havia sido pintado de branco. Qualquer coisa era melhor do que isso.

Tom havia ficado responsável pelas estantes. Ele apareceu na casa de Amy no dia seguinte para levar Sara para vê-las. Ela não achava que precisava ver as estantes. Afinal, eram estantes. O que poderiam ter de errado? Mas estava curiosa para conhecer a casa de Tom.

No entanto, se a moça estava esperando que o lugar revelasse alguma coisa sobre o homem, ficou decepcionada. Eles nem entraram na casa.

Uma estrada malcuidada de terra levava ao imóvel, e uma fileira de árvores a acompanhava quase até a porta da frente. A fachada ficava sempre coberta pela sombra e continha pequenas janelas comuns que não deviam permitir que muita luz entrasse na casa.

Tom levou Sara para os fundos, direto para o quintal. A casa claramente havia sido construída para que a parte de trás fosse a mais importante. No instante em que deram a volta, o jardim se abriu diante dos olhos dela. O imóvel fora construído em uma pequena colina, e as árvores tinham sido removidas para dar vista para os campos de milho, que se estendiam até o amontoado de telhados que formava Broken Wheel e, a oeste, até a solitária casa de Amy.

Todo esse lado da casa era feito de enormes janelas panorâmicas que pareciam não combinar com a região.

Uma varanda acompanhava toda a extensão da casa, se misturando ao ambiente de forma tão natural que era difícil dizer exatamente onde terminava um espaço e começava o outro. Havia um galpão na extremidade da casa. A porta estava aberta e Sara viu bancadas de trabalho pesadas, ferramentas, prateleiras cheias de garrafas e latas etiquetadas, e dois velhos bancos de carro cobertos de couro creme lá dentro.

Do lado de fora do galpão, havia outra bancada de trabalho. Uma torneira suja de tinta e uma pia podiam ser vistas ao lado.

No próprio jardim, que não era nada além de um terreno seco e revirado, havia três estantes frágeis, pintadas de uma cor marrom avermelhada horrível e tão bambas que Sara duvidou que pudessem aguentar um único livro infantil.

— Não se preocupe — disse Tom. — Vou pintar tudo.

— Mas você só conseguiu *três*. — Ela não pôde esconder a decepção. Em sua antiga livraria minúscula, havia mais de cinquenta estantes. Daquele jeito, eles teriam quase mais poltronas que prateleiras.

— É demais?

— *Demais?* Elas mal cobrem meia parede.

Uma rajada de vento fez as estantes estremecerem. Pareciam estar se encolhendo, com medo do tempo. O estado era tão deplorável que Sara teve pena delas.

— Tenho certeza de que vão ficar ótimas — afirmou. — Mas preciso de mais. De pelo menos mais seis.

Tom olhou para ela, surpreso.

— Quantos livros você tem?

A coleção de livros de Amy não continha nada de estranho nem de valioso, mas ela havia conseguido criar um cômodo cheio de pura alegria pela leitura. Havia um livro para cada pessoa, até para aquelas que "nunca liam livros" ou "prefeririam filmes". Sara estava determinada a fazer da livraria dela — delas — um templo.

Tentou separar os livros em pilhas diferentes para ver que lacunas existiam e pensar no que ainda precisava comprar, mas era impossível não se perder entre eles.

Foi espalhando todos pelo quarto enquanto trabalhava, abrindo-os aleatoriamente, rindo, conversando com Amy, sendo absorvida pelas melhores partes de seus autores favoritos e encontrando novas pérolas.

Mal notou quando uma tempestade repentina começou a castigar as janelas, pois estava cercada das vozes de centenas de histórias que esperavam para ser descobertas pelos leitores de Broken Wheel.

Foi amor à primeira vista. Na primeira vez em que Yossarian viu o capelão, apaixonou-se perdidamente por ele.

Posso estar sentada aqui na Casa de Repouso Rose Terrace, mas, em minha imaginação, estou no Whistle Stop Cafe comendo um prato de tomates verdes fritos.

Cara Sidney, Susan Scott é uma maravilha.

Estamos acampados a oito quilômetros do front. Ontem nosso reforço chegou. Agora nossos estômagos estão cheios de carne-seca e de feijão; comemos o suficiente e estamos todos satisfeitos.

Ao bater das onze de uma fria noite de abril, uma mulher chamada Joey Perrone caiu do deque luxuoso do navio de cruzeiro M.V. Sun Duchess. Quando mergulhou no Atlântico escuro, Joey estava impressionada demais para entrar em pânico. Eu me casei com um idiota, pensou, caindo de cabeça nas ondas.

O sr. e a sra. Dursley, de Privet Drive, número quatro, tinham orgulho de dizer que eram perfeitamente normais, muito obrigado.

Sara tentou guardar os vários livros que queria ler, mas eram títulos demais, e ela sabia que poderia folheá-los, um a um, quando estivessem no lugar certo.

Naquela noite, relutante, foi dormir no próprio quarto. Dormiu mal a alguns metros dos livros.

Quando acordou na manhã seguinte, estava cheia de expectativas. Deu uma passada rápida na cozinha para tomar café e foi para o quarto de Amy, pronta para voltar ao trabalho.

Parou na entrada da porta. Esperava ver o quarto de Amy como sempre fora: as belas cores pálidas da colcha de retalhos espalhadas pela cama, a calma e a serenidade dos livros à sua espera. Mas o quarto havia ganhado um clima de caos, um caos que ela mesma havia criado no dia anterior.

A colcha estava amassada embaixo de uma pilha caída de livros. Várias prateleiras estavam vazias. Marcas de poeira eram a única pista de que os livros guardados ali ao longo de anos haviam sido retirados. Nesse momento, a maioria deles estava no chão, claro, espalhada em forma de leque, com um espaço vazio no meio, onde Sara estivera sentada. As caixas vazias apoiadas na cama haviam caído durante a noite.

Era só uma sensação, e ela se livrou da ideia no mesmo instante. No entanto, parada ali, diante das prateleiras esvaziadas, não pôde deixar de se perguntar se Amy teria gostado daquilo. Sempre que Sara havia entrado naquele quarto, tinha sido como entrar no mundo de Amy, em um tipo de história paralela e atemporal em que tudo ainda era como deveria ser.

Nesse momento, pareceu que a presença de Amy estava desvanecendo, como se o espírito dela estivesse sendo movido, junto com a poeira, sempre que Sara mudava os livros de lugar.

Ela vai com eles para a livraria, disse a si mesma. Mas não conseguiu esquecer a sensação de dúvida.

Quando Tom chegou no fim da tarde, viu caixas cheias de livros empilhadas contra as paredes e a colcha arrumada. Sara havia tirado o pó das prateleiras, mas isso tinha sido um erro. Sentira que estava tentando limpar a própria Amy. Tinha sido forçada a devolver alguns livros às estantes depois disso.

Tom não disse nada sobre as prateleiras vazias nem sobre o fato de Sara estar sentada no meio do quarto, cercada de livros, com um olhar incerto, quase triste. Ele se apoiou no batente da porta e a observou em silêncio.

Ela queria perguntar se ele achava que Amy estava observando os dois, se, de alguma forma, Amy os estava ajudando no projeto, o que ela pensaria de toda aquela loucura, mas não se atreveu.

Por fim, Tom apontou para as caixas e ergueu a sobrancelha, indagando.

Sara fez que sim com a cabeça. Ele se abaixou e pegou duas caixas, mas não as levou no mesmo instante. Ficou ali parado, olhando para Sara, como se quisesse dizer alguma coisa. As caixas pesadas faziam os músculos de seus braços bronzeados ficarem ainda mais proeminentes, o que a fez pensar em coisas diferentes de livros pela primeira vez em dois dias.

— Tom — disse ela, hesitante, fazendo-o se interromper outra vez. — Nada. Cuidado ao carregar as caixas. Livros são pesados.

Ela poderia jurar que tinha visto o brilho de um sorriso nos lábios dele quando ele desceu a escada.

Homens, pensou.

Os anos de trabalho na livraria haviam ensinado a Sara que carregar livros era mais uma maratona do que uma corrida de cem metros, e eram sempre os homens que se exauriam primeiro. Não que os homens que haviam trabalhado na livraria tivessem ouvido os conselhos dela.

Ou qualquer outro homem, na verdade.

* * *

Na noite anterior à abertura da livraria, Sara ficou na loja sozinha.

— Então, Amy — disse ela.

Estava parada diante da janela, através da qual a luz amarela de um dos últimos postes da cidade iluminava a loja com um brilho fantasmagórico. De onde estava, quase podia ver a rua Jimmie Coogan. A ideia a fez sorrir para si mesma.

Tinham levado três dias para pintar as paredes, carregar os móveis e as estantes, buscar os livros e arrumá-los nas prateleiras. Tom havia conseguido estantes suficientes para satisfazer Sara e, quando o espaço nas prateleiras tinha acabado, ela pusera o restante das caixas no pequeno depósito para usar no futuro. Sara devia ser a única pessoa na cidade que achava que haveria um futuro, mas ela mostraria a eles.

O balcão amarelo-girassol era a primeira coisa que todos viam quando entravam na loja. Sara achava que aquilo fazia parecer que estavam entrando em um tipo de loja mágica. *O que não era possível com um balcão amarelo?*, perguntou a si mesma.

Com exceção das estantes, que Tom pintara de branco, nada mais combinava. As paredes eram de um amarelo vivo que parecia absorver a luz do sol e espalhá-la pelo cômodo. Não combinavam com o balcão, mas isso não era um problema. Era uma cor alegre e, de qualquer forma, a maior parte das paredes ficava coberta pelas estantes. À janela, havia duas poltronas diferentes, uma de estampa verde gasta, e a outra azul-escura. Entre ambas Sara pusera uma pequena mesa de cedro redonda, que contrastava com o chão. O lugar todo parecia mais uma sala de estar familiar, onde tudo havia sido reunido com o passar das gerações, ou a casa de um jovem casal sem dinheiro para comprar coisas novas. Ela gostava de ambas as imagens.

George, Caroline e os outros haviam passado na loja mais cedo para inspecionar o resultado e agora finalmente estava tudo pronto. Não havia mais nada a fazer, mas Sara não queria ir embora.

Por isso, parou no meio do cômodo e deu um giro lento. Então sorriu. A livraria estava pronta. Perfeita, a seu modo.

— Você acha que vamos ser felizes aqui? — perguntou a Amy.

Amy não respondeu. Talvez não tivesse se encontrado ali ainda.

— Não se preocupe — disse Sara. — Vamos espalhar livros e histórias por Broken Wheel juntas.

A MORTE DE UMA CIDADE

John estava na cozinha fazendo café. Tom estava parado à janela, na sala de estar, olhando para a rua principal, mas podia ouvir o som metódico de xícaras e pires sendo depositados com precisão em uma bandeja.

Se falasse a verdade, chamar o cômodo de cozinha era um exagero. Era mais um armário, com um pequeno balcão e um fogão de duas bocas. A geladeira ficava fora, na sala de estar.

Era engraçado ver como o apartamento havia mudado pouco. A sala tinha o mesmo papel de parede marrom e listrado que Tom vira na primeira vez em que visitara o lugar com o pai, quando John havia acabado de assumir a loja de ferramentas e o apartamento que ficava em cima. Ainda tinha um cheiro forte de velhice. O cheiro de móveis e roupas velhas já devia estar lá quando John se mudara.

No entanto, o que impressionou Tom foi quão pouco o lugar havia mudado nas semanas anteriores. Toda a cidade fora afetada pela morte de Amy, mas aquelas paredes, aquele teto estavam como sempre haviam sido. Talvez por isso John estivesse saindo cada vez menos de casa.

Nos últimos tempos, Tom vinha tentando passar ali algumas vezes por semana, como se a presença dele pudesse evitar que John caísse da beira do precipício em que parecia estar se equilibrando. Tom tinha a sensação de que o amigo ainda não havia pulado apenas por não ter conseguido reunir a energia necessária.

Ou talvez o apartamento não tivesse sido afetado pela morte de Amy porque nunca tivera nada a ver com ela. Fazia anos que Tom não entrava nele, talvez até décadas. Ele sempre vira John na casa da tia.

Naquela noite, as luzes da loja de Amy se espalhavam pela rua abaixo dele. Sara ainda devia estar lá, apesar de a livraria estar pronta.

— Você tem alguma coisa contra essa história? — perguntou alto o bastante para que John pudesse ouvi-lo da cozinha. — O fato de Sara estar morando na casa da Amy. E toda essa coisa da livraria.

— Uma livraria — disse John de algum lugar atrás de Tom. Soou como uma pergunta.

— É.

— Com os livros da Amy?

— É.

O bater de torrões de açúcar podia ser ouvido da cozinha enquanto John enchia o açucareiro. Nem Tom nem John tomavam café com açúcar, mas fazia parte do ritual.

— Eu gosto dela — disse John por fim. Saiu da cozinha carregando a bandeja com as xícaras de café e um prato de biscoitos que nenhum dos dois queria. — Ela parece feliz.

John pôs a bandeja na pequena mesa lateral, e Tom ficou onde estava.

— Feliz?

— Mas não vai ficar aqui — continuou John.

É claro que ela não ia ficar.

— Você sabe por que ela veio para cá? Ela disse... Amy disse a você?

— Não acho que seja certo tentar prender a moça aqui.

— Claro que não — respondeu Tom com mais emoção do que pretendia. Em seguida se virou para John e perguntou: — Por que não é certo?

John entregou o café a ele e não respondeu. Algo em seus movimentos sugeriu que não tinha a intenção de fazê-lo. Os olhos de Tom passearam pela rua principal vazia enquanto John continuava a falar atrás dele.

— Não há futuro aqui — afirmou John.

A voz dele era insistente, como se fosse imperativo que Tom entendesse aquilo. Era a primeira vez desde que Amy morrera que Tom o via interessado em alguma coisa.

Claro. Tom entendia, mas não concordava. Ele se perguntou se havia futuro de verdade em algum lugar, se as pessoas eram mais felizes nas cidades maiores, onde estavam constantemente em busca de um novo emprego, de uma nova casa, de uma nova esposa. Pelo que conhecia do mundo, não achava que as pessoas em Broken Wheel fossem menos felizes do que podiam esperar ser em qualquer outro lugar.

— Se não houver emprego, os jovens e as famílias não vão ficar e, se as famílias não ficarem, não teremos novas crianças, e não existe cidade sem novas crianças. Os velhos morrem. Por fim, só vão restar pessoas como eu.

— Não é uma base ruim para uma cidade — disse Tom. — Além disso, a gente tem crianças.

— Cinco — lembrou John. — E elas estão crescendo. A Lacey e o Steven devem ser as últimas.

— Os filhos da Jen vão crescer também.
— Eles vão se mudar daqui.
Tom ficou em silêncio. John olhou para a rua vazia, como se isso fosse uma prova. Sara saiu da loja. Ficou parada ali, em paz, como se não tivesse nenhum motivo no mundo para ter pressa.
John andou até a janela.
— A verdade — disse ele — é que Broken Wheel está morrendo.

Broken Wheel, Iowa
2 de julho de 2010

Sara Lindqvist
Kornvägen 7, 1 tr
136 38 Haninge
Suécia

Querida Sara,

John veio para cá de Birmingham, no Alabama, no final dos anos 1960. Veio com a mãe e os irmãos. Não sei se o pai dele ficou no Alabama ou se tinha desaparecido muito tempo antes. Podia até já ter morrido na época. John nunca me falou do pai dele. Na verdade, fala muito raramente sobre o Alabama. Só consegui fazê-lo me contar sobre isso uma vez, mas fui forçada a deixá-lo bêbado antes.

 Na época, Birmingham tinha a honra duvidosa de ser um símbolo quase internacional da segregação racial e da violência racial apoiada pelo estado. Quando a segregação chegou ao fim nas escolas por causa da decisão da Suprema Corte no caso Brown contra o Conselho de Educação de Topeka, imagens de crianças de uniforme escolar sendo impedidas de andar por jatos de água lançados pela polícia se espalharam pelo mundo. Ônibus foram incendiados, igrejas, bombardeadas, pessoas, linchadas e queimadas. As pessoas começaram a chamar a cidade de Bombingham por causa do terrorismo praticado pelos brancos contra os negros. E Martin Luther King escreveu sua famosa "Carta de uma prisão em Birmingham".

 É engraçado como falamos sobre terrorismo hoje em dia, como se apenas os muçulmanos e árabes ameaçassem nossa sociedade. Infelizmente minha visão do terrorismo se formou muito antes do Onze de Setembro. Eram o medo, a arbitrariedade, a violência que afetavam as pessoas indiscriminadamente; mesmo aquelas que diziam que não queriam se envolver ou não tinham nenhuma intenção de lutar contra a segregação. Para mim, o terrorismo ainda é a imagem de homens brancos, ativos na sociedade, parados diante do corpo queimado e linchado de um negro, felizes com o resultado do trabalho deles.

    John diz que penso demais nas injustiças históricas. Talvez esteja certo, mas é que para mim elas *não são* históricas. Parece que nunca conseguimos aceitar nossa responsabilidade por elas. Primeiro, dizemos que é assim que as coisas são, depois damos de ombros e dizemos que era assim que as coisas eram e que agora elas estão diferentes. Não graças a nós, quero responder, mas ninguém parece querer ouvir isso.

    Nunca tivemos esse tipo de problema em Broken Wheel. Provavelmente porque nunca tivemos negros aqui. John foi o primeiro a ficar. Acho que ele se encaixa aqui. No dia em que o deixei bêbado, ele disse que tinha sido o primeiro lugar em que ele não havia sentido medo.

    Agora você entende? Como algo assim pode ser perdoado?

Um beijo,
Amy

FOX & SONS

Na primeira manhã, George deu carona a Sara até a livraria. Ela havia decidido, por alguma razão, que dez horas seria a hora perfeita para a loja abrir, mas, naquele dia, já estava na livraria às nove e meia. George parecia entender a seriedade do momento porque ficou parado atrás dela enquanto a moça destrancava a porta. Ele deixou que Sara entrasse sozinha na primeira vez em que entrava de verdade em sua loja.

Ela parou no meio do cômodo. George ainda hesitava na porta.

— Ficou bom — disse ele.

Sara sorriu, apesar de saber que ele não podia vê-la.

Ela andou pela loja lentamente, acendeu o grande abajur e a pequena luminária que pusera no balcão, ao lado do caixa, e deu uma série de tapinhas nas poltronas. Passou a mão pelo mágico balcão amarelo antes de dar a volta e ficar atrás dele. Sara estava, de certa forma, tomando posse da loja.

Em seguida olhou em volta.

— Bom... — gaguejou George — acho que... vou tomar um café.

Sara fez que sim com a cabeça.

Ela havia pegado uma loja suja e cinzenta e a havia transformado em uma linda e aconchegante livraria. Se isso não significava que havia feito alguma coisa na vida, Sara não sabia o que significaria.

Era como se pudesse respirar com mais facilidade atrás do balcão, como se as prateleiras, o balcão e a vitrine a mantivessem ancorada, tornando sua presença mais nítida, mais forte.

A maioria dos livros eram edições em brochura, por isso as prateleiras haviam ficado vivas e coloridas. Ela podia ver as letras alegres e desenhadas e as cores em tons pastel suaves das obras de chick lit, as capas pretas e rígidas, e os títulos frios e metálicos dos thrillers, e o bege, o cinza e o branco dos romances mais sóbrios. Aqui e ali, um livro de capa dura surgia como uma montanha entre as brochuras, e também podia ver vários livros de não ficção e de fotografia, na vertical, ultrapassando a borda das prateleiras ou deitados, se eram grandes demais.

De muitas formas, era a livraria dos sonhos de Sara. Especialmente porque todos os livros já haviam sido lidos.

Livros que já haviam sido lidos eram os melhores.

Ela nem sempre havia pensado assim. Quando começara a trabalhar na Josephssons, imaginava ter uma livraria impecável e brilhante. Uma loja igual às das grandes redes, com enormes pilhas de títulos novos, uma seção de brochuras em que houvesse dezenas de exemplares de cada livro — exibidas com as capas voltadas para a frente —, prateleiras especiais (que não fossem branco-acinzentadas) para os livros mais vendidos e etiquetas de plástico, e não placas mal-escritas em papel amarelo, plastificadas rapidamente na pequena sala dos fundos da loja. THRILLERS. ROMANCES. BROCHURAS. LANÇAMENTOS. Era o que estaria escrito nas prateleiras.

Se fosse sincera, nunca havia conseguido assistir a *Mensagem para você* sem pensar que o império de café e livros da Fox & Sons era mais atraente do que a pequena loja claustrofóbica de Meg Ryan. A livraria Akademibokhandeln, em Estocolmo, era provavelmente a coisa mais próxima de uma grande rede que a Suécia tinha: o aroma dos cafés que saíam do Wayne's Coffee, as poltronas de couro de que Jen teria gostado, pessoas com pilhas de novos livros brilhantes ao seu lado e seções inteiras dedicadas a temas específicos caso alguém sentisse a necessidade de comprar um livro sobre física de partículas.

Mas esse tipo de coisa só funcionava em grande escala. Será que poderia haver uma Fox & Sons em um pequeno centro comercial do subúrbio? Dificilmente. Um centro comercial local precisava de uma livraria que também vendesse rolos de papel para fax e canetas esferográficas. Precisava de uma máquina que ainda mandasse faxes para o exterior e um estande cheio de objetos inúteis que podiam servir como presentinhos feios para crianças. Precisava de caixas brancas de plástico cheias de livros empoeirados e surrados, onde podiam ser encontrados tesouros dos anos 1990 pela metade do preço. *Esse* tipo de livraria.

Sara sempre adorara edições em brochura. Uma de suas histórias favoritas era sobre a Penguin Books. O fundador da editora, Allen Lane, teve a ideia de produzir brochuras de qualidade em um dia em que estava viajando, mas não tinha nada para ler. As únicas coisas que eram vendidas em bancas na época eram jornais, romances baratos e livros policiais. Allen Lane sonhou com boas histórias em edições simples e baratas, com livros que não custassem mais do que um pacote de cigarros e pudessem ser comprados em qualquer lugar. Sara sempre achara a ideia genial, e era um pecado que, na Suécia, mesmo com todos os impostos aplicados ao tabaco, os livros ainda fossem mais caros do que cigarros.

Os primeiros livros da Penguin tinham surgido no verão de 1935 e eram uma coleção de obras de Ernest Hemingway, André Maurois e Agatha Christie, entre outros. Tinham um código de cores: laranja para ficção, azul para biografias, e verde para romances policiais. Custavam seis centavos. O mesmo preço de um pacote de cigarros.

Em seguida (era por isso que Sara estava pensando na história da Penguin), a editora havia começado o "Clube do Livro das Forças Armadas" para espalhar um pouco de alegria e diversão entre os soldados que estavam longe de casa, da família e dos amigos. E o melhor era que o pequeno formato da brochura cabia no bolso dos uniformes. "Eram edições muito valorizadas nas prisões", afirmara a história oficial da Penguin. Sara sempre achara essa frase especialmente triste.

Ainda assim, isso dizia alguma coisa sobre o poder dos livros. Não que eles podiam diminuir a dor quando alguém querido morria na guerra nem que conseguiam devolver a paz ao mundo nem nada disso. Mas Sara não conseguia deixar de pensar que, na guerra, assim como na vida, o tédio era um dos maiores problemas; uma destruição lenta mas implacável. Nada dramático, apenas uma erosão gradual da energia e da vontade de viver de uma pessoa.

Então o que poderia ser melhor do que um livro? E um livro que cabia no bolso da jaqueta?

Ela estava convencida de que, assim que começassem a ler, os moradores de Broken Wheel se sentiriam muito melhor.

O trabalho não havia acabado só porque a livraria estava pronta. Pelo contrário, estava apenas começando. Sara não duvidava nem por um instante de que faria os habitantes de Broken Wheel lerem, apesar da relutância inicial deles.

LER OU NÃO LER, EIS A QUESTÃO

A reforma na livraria tinha mudado o humor na cidade. Era tentador pensar que havia uma nova determinação no ar, mas, verdade seja dita, isso sempre existira. Caroline e Jen eram provas vivas disso. Talvez a determinação simplesmente tivesse encontrado um novo objeto, talvez as pessoas apenas tivessem algo novo para fazer. De qualquer forma, a verdade era que, por alguns dias, Broken Wheel quase voltara a parecer uma cidade.

Depois que a livraria ficou pronta, ninguém sabia exatamente o que fazer. *Para que* precisavam de uma livraria? Ninguém tinha intenção alguma de comprar os livros. Bom, não para si mesmos.

— Talvez John queira um — disse Jen a Andy, por exemplo.

Estavam parados do lado de fora, olhando, hesitantes, para a loja. Sara estava atrás do balcão, acenando, incomodada, para os dois. Jen acenou de volta.

— Agora que Amy... — Ela se interrompeu. — Bom, talvez ele precise de alguma coisa para fazer.

— Claro — respondeu Andy. — E George tem muito tempo para ler.

— Era exatamente nisso em que eu estava pensando.

— Eu mesmo não tenho tempo...

— É, não mesmo. As crianças...

— O bar...

Eles se separaram logo depois, murmurando "John" e "George" para si mesmos outra vez.

— Por favor... — começou Grace. Ela estava sentada de pernas abertas em uma das poltronas, olhando em volta como se achasse o fato de estar em uma livraria absolutamente fascinante. — Você nunca vai conseguir se manter. Ninguém compra livros por aqui.

Sara não estava nem um pouco preocupada. Eles comprariam livros. Toda cidade precisa de uma livraria.

— Acredite em mim, não vale a pena ficar nesta cidade. Não vale a pena ficar em nenhuma cidade. Eles arrastam você para os problemas deles, depois querem cuidar da sua vida e depois expulsam você. Não necessariamente nessa ordem, é claro.

Sara não se deu ao trabalho de dizer nada. Em vez disso, apenas rearrumou a pilha de livros no balcão, que não precisava ser rearrumada.

— Agora você está presa aqui. Acho que não devia ter mandado você falar com a Caroline naquele dia. — Grace deu de ombros. — Não que isso seja problema meu.

Sara revirou os olhos.

— É óbvio que não vou ficar. Só quero... retribuir a todos. E pensar. Uma livraria é um bom lugar para pensar — acrescentou na defensiva.

— Especialmente uma livraria vazia — lembrou Grace, lacônica.

Gertrude demonstrou ainda menos piedade. Ela e May estavam na casa de Gertrude, analisando os acontecimentos recentes. As duas moravam a menos de cinco minutos de distância, em apartamentos muito parecidos. Os detalhes os diferenciavam, é claro. May preferia tapeçarias bordadas com mensagens, que Gertrude classificava como "idiotamente alegres". Gertrude gostava de quadros a óleo ou tinta acrílica. As imagens pintadas não eram importantes, contanto que ela obtivesse muita moldura e tinta pelo preço que pagava.

May gostava de móveis leves e delicados. Gertrude sempre escolhera os mais pesados e confiáveis. Tirando isso, eram lugares muito parecidos. Ambos os apartamentos eram pequenos e escuros, principalmente porque as janelas eram cobertas de cortinas e de uma enorme variedade de plantas, e os dois tinham uma quantidade excessiva de móveis porque elas haviam se mudado para casas menores quando tinham ficado velhas demais para se acostumarem a móveis novos ou para jogarem coisas fora.

As duas passavam um tempo considerável juntas, quase sempre na casa de Gertrude. O teto e as paredes dela já estavam acostumados à fumaça do cigarro. Nas raras ocasiões em que iam para o apartamento de May, ela tentava sutilmente arejar o lugar, o que fazia Gertrude pensar que ventava muito na casa da amiga e que ela devia fazer alguma coisa em relação às janelas.

— Tudo bem fazer uma coleta — disse Gertrude, acendendo um novo cigarro. Fumava como se todo cigarro fosse o último.

Tinha doado uma poltrona que ficara em quarentena por causa do fedor de cigarro. Bom, era a intenção que contava.

— Mas, se ela acha que alguém daqui vai comprar livros, é maluca.

— Talvez uma história de amor... — sugeriu May, olhando pela janela e perguntando a si mesma se o tempo estava bom o bastante para dar uma volta. Ela andaria pela rua principal e simplesmente passaria pela livraria nova. Nem mesmo Gertrude poderia falar nada.

— Não! — retrucou Gertrude. — É imoral.

May mexeu nervosamente em sua blusa.

— Quis dizer uma história de amor bonita — completou no mesmo instante. — Nada... indecente.

Havia certo desejo em sua voz.

— Foi exatamente isso que eu quis dizer — afirmou Gertrude. — Elas vêm enganando meninas há anos. Com o príncipe encantado e tudo isso. E os sapos também. Não são nada além de mentiras.

George passou a dividir seu tempo entre a lanchonete e a livraria. Era sempre visto sentado em uma das poltronas com *Bridget Jones: No limite da razão* nas mãos. O livro era quase tão incompreensível quanto o primeiro. De vez em quando, ele soltava uma gargalhada, encantado com a última loucura da personagem, antes de continuar a ler, fascinado.

Andy não ficou tão impressionado. Foi até a loja, claro, e olhou em volta, analisando tudo, antes de se sentar ao lado de George e olhar para os livros com claro desinteresse.

Sara ficou de pé atrás do balcão.

— Já vendeu algum? — perguntou Andy.

George ouviu o tom de desafio na voz de Andy, fechou o livro e resmungou algo sobre "almoçar". Não eram nem onze horas. Ele saiu antes que Sara tivesse tempo de decidir se ia responder sinceramente.

Enquanto ela tentava encontrar uma resposta, pôs dois livros em uma das prateleiras mais para ter algo para fazer do que por realmente precisar. Ainda parecia estar brincando de vendedora. Jamais confessaria isso a Andy.

— Tenho certeza de que vou vender — disse Sara.

Ele riu.

Andy levaria livros para casa nem que ela tivesse que escondê-los na bolsa dele, pensou.

Ele olhou para a loja de novo.

— Você devia comprar romances eróticos gays. Aí até eu compraria alguns livros.

Ela cerrou os punhos, frustrada.

— Por que me ajudou com tudo isso se não acreditava no projeto?

— Ah, não ia fazer mal a ninguém. — Ele piscou para ela. — Além disso, Caroline era a favor da história toda. A gente tem que escolher nossas brigas quando ela está envolvida.

— Ela parece... durona.

— Caroline é uma ex-professora desempregada. Ela praticamente gerenciava a escola antes de ser fechada. — Andy hesitou, olhou em volta e sussurrou: — Era uma professora ótima.

Sara olhou para ele sem entender.

— Ela cuidava das crianças. — Andy baixou a voz ainda mais e se inclinou para a frente, como se tivesse medo de que Caroline entrasse marchando pela porta a qualquer momento e desse uma bronca nele por elogiar seu método de ensino. — Era um terço mãe, um terço assistente social e um terço...

— Professora?

— Carcereira. Pode rir, mas agora ela dedica cem por cento da vida a cuidar de Broken Wheel. Com a mesma filosofia.

— Ela sempre foi gentil comigo — disse Sara.

— Se não tomar cuidado, ela vai controlar sua vida inteira.

Sara abriu um breve sorriso. Talvez alguém devesse fazer isso.

— O que ela tem contra a Grace?

— O passado. O passado delas não é nada comparado ao das parentes delas. A mãe da Caroline não suportava a avó da Grace. Elas se enlouqueciam.

— Um segundo — pediu Sara, espremendo-se entre as caixas para chegar ao depósito.

Voltou alguns minutos depois com duas xícaras de café. Entregou uma a Andy e se sentou na poltrona ao lado dele.

— A sra. Rohde, mãe da Caroline, era ainda mais assustadora do que a filha. Dizem que uma vez o marido dela perdeu a casa em um jogo de pôquer. Só que nunca se atreveu a contar à sra. Rohde. O homem que ganhou também não. Caroline ainda mora na mesma casa. A avó da Grace adorava provocar a mulher. Era provavelmente a única que ousava contradizê-la quando já era mais velha. Nunca mais foi a mesma depois que a sra. Rohde morreu. Além disso, Grace uma vez derrotou Caroline na eleição para o conselho da cidade de Hope.

Sara engasgou com o café. Andy teve que bater nas costas dela.

— Exatamente — continuou ele. — Foi logo depois de o conselho ser transferido para lá. A gente só ia ter uma representatividade temporária. Ninguém achou que o conselheiro teria alguma influência verdadeira, então, como um tipo de protesto, todos votaram na Grace. Ela não participou de nenhuma reunião. Sinceramente, não sei quem ficou mais irritado: Caroline ou Grace. Apesar de não saber se elas realmente se importam com essa velha disputa. — Parou para pensar por um instante. — Elas concordam em algumas coisas. As duas provavelmente acham que a cidade poderia manter algumas tradições.

Andy mudou de assunto:

— E então? Como estão as coisas entre você e Tom?

Foi forçado a bater nas costas de Sara outra vez.

Broken Wheel, Iowa
17 de julho de 2010

Sara Lindqvist
Kornvägen 7, 1 tr
136 38 Haninge
Suécia

Querida Sara,

Quando eu disse que Iowa não é um estado com grandes histórias, não era bem verdade. Há milhares de histórias aqui. Só que nunca conseguimos escrevê-las. Antes dos trens, era impossível viajar no inverno: as estradas ficavam ruins demais para as carroças e o rio congelava, então os barcos a vapor também não conseguiam passar. Acredito que pessoas que ficam presas em algum lugar durante vários meses frios e de pouco trabalho acabam descobrindo um modo próprio de viajar nos sonhos para fazer o tempo passar.

    Meu irmão Robert era um ótimo contador de histórias. Todos achávamos que ele se tornaria jornalista. Era o máximo que podíamos querer em termos de sonhos. Romancista era um emprego muito pouco prático, mas jornalista tudo bem. Na época, o *Wallace Farmer* e o *Prairie Farmer* eram parte importante da nossa vida. Meu pai tinha uma caixa enorme de jornais no sótão, e Robert nunca nos deixava usá-los para acender fogueiras. "Respeitem as palavras!", gritava sempre que ameaçávamos pegá-los. Acho que as respeitávamos à nossa maneira. Assim como respeitávamos o dinheiro e não concordávamos com quem o desperdiçava.

    Quando ele estava no ensino médio, abriu o próprio jornal, o *Bent Creek Farmer*, que ganhou o nome do único rio de Broken Wheel. O tabloide rapidamente se tornou conhecido como *Bent Farmer*, o fazendeiro torto, que era um nome mais apropriado, na verdade. Era cheio de mistérios sangrentos, histórias de amor dramáticas e conselhos falsos para agricultores. O próprio Robert escrevia todos os artigos, mas permitia que outras pessoas os inspirassem. Mas não as histórias de amor. Prefiro pensar que ele inventava todas, mas foram elas que criaram problemas para meu irmão. Descobrimos que algumas eram próximas demais da verdade, apesar de eu ter certeza de que ele nunca usaria pessoas reais conscientemente. Talvez Robert só não soubesse que a realidade estava na imaginação dele.

Um beijo,
Amy

SOBRE ROMANCES
(LIVROS: 2 – VIDA: 0)

Tom tinha outras coisas com que se preocupar. Não estava interessado em Sara e não tinha nenhuma intenção de chamá-la para sair para que o plano absurdo inventado por Andy e Jen desse certo. Sabia que estavam tentando juntar os dois, é claro. Era preciso ser um idiota para não perceber. Sutileza nunca fora o forte de Jen nem de Andy. Então simplesmente tentara ignorar a história toda, mas, por alguma razão estranha, não conseguia deixar de pensar na turista.

Toda vez que passava pela rua principal, ele a via lendo ou simplesmente parada atrás do balcão, com um sorriso no rosto, como se clientes fossem lotar a loja a qualquer instante.

Por que diabos alguém ia querer abrir uma livraria em Broken Wheel?

Ele sabia que devia ser mais educado com ela. *Ela é a convidada de Amy*, dizia uma voz teimosa em sua cabeça. Mas Amy estava morta. Era engraçado como perceber isso ainda doía. Ela era a última ligação entre ele e o pai, entre ele e um mundo em que os adultos sabiam o que estava acontecendo. O último pedaço de uma infância segura e confortável.

Controle-se, Tom, pensou ele, apesar de estar sentindo a perda de Amy como uma dor física no peito, parecida com a vez em que havia quebrado a costela jogando futebol.

Amy está morta, repetiu para si mesmo, dessa vez com mais decisão. Se sua convidada estava vendendo livros para tentar pagar uma dívida imaginária, não era problema dele.

Ah, droga.

— Oi?

O chefe lançou um olhar estranho para ele.

Ótimo. Estava ficando doido. Tinha que parar de pensar nela e se concentrar em Mike, no escritório e na conversa que adoraria não estar tendo.

Mike continuou:

— Eles só querem nossos caminhões e nossos clientes.

— Balela... — disse Tom. — Eles têm caminhões mais novos e não dão a mínima para nossos pequenos clientes pouco importantes. O que eles querem é ser a única transportadora da região.

O chefe deu de ombros.

Mike era um homem baixo e atarracado. Tinha menos de quarenta anos, mas já havia perdido muitos cabelos. A necessidade de manter o negócio da família dera a ele uma postura triste e curvada. Ele parecia um velho cão bonzinho, com medo de apanhar, o que fazia Tom ficar ainda mais irritado naquele instante.

— Talvez queiram investir na área de transporte de gado — sugeriu Mike.

Estavam sentados um de frente para o outro em uma escrivaninha entulhada. Sinais claros de um negócio familiar que está acabando os cercavam. Os arquivos com informações sobre os clientes e os pedidos eram poucos, e os que existiam eram antigos. Os dois computadores eram do final dos anos 1990 e já eram considerados antiguidades quando haviam sido comprados, de segunda mão, dos antigos escritórios do governo local.

— Imagino que não vão querer os computadores — disse Tom com um sorriso fraco.

Mike olhou para ele, confuso.

— Os computadores? Por que você se importa com os computadores? Quer para você?

Grandes monstruosidades cinzentas. As telas tinham praticamente meio metro de espessura.

— Não, obrigado — respondeu Tom.

— Estão dispostos a dar um emprego a alguém qualificado.

— E você? Estão dispostos a contratar você também?

— Vou me mudar para a casa da minha irmã. O marido dela precisa de ajuda com o negócio dele. Eletrônicos. Não é tão legal quanto transporte, mas os filhos deles são bonzinhos, e eles têm um quarto para mim.

Havia recortes de jornal amarelado presos às paredes. Tinham sido emoldurados muitos anos antes para tentar deixar o escritório mais atraente para novos clientes. *A Companhia de Caminhões e Transporte de Broken Wheel patrocina a equipe de beisebol (1997). A CCTBW é eleita o negócio do ano pelo envolvimento com a igreja batista de Broken Wheel.* E o mais sombrio: *CCTBW transporta escritórios do governo para nova localização*, com uma foto de políticos sorrindo a caminho de Hope, cercados de mesas, cadeiras e arquivos, ao lado de um Mike não muito sorridente.

— O restante do pessoal também vai para Hope? — perguntou Tom. Ele não se importava de verdade. Era difícil se importar naqueles tempos.

— Quem sabe? Os dois são jovens. Vão ficar bem.

Havia um "mas" silencioso em algum lugar.

Mike continuou, ainda mais incomodado:

— Eles ofereceram uma vaga de motorista. Você não tem qualificação para trabalhar na gerência, e eles já têm todo o pessoal de administração de que precisam. Sabe como é. Talvez se tivesse continuado os estudos...

— Eu precisava trabalhar, Mike. Você sabe disso.

— Talvez devesse ter pegado aquele emprego em Iowa City.

— Aí já era tarde demais. Eu tinha que ficar...

— Sinto muito, Tom. Foi o melhor que pude fazer.

— Claro, claro. Você fez o melhor que pôde. Não é culpa sua. — Tom se levantou. — Então vou voltar à estrada. — Ele sorriu. — Imagino que não tenham o mesmo respeito aos fins de semana e aos turnos longos que você tem.

Mike não disse nada.

— Tudo bem. Já entendi. Eu vou ser o cara novo. Não tem muita coisa que me prenda aqui de qualquer forma.

— Cara, sinto muito pela sua tia Amy. Era uma senhora muito legal.

— É. — Tom parou na porta. — Quanto tempo tenho para pensar nisso?

— Querem uma resposta em duas semanas. Foi...

— É, eu sei. O melhor que pôde fazer.

Ele saiu e fechou a porta com cuidado. O corredor estava silencioso, então Tom se permitiu ficar parado ali alguns instantes. Pensava no pai e em Amy, em todos os anos que trabalhara em dois empregos, na fazenda e com Mike, e em como tudo parecia estar desaparecendo. Dezessete anos.

Que diabos ele ia fazer?

Depois de uma passada rápida na casa de John, Tom estava voltando para o carro quando os outros dois motoristas de Mike apareceram e o cercaram.

Os dois se posicionaram entre ele e o carro. Pareciam muito irritados e excessivamente jovens. Como se ainda esperassem que a vida fosse justa.

— Você vai para Hope? — perguntou um deles.

Ambos eram da cidade, da geração seguinte.

— Não sei como o Mike pode vender assim — disse o outro. — Faz gerações que a família dele tem a empresa.

— Só duas — explicou Tom. — O pai dele abriu a companhia.

— Mesmo assim. Como ele pode desistir?

— E vender para Hope. Quando a escola foi embora, ninguém pôde jogar.

Tom não sabia o que o beisebol tinha a ver com a venda do negócio de Mike, mas, para aqueles dois, provavelmente tudo ainda tinha a ver com beisebol.

— Teria sido melhor fechar.

— Melhor para quem? — perguntou Tom, cansado.

Os dois impediam o caminho até o carro. Furiosos, esperavam que ele sentisse o mesmo.

Tom viu Jen andar na direção dele com passos determinados. As lojas vazias e a rua formavam um cenário atrás dela. Em outros lugares, mais asfalto estava sendo posto nas ruas a toda velocidade, acompanhando o crescimento das cidades e de seus arredores. Em Broken Wheel, grande parte dele era desperdiçada.

— Vou aceitar o emprego — disse Tom. — É uma proposta decente.

— Decente?

— Não sejam tão idiotas. — Ele forçou caminho entre os dois e havia quase chegado à segurança do carro quando Jen o alcançou.

— Como estão as coisas com Sara? — perguntou. Ela parecia sem fôlego.

Tom não se deu ao trabalho de responder. Um dos meninos o fez por ele:

— Ele vai se mudar para Hope.

— Eu vou *trabalhar* em Hope — corrigiu Tom, mas, ao pensar nisso, achou que ia se mudar. Para que morar em Broken Wheel se ia trabalhar em Hope?

— Hope! — Jen o encarou.

Ele deu de ombros e desejou que o deixassem em paz.

Ironicamente, Sara era a única que estava fazendo isso. Ela ficava parada atrás do balcão da livraria, olhando, teimosa, para fora. Pelo menos *ela* não ligaria se ele se mudasse para Hope.

— Eu sei que está chateado por causa da Amy e… de tudo, mas não pode ficar de luto para sempre — disse Jen quase gritando.

— Não posso nem ficar de luto — respondeu ele. — Mas o que isso tem a ver com o resto?

— Você não se mudaria se Amy ainda estivesse viva.

Provavelmente era verdade, mas ele ainda assim teria aceitado o emprego. Era um adulto.

Tom andou até o carro e abriu a porta.

— Chame a moça para jantar! — berrou Jen.

Tom não tinha nenhuma intenção de chamar Sara para jantar nem de fazer mais nada que pudesse incentivar o plano de Jen. Apesar disso, quando passou pela livraria alguns dias depois, algo o fez parar na frente dela.

Sara estava sentada sozinha em uma das poltronas, os grandes olhos arregalados e lágrimas silenciosas escorrendo por suas bochechas. Ela olhava solenemente para baixo, os olhos fixos no próprio colo, e não parecia se importar com o fato de todo mundo poder vê-la chorando.

Meu Deus, pensou Tom. Ficou parado na porta, pensando no que deveria fazer. Entrar? Ir embora? Fingir que nada havia acontecido? Por alguma razão, sentiu que devia dizer algo carinhoso, algo simpático, mas quem ficava sentada, chorando, para todo mundo ver, no meio do dia?

Ele abriu a porta com cuidado.

— Oi — disse por fim.

Sara olhou para ele e, ao fazer isso, seus olhos pareceram se encher de lágrimas outra vez. Tom ficou parado ao lado dela como uma sombra muda, e não um amigo conselheiro.

— Está tudo bem? — perguntou como um idiota.

— Oi? — Então ela notou as lágrimas que ainda brilhavam em seu rosto e as enxugou, envergonhada. — É um livro triste — disse Sara, fungando.

— Estou interrompendo? — Tom se sentia muito incomodado, mas, por algum motivo que não podia explicar, sentou-se na poltrona ao lado dela.

Sara pousou o livro na mesa.

— *Jane Eyre* — explicou. — Eu tinha me esquecido de como é intenso. Na primeira vez em que li, fiquei metade da noite acordada, encolhida no chão.

Ele olhou para a capa com a imagem antiga de uma mulher comum de perfil. Cinzenta e tediosa.

— É bobagem chorar porque sei que vai terminar bem. Mas é tão triste quando ela descobre que ele já é casado, que a mulher dele está presa no sótão, e ela tem que se forçar a se afastar dele. Aí o primo idiota tenta convencer a Jane de que ela tem que se casar com *ele*, apesar de não gostar dela e de saber que ela não é forte o suficiente para ser uma missionária. E aquele argumento cristão hipócrita, apesar de ser pura *ambição* que faz o primo querer levar a Jane para a Índia, ou seja lá aonde for, para tentar converter pessoas.

— Contanto que o final seja feliz — disse Tom, buscando um argumento seguro.

— É — respondeu Sara, séria. — Mas só é feliz para ela. Ele fica cego e perde a mão.

Tom se ajeitou na poltrona.

— Mas feliz — garantiu ela rapidamente. — Por ter a Jane.

— Deus do Céu — exclamou Tom involuntariamente.

Broken Wheel, Iowa
9 de agosto de 2010

Sara Lindqvist
Kornvägen 7, 1 tr
136 38 Haninge
Suécia

Querida Sara,

Sinto muito pelo seu emprego. Talvez as coisas ainda se resolvam, não? Afinal, não é certo que vão abrir uma loja de roupas ou um café no lugar da livraria. É? Talvez seja uma nova livraria e, se não contratarem você no mesmo instante, devem ser malucos.

    Muitas das minhas "crianças" ainda moram na cidade. Claire ainda está aqui e nunca contou a ninguém quem é o pai da Lacey. O sobrenome de Claire é Henderson, mas ela é sobrinha da Caroline. A irmã da Caroline se casou com Bob Henderson, então Claire é meio Henderson, meio Rohde, e, vou falar uma coisa, isso é uma bela combinação. Acho que é porque as duas famílias são ruivas. Não dá para ser ruivo e deixar alguém mandar em você nem ficar satisfeito em ser apenas parte do rebanho. Os Henderson sempre foram meio doidos, homens e mulheres, e, apesar de ninguém dizer isso, o mesmo vale para os homens da família Rohde. A questão é que as mulheres sempre compensaram por eles. À primeira vista, Caroline parece ser o contrário da minha teoria para os ruivos. Os cabelos dela não são mais tão vibrantes, mas ela costumava ter o cabelo da Claire quando era mais nova e, entre todas as palavras que podemos usar para descrevê-la, doida não é uma delas. Apesar de eu achar que há mais do que um toque de cabelos ruivos no esforço dela para ser uma pessoa decente. Ela tentou ser parte do rebanho a vida inteira, mas sempre terminou sendo pastora.

    Claire é uma Henderson típica, mas acho que pegou a força do lado Rohde. Não é exatamente uma combinação perfeita: ser doido, independente e forte. Vejo Claire, Tom e Andy como "minhas" crianças, mas, quando era pequena, Claire era orgulhosa demais para aceitar ajuda, mesmo a minha. A única vez que ela aceitou alguma coisa foi quando tinha sete anos e teve a ver com gelatina. Aquela menina adorava doces. Foi na época em que essa gelatina cheia de adoçantes artificiais, produzida em massa, com algumas frutas vermelhas de verdade, começou a aparecer em Broken Wheel (a gente sempre chegou um pouco atrasado para a festa e, em termos de gelatina, resistimos o máximo que pudemos). A gelatina decente, feita em casa, deixou de ser a mesma coisa. Nunca ficava com a mesma cor viva e transparente nem com o mesmo sabor doce artificial. Tinha frutas de verdade nela. Eu costumava comprar gelatina só para Claire, apesar de nunca conseguir comer todos os potes que eu mesma havia feito. Mas, quando ela cresceu, ficou orgulhosa demais para aceitar minha ajuda e, quando engravidou, parou de vir à minha casa.

Andy sempre achou muito mais fácil dar e receber ajuda. Ele nunca levou as coisas muito a sério e acho que provavelmente foi o que o salvou.

Um beijo,
Amy

A DEDICAÇÃO DAS ÁRVORES

Alguns dos habitantes de Broken Wheel já estavam se acostumando à nova livraria e à estranha turista sueca que passava os dias ali. As pessoas que conheciam Sara visitavam a loja apenas para conversar com ela. No entanto, a maioria das pessoas da cidade e dos arredores se sentia confusa. Como aquilo — a loja, a turista — havia aparecido entre eles? E, entre todas as lojas de que precisavam, por que alguém decidira abrir uma livraria? E por que viajara da Suécia para lá para fazer isso?

A maioria só balançava a cabeça negativamente quando passava, mas, sem perceber, havia começado a se acostumar à imagem da nova vitrine na rua e à estranha mulher desocupada atrás do balcão. Alguns até se pegavam acenando, confusos, para ela. Sara sempre sorria de forma estranha e alegre.

Naquela tarde, porém, ela estava sentada em uma das poltronas e o fato de estar lendo fez duas crianças da cidade pararem do lado de fora. Estavam voltando para casa, depois de sair do ônibus escolar, e não tinham nenhuma pressa para começar a fazer os deveres.

Da rua, Sara parecia parte da vitrine. O nome da livraria havia sido pintado no vidro e ela estava sentada bem abaixo das letras amarelas convidativas, que formavam um arco largo e diziam LIVRARIA DOS CARVALHOS.

O cabelo caía como uma cortina em torno de seu rosto, pois ela estava sentada, curvada, com um livro no colo e uma enorme pilha de livros na mesa ao lado. Os dedos longos e finos viravam as páginas com tanta velocidade que os dois meninos se perguntaram como a moça tinha tempo de lê-las.

Aquilo os fez parar ali. De início, tinham imaginado que Sara ia cumprimentá-los ou mandá-los embora, mas uma hora já havia passado, e ela nem mesmo notara que estavam ali. Quando George apareceu, o menor deles estava brincando de fazer caretas para Sara, com o nariz pressionado contra a vitrine.

Nem mesmo isso provocara palavrões nem um pedido cansado para que fossem embora. Estranho.

— O que estão fazendo? — perguntou George, que sempre sentia que devia proteger a moça.

— Estamos vendo quanto tempo ela consegue ler sem parar — disse o mais velho.

— Ela nem notou a gente — explicou o mais novo.

George se inclinou e olhou pela vitrine, curioso, apesar de sua educação.

— Há quanto tempo estão aqui?

— Uma hora.

— E ela não olhou para vocês nem uma vez?

— Não.

O mais novo entrou no assunto.

— Mesmo quando eu fiz caretas.

George franziu a testa e se afastou da janela. Não queria que Sara olhasse para fora naquele instante e achasse que ele fazia parte daquilo tudo.

— Vamos ficar aqui até ela olhar — disse o mais novo, confiante. — Vamos marcar o tempo. Não é, Steven?

O irmão mais velho fez que sim com a cabeça.

— Eu pelo menos vou. Pode ir para casa se quiser — disse no tom tranquilo que os irmãos mais velhos usam quando sabem que os mais novos vão imitá-los de qualquer jeito.

Se eles soubessem que Sara havia acabado de começar a ler *Todas as famílias são psicóticas*, de Douglas Coupland, talvez tivessem escolhido outro dia para fazer a experiência. Um dia em que ela estivesse lendo uma biografia enorme, por exemplo, ou algo que tornasse os intervalos mais necessários. Com aquele livro, ela simplesmente continuava lendo. De vez em quando, ria ou sorria para si mesma.

O grupo foi crescendo com o passar da tarde. Quando Jen e o marido chegaram, havia dez pessoas paradas à vitrine. O marido decidira visitar a turista de que a mulher sempre falava, e Jen graciosamente o levara para fazer isso. Ela não achou nem um pouco divertido encontrar uma multidão bloqueando o acesso à loja. Depois que as crianças contaram o que estava acontecendo, Jen ameaçou arruinar a experiência toda e contar a Sara.

— Isso não é educado.

Não ficou claro se Jen queria dizer que não era educado ficar do lado de fora, observando Sara como um animal de circo, ou impedi-la de entrar na loja.

George concordou, mas não pôde deixar de suspeitar que a decepção de Jen tinha sido causada em parte pelo fato de não ter pensado naquilo antes. O marido dela declarou que também ficaria para observar.

Jen, por outro lado, ainda parecia preparada para entrar e avisar Sara. Ela amava o marido, claro, mas aquilo não significava que ia deixar que ele decidisse o que ela podia fazer. Pôs a mão na maçaneta.

— Isso não seria uma coisa legal para pôr na newsletter? — perguntou o marido.

Jen se interrompeu. Ficou parada por alguns segundos, indecisa, antes de se virar e ir para casa pegar a câmera.

— Espere aqui — disse ela. — Não saia deste lugar. Se a Sara olhar para vocês enquanto eu estiver em casa, fiquem aqui até eu voltar. Quer dizer, só vou pegar a câmera. Qualquer coisa, podemos posar para uma foto.

Quando voltou, todos ainda estavam lá, e Sara ainda estava lendo.

Jen imediatamente tirou uma foto de Sara à janela com o livro.

— Quem diabos fica olhando outra pessoa ler? — perguntou Grace da porta da lanchonete. Ela havia acendido um cigarro, mas era mais uma desculpa para ver o que as pessoas estavam fazendo.

— O que mais tem para fazer? — perguntou Steven.

— Bom, isso é verdade — admitiu Grace por um instante. — Vão precisar de comida. Me ajude a pegar a grelha lá do quintal. Vou fazer alguns hambúrgueres.

Enquanto estava preparando tudo o que precisava, percebeu que comida era uma coisa boa, mas seria muito melhor com cerveja. Ligou então para Andy, que veio na mesma hora com Carl, trazendo alguns engradados de cerveja e os clientes habituais.

Tom viu a multidão antes de ver a livraria, já que o grupo que havia se reunido em frente à loja já a havia escondido totalmente.

Ele voltava do trabalho para casa quando viu a cena e, por um instante, sentiu-se determinado a passar direto por eles, mas se pegou parando e estacionando o carro quase que inconscientemente. Sentia a tensão do trabalho diminuindo a cada passo que dava em direção à loja, e isso o incomodava.

Por alguma razão, ele parecia relaxar quando estava perto de Sara. Tinha sentido na primeira vez em que haviam estado juntos no carro, quando ela demonstrara de forma clara que não esperava nada dele. Na verdade, Tom havia notado que ela só queria ser deixada em paz. E, depois, quando tinham ficado sentados na casa de Amy, ele tivera uma sensação quase física de paz. Não havia pensado no trabalho, em John nem em nada que deveria estar em sua mente. Era isso que fazia a companhia de Sara ser tão desconcertante.

Jurou que não cometeria o mesmo erro naquele dia. Só pararia para ver o que estava acontecendo. Nada mais. Cinco minutos no máximo.

Havia algo de tranquilo na cena. Todos pareciam falar em sussurros. Quando Tom se aproximou, Andy o chamou, deu a ele uma cerveja e o levou até a frente da multidão.

Já estava escuro, mas a luz da loja de Amy se espalhava pela rua. Sara estava encolhida em uma poltrona, segurando um livro, os olhos fixos nele. Ela virou a página. Em determinado momento, tirou uma mecha de cabelo dos olhos.

Parecia extremamente íntimo vê-la ler. *É como se estivéssemos observando a moça dormir*, pensou ele. Ela, claro, não tinha notado a presença de ninguém. Pelo menos não havia lágrimas dessa vez. Ainda bem.

Ao lado dele, Andy sussurrava alto. Tom ouviu fragmentos do que ele dizia, mas não estava prestando realmente atenção.

— Lendo... Estou aqui desde a tarde... Mudou de livro, mas não olhou para fora... Pegou um sanduíche ainda com o livro na mão.

Sara sorriu.

A expressão era tão cômica que ele, sem querer, se pegou intrigado. O rosto da moça ficava iluminado e expressivo sempre que ela achava que não havia ninguém observando. Era acolhedor, amistoso e perturbava a paz de espírito dele.

Ela nunca havia sorrido para ele daquele modo. *Talvez seja necessário um livro para tirar esse tipo de sorriso dela*, pensou, apesar de nunca ter tentado fazê-la sorrir. Percebeu que pensava que talvez um dia tentasse.

Tom se forçou a desviar o olhar. A seu lado, Andy ainda falava.

— Você não devia estar no Square? — perguntou Tom.

Andy riu.

— Para quê? O movimento de hoje é aqui. A Grace nos ligou, então trouxemos alguns engradados de cerveja, fechamos e viemos para cá. Está todo mundo aqui hoje.

— Por quê...?

— Para ver a Sara ler, é claro. — Ele explicou toda a história. — É incrível, não é? Ela começou um livro novo duas horas atrás, mas nem olhou para fora. Foi como se passasse o bastão em uma corrida.

Tom balançou a cabeça.

Sara continuou lendo.

Até que parou.

Ela leu a última linha, sorriu enquanto pensava em uma velha amiga e fechou o livro. Então descruzou as pernas e se espreguiçou. Quando finalmente viu a multidão do lado de fora, levantou-se e foi falar com as pessoas, confusa.

— Meus amigos! — gritou Steven quando Sara saiu pela porta. — Foram exatas 5 horas e 37 minutos!

Aplausos esparsos foram ouvidos. O cheiro de carvão, carne grelhada e cerveja tomava o ar e havia garrafas vazias espalhadas pelo chão. Um clima espontâneo de festa tomou o local e as pessoas começaram a falar mais alto, já que não tinham mais que se preocupar com o fato de Sara poder ouvir.

Sara enrubesceu e piscou várias vezes. Nunca tinha sido boa em ser o centro das atenções.

Acontece às vezes. Certos grupos parecem existir apenas para fazer uma pessoa, aquela que devemos ver, aparecer de forma mais clara. Raramente acontece como nos filmes, quando cômodos cheios de gente se abrem de forma inconsciente para permitir que a heroína veja o herói ou vice-versa. No entanto, para algumas pessoas, existem momentos parecidos, em que elas se viram para um grupo de pessoas, mas acabam vendo apenas uma.

Para Sara, isso aconteceu quando ela saiu da livraria naquela noite e se pegou entre apostas, grupos, cervejas e hambúrgueres. Foi naquela noite em que, por vários instantes confusos, tudo o que viu foi Tom.

Alguém pôs uma cerveja nas mãos dela. A moça bebeu, agradecida, enquanto Grace e Jen falavam ao lado dela.

— Pelo amor de Deus, menina! Você não tem nada melhor para fazer do que ler? — perguntou Grace.

— O que você estava lendo? Pode me dar algumas dicas de livros para a newsletter? — perguntou Jen.

O flash surgiu antes que Sara tivesse a chance de responder.

Era como se todas as iniciativas para evitar Tom tivessem sumido. Ela sabia exatamente onde ele estava o tempo todo. Como se um radar baixinho, localizado em seu peito, registrasse onde e com quem ele estava. Ela queria evitá-lo e evitar que ele viesse falar com ela. Toda vez que o via conversar com outra pessoa — e ele parecia determinado a conversar com todos, menos com ela —, Sara se pegava pensando que Tom deveria estar falando com ela, parado ao lado dela, sorrindo para ela.

No canto da festa improvisada, Caroline hesitava. Mantinha-se do outro lado da rua, fazendo o que podia para se misturar às sombras.

Ninguém olhava para a direção em que estava. Pareciam ocupados demais bebendo até cair e se tornando mais idiotas do que o normal, o que dizia muito sobre os efeitos problemáticos do álcool.

Caroline tinha pensado em ir até a livraria fazer um elogio ao nome que Sara havia escolhido quando algo — ela não tinha certeza do quê — a forçara a se afastar e a se recolher em segurança no limite do grupo.

Talvez fossem as risadas, o modo como todos estavam relaxados e confiantes; mesmo Sara, que parecia sempre nervosa. Caroline havia sentido que voltara a ter dezessete anos: com seu melhor vestido e até um pouco de maquiagem, fora forçada a sair escondida para que a mãe não a visse. Tinha saído para bancar a boba, mas estava estranhamente ansiosa por isso. Ansiosa e vulnerável.

Carvão.

O cheiro de cerveja e fumaça a havia feito voltar àquela noite, percebeu Caroline quando uma rajada de vento voltou a soprar o aroma para o outro lado da rua. A força da lembrança a atingiu como um tapa na cara. Absolutamente inesperada e mais humilhante do que dolorosa.

Controle-se, Caroline, pensou, mas mesmo sua voz interior parecia trêmula. *É só uma festa.*

Era esse o problema. Ela não se encaixava em festas. Era alguém que não relaxava entre as outras pessoas. Era quem consertava os problemas que elas criavam. Nenhuma de suas amigas tinha pedido conselhos quando estavam felizes. Tinham se casado com quem queriam, sem parar nem um segundo para perguntar o que ela pensava. Só quando os problemas tinham aparecido é que elas a haviam procurado. Um fluxo interminável de mulheres com maridos que tinham perdido o emprego, bebiam, traíam, batiam nelas, nas amantes ou em ambas.

No entanto, isso não significava que ela não podia se juntar ao grupo. Bastava conversar com Sara, só isso. Dez minutos. Só porque estava passando por ali.

Do que você tem tanto medo, Caroline?, perguntou a si mesma antes de endireitar as costas, engolir em seco e andar em direção ao grupo com o máximo de dignidade e confiança que podia reunir.

Sara viu Caroline andar até ela, mas só conseguia pensar em Tom. Ele falava com uma mulher que acabara de aparecer. A mulher parecia cansada, tinha olheiras escuras e usava um uniforme pouco elegante. Apesar disso, era bonita de um modo duro e corajoso, que apenas fazia Sara se lembrar da própria falta de vibração e graça. A mulher estava um pouco acima do peso, mas radiava um tipo de sensualidade calma e confiante que, mesmo à distância, impressionava Sara e a fazia querer se afastar para que a diferença entre as duas não ficasse tão óbvia.

Parte dela ficou aliviada quando Caroline interrompeu seus pensamentos. Talvez fosse o brilho das luzes da rua, mas Sara percebeu que ela parecia mais humana. A postura ainda era rígida e militar, mas o olhar estava mais suave, e ela, mais relaxada quando se aproximou de Sara. Usava calça jeans e um casaco preto e, pelo que Sara podia ver, um suéter macio, de cor creme, por baixo.

— Sou a presidente da Associação para a Preservação dos Carvalhos — explicou Caroline sem se preocupar com os cumprimentos costumeiros. — Queria agradecer pessoalmente pelo apoio à nossa causa. Foi gentileza sua ter dado à livraria o nome das árvores daqui.

Talvez Sara devesse explicar a Caroline que ela não havia escolhido o nome apenas por causa de Iowa, mas não sabia se devia fazê-lo. Aquilo tinha a ver com um agradecimento presente em um livro obscuro sobre aprendizado automático nas ciências computacionais. Os escritores Forsyth e Rada haviam dito que muitas pessoas, e não apenas os autores, contribuíam para a criação de um livro; desde a pessoa que tivera a brilhante ideia de criar o alfabeto, passando pelo inventor do tipógrafo até os lenhadores que cortavam as árvores usadas para a fabricação do papel. Eles continuavam dizendo que não era comum agradecer às próprias árvores, apesar de a dedicação delas ser total.

— Ah — disse Sara —, na verdade, é...

— Isso vai fazer as pessoas prestarem mais atenção no nosso trabalho. — Caroline sorriu. — É bom saber que alguém que não é de Iowa consegue ver a importância dos carvalhos para o nosso estado. Você tem algum livro sobre essas árvores?

Tom riu de algo que a mulher ruiva disse, e Sara foi forçada a desviar o olhar. Repreendeu a si mesma por sentir aquilo. Não podia se apaixonar por alguém como ele. Sabia quem ela era e conhecia os próprios limites. Conseguia lidar com a abertura de uma livraria, mas jamais sobreviveria a uma paixão por alguém como Tom.

Se é que estava se apaixonando por ele. Na verdade, sentia que estava ficando doente.

— Posso pedir alguns — respondeu Sara.

Por fim, Caroline foi substituída pela mulher que conversava com Tom.

— Então — disse ela — é com você que estão tentando juntar o Tom, não é? — Ela enfatizou levemente o "tentando". — Sou a Claire — explicou, sorrindo alegre. — É. *Aquela* Claire. Que ficou grávida na adolescência.

— Isso... Quer dizer, não era isso que eu estava pensando.

Claire indicou Tom com a cabeça.

— Mas deveria — afirmou, fria. — Ele foi ótimo quando a Lacey era pequena — continuou. — Lacey, minha filha. Muita gente achou que ele era o pai.

Amy nunca havia pensado aquilo. Mesmo assim, Sara não pôde deixar de perguntar:

— E é?

Claire riu e se afastou sem responder. Sara ficou onde estava, na ponta de um grupo que, de alguma forma, conseguira reunir. Era uma sensação estranha. As pessoas sorriam para ela, erguiam copos de cerveja em brindes improvisados, batiam no ombro dela quando passavam, mas a moça não estava realmente ali. Música country tocava em algum lugar ao fundo. Ela não conseguia ouvir a letra, mas a melodia trazia uma sensação de lembranças e histórias; não necessariamente de nostalgia, mas de algo enraizado no passado.

Por um instante, ela se convenceu de que podia sentir Amy no ar frio da noite, no aroma dos hambúrgueres e da cerveja gelada. Mas não era Amy, na verdade. Talvez estivesse ali em algum lugar, mas não era apenas ela. Era como se a própria cidade estivesse presente, um tipo de depósito coletivo de vidas e lembranças de várias gerações. A fachada dos imóveis que, alguns dias antes, havia parecido um cenário sem graça, tinha ganhado um clima brincalhão. Entre Andy, Carl e Tom — que havia voltado a conversar com Claire —, Sara quase podia ver a srta. Annie passar em sua moto. Havia um murmúrio quase silencioso de histórias há muito esquecidas sobre toda a cena.

Quando, por fim, Tom foi até ela, Sara estava distraída demais para conseguir dizer alguma coisa. Os dois ficaram um ao lado do outro em silêncio, tão próximos que ela podia sentir o calor do corpo e a leve pressão do braço dele. Não pôde deixar de olhar rapidamente para Tom, fazendo a presença acolhedora do passado ser substituída pelo pulso agitado e pelo suor frio.

— E então? Como se sente? — perguntou ele.

Por alguns segundos, Sara temeu que Tom tivesse lido os pensamentos dela e olhou para ele, confusa.

— Como me s-sinto? — gaguejou.

— A livraria. — Tom fez um gesto amplo para a vitrine iluminada, estranhamente vazia e deserta, apesar de toda a vida que a cercava.

— Ninguém comprou nada ainda — explicou ela.

Ele riu.

— E você acha que vão comprar?

— É claro. Por que teria aberto a loja se não achasse?

Tom deu de ombros e ela, involuntariamente, pegou o braço dele.

— Eles *têm* que comprar livros — disse Sara.

Ela não podia ter feito aquilo tudo, praticamente arrasado o quarto de Amy, para que os habitantes de Broken Wheel se recusassem a começar a ler. Para que serviria a livraria se ela não conseguisse espalhar as histórias nem para os amigos de Amy?

Tom foi poupado de responder por causa de Andy, que pediu para que o homem mais próximo do rádio o desligasse.

— Um brinde — disse Andy, olhando insistentemente para Sara.

— Para a bicicleta da srta. Annie — pediu ela, sorrindo, triste e feliz ao mesmo tempo com a piada interna.

— Para a bicicleta da srta. Annie — repetiram todos.

A moça não achava que alguém soubesse do que ela estava falando, e isso era estranhamente libertador. Talvez Sara não fizesse parte da cidade, mas tinha se tornado parte de sua história.

Jurou a si mesma que forçaria todos a comprarem livros antes que fosse embora.

— Bom — disse Tom, que tinha visto a determinação nos olhos dela —, se quer fazer o pessoal daqui ler, vai ter que ser mais esperta.

Broken Wheel, Iowa
23 de outubro de 2010

Sara Lindqvist
Kornvägen 7, 1 tr
136 38 Haninge
Suécia

Querida Sara,

    Você me perguntou: livros ou pessoas? Devo dizer que é uma escolha difícil. Não sei se as pessoas são mais importantes que os livros. Com certeza não são mais legais, mais engraçadas nem mais reconfortantes... Mas, ainda assim, por mais que olhe para a pergunta por todos os lados, tenho que optar pelas pessoas em longo prazo. Espero que não perca toda a confiança em mim agora que admiti isso.

    Não sei como explicar por que tenho a falta de bom senso de preferir pessoas. Se analisar a questão de acordo com números, então os livros ganham em disparada. Amei apenas um punhado de pessoas a minha vida toda, mas adorei dezenas e até centenas de livros (e isso sem falar apenas dos livros que *realmente* adorei, aqueles que nos deixam felizes só de olhar para eles, que nos fazem sorrir apesar de tudo o que está acontecendo em nossa vida, que sempre nos fazem voltar a eles, como a um velho amigo, de quem sempre nos lembramos quando o "conhecemos"... Tenho certeza de que você sabe do que estou falando). Mas esse punhado de pessoas que amo... Elas com certeza valem tanto quanto todos esses livros.

    Sua pergunta me fez começar a reler *Walden*. Às vezes ainda desejo estar em uma pequena cabana na floresta, junto com alguns livros, livre de todas as exigências estranhas que nós, seres humanos, fazemos uns para os outros e para nós mesmos. Talvez muita gente se beneficiasse de uma folga de um ou dois anos da "civilização" (mas, dito isso, há tão poucas pessoas aqui em Broken Wheel que talvez sejamos mais parecidos com o vilarejo para o qual Thoreau fugiu do que com a cidade que ele deixou. Nunca achei que a descrição que ele faz dos fazendeiros fosse a melhor que já fez. Ele é melhor quando se arrisca mais, mas quem não é?).

Walden é um daqueles livros que simplesmente temos que citar. Ainda nem li as primeiras cinquenta páginas, mas John já está cansado dele. Talvez isso prove que eu estava certa sobre livros e pessoas: livros são fantásticos e provavelmente vêm com uma cabana própria na floresta, mas será que seria divertido ler livros fantásticos se não pudéssemos falar sobre eles, conversar sobre eles, citá-los constantemente?

"A maior parte do que meus vizinhos chamam de bondade é, para minha alma, maldade e, se me arrepender de alguma coisa, provavelmente será do meu bom comportamento. Que demônio me possuiu para que eu me comportasse tão bem?" Não é uma citação maravilhosa? Eu particularmente gosto da ideia de o bom comportamento ser provocado por demônios. Infelizmente fui burra o bastante para citar essa frase para a Caroline. Ela simplesmente ergueu as sobrancelhas — Caroline é uma pessoa que pode erguer as sobrancelhas sem precisar dizer nada — e disse: "O bom comportamento?" em um tom levemente questionador. Como se ela quisesse lembrar que esse demônio não me afetou muito, mas fosse educada demais para dizer isso de forma clara.

Thoreau também disse: "A opinião pública é um tirano fraco comparado à nossa opinião particular", mas acho que isso é mais deprimente. Prefiro a ideia de um demônio rebelde que nos mantém na linha à ideia de que nós mesmos fazemos isso por estarmos preocupados com o que os outros vão pensar, apesar de os outros estarem preocupados demais consigo mesmos para dar alguma atenção a isso.

Um beijo,
Amy

O QUE HÁ EM UM SIMPLES NOME?

A newsletter foi um grande sucesso. Era dominada por uma imagem de Sara lendo junto à janela, vista através dos reflexos da vitrine, diretamente sob as grandes letras amarelas. Mais abaixo havia uma foto menor da turista em frente à loja, sorrindo, hesitante, e apertando os olhos por causa do flash.

O artigo descrevia uma festa para comemorar as duas últimas novidades de Broken Wheel: Sara e a Sara's. Apesar de a livraria ser oficialmente chamada de Livraria dos Carvalhos (um nome para encher os habitantes de Iowa de orgulho!), todos a chamavam de Sara's. Ela estava ali para qualquer pessoa que gostasse de ler. Nenhum pedido era grande nem pequeno demais, e isso era uma sorte, escreveu Jen em uma provocação maldisfarçada à cidade vizinha, já que era a única livraria em toda a região. A newsletter não hesitava em recomendar uma visita o mais rápido possível!!! (Só para garantir, Jen encerrara o artigo com vários pontos de exclamação.)

Pela primeira vez, os habitantes de Broken Wheel realmente leram a newsletter. O artigo também foi impresso e preso em vários lugares da cidade.

Pela primeira vez, ele também foi exibido em Hope.

Em Broken Wheel, muitas pessoas diziam que Hope existia apenas para ser maldosa com eles, que a cidade crescia quando os irritava. Em Hope, os habitantes não tinham muita certeza de que Broken Wheel ainda existia.

Sempre que algum assunto sobre a cidade vizinha chegava até Hope, era comum ouvir algo como "Esse lugar não acabou nos anos 1990?" ou outra coisa tão prepotente e condescendente quanto.

Hope era uma cidade tão moderna que mantinha um açougue, uma feira e uma padaria, como se supermercados nunca tivessem sido inventados.

Era o tipo de cidade pequena usada em propagandas eleitorais sempre que os candidatos queriam enfatizar os tradicionais valores familiares americanos. Os dois governadores anteriores de Iowa haviam gravado propagandas em Hope e vencido a eleição; obviamente, graças aos comerciais, diziam os moradores. A cidade também apagava limites partidários. Ninguém se importava se o candidato era democrata ou republicano, contanto que os cartazes dos dois pudessem ser vistos em lugares públicos. Hope era o tipo de cidade em que bandeiras americanas bonitas e bem passadas eram vistas flamulando ao sol da tarde, depois que as eleições acabavam, mesmo quando o país estava em paz.

Nenhum político visitava Broken Wheel. A cidade não era cortejada pelos homens e mulheres que a governavam nem no fim de eleições apertadas em que "cada voto contava". A questão era saber se isso acontecia porque os políticos achavam que os habitantes (todos os 637) não votavam ou porque não tinham consciência de que a cidade existia.

Para Sara, a festa improvisada foi seguida por vários dias cheios de determinação.

Ela estava convencida de que os moradores de Broken Wheel tinham que comprar livros. Eles *iam* comprar e nem todos precisariam ser levados a isso, apesar do que Tom dissera. No entanto, talvez ela tivesse que repensar o modo como distribuía as obras.

A moça olhou para as prateleiras à sua frente. Os livros estavam divididos em três categorias: thrillers, ficção e não ficção. Eram categorias satisfatórias, mas talvez não fossem atraentes o bastante para levar não iniciados a lerem.

A moça tinha ido até a loja de tudo por 1,99 e comprado uma cartolina branca e espessa. Estava tudo espalhado em frente a ela, formando um leque. Quinze folhas. Sara duvidava de que fosse precisar de tantos cartazes, mas talvez usasse uma ou duas folhas para praticar. Ao lado estava uma caneta preta bem grossa, esperando a inspiração para atacar a cartolina.

Sobre o que as pessoas queriam ler?

Clássicos talvez? Ela fez que não com a cabeça. Nem ela comprava livros da prateleira dos clássicos, apesar de amar todos os robustos livros britânicos e americanos.

Pense, Sara, pense. O que poderia convencer alguém a comprar um livro? O que convence as pessoas a assistirem filmes? Será que é tão difícil assim?

Ela riu, pegou a caneta e escreveu em letras grandes e claras: sexo, violência e armas. Então prendeu o aviso sobre os thrillers.

Depois disso, ficou muito mais fácil. O livro de fotografias sobre a paisagem de Iowa era o único volume na prateleira sobre iowa. Ela pensou em fazer uma prateleira para a Suécia também, mas os únicos autores suecos presentes na coleção eram Jens Lapidus e Stieg Larsson, e ambos claramente se encaixavam entre os livros sobre sexo, violência e armas.

Na verdade, era muito desanimador. A única imagem da Suécia que Broken Wheel tinha era composta de conspirações sadomasoquistas e crime organizado, com um toque de máfia sérvia para confundir tudo.

A única outra obra com o mesmo tema era um guia de viagens sobre Estocolmo. Sara achou o livro surpreendentemente emocionante, mas também pouco familiar, como se visse sua capital através dos olhos de Amy. Os prédios históricos, o sol brilhando na água, a ordem que todo o guia prometia; era tudo muito distante de Sara e de Broken Wheel.

Ela se perguntou se Amy gostaria de ter conhecido a Suécia antes de morrer, mas não conseguia imaginar a senhora nem os outros habitantes de Broken Wheel tão longe da cidade. Eles pertenciam àquele lugar tanto quanto os imóveis e as ruas. No fim, decidiu não fazer a prateleira sobre a Suécia. Não queria se lembrar de casa tanto assim.

A VIDA EM UMA CIDADE PEQUENA pareceu necessária quando Sara parou para pensar. Todos sempre querem ler sobre si mesmos. O único problema era que a categoria envolvia também muito sexo, violência e armas, mas nenhum sistema de categorização era perfeito.

Ela se interrompeu ao pegar *As vinhas da ira* e *Ratos e homens*, de Steinbeck. Ambos falavam sobre a vida em uma cidade pequena, mas tinham finais tão horríveis que a moça se perguntou se era moralmente defensável vendê-los. No fim das contas, pôs os dois nas prateleiras, mas usou um dos pedaços de cartolina para fazer um aviso menor, que foi colocado sobre eles. CUIDADO: FINAL INFELIZ!, dizia.

Se mais donos de livrarias tivessem assumido a responsabilidade de pendurar avisos, a vida dela teria sido muito mais fácil. Embalagens de cigarro vinham com avisos, por que livros trágicos não podiam ter? Havia frases nas garrafas de cerveja para avisar que ninguém devia beber e dirigir, mas nenhuma palavra sobre as consequências de ler livros sem lenços à mão.

Havia, é claro, alguns finais infelizes fantásticos. Às vezes tudo o que um leitor quer é uma desculpa para deixar as lágrimas correrem livremente. Sara tinha uma lista de livros tristes irresistíveis, que incluía todos os livros de Erich Maria Remarque, *Antes que eu vá*, de Lauren Oliver (uma versão depressiva de *O feitiço do tempo*) e *O bandolim de Corelli*, de Louis de Bernières (apesar do que outras pessoas diziam, Sara tinha certeza de que era um livro triste. O final era uma decepção total: por que o capitão Corelli se transformava de repente em um idiota?). Jodi Picoult; Sara havia derramado um rio de lágrimas sobre *A guardiã da minha irmã*. Talvez Nicholas Sparks devesse entrar na lista também, basicamente porque, sempre que alguém precisava chorar um pouco por amor, os livros dele estavam disponíveis.

Ela completou a categoria A VIDA EM UMA CIDADE PEQUENA com *Tomates verdes fritos*, de Fannie Flagg, um livro que também continha sua cota de infelicidade. As pessoas costumam achar que romances feitos para nos sentirmos bem são compostos de histórias banais e felizes, mas nenhum desses romances merece ser posto nessa categoria se não envolver assassinatos, acidentes, catástrofes ou mortes. No caso de *Tomates verdes fritos*, havia doenças, mortes (pelo menos duas trágicas), assassinato e canibalismo. Mesmo assim, o livro não acabava mal. Certas obras são terminadas com um sorriso no rosto, fazendo com que o leitor pense que o mundo é um pouco mais louco, estranho e bonito quando as lê. Sara se perguntou se deveria fazer alguns cartões dizendo FINAL FELIZ GARANTIDO!, mas talvez estivesse revelando demais.

No Natal, ela compraria algumas cópias de *O Natal da esperança*, o livro menos ambicioso de Fannie Flagg, mas o melhor presente para as festas. Era uma história tão encantadora que podia ser distribuída e apreciada mesmo no verão. Decidida, tentou esquecer que não estaria na cidade no Natal.

A última categoria era para as pessoas que não gostavam de ler. Sara a chamou de CURTO MAS DIVERTIDO e pôs aí todos os livros com menos de duzentas páginas, além dos Hemingway. De acordo com uma lenda popular, o escritor fez uma aposta de que um dia escreveria uma história com menos de dez palavras.

E ganhou: *À venda. Sapatos para bebê. Nunca usados.*

Logo o trabalho de reorganização da Livraria dos Carvalhos começou a ser constantemente interrompido por clientes de Hope, que, de alguma forma, haviam chegado até a loja. Eram fáceis de identificar. Primeiro, estavam sempre dirigindo carros novos, e não as picapes e vans a que Sara já se acostumara. Além disso, sempre paravam no sinal. Começavam surpresos pelo fato de Broken Wheel ter um sinal de trânsito, depois se irritavam por ver que estava vermelho e em seguida ficavam incomodados quando percebiam que *sempre* estava vermelho. Quando finalmente chegavam à livraria, estavam prontos para retomar a compostura.

Naquela manhã, ela foi interrompida por um cliente que olhou em volta, confuso, no instante em que pisou na loja. Parecia não acreditar que Broken Wheel tivesse uma livraria; apesar de ter visto a vitrine com os próprios olhos e de estar parado no meio dela.

Ele fez que sim com a cabeça ao ver o balcão amarelo e as poltronas. Devia estar pensando que, se Broken Wheel tinha uma livraria, não era de se surpreender que não fosse uma loja normal. O homem sorriu quando viu a loja vazia, e Sara pôde ler a mente dele: "Eles podem ter uma livraria, mas será que têm alguém que leia?".

Ela não achou isso engraçado.

Claro, devia ficar agradecida. A maioria dos clientes de Hope comprava livros. Ela havia vendido os primeiros alguns dias antes e, por fim, conseguira usar o caixa que contava com tanto cuidado toda manhã e toda noite. Exatamente cinquenta dólares em notas pequenas.

Ao mesmo tempo, não conseguia fingir que não se incomodava com os olhares que os moradores de Hope lançavam uns para os outros quando viam a loja vazia. Era como se quisessem dizer que uma coisa era abrir uma livraria em Broken Wheel (mas por que fazer isso se Hope ficava a apenas quarenta minutos dali?), e outra, bem diferente, era mantê-la.

Aquele cliente em especial saiu logo da livraria. Levava um Michael Connelly, vindo direto da prateleira SEXO, VIOLÊNCIA E ARMAS.

Mas os clientes de Hope não eram o único problema de Sara. Uma voz teimosa havia se instalado na cabeça da moça e se recusava a deixá-la em paz. A voz perguntava constantemente o que ela achava que Tom estava fazendo naquele instante ou quando ela achava que Tom passaria na livraria ou se não era hora de olhar pela janela para ver se... certo alguém estava passando.

Sara não tinha nenhuma intenção de ceder à voz.

Em vez disso, cortou um pedaço da cartolina branca e escreveu LIVROS ERÓTICOS GAYS nas mesmas letras grandes em que havia feito as outras placas. Pendurou sobre uma prateleira especial e começou a enchê-la de livros.

Tudo isso sem pensar em Tom.

No dia seguinte, foi interrompida por Jen, que abriu a porta e marchou, determinada, até ela. A dona de casa usava uma blusa rosa clara e uma saia ainda mais clara, quase branca. A impressão geral era de uma elegância pálida, que contrastava com sua expressão carrancuda.

— Posso ajudar? — perguntou Sara.

— Homens! — exclamou Jen. Ela fixou os olhos em Sara. — Você soube do Tom?

— Do Tom?

— Eu pedi a ele que chamasse você para jantar.

— Ai, meu Deus — disse Sara.

Jen fez que sim com a cabeça.

— Exatamente. Não dá para confiar nesses caras. Talvez você mesmo devesse falar com ele. Às vezes eles precisam de um empurrãozinho.

Jen ficou onde estava, como se esperasse que Sara dissesse alguma coisa.

— Não posso chamar o Tom para sair — protestou Sara.

— Por que não?

— Eu sinceramente acho que ele pensa que sou...

— E então? Bonita? Misteriosa? Interessante? — sugeriu Jen, esperançosa.

— Estranha.

Se ela mesma estivesse procurando um livro, Sara teria apreciado uma prateleira que dissesse CHICK LIT PARA DIAS TRISTES, especialmente se os livros tivessem uma estrela para confirmar sua qualidade. Não havia nada pior do que chick lit ruim.

A boa chick lit incluía: todos os livros de Helen Fielding (a série Bridget Jones e *Causa nobre*), exceto *A imaginação hiperativa de Olivia Joules*. Elizabeth Young (a autora por trás de *Wedding Date*. Gigolôs sempre animavam romances). Marian Keyes. Jane Austen.

Já a ruim incluía a maioria dos livros que havia sido lançada depois de *O diário de Bridget Jones* com base na crença de que, para fazer um bom livro, basta inventar uma heroína preocupada com o próprio peso e um melhor amigo gay. Os autores nunca pareciam notar que precisavam de uma heroína com voz própria; uma voz engraçada, que ria de si mesma, mas também tinha muita coragem. E de um final decente. O único problema da prateleira de chick lit era que, até ali, George tinha sido o único a se interessar pelos livros dela, por isso parecia um nome pouco apropriado.

O que ela realmente queria eram livros que pudesse ler relaxada, como uma revista, tomando uma taça de vinho ou um refrigerante com gelo e limão em uma noite de sexta-feira ou comendo uma tigela de salgadinhos em um domingo preguiçoso. O equivalente em papel de um filme de Meg Ryan. Histórias divertidas e simpáticas com finais felizes tão certos que não faziam ninguém pensar. Livros em que a heroína era sempre engraçada, e o herói, sempre bonito; ou o oposto se o livro tivesse sido escrito por um homem e transformado em um filme com John Cusack no papel principal.

Por fim, ela simplesmente escreveu: PARA NOITES DE SEXTA E DOMINGOS PREGUIÇOSOS.

Depois de hesitar por um instante, pôs Terry Pratchett na mesma prateleira e um cartão no qual escreveu: AUTOR CONFIÁVEL!

Um dos maiores problemas de navegar pelo mundo dos livros era lidar com autores pouco confiáveis. Era inacreditavelmente difícil acompanhá-los. Um autor pode escrever um livro brilhante e, em seguida, apresentar algo que chega ao auge da mediocridade. Ou, e isso é quase pior, escrever um livro brilhante e depois morrer. Ou começar uma série, mas nunca terminá-la.

A lista de autores não confiáveis de Sara incluía John Grisham. Como alguém podia escrever algo como *Tempo de matar* e *O homem que fazia chover* e depois lançar tantas histórias maçantes e idiotas era um mistério. Talvez ele simplesmente escrevesse todos aqueles outros livros para que a editora pagasse milhões a ele, mas, se esse fosse o caso, Sara não hesitaria em tentar arrecadar dinheiro suficiente para que ele relaxasse, tivesse calma e finalmente escrevesse apenas boas obras.

Autores confiáveis: Dick Francis, Agatha Christie, Georgette Heyer. Se fosse sincera, Dan Brown também merecia estar na lista, pensou. Ele era tão confiável que o leitor lia a mesma história todas as vezes. Uma espécie de velho mentor bondoso! Com certeza não vai se tornar o vilão...

Terry Pratchett, por outro lado, estava em outro patamar. Como se não bastasse produzir livros em um ritmo frenético, também assumia uma quantidade admirável de responsabilidade quando criava novos personagens. Sempre alternava entre feiticeiros, bruxas, a Morte e o restante para que todos os seus leitores obtivessem livros sobre seus personagens favoritos.

Quando revelou que estava sofrendo de Alzheimer, consolou os leitores garantindo que ainda teria tempo para mais alguns livros. Os leitores foram leais a ele também. Quando Pratchett doou um milhão de libras para a pesquisa de sua doença, seus fãs começaram uma campanha on-line chamada "Vamos repetir Pratchett", que arrecadou outro milhão. Sara achava que isso dizia muito tanto sobre a humanidade quanto sobre os livros.

Quando estava colocando na estante os livros de Pratchett, organizados cronologicamente por data de publicação, ela percebeu que alguém a observava. A livraria estava vazia, mas, quando olhou para fora, viu John parado à porta.

Eles ficaram imóveis por um instante: Sara com quatro livros na mão, e John com um olhar inexpressivo, vazio, que fez com que a moça se sentisse estranhamente nervosa.

Ela sorriu, incerta, mas ele não parecia vê-la. Os olhos de John exploravam toda a loja e os livros, mas Sara não sabia dizer se ele os via de verdade. John não parecia discordar da iniciativa, mas havia algo em sua postura reservada e no fato de não ter aparecido na loja antes que a deixava incomodada. Queria fazer algo por ele, mas não sabia o quê. Queria perguntar se ele achava que Amy teria sido contra a loja, mas não se atrevia.

Então um cliente de Hope entrou, e John estremeceu, como se tivesse percebido que estava parado ali. Sara se voltou, contrariada, para o cliente. O homem olhou para a placa que ela havia acabado de pendurar e depois voltou os olhos para a moça. Ela olhou nos olhos dele, desafiando-o a dizer alguma coisa.

— O pessoal de Hope não acha que a livraria vai dar certo — disse Sara. Estava sentada ao bar do Square com Andy e Tom. — Eles acham que não há ninguém interessado em comprar livros aqui.

— E não há — concordou Tom.

Ele havia chegado ao Square depois de Sara, por isso a moça tinha se convencido de que não tivera a oportunidade de evitá-lo. Quando ele chegou, havia acenado com a cabeça, sentado ao lado dela e começado a ouvir distraidamente a conversa entre a moça e Andy.

A voz na cabeça de Sara não havia sumido. Nesse momento, insistia para que a moça tocasse nele, tentando convencê-la de que era normal tocar no braço de Tom como parte da conversa, em suas costas para chamar a atenção para alguma coisa ou na mão dele, que estava assustadoramente perto da dela.

Tom não vai achar estranho, dizia a voz. *As pessoas estão sempre se tocando.* Sara envolveu o copo de cerveja com ambas as mãos para resistir à tentação.

— É claro que há — disse ela, acrescentando para ser mais sincera: — Ou vai haver.

— Essa não é a questão — afirmou Andy. — A questão é que eles acham que são muito superiores.

— E não são?

— O que Hope tem que nós não temos? — perguntou Andy.

— Empregos — disse Tom.

— Além disso.

— Lojas.

— Rá! — exclamou Andy. — Mas tem uma livraria?

— Exatamente — afirmou Sara.

Sem perceber, as palavras de Sara plantaram uma semente de resistência. Pelo menos em Andy. Mas bastava pouco para que isso acontecesse.

Ele era um perfeito entusiasta, o tipo de pessoa que abraçava todo novo projeto que surgia. Era o primeiro a dar boas-vindas a qualquer pessoa que aparecia. Para Andy, todo desconhecido era um amigo de quem simplesmente ele ainda não tinha ouvido as histórias.

Broken Wheel era sua principal preocupação desde que havia voltado de Denver e comprado o Square com Carl. A vida em uma cidade pequena era a única vida verdadeira, ninguém sabia disso melhor do que Andy, e a homofobia no interior já havia se tornado um mito e uma conspiração das cidades grandes. Carl aguentava as convicções de Andy com paciência, apesar de muitos suspeitarem que ele não tinha ficado muito empolgado com a ideia de se mudar para Broken Wheel. O que provavelmente era uma coisa boa para a parceria dos dois, já que o relacionamento entre dois entusiastas como Andy teria sido demais para qualquer um. Até para os amigos deles.

As sementes que as palavras de Sara plantaram logo brotariam como uma ideia maluca. Andy telefonou para Grace e, juntos, os dois criaram um plano simples e infalível para defender a honra de Broken Wheel e provocar os moradores condescendentes de Hope, que continuavam visitando a livraria. Grace abandonou seu princípio de não se envolver nos problemas da cidade: qualquer oportunidade de ridicularizar Hope valia o esforço.

O plano era genial em sua simplicidade. Sempre que um cliente de Hope aparecesse, Grace garantiria que qualquer habitante de Broken Wheel que estivesse pela vizinhança passasse pela livraria para, calmamente, passear por entre as estantes, comprar livros e perguntar sobre suas encomendas, ou seja, agir como alguém que adorava a livraria e assinava a *New York Review of Books*.

Andy perguntou a Carl que autores um leitor voraz e bem-educado teria lido. Carl mencionou Proust, o que acabou sendo uma sugestão infeliz.

— E é um francês — disse Andy, assentindo. — Ótimo. Letrados bem-educados leem livros obscuros. — Ele passou o nome para Grace.

No dia em que o plano ia ser posto em prática, George cometeu o erro de passar pela lanchonete. Ia apenas tomar um café, mas foi forçado a entrar na dança. Andy havia repassado o plano uma última vez por telefone, e Grace ficara à porta a manhã toda, à procura do primeiro cliente de Hope.

Chegara a hora.

Como o cliente ainda estava esperando o sinal, ela levou alguns minutos explicando a situação para George. A cada palavra, ele ficava mais nervoso.

— Será que outra pessoa...? — começou a dizer antes de Grace interrompê-lo.

— Só pareça educado. Será que é tão difícil assim? Ande logo.

Era mais fácil concordar do que ficar e discordar. George hesitou à porta da livraria e olhou para Grace, que gesticulava para que ele andasse logo. Então entrou, nervoso, pouco antes do cliente de Hope.

George tentou se esconder em um dos cantos da loja e parecer um intelectual. Não sabia exatamente o que isso exigia, mas resolveu franzir a testa e analisar as lombadas dos livros como um entendedor. Por azar, tinha parado diante da série Becky Bloom, de Sophie Kinsella. Nesse instante, ele olhava para *As listas de casamento de Becky Bloom* de forma intelectual e compenetrada.

Sara olhou para ele, sem entender, antes de ser forçada a falar com o cliente de Hope.

O homem tinha cerca de cinquenta anos e era gordinho, como toda pessoa que trabalha em um escritório e tira longos intervalos no almoço. Também estava exageradamente bronzeado, como toda pessoa que faz bronzeamento artificial ou é viciada em fazer churrascos sem camisa.

— Rá, rá — disse ele mais do que riu. — Você deve ser a Sara.

Ela admitiu que sim.

— Rá, rá — repetiu. — Só uma europeia teria a ideia de abrir uma livraria em Broken Wheel.

De algum modo, ele conseguira insultar todo o continente europeu e toda a cidade de Broken Wheel de uma vez só.

Dois outros homens entraram na loja. Ambos usavam camisas quadriculadas bem-passadas e fivelas brilhantes nos cintos apertados. Ficou óbvio que os três tinham ido até a cidade juntos e que Bronzeado não havia esperado pelos outros. *É mal-educado*, pensou Sara, satisfeita.

— Você é sueca, não é? — perguntou Bronzeado.

Sara fez que sim com a cabeça. Estava distraída com George, que franzira ainda mais a testa e encarava os pobres livros de Kinsella. Agora, sim, parecia um intelectual.

— Não tem muita gente aqui — disse Camisa Número Um para Bronzeado.

Camisa Número Dois e Bronzeado assentiram.

Sara quis ser uma daquelas pessoas que, no calor do momento, conseguia retrucar com acidez.

— Posso ajudar, George?

Ele olhou para ela como um homem afogado que acaba de levar uma boia na cabeça e ainda corre o risco de se afogar, mas agora também está com uma enxaqueca. Suas mãos tremiam mais do que o normal, e pequenas gotas de suor brilhavam em sua testa.

No entanto, o claro desprezo dos clientes de Hope por Sara deu a ele coragem suficiente para dizer em um tom tão formal quanto possível:

— Estou procurando um livro de Proos.

Então lançou um olhar significativo para os outros clientes. Os três não pareceram ligar.

Sara balbuciou um "t" para ele, como um ponto no teatro.

Isso o deixou ainda mais confuso.

— Proot?

— Isso — disse Sara. — Proust. É claro. Infelizmente não temos *Em busca do tempo perdido*, mas posso encomendar para você.

— C-Claro — gaguejou George. — Peça para mim então.

— Você quer todos?

— É mais de um livro? — perguntou George, sem conseguir esconder o pânico em sua voz.

— São sete — explicou Sara.

Os clientes de Hope riram. Na rua, à vitrine, Grace tentava fingir que estava apenas parada ali, fumando, tranquila.

— Os moradores de Broken Wheel não sabem de nada — disse Camisa Número Dois, como um grande conhecedor. Parecia que tinha lido um estudo sobre os hábitos de leitura em Broken Wheel.

— Ela é europeia — afirmou Bronzeado aos Camisas.

— Na verdade, eu votei contra nossa participação na União Europeia — disse Sara em voz alta, apenas porque achava que devia dizer alguma coisa.

— Você sabia que nomeei todos os pratos dos meus restaurantes em homenagem à Estátua da Liberdade? — perguntou Bronzeado.

Os Camisas riram.

— Você sabia que vocês ganharam a Estátua da Liberdade da França? — retrucou Sara. — Então, se pensar bem, os nomes são quase um agradecimento aos franceses.

Um olhar maldoso apareceu no rosto de Bronzeado, mas ele não disse nada. Os homens saíram da loja sem comprar nenhum livro.

Sara se virou para George no instante em que a porta se fechou.

— E então, George? — perguntou. — Que história foi essa de Proust? Você realmente quer que eu peça os livros?

— Pelo amor de Deus, não — respondeu ele. — Foi ideia da Grace. Ou do Andy. — Então explicou todo o fiasco.

Ela riu.

— Não acredito que deixou aqueles dois envolverem você nessa história. — Então se lembrou de Bronzeado. — Mas não foi uma má ideia — acrescentou, pensativa.

— Está planejando fazer isso de novo? — perguntou George, incomodado, já olhando para o relógio. — Porque eu tenho que... ir embora agora.

— De um ponto de vista puramente prático, acho que temos que elaborar um pouco a ideia. Talvez seja melhor eu escolher os títulos e os autores da próxima vez.

Grace tentava chamar a atenção deles para descobrir se o plano tinha dado certo. Gesticulava tão loucamente que as cinzas do cigarro voavam para todos os lados.

— Não é uma má ideia — disse Sara a si mesma. Um brilho preocupante de determinação havia aparecido em seus olhos.

O plano de Andy e Grace não fora ruim, pensou. Mas foi pensado em uma escala muito pequena. Para realmente pegar Hope de surpresa, eles teriam que mobilizar a cidade inteira.

Nos dias seguintes, Sara ligou para Andy, conversou com Grace e visitou Jen.

Quando, por fim, explicou o plano a Jen, foi fácil convencê-la por causa da menção à newsletter. Por sorte, os filhos da dona de casa brincavam no quintal. Jen os observava através da janela da cozinha enquanto ouvia a nova versão da ideia de Andy e Grace.

— Uma grande liquidação de livros. Por que não? — disse ela.

Obviamente, seria anunciada na newsletter. Claro, a liquidação era apenas um pretexto, mas seria um bom motivo para fazer os clientes de Hope virem até a cidade. Assim, os habitantes de Broken Wheel poderiam impressioná-los com seu gosto literário e seu claro interesse por livros.

— Não se esqueça de mandar a newsletter para Hope também — pediu Sara.

— Quer um livro? — disse Sara.

A moça estava parada do lado de fora da loja, entregando livros para qualquer pessoa que tivesse o azar de passar por ali.

A senhora à sua frente apertou o cigarro com mais força na boca e olhou, cética, para ela.

— Um livro, é? — disse a mulher. — Bom. — Ela estendeu a mão. — Sou Gertrude.

O aperto de mão foi duro e, quando a senhora o soltou, pegou o livro que Sara segurava.

— Prazer. Sara — respondeu a moça, educada, apesar de suspeitar que a maior parte da cidade já soubesse o nome dela.

Sara olhou com tristeza para *A filha do general*, de Nelson DeMille, que Gertrude segurava com força.

Talvez devesse analisar com mais cuidado as obras que estava distribuindo. Apesar de *Palavra de honra* ser um livro muito bom, *A filha do general* era pouco mais que uma defesa de *bondage* disfarçada de thriller. Não era tão ruim quanto *Spencerville*, mas dificilmente era o melhor tipo de livro para a mulher à sua frente. Sara tentou trocar o livro, mas Gertrude o segurava com tanta força que seus dedos estavam quase brancos. Aquilo havia se tornado uma questão de status.

— Leia no sábado! — pediu Sara, desejando, no fundo, que Gertrude nunca abrisse o livro. — Na rua principal, em algum lugar perto da livraria.

Ninguém estava a salvo.

O pastor do enterro de Amy também passou pela livraria no momento errado.

— Pastor! — chamou Sara.

Ele parou, obediente.

— William — corrigiu ele.

Sara segurava outro livro. Dessa vez, tinha escolhido com cuidado, mas, com o pastor parado na sua frente, não tinha mais tanta certeza. Queria dar algo ao pastor nervoso e achava que era impossível não se encantar com o retrato que Giovannino Guareschi fizera do padre Don Camillo Valota na Itália do pós-guerra. Esperava que o pastor William se envolvesse na conversa entre Don Camillo e Jesus, e em suas brigas com o líder comunista local, mas pessoas religiosas às vezes podiam ser um pouco sensíveis quando o assunto eram seus profetas. O que era perfeitamente compreensível, pensou Sara. Ela não gostava quando as pessoas faziam piadas condescendentes sobre seus livros.

Mas ela não hesitou por muito tempo.

— Tome — disse Sara, entregando o livro.

— *O camarada Don Camillo*? — leu o pastor em voz alta.

— Espero que goste — disse ela.

William fez menção de sacar a carteira. Sara fez um gesto, dispensando o pagamento.

— Não, não — disse ela. — É por nossa conta.

— Por quê? — Ele soou confuso.

— Para que ter uma livraria se não posso dividir os livros com as pessoas que merecem? — sugeriu ela inocentemente. — Leia. O senhor vai gostar.

A moça arruinou a impressão ao acrescentar:

— E, se o senhor vir alguém de Hope, pode tirar o livro do bolso e fingir que está muito envolvido com a história. Especialmente no sábado. Perto daqui.

— Por quê? — repetiu William.

— Porque... — Sara hesitou. — Eles são arrogantes demais, pastor! — exclamou ela por fim.

— William — corrigiu ele automaticamente.

Sara falou sobre os clientes de Hope, a ideia de Andy e o Proos de George com muito mais entusiasmo do que coerência.

— Meu Deus! — exclamou ele, ruborizando no mesmo instante. Então se inclinou para Sara. — Como vou saber se são de Hope?

— Eles têm carros, param no sinal vermelho e usam camisas bem passadas.

William assentiu.
— É bem verdade.
— E Grace vai dar o sinal.

Não foi estranho o pastor decidir participar da campanha de Sara. Ele sabia o que era ser uma decepção e ter que se sujeitar a piadas e olhares condescendentes. Já era o "pobre Will Christopher" havia algum tempo. E nem bebia.

Vinha de uma longa linhagem de pastores. Seu pai havia sido pastor, assim como seu avô e a grande maioria de seus tios. Até a tia-avó quisera ser pastora e causara certo escândalo ao se envolver com o movimento pelos direitos humanos. Tivera até um caso com um negro. Um pastor, claro.

Seu pai havia sido tão carismático e bem-sucedido quanto os outros homens da família. Ele sempre soubera que se tornaria pastor, mas isso não o impedira de se especializar no trato com meninas durante a adolescência. "Son of a Preacher Man" tinha basicamente sido a música-tema de seu pai.

Se os olhares que as senhoras da cidade lançavam para William eram algum tipo de indicação, o pai havia ensinado muitas mulheres. Todas olhavam para o pastor como se elas se lembrassem de momentos maravilhosos de sua juventude e esperassem que William honrasse os próprios genes e passasse uma cantada nas filhas delas. Sempre pareciam decepcionadas quando ele não o fazia. Aparentemente, queriam que suas filhas tivessem uma juventude tão boa quanto elas haviam tido. Quando a crise econômica tinha atingido Broken Wheel, a maioria das filhas se mudara para cidades maiores, mas William ficara.

Agora ele era o único pastor da cidade e o responsável por todas as denominações religiosas. Batistas, metodistas e presbiterianos o procuravam sempre que não podiam ir à igreja em outra cidade. Os católicos costumavam ir para Hope. Uma família judia morava nos arredores da cidade, e ele até já havia celebrado um bar mitzvah; com resultados dúbios. Um senhor uma vez havia insistido que ele era um druida e forçara William a guiá-lo em uma cerimônia de devoção às árvores.

Aquele homem já descansava em paz, graça a Deus.

William achava que algumas pessoas nasciam para liderar (seu pai claramente havia sido uma delas), e outras apenas para seguir e irritar seus líderes com sugestões e opiniões. Um terceiro grupo parecia destinado a ficar para trás: seus integrantes se arrastavam desde o início e nunca alcançavam os dois primeiros grupos. A não ser que o restante tropeçasse em algum ponto da vida e acabasse no final da corrida também.

Era assim em todas as cidades. Alguns eram líderes, e outros liderados.

Ele já havia aceitado tudo aquilo, mas algo no carisma recém-descoberto de Sara o fizera pensar. Quando chegara a Broken Wheel, a turista havia parecido quieta, educada e perdida, muito parecida com ele mesmo. Agora era uma mulher com uma missão.

Ele não prejudicaria ninguém se a ajudasse a montar certa resistência, não é?

A campanha de Sara continuava a toda velocidade. Grace se recusava a acreditar que ia gostar de um livro, mas concordou em deixar um no balcão. Sara deu a ela uma coletânea de poemas de Dylan Thomas lançada em 2000.

— Diz a lenda que ele morreu em um quarto do Hotel Chelsea depois de beber sem parar por vários dias. Suas últimas palavras, ditas enquanto ele tropeçava até a amante, foram: "Tomei dezoito uísques seguidos. Acho que bati meu recorde. Te amo".

— Entendi — disse Grace, olhando para o livro com mais atenção.

Sara não achou necessário completar que ninguém mais achava que aquilo fosse verdade. Ele provavelmente não havia bebido nem metade das dezoito doses.

Andy foi até a livraria dar apoio à causa. O Square ficava longe demais para que pudesse participar pessoalmente, mas ele teria adorado ver a reação dos clientes de Hope.

— Alguém tem que vender cerveja — disse Sara.

— É verdade, eu acho. — Ele olhou em volta, parou e se inclinou em direção a uma das prateleiras. — Meu Deus! — exclamou, levantando-se e se voltando para Sara. — Você comprou livros eróticos gays!

Ela se obrigou a manter uma expressão impassível, mas os cantos de sua boca tremeram.

— Você me pediu.

— Mas não achei que fosse comprar de verdade. A Caroline vai ter um infarto. — Ele se virou para a prateleira para analisar os títulos mais de perto. — Mas esses aqui não são dos mais explícitos. Você devia ver as coisas que dá para comprar pela internet.

Ela enrubesceu, apesar de saber que ele estava dizendo aquilo apenas para deixá-la envergonhada, mas conseguiu responder com uma calma surpreendente:

— Não são tão fracos assim. Você devia dar uma chance a eles. — Sara deu a volta no balcão e tirou dois da prateleira. — Experimente estes aqui. Para mim, são os melhores.

— Você já leu?

— Como eu ia saber o que vende? Na verdade, eu também sei muito sobre o que pode ser encontrado na internet.

Sei até um pouco demais, pensou ela.

Andy riu enquanto saía da livraria, mas não antes de pegar os livros. Sara não o deixou pagar.

É uma primeira vitória, pensou ela, fazendo alguns passos improvisados de dança. No dia seguinte, Broken Wheel mostraria a Hope exatamente como era uma cidade que lia.

OS LEITORES DE BROKEN WHEEL RECOMENDAM

Sara estava pronta para enfrentar Hope. Ela havia recrutado outros combatentes e sentia que estava tudo pronto para a vingança.

O sinal fora escolhido e divulgado: quando o primeiro carro aparecesse, Grace sairia, acenderia um cigarro e faria três anéis de fumaça. Depois disso, todos sacariam um livro e olhariam fixamente para ele, como se estivessem encantados com alguma aventura literária fantástica, como se fossem o tipo de pessoa que passa a manhã de sábado lendo em público. Sob nenhuma circunstância ninguém citaria o nome de um livro ou de um autor. Se alguém estivesse perto da loja e Sara oferecesse um livro em particular, a pessoa aceitaria.

Até o tempo estava do lado dela. Era um sábado quente e ensolarado. Apesar de metade de setembro ter passado, o calor do verão ainda se mantinha no ar. Era o dia perfeito para que qualquer pessoa que havia saído para passear parasse, se apoiasse em uma parede e lesse um livro.

A última coisa que Sara havia feito tinha sido conseguir uma nova prateleira. Nela, a moça pôs todo livro difícil de ler que encontrou, além de todos os vencedores do Pulitzer, do Nobel e dos indicados ao prêmio Booker.

Sara havia lido alguns, mas não todos eles. O conhecimento que tinha sobre livros nunca fora particularmente sistemático. Em algumas ocasiões, ela tentara aumentá-lo, tentara se educar de forma geral. Já que era uma pessoa que passava a maior parte de seu tempo com livros, deveria, pelo menos, ter lido os ganhadores do Nobel e os clássicos, além de todos os livros sobre os quais as pessoas falavam, mas nunca liam, como diria Mark Twain. Tinha se lançado em vários projetos ambiciosos de leitura, mas eles raramente haviam se concretizado. Era chato pensar em livros como coisas que deveríamos ler só porque outras pessoas liam. Além disso, ela se distraía com muita facilidade. Havia livros demais no mundo para manter qualquer tipo de plano. Aos dezesseis anos, tinha tentado destrinchar os clássicos. Fora até a Biblioteca Municipal de Estocolmo e quase havia desmaiado quando vira a quantidade de livros. Eram obras demais para ler em uma vida só, mesmo se ela se fechasse ali todos os dias, mesmo se fosse capaz de falar todas aquelas línguas. Por isso, ela se acalmara e escrevera com cuidado uma lista mínima para cada letra do alfabeto. Tinha lido Austen e Dickens, então já era alguma coisa. Mas tinha que ler um Dostoiévski ou talvez dois. Um Bulgakov.

Sara havia parado no G, depois de *Os sofrimentos do jovem Werther*, de Goethe, basicamente porque se distraíra com Gabriel García Marquez e embarcara em uma odisseia pelos autores latino-americanos. Depois, vira o filme baseado em *Um amor para recordar* e começara a procurar a lista de melhores autores americanos do sr. Rothberg, mas não encontrara nenhum vestígio do sr. Rothberg nem de sua lista. Fora forçada a criar a própria lista e, por isso, tinha atacado Fitzgerald, Auster e Twain (quando se distraíra com *O pateta Wilson* e passara a ler livros sobre racismo). Quando tivera que ler autores suecos da classe operária, ela lera quatro romances de Moa Martinson, mas nenhum de Harry. Lera a maioria das comédias de Shakespeare, mas nenhuma das tragédias, além de todas as peças de Oscar Wilde. Lera muitos ganhadores do Nobel, mas nunca antes de eles terem ganhado o prêmio.

Amy tinha livros de vários dos grandes favoritos de Sara, além de obras de outros autores que a moça estava ansiosa para ler. Depois de colocá-los em uma prateleira, ela colou um cartão sobre os livros com os dizeres: OS LEITORES DE BROKEN WHEEL RECOMENDAM.

Sentiu certa satisfação ao disponibilizar *Em busca do tempo perdido* naquela prateleira. Havia dois exemplares de cada um dos sete volumes. Retirou cinco deles e os escondeu atrás do balcão para mostrar que alguém em Broken Wheel estava apreciando a série de forma intelectual e bem-educada.

Naquela tarde de sábado, quando o primeiro grande carro bem-polido entrou na rua principal e parou no sinal, a cidade estava pronta. Alguns dos clientes regulares do Square haviam sido enviados por Andy. Um segurava um livro de cabeça para baixo e outro parecia querer cair no sono. Tirando isso, todo o resto seguia de acordo com o plano.

William Christopher estava apoiado no muro do cinema, rindo com alegria genuína da conversa de Don Camillo com Jesus.

Grace havia forçado todos os seus clientes a ler e os havia feito parar de comer para olhar, tristes, para os livros ao lado dos pratos. Um cliente protestara: estava com pressa. Grace simplesmente o encarou. Nada mais foi necessário.

George estava sentado em uma das poltronas da livraria, mas não lia Proos. Sara dera a ele um dos romances da série Becky Bloom.

E a própria Sara estava preparada. Na porta da livraria, ela estava pronta para abrir um sorriso amistoso para os clientes de Hope assim que eles saíssem de seus carros.

— Que diabos aconteceu aqui? — disse um homem, confuso, enquanto analisava a cena diante dele e andava com convicção até a livraria.

Uma mulher sorriu de forma espontânea para Grace, que lançou um olhar torto para ela.

Sara gesticulou freneticamente para Grace, que trocou a expressão por um sorriso largo e amistoso. Isso acabou fazendo a mulher dar um passo para trás, preocupada.

Sara controlou a situação.

— Posso ajudar? — perguntou.

Broken Wheel estava começando a parecer uma cidade ensolarada, simpática e quase normal. Até o asfalto parecia mais acolhedor e amistoso com pessoas passeando com livros na mão.

— Não sou muito fã de livros, mas este é muito bom — admitiu Gertrude para a amiga quando já estava na metade de *A filha do general*.

May olhou para o livro com certo ceticismo.

— Não é um pouco... pervertido?

Gertrude riu ruidosamente.

A janela de seu apartamento dava para uma esquina da rua principal, onde carros e pessoas, com os narizes enfiados em livros, pareciam estar se reunindo.

— O que deu em todo mundo hoje? — perguntou May.

Gertrude não fazia ideia, mas nunca admitiria. Por isso, evitou responder à pergunta.

— E ela deu um livro a você?

Gertrude fez que sim com a cabeça. Depois brincou com o livro nas mãos.

May suspirou, sonhadora.

— Uma bela história de amor não teria sido melhor?

— Que bobagem. Príncipes e...

— É, eu sei. Sapos.

Uma hora depois, May observava o belo tempo. Olhou para Gertrude, que cochilava em uma poltrona com um cigarro ainda aceso no cinzeiro e o livro aberto sobre os joelhos. Talvez ela devesse fazer uma caminhada. O dia estava lindo. Podia passear e passar pela livraria no caminho.

Ninguém criticaria isso.

A livraria estava quente e caótica. Os visitantes de Hope caminhavam por entre as estantes, analisando a curiosa arrumação dos livros. Um cliente folheava nervosamente *Ulisses*, de James Joyce, e *O que você está olhando*, de Gertrude Stein, enquanto outro parecia se perguntar quem em Broken Wheel havia recomendado *The sea, the sea*, de Iris Murdoch.

May escolheu aquele instante para entrar. Ela se esforçou para chegar ao balcão. Os moradores de Hope bondosamente abriram caminho para aquela figura maternal, o que fez com que ela estivesse cercada quando se inclinou para Sara e disse em um sussurro audível a todos:

— Com licença. Eu gostaria de comprar... *romances*. — Ela olhou em volta, inclinou-se um pouco mais para a frente e continuou no mesmo tom: — Mas nada *pornográfico*. Você tem algum daqueles de banca? — acrescentou, esperançosa.

Os leitores de Hope sussurraram e riram entre si. Sara pensou ter ouvido as palavras "idiotas" e "Barbara Cartland".

Quando os moradores de Hope foram embora, o pastor foi a única pessoa que continuou lendo. Os clientes habituais do Square haviam dormido sobre os livros. Os de Grace tinham terminado suas refeições e saído da lanchonete. Os transeuntes tinham ido para casa.

Só havia uma coisa a fazer.

Sara riu de toda a iniciativa. Conseguiu se controlar até a última pessoa de Hope deixar a loja, mas, então, riu por vários minutos do fiasco dos romances de banca e dos leitores dorminhocos. Mesmo depois que se recompôs, seus olhos continuaram brilhando com lágrimas de alegria. A moça tentava manter uma expressão calma enquanto Jen falava sobre o sucesso da newsletter e da liquidação. George ainda estava sentado na poltrona. Andy já havia ligado, pedindo um panorama da situação. Sara não tinha dito nada sobre os clientes dele.

— Isso me faz pensar que a gente deveria abrir um escritório de informações para turistas — disse Jen.

Aquilo foi um pouco demais para George.

— Tem certeza de que é uma boa ideia? — perguntou ele, hesitante.

— Por que não? Agora que temos uma livraria, deveríamos explorar isso. Há algumas coisas legais para fazer em Broken Wheel. Tipo... Bom, tenho certeza de que vamos descobrir alguma coisa com um pouco de esforço. Esforço. Era isso que faltava nessa cidade. Que tal se a gente criar uma newsletter com informações turísticas? — sugeriu ela outra vez. — Vale a pena tentar.

— Mas que informações você daria? — quis saber George.

— Quem sabe sobre o Square? As pessoas poderiam comprar livros aqui e tomar um drinque lá. Talvez eles pudessem criar noites dançantes. Eu sei que tinham antigamente. Meu marido me contou.

— Nesse caso, você deveria incluir uma foto do Carl na newsletter — disse Sara, distraída. — Não acha que atrairia visitantes?

Broken Wheel, Iowa
10 de novembro de 2010

Sara Lindqvist
Kornvägen 7, 1 tr
136 38 Haninge
Suécia

Querida Sara,

Acho engraçado que você se interesse pela nossa pequena cidade. Andei pensando na alegria hoje, então faz sentido que eu escreva um pouco mais sobre Andy. Tenho pensado na alegria porque Andy veio me visitar, junto com Tom e seu grande amigo Carl. Andy tem alegria no sangue. Ele também tem cabelo arrepiado e cacheado. Às vezes acho que as duas coisas combinam.
    Não acho que tenha sido fácil crescer com um cabelo como o do Andy. Sei que as meninas tinham inveja dos cachos, e os meninos riam deles. E Andy sempre ria junto. Uma vez, ouvi um garoto tirar sarro de Andy dizendo que ele tinha roubado os bobes de sua mãe. Obviamente, Tom ficou furioso e quis brigar com todo mundo. Claire pareceu querer ajudar. Tom leva as coisas a sério demais às vezes. Não quando acontecem com ele mesmo, mas com outras pessoas, especialmente seus amigos. Naquele dia, pensei em intervir, mas, de repente, tudo acabou. Vi que Andy ria tanto que estava curvado, segurando a barriga. "Desculpe", disse ele, ofegante, "mas pensar que eu teria a coragem de roubar alguma coisa da sua mãe é maluquice." A mãe do garoto era conhecia por bater nos filhos. "Será que não está vendo que estou fu-fugindo (ele ria tanto que gaguejava) dela, com os bolsos cheios de bobes? P-parecem maçãs roubadas." A ideia de bobes roubados foi o bastante para fazer todo mundo rir, incluindo Tom. Costumo achar que o riso é a melhor defesa, apesar de isso não ter funcionado quando Andy enfrentou o pai. Sempre me sinto bem quando penso que foi até mim que Andy veio quando decidiu sair de Broken Wheel.

Um beijo,
Amy

UM INCENTIVO À HOMOSSEXUALIDADE

A notícia sobre os livros eróticos gays se espalhou para bem longe da cidade, quase como se Jen tivesse escrito sobre isso na newsletter.

Alguns dias depois da liquidação, um cliente novo entrou na loja. Não devia ter mais de vinte e cinco anos, mas andava com uma confiança que o fazia parecer mais velho. Era como se, em algum momento da vida, tivesse decidido simplesmente não ficar mais nervoso. Apesar disso, não parecia ter tanta certeza do que estava fazendo em uma livraria. Entrou com passos determinados e, de repente, parou. Tinha a postura reta e um brilho quase agressivo no olhar, mas havia algo no jeito como não olhava para Sara nem para os livros que demonstrava que não estava tão à vontade quanto queria que os outros acreditassem. O rosto dele não dava nenhuma dica, mas Sara achou que o jovem devia estar debatendo alguma coisa consigo mesmo.

Por fim, ela disse:

— Me avise se precisar de ajuda.

Aquilo o fez andar lentamente por entre as prateleiras.

— Você é daqui? — perguntou Sara.

— Não — respondeu ele. — Moro em Hope.

— E gosta de lá? — quis saber Sara por falta de coisa melhor para dizer.

— Na verdade, não.

— Está procurando alguma coisa em especial?

Ao ouvir aquilo, ele pareceu tomar uma decisão. Um brilho infantil surgiu em seus olhos. Ela queria dizer um livro em especial, claro, mas, quando respondeu, ele disse:

— Um namorado.

Ela riu.

— A prateleira mais abaixo, à esquerda.

— Minha mãe me falou sobre você. Ela disse que você devia queimar no inferno por incentivar a homossexualidade.

Sara se sentiu um pouco indignada por causa do ataque vindo de uma mulher que não conhecia, mas teve que admitir que também se sentia um pouco orgulhosa. Ela, Sara Lindqvist, incentivando a homossexualidade! Quem teria pensado nisso? Bem-humorada, afirmou:

— O que posso dizer? Não dá para pagar para ter esse tipo de propaganda.

Ele hesitou.

— Você é...?

Aquilo parecia significar tanto para ele que ela pensou em mentir. Tinha gostado do menino. Então ficou no meio-termo.

— Sou bissexual — disse Sara, apesar de nunca ter assistido à Parada do Orgulho Gay em Estocolmo. Ficou um pouco vermelha.

Ele sorriu.

— Não somos todos? — perguntou. — Você não é daqui, é?

— Sou sueca.

Ele fez que sim com a cabeça, como se aquilo explicasse alguma coisa.

— Ah — exclamou.

O cliente foi até a prateleira de livros eróticos gays. Ela continuou lendo. Depois de um tempo, ele levou dois livros até o balcão.

Sara havia encomendado lindas capas de plástico com uma imagem de um carvalho e o nome da loja na frente. Ela pôs os livros nas capas sem perguntar. Ele pagou, mas ainda ficou parado na livraria um instante, entre o balcão e a porta, sem fazer menção de ir embora.

— Posso...? — perguntou ela por fim.

— Eu achei... — disse ele, hesitante. — Eu esperava conhecer outras pessoas aqui.

— Vá ao Square — sugeriu ela. — Converse com o Andy e o Carl.

— Eles são...?

— Moram juntos.

O jovem não parecia saber se deveria ficar feliz ou decepcionado.

— Talvez eles conheçam algum lugar legal para você ir — acrescentou ela. — Diga que mandei um "oi". — A moça estendeu a mão. — Falando nisso, meu nome é Sara.

— Joshua — disse ele. — Mas todo mundo me chama de Josh.

O comentário de Sara sobre Carl e a newsletter tinha sido apenas uma piada, mas ela suspeitava que Jen o tivesse levado a sério. Quando Andy ligou e pediu que a moça fosse até o Square, ela ficou muito apreensiva.

— Você não sabe quem passou aqui hoje — disse Andy quando ela estava sentada ao bar com um copo de cerveja à sua frente.

— Quem? — perguntou Sara, cuidadosa.

Ele ergueu uma das sobrancelhas.

— O Josh — explicou.

— Ah, é — disse ela, aliviada. — Espero que não tenha se incomodado.

— Claro. Por que a gente não pode ser casamenteiro de toda a comunidade LGBT?

Não fique vermelha, pensou ela. Por alguma razão, sentia-se envergonhada. *É o medo constante de ser politicamente incorreta*, pensou Sara.

Carl se apoiou no bar, como se tivesse decidido que ela não se jogaria mais em cima dele.

— Foi legal da sua parte — disse ele.

— Então, Sara — falou Andy —, você é bissexual? Quantas surpresas...

Para seu alívio, Sara não ouviu mais falar sobre os planos para o centro de informações turísticas de Jen. Queria não ter dito nada, nem como piada. No entanto, a newsletter sobre a abertura da livraria parecia estar alcançando cada vez mais cidades da região de Broken Wheel e continuava atraindo visitantes.

Havia um número surpreendente de pessoas na cidade naquele sábado. Uma parcela assustadora delas era composta de mulheres em jeans feios, camisas quadriculadas, botas empoeiradas e chapéus de caubói.

Sara não conseguia tirar os olhos delas, da mesma forma que era impossível deixar de olhar para um acidente de carro. Ainda não estava acostumada à ideia de que aquelas mulheres realmente existiam, ainda usavam chapéus de caubói e não de uma maneira irônica. Será que não sabiam o que os filmes, livros e séries de TV haviam feito com a parafernália usada por caubóis? Nunca tinham visto *Dallas*?

As clientes entravam em grupos. Algumas compravam livros, mas todas sempre ficavam algum tempo na loja. Falavam arrastado e nunca diziam mais do que o necessário.

Grace foi até a livraria quando outro grupo de mulheres tentava entrar. Ela desviou de toda a multidão até chegar ao balcão, em que Sara fingia ler, apoiou-se nele e olhou em volta, querendo demonstrar alguma coisa.

— Em uma época distante — disse Grace —, todas essas mulheres teriam ido até a lanchonete. — Ela não se preocupou em baixar a voz. — Todas essas mulheres. Dá para ver que são mulheres fortes e verdadeiras. O tipo de mulher que construiu este país. — Balançou a cabeça. — Agora finalmente voltaram à cidade, mas à procura de livros, e não de bebida... Isso não é natural.

Sara fechou o livro e olhou para Grace.

— Por que o fato de estarem em uma livraria é um problema? — Ela fez um gesto expansivo, incluindo todos os livros. — Por que o fato de essas mulheres fortes e verdadeiras quererem ler sobre outras mulheres duronas é um problema?

— Sei... Ninguém nunca escreveu um livro sobre os verdadeiros Estados Unidos. Só sobre homens fracotes e seus pensamentos fracotes. A verdadeira vida é dura, crua, *genuína*. Livros são bobos, complicados e obcecados demais pelo que todos pensam e sentem o tempo todo. E com um monte de homens também. O que eles fizeram por Iowa?

— Só porque estão usando chapéus de caubói, são duronas e falam alto não quer dizer que não possam gostar de livros — murmurou Sara. — Por que os livros têm que ser reservados aos homens fracotes? Se alguém merece livros, com certeza são essas mulheres fantásticas...

A moça fez outro gesto expansivo com o livro que segurava. Claro, ela mesma havia sido mais dura um minuto antes, mas uma mulher podia mudar de ideia, não? Eram claramente mulheres fortes e duronas; todas elas. E até um pouco assustadoras. Sara teria continuado o discurso sussurrado e apaixonado se uma das mulheres fortes não tivesse ido até ela e perguntado:

— Desculpe, mas você sabe como a gente chega no bar?

Grace riu.

— Então, meninas, o que estão fazendo aqui na livraria?

— A newsletter dizia que valia a pena passar aqui — respondeu a mulher antes de olhar em volta como se não estivesse totalmente convencida. — Além disso, o bar só abre às cinco.

Sara olhou para a horda de mulheres-caubói com a sensação de que alguma coisa estava muito errada.

— A gente soube que existem alguns bons motivos para visitar o Square — disse a mesma mulher. — Ou pelo menos um.

Sara teve uma sensação horrível sobre aquilo.

— Não se preocupe — respondeu, triste. — Existem dois.

Tom estava esperando por Sara na casa de Amy quando ela voltou da livraria. Os clientes de Hope quase a fizeram parar de procurar por ele. E, de repente, lá estava ele, bem na frente dela.

— Oi — cumprimentou Sara, hesitante, enquanto subia até a varanda.

Parou diante dele, pensando desesperadamente no que podia dizer só para conseguir ficar perto de Tom um pouco mais de tempo. Era um daqueles momentos da vida em que o tempo parecia passar de forma insuportavelmente lenta e, ao mesmo tempo, rápida demais. Como se cada segundo estivesse voando por seu corpo. Ela sabia que devia dizer alguma coisa logo ou se afastar.

Antes que pudesse se decidir, ele limpou a garganta e se explicou:

— Carl me pediu para vir.

Ela piscou.

— Ele precisa da sua ajuda e disse que você devia isso a ele. Pareceu muito nervoso. Eu me ofereci para levar você até lá.

Mas ele ainda estava ali, bem na frente dela, perto demais para Sara se importar com Carl ou qualquer problema que ele pudesse ter.

— Agora? — perguntou ela.

— Ele disse que era urgente.

Tom deu alguns passos para longe da moça e abriu a porta do carro. Ela tentou se sentir aliviada por poder voltar a respirar.

A primeira coisa que chamou a atenção de Sara foi o barulho. Ela podia ouvi-lo do estacionamento: o som alto e pulsante de vozes e de conversas animadas entre pessoas espremidas em um espaço pequeno demais. A segunda foi o calor. Ela o notou quando abriu a porta. O ar parado e o fedor de suor, cerveja e corpos quentes. A terceira foi o número absurdo de mulheres grandes e fortes em jeans feios e chapéus de caubói.

— Caramba — exclamou. — Deve ter umas cinquenta mulheres aqui.

Tom pareceu chocado. Estava parado na porta, atrás de Sara, como se ela fosse seu escudo.

— De onde veio esse povo todo?

— Da livraria — disse Sara, desanimada. Não tinha tempo para explicar. Carl acenava para ela e não parecia estar achando nada engraçado.

Os dois abriram caminho até o bar. Os donos do Square pareciam agitados atrás dele. Andy servia cervejas e drinques a toda velocidade, recebia o pagamento ao mesmo tempo, sorria e brincava com todas as clientes. Parecia um Tom Cruise meio bobo, mas ainda assim muito profissional. Sara tinha certeza de que ele teria feito malabarismo com as garrafas se a multidão fosse mais receptiva, mas todas as mulheres bebiam cerveja ou uísque e não pareciam querer que ninguém jogasse nada para o alto.

Carl estava espremido contra as prateleiras e o espelho da parede dos fundos. Servia cerveja inclinando-se para a frente, mantendo o corpo a uma distância segura. Tinha o rosto impassível, mas havia pânico em seus olhos. Sara pensou em avisar a ele que a postura deixava seus ombros e os músculos do peito ainda mais impressionantes. Decidiu não arriscar.

Carl tocava em Andy o tempo todo e o chamava de "amor". Algumas clientes pensavam que o "amor" fosse para elas e sorriam, encantadas. Algumas também conseguiam tocar no braço ou na barriga de Carl sempre que ele servia um drinque.

— Sara — disse Carl, irritado —, você não sabe quem passou aqui outro dia.

— O Josh? — perguntou ela, esperançosa.

— A Jen.

Uma mulher foi até o balcão e pediu um uísque. Carl serviu a moça sem perder Sara de vista. A mulher deu uma gorjeta generosa, mas Carl não se deixou distrair.

— Tem ideia do que ela queria? — perguntou Carl.

A mulher com o uísque olhou para Tom e Sara, analisando os dois, e ele rapidamente pôs o braço em torno dos ombros dela.

— Não — respondeu Sara.

A música e as vozes em volta deles estavam altas, mas, infelizmente, ela não tinha nenhuma dificuldade de ouvir o que Carl dizia. Por causa da multidão, estava sendo forçada a se espremer contra Tom e podia sentir o medo no corpo dele.

— Ela queria tirar uma foto. Para a newsletter com informações turísticas.

— Aquela mulher não sabe nada sobre fazer propaganda — disse Andy de repente. Teve que gritar para ser ouvido da outra ponta do bar.

— Uma foto do Square não é uma má ideia para a newsletter — afirmou Sara.

Com cuidado, ela passou o braço pela cintura de Tom. Ao perceber que ele não reclamava, apoiou-se nele e ficou encantada com a sensação dos músculos e do jeans áspero sob suas mãos.

— Foi exatamente o que eu disse! — concordou Andy.

— Só que ela não queria uma foto do Square, não é? — acusou Carl. — Ela achou que uma foto minha seria mais "atraente".

Sara ouviu as aspas em torno do adjetivo. Notou que Tom estava achando o incômodo dela divertido e o encarou, como se fossem um daqueles casais que riam e faziam piadas um com o outro.

— Eu ofereci uma foto minha — explicou Andy. — Mas ela não achou que teria o "efeito desejado".

— Ela não teve o menor pudor de dizer de quem tinha sido a ideia — disse Carl. — Não queria levar o crédito. Falou que era toda sua.

— Como uma foto minha não teria o efeito desejado? — continuou Andy, abrindo uma cerveja e servindo três copos de uísque simultaneamente.

— Só achei que seria uma boa propaganda para o bar — explicou Sara.

— Como uma foto minha impediria isso?

Carl bateu um pedaço de papel amassado e úmido no bar. Era uma cópia da newsletter. Embaixo de uma foto enorme (ridiculamente enorme) de Carl, podia-se ler: "O bar mais simpático de Iowa. Nós vivemos para servir".

Em seguida havia um texto absurdamente curto sobre o Square, explicando que eles (como outros bares, Sara não pôde deixar de pensar) serviam bebidas e comida, eram muito simpáticos e tinham o melhor serviço possível.

Jen tinha se superado. Tom riu.

— Vou considerar você responsável por qualquer coisa que acontecer aqui hoje — disse Carl.

— Vou ganhar comissão?

— Se ficar no meu lugar, pode ficar com metade do meu reino e com o meu primogênito.

— Você é gay — lembrou Sara.

— A gente pode adotar.

— Não quero filhos.

— Meu reino?

Ela riu.

— Claro. Pode me chamar de rainha Sara.

A moça fez uma tentativa relutante de se afastar de Tom. Ele protestou, puxando-a para si.

— Não me deixe aqui sozinho — pediu, desesperado.

Sara sabia que ele estava dizendo aquilo apenas porque as mulheres que os cercavam eram muito mais assustadoras do que ela, mas, mesmo assim, não conseguiu deixar de se apoiar nele por mais alguns segundos.

Carl olhou para ela, implorando, e Sara se forçou a deixar Tom e a ir para trás do bar. Uma mulher tentou entrar junto com ela, mas Carl bloqueou o caminho.

A moça se surpreendeu com o modo como as coisas pareciam diferentes do outro lado do bar. A multidão alegre se transformara em uma massa sem rosto que chegava ao balcão em ondas. No entanto, ela agora tinha mais espaço e podia ver a expressão das pessoas mais próximas do balcão, ler os pensamentos e as esperanças delas, e ouvir as conversas (que, naquele instante, pareciam falar apenas sobre Sara e Carl. A maioria das mulheres estava com inveja da "promoção" que Sara havia recebido). Tom estava espremido contra o bar a apenas alguns metros de distância.

— O que vocês querem que eu faça? — perguntou ela, olhando para as garrafas, os copos e o caos ao seu redor.

Fatias de limão em uma tábua, uma pia cheia de copos sujos, garrafas, copos e geladeiras ao longo da parede. *Certo, Sara*, pensou ela. *Vamos lá.*

— Abra as garrafas e sirva o uísque — pediu Andy, mostrando a ela onde a cerveja ficava. — Não se preocupe com os outros drinques. A maioria só quer cerveja e uísque. Se quiserem outra coisa, mande para a gente.

— E lembre-se de ser generosa com o uísque — disse Carl. — Senão vão pôr fogo no bar.

Sara riu.

— Ei, mocinha — chamou uma das mulheres. — Duas cervejas e dois uísques. E rápido. Estou morrendo de sede.

Ela levou três vezes mais tempo do que Andy e Carl para servir os drinques. O pagamento foi mais rápido. Afinal, ela praticara muito na livraria. Logo fez as contas para o troco e o entregou à mulher, que o guardou. Já a mulher que Carl servia deixou uma gorjeta. A presença de Sara reduziria os ganhos deles seriamente.

Três horas depois, ela estava cansada, suada e com calor. Tom fora embora sem que ela pudesse notar.

— Graças a Deus acabou — murmurou Carl.

Ele ligou as luzes gerais e observou, aliviado, as pessoas se levantarem e começarem a ir embora. Para trás, deixavam garrafas pela metade, drinques derramados, guardanapos amassados e tigelas com restos de amendoim.

Carl serviu um uísque para todos e Sara despencou, exausta, em um dos bancos do bar para descansar os pés cansados.

— Obrigado por ter vindo — disse ele, o que foi surpreendentemente generoso de sua parte.

— Sinto muito — afirmou ela.

— Você acha que elas estavam falando sério quando disseram que iam voltar? — perguntou Andy.

— Pelo menos pareceu — respondeu Carl enquanto andava pelo bar pegando copos e guardanapos usados.

— Especialmente se vocês organizarem a tal festa que elas queriam — disse Sara. Ela estava disposta a sair do banco e ajudar Carl com a arrumação, mas, por enquanto, ia apenas tomar um gole do uísque e tentar massagear os pés sutilmente.

— Eu não danço — avisou Carl.

— Eu danço — falou Andy. Parecia impossível exauri-lo. E acrescentou com ainda mais entusiasmo: — Uma festa!

— Não temos funcionários suficientes.

— A Sara pode ajudar.

— Não podemos nos dar ao luxo de contratar ninguém.

— E o Josh? — sugeriu Sara. — Tenho certeza de que ele ajudaria, mesmo por pouco dinheiro.

* * *

— Uma festa — disse Jen.

— Uma *festa*? — perguntou Caroline.

Eles haviam voltado a se reunir na livraria. Sara estava atrás do balcão, tentando ler, mas era impossível, já que Caroline estava parada bem diante dela. Jen estava confortavelmente sentada em uma das poltronas.

— Isso só vai provocar bebedeira e um comportamento imoral — afirmou Caroline.

— Posso escrever sobre isso na newsletter — sugeriu Jen.

Caroline a encarou.

— Sobre a festa — explicou Jen.

— Não é de bom-tom — disse Caroline.

No entanto, a severidade costumeira não parecia tão presente. Havia algo de diferente nos olhos dela. Sara se esforçou para não olhar para Caroline.

— Talvez... — sugeriu Sara com inocência. — Talvez a gente possa misturar isso com uma feira. Para a igreja. Um dia para toda a família. Com uma festa organizada e bem-comportada no Square à noite.

Sara tinha certeza de que "organizado" e "bem-comportado" não era o que Andy tinha em mente, mas achou melhor não dizer isso a Caroline.

— A igreja precisa mesmo de dinheiro — admitiu Caroline.

Josh passou na livraria dois dias depois. A única cliente presente era uma mulher enrolada em um lenço preto elegante, com grandes óculos escuros. Josh olhou para ela, admirando-a. *Uma mulher com estilo*, pensou. Não tinha certeza, mas parecia que ela também estava andando em torno da prateleira de livros eróticos gays, como ele fizera em sua primeira visita. Estava quase perguntando o que a mulher procurava quando Sara o cumprimentou e o fez se virar para ela.

— O pessoal do Square me ligou — disse Josh. — Perguntaram se eu gostaria de trabalhar lá. Disseram que eu ganharia uma boa recompensa.

Sara engasgou com o café.

— Está bem, na verdade eu gostaria de dar uma boa recompensa a eles. O que ele disse foi que eu poderia ficar com as gorjetas. Aparentemente, a clientela deles é basicamente composta de mulheres, mas são mulheres generosas. — Ele apertou as mãos e as soltou. — Sei jogar charme para mulheres também.

— Claro que sabe.

Ele olhou ao redor. A mulher com os óculos escuros havia desaparecido.

— Quem era a mulher que estava aqui? — perguntou ele.

Sara desviou o olhar.
— Ah, era... Eu nunca revelo o nome dos meus clientes.
Eu realmente preciso aprender a mentir, pensou ela.
— Sabe o que ela queria?
— Não tenho a menor ideia.
Josh deu de ombros e se virou para ir embora. Depois hesitou na porta.
— Obrigado, Sara.

CAROLINE: 0 – LIVROS: 3

Caroline sabia que o pecado havia chegado à pequena cidade, claro. Não acreditara de início, mas a breve análise da livraria o provara. Lá estava uma prateleira inteira dedicada a ele, tão clara quanto possível, bem diante dela.

Ela havia, obviamente, ficado irritada e com razão. Tinha saído da loja o mais rápido possível. Era inimaginável que Broken Wheel estivesse vendendo pornografia gay. A expressão em si já era inimaginável.

Broken Wheel podia ter apenas uma igreja e um pastor que deixava muito a desejar, mas, enquanto ela, Caroline, estivesse viva, um ataque tão claro à virtude e aos bons costumes não seria permitido. Pelo menos não enquanto ela tivesse feito o melhor que podia para evitar isso.

Além do mais, você precisa de um desafio, Caroline, disse a si mesma. Era uma mulher sincera. Tinha começado a ficar à vontade demais e fazia muito tempo desde que conseguira alguma coisa. Estava à vontade e desanimada demais.

Não imaginava que Sara seria um grande desafio. A mulher se encolhia de modo irritante sempre que Caroline chegava perto dela. Era uma boa moça, sem dúvida, mas obviamente não era cristã como os nativos de Iowa.

Europeia. Isso explicava muito, mas *não* a importação de pornografia gay para aquela cidade linda e íntegra.

Caroline entrou marchando na livraria, pronta para uma briga.

Sara se encolheu atrás do balcão como Caroline sabia que ela o faria.

— Sara — disse ela, sombria.

— Caroline?

— Você está vendendo *pornografia*. — Caroline era uma mulher direta.

Fora professora na escola de Broken Wheel por quase quinze anos. Havia muito poucas pessoas na cidade em que ela não tinha, em algum momento, dado uma bronca.

— Não, não estou — afirmou Sara.

— *Não está?* — repetiu Caroline. Sempre que estava irritada, a tendência de falar em itálicos ficava ainda mais pronunciada. — Eu *estou vendo* a prateleira daqui. Você *pôs a classificação*. E agora *ousa* dizer que não está? Seja lá que defeitos você tenha (e ela disse isso de modo que sugerisse que Sara tinha muitos), não achei que a desonestidade estivesse entre eles.

— São livros eróticos, e não pornográficos.

— Não tente me enrolar.

Caroline a encarou.

Sara olhou nos olhos dela.

Pelo menos por alguns segundos, antes de desviar o olhar.

— São livros eróticos. Literatura. Histórias sobre amor e amizade. Claro, tem cenas de sexo, mas ao contrário da *pornografia* (estava usando inconscientemente a ênfase de Caroline, o que fez a mulher se assustar ao perceber a provocação clara), esse não é o assunto principal. Até histórias de amor heterossexuais contêm cenas de sexo.

— Está realmente dizendo que não há diferença entre as duas?

— Estou — afirmou Sara. — Ao contrário de você, eu li todos eles.

— Você *leu* isso?

— Li — repetiu Sara. — Sempre achei que era errado julgar livros ou pessoas pela capa.

— Errado?

Caroline tinha consciência de que seu rosto havia adquirido um tom pouco lisonjeiro e vergonhoso de vermelho. A conversa não estava acontecendo como havia planejado, e uma ideia desagradável começava a se formar. Ela não conseguia entender perfeitamente; estava em algum lugar, em algum recanto de sua mente, sem que se deixasse perceber de verdade.

— É. Uma atitude pouco americana. Quase... não cristã.

— *Não cristã?*

A sensação incômoda cresceu. Caroline percebeu o que a incomodava. Sara podia estar certa. E, em alguma parte de suas palavras, havia uma afronta clara. Caroline não costumava deixar afrontas passarem.

— Tenho que pensar nessa história — disse calorosamente, saindo da loja e pisando duro.

Estava muito, muito irritada.

O pastor cuidava do jardim e foi interrompido quando a sombra ereta de Caroline escondeu a planta em que ele trabalhava.

— William Christopher — disse ela com claro desprezo.

Ele estremeceu. Ela havia sido sua professora.

— O único pastor em Broken Wheel não deveria ter coisas mais importantes para fazer do que arrancar ervas daninhas? Não é um trabalho digno.

William suspirou (mas baixinho, para si mesmo) e se levantou.

— Deveria — disse ele.

Caroline fez que sim com a cabeça.

— O que posso fazer por você? — Ele não tinha dúvidas de que era ela que estava planejando ajudá-lo, com certeza em algo em que ele não havia percebido precisar de ajuda ainda.

Mas ela o surpreendeu ao dizer:

— Tenho uma pergunta que está me incomodando... — A voz de Caroline foi baixando, como se ela quisesse que o pastor dissesse alguma coisa.

William esperou.

Ela parecia estar tentando encontrar as palavras certas, pois ficou em silêncio por quase um minuto inteiro antes de continuar de forma confusa:

— Se você ouvisse falar... de alguma coisa que é errada, mas nunca tivesse vivido isso, mas soubesse por fontes confiáveis e toda a lógica demonstrasse que isso estava errado, seria aceitável julgar alguma coisa sem ter vivido?

William não havia entendido direito o que ela dissera, mas admitiu que, em sua opinião (e era, é claro, apenas a opinião pessoal dele), as pessoas nunca podiam ser cautelosas demais ao julgar algo que não conheciam. Ou não deviam julgar e ponto.

Caroline bufou. Não julgar também era um julgamento e não fazer nada também era um gesto. Mas ele dera uma resposta a ela, e Caroline admitiu que o pastor podia estar certo.

Aquela história toda era muito desagradável.

Ela suspirou.

— Muito obrigada — disse, fazendo William se encolher.

— De nada — gaguejou ele.

Ver Caroline pedindo conselhos e depois agradecendo o deixava nervoso.

Ela marchou de volta para a livraria.

— Está bem — disse Caroline depois de garantir que a loja estava vazia. — Eu quero um.

— Um o quê?

— Um desses livros. — Ela não conseguia se convencer a pedir pornografia gay. — Sou uma mulher justa — disse, mantendo a dignidade. — Como você demonstrou, é errado julgar alguma coisa pela capa. Ou pelo assunto, no caso. Então eu quero um. — E acrescentou, sombria: — Depois vou dizer o que achei.

Sara a encarou. Quando Caroline não demonstrou nenhum sinal de que mudaria de ideia, a moça foi até a prateleira de livros eróticos gays e pôs um dos livros em uma capa protetora. Caroline assentiu e pagou sem dizer mais nada.

No entanto, quando chegou em casa, não sabia o que fazer com aquilo.

No calor do momento, talvez tivesse concordado que não era cristão julgar algo sem ter lido primeiro, mas, sozinha, na privacidade de seu lar, não tinha tanta certeza.

A ideia de que *ela* guardava *um daqueles* livros em casa a fez suar frio.

Teve que voltar ao livro várias vezes. Primeiro, para garantir que a imagem da capa não podia ser vista através da embalagem protetora. Depois, para colocá-lo sob uma pilha de jornais no corredor, só por garantia. Em seguida, para garantir que o título na lombada não estava visível. Depois, para escondê-lo atrás da imagem bordada que mantinha em sua mesa de cabeceira, caso alguém fosse até sua casa e folheasse os jornais. Caroline estremeceu ao pensar nisso.

Toda vez que cedia ao impulso de pegar o livro, ele ficava mais forte. Uma voz suave e tentadora a incentivava: "Você vai mesmo julgá-lo antes de ler?". Depois: "Será que ler um capitulozinho vai ser perigoso, depois de uma longa vida de temor a Deus?".

O livro parecia encará-la. Fazia muito tempo que nada a incomodava tanto. *Ninguém* tinha conseguido vencer o olhar dela em mais de vinte anos. Mesmo assim, aquele livrinho a forçava a desviar os olhos e fixá-los em outro ponto.

Ele estava ali, acomodado na capa, coberto com lindos carvalhos tranquilos. O nome Livraria dos Carvalhos estava impresso nas mesmas letras amarelas quentes que as folhas de outono da foto. Por baixo, porém, a imagem de dois homens seminus abraçados parecia brilhar como luzes neon na região decadente de uma grande cidade.

"Perversão! Perversão! Perversão!", parecia gritar para o mundo.

Certamente ninguém acreditaria que ela *queria* ler aquilo. Mas era estranho ter aquilo escondido no próprio quarto. Escondido de forma cuidadosa e deliberada. Talvez devesse deixá-lo à vista, de forma clara e direta. Veja o que estão vendendo na livraria, diria ela, indignada, se Jen passasse por lá.

Caroline deu dois passos até o quarto antes de se interromper. Deus do Céu, no que ela estava pensando? Ia pôr um livro com dois homens quase nus no corredor? E falar com Jen sobre isso? Certamente desencadearia fofocas.

O livro ia ficar onde estava.

* * *

Caroline dormia mal ao lado do livro. A cada noite, o poder da obra sobre ela parecia crescer. As noites maldormidas começaram a deixá-la nervosa e sem concentração, e ela passou a caminhar inquieta pela casa, de um modo claramente impróprio para uma mulher de sua idade.

Decidiu ler um capítulo apenas para entender do que falava. Podia jurar que o livro ria quando finalmente o pegou.

— Se os outros livros são tão sem-vergonhas quanto você, não me surpreende que as pessoas queimem vocês há séculos — retrucou ela, o que fez o objeto ficar em silêncio.

Caroline sorriu, satisfeita.

Reuniu forças e abriu o livro. *Fui professora durante quinze anos*, lembrou a si mesma. *Nada me assusta*.

Então começou a ler.

Broken Wheel, Iowa
19 de janeiro de 2011

Sara Lindqvist
Kornvägen 7, 1 tr
136 38 Haninge
Suécia

Querida Sara,

Tom nunca foi bom em aceitar ajuda nem em admitir que precisava de alguma coisa. Escrevo isso com amor, é claro. Às vezes acho que ele é muito solitário, mas não é algo que admitiria para si mesmo. Na verdade, acho que ele diria que não precisa de ninguém. Nem de nada. Se eu dissesse que precisa de oxigênio, ele balançaria a cabeça, sorriria e pediria para eu não me preocupar com ele. "Vou ficar bem", diria, e não é impossível que realmente acreditasse que é a única pessoa na Terra que não precisa respirar. Existe uma linha tênue entre a independência e a estupidez na minha opinião.

    Quando Andy brigou com o pai e decidiu se mudar para Denver, passou a noite na minha casa. Eu já era viúva na época, então não precisei explicar nada ao meu marido. Nunca contei a ninguém que Andy ficou comigo naquela noite nem que foi meu dinheiro que pagou a passagem de ônibus e pôs um teto sobre a cabeça dele durante as primeiras semanas na cidade nova. Ele foi para Denver porque queria sair do estado, e não só de Broken Wheel. Não sei se perdoou o pai, mas, na época, eu só esperava que a distância tornasse as coisas mais fáceis.

    Não quero que você pense que Andy simplesmente pegou meu dinheiro. Ele é tão orgulhoso quanto Tom e Claire, mas tem um tipo de orgulho diferente. Acho que simplesmente precisava sentir que havia pessoas que se importavam com o fato de ele ter ou não onde dormir. Um mês e pouco depois eu recebi um pacote. Era todo o dinheiro que eu havia emprestado a ele e um cartão-postal com a foto de um homem quase nu. Eu não queria receber o dinheiro de volta, mas fiquei feliz com o cartão. Isso me mostrou que ele ainda podia rir da vida.

Um beijo,
Amy

SONHOS INFLACIONADOS

Agora que a livraria já estava aberta havia algum tempo, Sara estava realmente começando a gostar dos dias na cidade, mas era um tipo de apreciação melancólica. Ela havia começado a deixar a porta encostada para que o aroma do ar úmido de outono se misturasse com o cheiro dos livros. Sempre pensara que o ar do outono combinava com livros, que os dois de alguma forma casavam bem com cobertores, poltronas confortáveis e grandes xícaras de café ou chá. Isso nunca ficara tão claro para ela quanto ali, em sua própria livraria.

Na livraria de Sara e de Amy. Essa era a parte triste. Sara constantemente pensava em coisas que deveria ter perguntado a Amy. Tinham trocado cartas por quase dois anos, mas havia tantas coisas que a moça tinha se esquecido de perguntar... Sobre o que ela havia escrito mesmo?

— Você acredita em jogar livros fora? — perguntava naquele momento para o silêncio.

Ela tentava não conversar com Amy quando havia clientes na loja, mas, naquele dia, pouco antes da feira, a maioria dos habitantes de Broken Wheel parecia ter coisa melhor para fazer do que visitá-la.

Sara estava ocupada preparando uma nova prateleira. Tinha decidido chamá-la de CONHEÇA OS AUTORES e pensava em encomendar mais biografias literárias. Até aquele instante, só havia três livros na prateleira, mas ela achou que também poderia colocar livros sobre livros nela. Na verdade, Helene Hanff tinha feito a moça querer saber se Amy um dia havia pensado em jogar livros fora.

Sara havia acabado de pôr *Nunca te vi... Sempre te amei* (ou *84, Charing Cross Road*, com o título americano) na prateleira. Era um dos melhores livros sobre livros já escritos, mesmo depois do lançamento de *A sociedade literária e a torta de casca de batata*. A fantástica troca de cartas entre a americana Helene Hanff e um livreiro britânico fora do comum tinha acabado de ser publicada na Suécia sob o título *Cartas para uma livraria*. A edição também incluía a sequência quase tão excepcional do livro *A duquesa de Bloomsbury*, que narrava a chegada de Helene Hanff à Inglaterra do livreiro que vendia obras raras e antigas.

A srta. Hanff não entendia pessoas que não jogavam livros fora. Para ela, não havia nada menos digno de importância do que um livro ruim ou mediano, mas Sara não concordava.

Ainda assim eram *livros*.

Sara os vendia ou os doava, mas não conseguia jogá-los fora. Nem mesmo quando eram tão ruins que ela se perguntava se devia compartilhá-los com novos leitores inocentes. Estava pensando no que Amy teria dito.

Amy tinha apenas uma biografia de Jane Austen, uma de Charlotte Brontë e um romance sobre a vida das irmãs Brontë, *The Taste of Sorrow*. O sabor da tristeza. Era um bom nome. Sara suspirou. Até ali, a prateleira sobre os autores estava vazia demais.

— Você acha que escrever livros deixa alguém mais feliz ou mais triste? — perguntou enquanto colocava a biografia de Jane Austen na prateleira.

Sara esperava que os autores tivessem ficado mais felizes. Sempre desejara que Jane tivesse olhado para o mundo que a cercava e pensado: "Posso criar um melhor do que esse" ou "Você é insuportavelmente chato e talvez eu não possa dizer nada sobre isso sem ser mal-educada, mas vai ser uma grande maravilha no meu próximo livro. Preciso de outro pastor ridículo". Ainda assim, Sara não podia deixar de se perguntar como seria a vida de uma pessoa que não pudesse sonhar acordada com o sr. Fitzwilliam Darcy (*por que* ela havia decidido usar esse nome era um dos mistérios mais inexplicáveis da história literária) simplesmente porque ela mesma o havia criado.

Sara lera *Orgulho e preconceito* pela primeira vez aos catorze anos e, por um bom tempo, a obra quase arruinara todos os outros livros de Jane Austen. Na verdade, basicamente arruinara os outros livros em geral, sem falar nos homens reais. Era um mundo tão perfeito que fora uma decepção ser forçada a deixá-lo. As melhores mulheres acabavam com os homens mais ricos e interessantes; as segundas melhores acabavam com os segundos homens mais ricos, e assim por diante. Depois dessa experiência, Edward Ferrars havia deixado de ser rico o bastante e, apesar de ela não poder julgar ninguém, passado a ser um pouco frágil demais. *Mansfield Park* era inebriante e muito bem escrito, mas Sara tinha dificuldade para perdoar Edmund Bertram por se apaixonar pela bondosa Fanny Price de forma vaga, distraída e apenas no final do livro. Agora ela gostava de todos os livros de Jane Austen e achava que *Persuasão*, com sua melancolia suave, era quase tão bom quanto *Orgulho e preconceito*, mas precisara de anos de esforço. Sara nem sentia a necessidade de se incomodar com *Sanditon*, a última obra não terminada de Austen. Na verdade, gostara tanto das primeiras cinquenta páginas, escritas pela própria Jane, quanto do restante do livro, que tinha sido livre e infielmente escrito por "Outra Senhora".

— Você acha que a Jane tinha parado de sonhar na época? — perguntou a Amy.

Amy não respondeu, e Sara pegou o romance sobre as irmãs Brontë. Tinha decidido não lê-lo; pensar nelas era deprimente demais. O grande sonho da vida de Charlotte Brontë tinha sido ter uma casa à beira da praia, onde pudesse viver com seus irmãos e irmãs, e talvez continuar escrevendo. Em seu mundo ideal, ela não teria que abrir uma escola na casa, mas isso não era essencial.

O sonho era apenas esse, mas ainda assim estivera fora do alcance dela. Parecia ter sido quase uma bobagem.

Sara achava que, na época atual, todos pareciam sonhar em ter tudo. Queriam viajar, amar, ter uma carreira fantástica e uma família feliz, e ainda ser magros, bonitos, populares e em sintonia com o próprio lado espiritual.

— Amy — disse ela —, você acha que nossos sonhos estão sujeitos à inflação?

— Acho — respondeu uma voz da porta.

Sara levou um susto, virou-se, sentindo-se culpada, e viu Tom parado com uma expressão alegre no rosto.

Ela não soube dizer se ele a ouvira dizer "Amy". Decidiu supor que não.

— Você deve estar certo. Mas será que ter sonhos nos deixa mais ou menos felizes?

Ele deu de ombros.

— Não acho que sonhar tenha deixado ninguém mais feliz.

Sara concordava, mas às vezes acreditava que os sonhos deixavam as pessoas mais... vivas. Não achava que Tom fosse alguém que sonhasse muito, e isso a incomodava um pouco. De qualquer forma, ela nunca tivera um único sonho palpável. As outras meninas da livraria sempre pareciam querer fazer coisas. Viajar pelo menos. Guardar dinheiro para as férias. Ter filhos, conhecer alguém ou reformar a cozinha. Tinham coisas *reais* sobre as quais fantasiavam e conversavam no trabalho. Sara simplesmente lia.

No entanto, o período em Broken Wheel a fizera pensar no que realmente havia *feito* na Suécia. As noites e os fins de semana livres tinham se tornado apenas lembranças e se misturavam uns aos outros. Isso a assustava, e ela duvidava que, dali para a frente, fosse feliz apenas lendo livros e trabalhando. Mas como exatamente alguém se tornava uma pessoa com sonhos e objetivos? Sara não podia deixar de pensar que tinha perdido o instante em que a vida devia ter começado. Por muito tempo, ela simplesmente vivera lendo, e, enquanto todos à sua volta eram adolescentes, infelizes e bobos, isso não fora um problema. De repente, porém, todos haviam crescido, e ela não fizera nada além de ler.

Até ali. Ainda lia muito, claro, mas havia outras coisas. As pessoas conversavam com ela. Às vezes até a procuravam. A moça até passara por momentos em que ela decidira pousar o livro. *Posso lê-lo depois*, pensara, o que, por si só, já era uma sensação nova e estranha.

— Quer um café? — perguntou Sara. — Acabei de fazer.

Ele fez que sim com a cabeça de forma quase imperceptível, como se estivesse planejando dizer "não", mas tivesse cedido contra sua vontade.

Sara levara xícaras de verdade para a livraria, por isso serviu o café nas duas. O aroma se espalhou por todo o cômodo.

— Você acha que Amy era sonhadora?

Tom se sentou em uma das poltronas, e ela se acomodou em outra, cruzando as pernas sob o corpo para poder se apoiar no braço da cadeira e se virar para ele.

— Não — respondeu ele, antes de hesitar. — Na verdade, eu não sei.

Sara assentiu.

— Tem tanta coisa que eu não consegui perguntar a ela — afirmou.

Ele a surpreendeu ao perguntar:

— E você? Qual é o seu sonho?

Soara quase irônico, mas Sara achou que também havia algo de sério na pergunta.

— Não tenho nenhum — respondeu ela rapidamente, tomando um gole de café para não ter que dizer mais nada.

— O que vai fazer quando voltar para casa?

Ela quis esquecer a ideia. *Casa*.

— Abrir outra livraria?

Sara balançou a cabeça negativamente. Pelo menos quanto a isso tinha certeza.

— É preciso ter muitas coisas. Para começar, um plano de negócios.

Tom olhou em volta, erguendo as sobrancelhas.

— Imagino que seja realmente útil.

E com certeza ela precisaria de capital.

— Tom — disse Sara —, você acha que o John tem alguma coisa contra isso? A livraria — acrescentou rapidamente. Mas o que queria mesmo perguntar era: "Você acha que ele tem alguma coisa contra *mim*?".

— Por que teria?

— Por causa da Amy. É que... ele nunca entrou aqui.

— Não acho que o John ligue mais para muita coisa.

Os dois ficaram em silêncio por um instante, até que Tom olhou para a xícara de café vazia e disse quase para si mesmo:

— Eu tenho que ir embora.

Mas ele não estava com pressa de ir, e Sara não tinha nada contra adiar a leitura mais um pouco.

Ela não soube dizer se era porque Tom parecia estar gostando de ficar sentado ao seu lado ou porque não queria passar outra noite sozinha, cozinhando para si mesma, mas algo a fez perguntar:

— Quer jantar comigo hoje? Na casa da Amy?

Talvez não pudesse fazer mais nada por ele, mas sabia preparar uma refeição. Ele a surpreendeu ao responder:

— Claro. Lá pelas sete? Tenho umas coisas para fazer antes.

— Tudo bem — respondeu ela, tentando controlar o pânico. — Às sete está ótimo.

Sara havia planejado fechar mais cedo e comprar algumas coisas na mercearia de John para ter tempo de preparar tudo, mas acabou se atrasando por causa de Gertrude e May, que apareceram para mais uma de suas sessões de compras de livros. Tinham começado a frequentar a loja depois da liquidação.

No início, ficara óbvio que Gertrude só ia para ridicularizar a escolha de livros de May. A primeira coisa que tinha dito a Sara fora:

— Rá! Príncipes! São só mentiras!

Em seguida, tivera um acesso de tosse que poderia muito bem ter sido de riso.

As duas passavam na loja algumas vezes por semana, quando May comprava mais livros e Gertrude questionava Sara sobre seu gosto literário.

— Você acredita nessas coisas? Nessa bobajada toda de romance? — Ou:

— Por que estão vestidos desse jeito estranho? Você dormiria com um cara de cabelo comprido e camisa de seda? *Lilás?* De seda! E não está nem abotoada.

Sara deixava May pegar livros de graça, contanto que trouxesse os anteriores de volta. As duas haviam passado na loja no dia anterior, e May pegara cinco novos romances de banca. Gertrude até aceitara levar algo da prateleira de SEXO, VIOLÊNCIA E ARMAS.

— Nada de romance — dissera ela, ameaçadora.

Por isso, Sara havia escolhido *Os homens que não amavam as mulheres* só para garantir que não tinha nenhuma história romântica como tema secundário.

Naquele instante, Gertrude andava direto para o balcão com movimentos rápidos e repentinos. Quando se aproximou, Sara viu que a senhora tinha olheiras e um olhar desesperado, assombrado.

— Rápido! — disse Gertrude, agarrando o balcão. — A segunda parte. Preciso do livro seguinte. — Ela então pareceu recobrar o bom senso, endireitou as costas e acrescentou, de forma mais calma, quase pedindo desculpas: — Fiquei metade da noite acordada lendo. Até me esqueci de fumar.

O rosto de May demonstrava que nada mais a surpreendia quando o assunto era Gertrude, mas ainda assim perguntou, nervosa:

— Você tem, não é? A parte dois. — Parecia que sua paz de espírito dependia disso.

Provavelmente depende, pensou Sara. Uma série incompleta pode ser uma catástrofe mesmo para as pessoas do convívio do leitor.

Ela sorriu, reconfortando as duas amigas.

— É claro. Acha que eu venderia a primeira parte se não tivesse a continuação?

Ela saiu do balcão e foi pegar *A menina que brincava com fogo* e *A rainha do castelo de ar*. Em inglês, todos os títulos haviam sido traduzidos de modo que fizessem referência à personagem principal... Talvez parecessem mais emocionantes, mas Sara sempre achara *A menina com a tatuagem de dragão* uma tradução estranha para o título sueco original, *Os homens que não amavam as mulheres*. Ela pôs os dois livros no balcão, na frente de Gertrude.

— É melhor você levar os dois de uma vez — explicou enquanto voltava para trás do caixa.

— Tem mais *dois*? — perguntou May com um leve pesar na voz.

— Droga — exclamou Gertrude. — Não vou conseguir dormir nos próximos dias.

Assim que Gertrude pagou (ela se recusou a devolver a primeira parte da trilogia), Sara fechou a loja. Ainda não tinha ideia do que ia preparar, apesar de já ter passado das cinco. Rapidamente apagou as luzes, trancou a porta e caminhou até a loja de John.

Pouca coisa havia mudado desde sua primeira visita. Sara automaticamente pegou uma das velhas cestas na entrada. Não havia opções suficientes para que ela comprasse de forma aleatória, mas ela também nunca tinha se dado ao trabalho de pedir a George que a levasse a um dos mercados maiores, próximos a Hope. Agora não sabia o que devia preparar para o jantar.

Na semana anterior, ela decidira experimentar comida americana de verdade, mas, até ali, as coisas não tinham dado muito certo. O macarrão ao molho de queijo havia sido, bem, decepcionante. Ficara com o mesmo gosto de macarrão sueco ao molho de queijo. Ela havia pesquisado sobre pratos americanos tradicionais, mas, pelo que vira, não havia nenhuma tradição a seguir. Ninguém parecia querer preparar comida americana da mesma forma.

Sara se esforçava para não olhar para John ou pelo menos para que ele não notasse que ela estava olhando. Ele ainda se mantinha distante toda vez que a moça ia até a loja. Não exatamente afastado, mas... ausente. Por fim, ela decidiu fazer um ensopado de outono, porque havia muitos cortes de carne e legumes na loja. Parou diante da pequena seção de vinhos que John mantinha e escolheu um tinto. Se fosse ruim, podia colocá-lo na comida.

Quando pagou, John fez todos os gestos necessários, mas totalmente impassível, sem sequer olhar para ela. Sara entregou o dinheiro, ele deu o troco e, quando ela disse "Muito obrigada", ele olhou para a moça confuso, como se não soubesse mais o que devia dizer.

— John — falou ela, espontânea. — Eu sinto muito... pela Amy. Ela significava muito para mim.

Ele simplesmente olhou para Sara, nervoso, então ela recuou para um território mais seguro, pegou a sacola de comida e disse outro "Obrigada" baixinho antes de fugir.

Broken Wheel, Iowa
22 de fevereiro de 2011

Sara Lindqvist
Kornvägen 7, 1 tr
136 38 Haninge
Suécia

Não é possível!
 Estamos trocando cartas e livros há meses e ainda não mandei *Dewey, um gato entre livros* para você. Deve ser o livro mais gostoso já escrito sobre Iowa. É uma fonte constante de orgulho nacional para mim. Tem que significar alguma coisa morar em um estado que tem um gato bibliotecário. Bom, estou mandando o livro agora. Acho que ele diz alguma coisa sobre quanto os livros podem significar para uma comunidade que está em frangalhos; ou, nesse caso, o que um gato bibliotecário pode significar.
 Sempre achei que livros tinham algum tipo de poder de cura e que podiam no mínimo nos distrair um pouco. Tom me disse que viu placas de "vende-se" em Hope outra vez. Estavam em todo lugar durante a última crise, tanto lá quanto em Broken Wheel, mas imagino que não haja mais nada para vender aqui agora. Como eu odeio essas placas. Durante a crise dos anos 1980, desenvolvi uma raiva por elas. Estavam sempre *por perto*. As pessoas estavam sendo forçadas a vender suas antigas casas e não havia ninguém para comprá-las. Quando conseguiam vendê-las, o valor pago não cobria a hipoteca.
 Acho que cidades em crise sempre precisam de alguma coisa para uni-las e, em Spencer, o responsável foi Dewey, o gato da biblioteca. Eles o encontraram na caixa de devolução de livros, em uma manhã gelada de janeiro, e lhe deram o nome do sistema de classificação Dewey. Fizeram uma competição para poder nomeá-lo direito depois de um tempo, mas, então, todos já estavam muito acostumados com Dewey. Eles sempre faziam competições na cidade, mas nunca eram muito interessantes. Uma competição com prêmios às vezes atraía cinquenta competidores e,

caso o prêmio fosse muito caro, como uma TV, talvez conseguisse setenta pessoas. Na competição "Dê um nome ao gato", 397 concorrentes participaram. A maioria queria manter o nome Dewey, mas os responsáveis pelo gato acabaram acrescentando o sobrenome "Readmore Books", ou "leia mais livros", para que fosse um nome completo.

Dewey costumava dormir na caixa de cartões de livros, na de formulários de devolução, na de lenços, no colo dos visitantes e sobre suas pastas. Quando as pessoas começaram a usar o computador da biblioteca para procurar empregos que não existiam, ele se sentava no colo delas.

Gosto de pensar que isso ajudava.

Um beijo,
Amy

NÃO É UM ENCONTRO

Não era um encontro, claro.

Tom apenas esperava que Sara também soubesse disso. Se fosse sincero, não sabia por que aceitara o convite. Tinha planejado ir para casa, talvez tomar uma cerveja e entregar as tábuas ainda naquela noite quando Pete voltasse do trabalho. Lembrou que não sabia se Pete estava trabalhando no turno da noite naquela semana, então não importava quando ele ia entregá-las.

Decidiu ir até a casa do amigo entregar tudo de uma vez. Empilhou as tábuas de forma organizada contra uma das paredes.

Era melhor que Pete não estivesse. Ele teria insistido em pagar, mas Tom não tinha nenhuma intenção de receber dinheiro dele. Como sempre, a discussão acabaria com a mulher de Pete entupindo Tom com mais comida e geleia caseira do que ele podia comer.

Quando Tom o havia conhecido, Pete era marceneiro. Fabricava móveis exclusivos. O negócio era um sucesso, e ele usava a empresa de Mike para fazer as entregas. Tinha uma esposa carinhosa e uma casa grande o bastante para impressionar outras pessoas em uma cidade como Broken Wheel.

Mas ele havia sido forçado a fechar o negócio por causa da recessão, já que as pessoas não podiam mais gastar dinheiro em cômodas luxuosas ou nem tinham casas para mobiliar. Havia outras cidades maiores, claro, e negócios ainda mais exclusivos, que cuidavam dos clientes mais ricos que ainda tinham dinheiro. Tom já tinha idade suficiente para saber que não importava o tamanho da crise, sempre haveria pessoas que ganhariam dinheiro. Às vezes apesar da crise, às vezes por causa dela. Ele também já tinha idade suficiente para saber que as pessoas que ainda ganhavam dinheiro não viam problema em comprar móveis caros, feitos à mão, apesar de o restante do país mal poder comer uma refeição decente por dia.

No entanto, os móveis de Pete não eram suntuosos o bastante para as empresas de luxo nem para as grandes cidades, então ele conseguira emprego em duas grandes lojas e ficara feliz por todas as horas extras que podia fazer. Não era possível viver com um salário de seis dólares por hora, por mais que trabalhasse muitas horas. O banco havia tomado a casa, e Pete e a esposa tiveram de se mudar para ali, um chalé quase inóspito.

Três molduras das janelas estavam se soltando, a tinta tinha descascado das paredes havia muito tempo, e Tom tinha certeza de que goteiras escorriam sempre que chovia; ou pelo menos nas piores tempestades de outono. O chalé em si era composto de uma sala pequena, uma cozinha ainda menor e uma despensa transformada em quarto, em que mal cabia uma cama.

As tábuas seriam usadas para consertar a varanda. Tinha apenas alguns metros de comprimento, mas servia como um cômodo extra no verão. Metade das tábuas do piso estava podre, o que significava que a única forma de entrar na casa era saber onde era seguro pisar. Talvez Tom conseguisse madeira suficiente para transformá-la em um cômodo de verdade.

Pensou em deixar um bilhete, mas eram quase seis horas e, sendo um encontro ou não, ainda precisava tomar um banho.

Tinha quase chegado ao carro quando ouviu o som inconfundível da porta se abrindo, seguido pelo ranger de uma das tábuas.

— Tom? — chamou a mulher de Pete.

Ele se forçou a sorrir antes de se virar. Ela usava um vestido de algodão azul-claro, meias grossas e um suéter de lã, com uma das jaquetas de Pete por cima. Devia ser impossível deixar o chalé aquecido.

— Oi, Katie — respondeu Tom, acenando, incomodado. — Eu só vim deixar as tábuas.

Ela olhou para a pilha bem-arrumada na lateral da casa.

— Você e Pete... já resolveram tudo?

— A gente discute isso depois. — Tom fez uma oração silenciosa para que ela entendesse que o marido ia pagar depois e não o forçasse a levar nada comestível.

Katie pareceu hesitar.

— Não sei... Ele achou que estaria aqui quando você viesse.

— Tive que mudar os planos. Vou tentar passar aqui de novo no fim da semana.

— Está bem... Mas espere um minuto.

Ela desapareceu para o interior do chalé, e Tom lutou contra o impulso de correr. *Não o molho de maçã*, pensou. Ele já tinha uma prateleira cheia na cozinha de casa. Não tinha encontrado nenhuma receita que combinasse com aquilo.

O chalé tinha um pequeno terreno, e a mulher de Pete passava a maior parte do tempo cultivando uma horta que fornecia comida aos dois a maior parte do ano. Sempre que era época de algum produto, ela conseguia criar novos pratos, fazer conservas e distribuir o que cultivava para os vizinhos que não tinham tempo nem espaço para cuidar de uma horta.

Tom sabia que Pete costumava levar comida com a data de validade vencida para casa e, quando as coisas iam bem mal, Katie entrava na fila para pegar doações sem que Pete soubesse. De algum modo, os dois sobreviviam e nunca reclamavam. Sempre que Tom ajudava um deles, ofereciam comida, apesar de ele suspeitar que só faziam uma refeição por dia.

Katie saiu com um pote de vidro na mão.

— Tome — disse ela. — É molho de maçã.

Ele fez que sim com a cabeça.

— Muito obrigado. — Depois sorriu para ela e, sem hesitar, mentiu. — Acabei de comer o último vidro que você me deu.

Ela sorriu de volta, aliviada por conseguir dar algo a ele.

Quando Tom chegou em casa, já passavam das seis e meia, mas ele se permitiu tomar um banho. Enquanto a água quente massageava seus ombros e costas, ele sentia a tensão do dia e da vida ir embora. Levou o tempo de que precisava, fechou os olhos e ergueu o rosto na direção da água. Era seu momento favorito do dia.

Não era um encontro, claro.

Sara só esperava que Tom não achasse que ela havia sugerido isso. Era apenas um simples jantar entre amigos.

Não que isso tornasse as coisas mais fáceis, já que ela sabia tanto sobre oferecer um jantar para amigos quanto sabia sobre ter um encontro.

Quando chegara em casa, ela pusera toda a comida no balcão da cozinha, pegara uma das grandes panelas de ferro de Amy e depois fizera uma pausa. Será que devia começar a preparar a comida para que estivesse pronta quando ele chegasse? Ou era mais importante tomar um banho antes?

Decidiu fazer as duas coisas e refogou a carne com cebola antes de aquecer o caldo e pôr tudo para ferver enquanto se aprontava. O banho ainda não ficava mais do que morno, e os canos ainda soltavam ruídos preocupantes. Torceu para que o aquecedor de água não quebrasse. Ainda tinha algum dinheiro, mas preferia não gastá-lo com um boiler novo e não fazia ideia de como consertá-lo. Sorriu ao imaginar a cara que Tom faria caso ela pedisse ajuda.

Provavelmente ele daria de ombros e iria até a casa dela, depois do trabalho, para consertar o boiler.

Sara lavou o cabelo rapidamente e saiu do chuveiro antes que começasse a ficar com frio. Perguntou a si mesma se deveria colocar uma roupa melhor, mas, por fim, decidiu usar um jeans e uma blusa de algodão. Fez uma pausa, contemplando o pouco de maquiagem que tinha, e decidiu que um rímel não faria mal a ninguém.

Entre amigos, nada além disso.

Na cozinha, a carne, a cebola e o caldo ferviam bem, e então ela passou para as batatas, a cenoura e o tomilho.

Enquanto o ensopado cozinhava, lavou dois dos melhores pratos do armário — de uma porcelana fina, na cor creme, com uma faixa de rosas na borda — e duas taças de vinho que pareciam não ser usadas havia algum tempo.

Serviu uma taça para si mesma, basicamente porque se sentia adulta e quase normal de pé na cozinha, esperando um amigo, com um ensopado no fogão e uma taça de vinho ao lado.

A noite estava tão bonita que ela sentiu que tinha que dar uma volta rápida pelo jardim. Ainda tinha que fazer a salada, mas esse prato podia esperar até que Tom chegasse.

Calçou as botas de borracha que estavam sempre na cozinha, saiu e deixou a porta aberta. A luz que saía pela janela e pela porta iluminava o chão a alguns metros dela, mas a escuridão tomava a grama depois disso.

Ainda não estava realmente escuro, mas já havia anoitecido o bastante para que o jardim parecesse frio e abandonado comparado ao calor da casa. Por pura curiosidade, ela foi até a velha plantação de batatas e se agachou. Cavou um pouco e puxou uma raiz que trouxe cinco pequenas batatas unidas por uma rede de caules finos e sujos de terra.

Sara tirou a terra dos legumes e os levou até a casa, mas não entrou. O cheiro da terra fria e úmida era tão forte que ela praticamente sentia o gosto do outono toda vez que respirava. Havia algo de vivo no ar frio depois de um dia inteiro fechada na loja.

Na Suécia, ela nunca havia tentado cultivar nada. Na verdade, nunca tivera nem um vaso de planta. Entretanto, agora começava a pensar em arrumar o jardim e restaurar sua antiga glória.

Tinha começado a tremer um pouco quando uma figura encasacada surgiu magicamente em seu campo de visão.

Sara ergueu as batatas para mostrar a Tom como era cheia de talentos.

— Eu bati — disse ele —, mas, como ninguém atendeu, entrei.

Ela ficou feliz por terem se encontrado do lado de fora. Precisava de alguns instantes para se acostumar a tê-lo por perto.

— Trouxe uma garrafa de vinho — explicou ele. — Deixei na cozinha.

Sara olhou para a porta e viu uma garrafa ao lado da que havia comprado, do mesmo tipo. Ela sorriu.

— Não tem muita coisa para escolher na loja do John. Costumam ser bons.

Quando os dois voltaram à cozinha iluminada, ela notou que o cabelo de Tom ainda estava úmido do banho. Podia sentir o aroma da loção pós-barba como uma terceira presença na cozinha.

Ele parecia se encaixar ali. Tom serviu uma taça de vinho a si mesmo e completou a dela antes de perceber que Sara ainda estava parada na porta, com as pequenas batatas nas mãos. Então estendeu um prato e ela descarregou os legumes nele.

— Espero que a gente não vá comer só isso no jantar — disse Tom, colocando as batatas na pia.

Ela riu e indicou o ensopado com a cabeça.

— Eu queria fazer alguma coisa americana — admitiu, pegando a taça que ele estendera para ela. — Mas não consegui pensar em nada. Uns dias atrás percebi que quase não comi pratos americanos apesar de estar aqui há semanas.

Tom riu.

— Como conseguiu se manter viva se está recusando tudo o que é americano?

— Você sabe o que eu quis dizer. Comida americana *de verdade*. Os clássicos.

Ela não estava com pressa de preparar a salada. O ensopado fervia no fogo. Sara se sentou em uma das cadeiras da cozinha e percebeu quanto o cômodo parecia confortável, mesmo com seus velhos armários amarelos. Tom olhou para os ingredientes da salada na tábua, mas não fez menção de cortá-los. Em vez disso, tomou um gole de vinho e olhou para Sara.

— O que tentou cozinhar até agora?

— Macarrão ao molho de queijo — explicou a moça. — Mas só tinha gosto de... bom, massa e queijo. Sinceramente, foi uma decepção.

— Você não deve ter feito certo então.

— Até usei bacon.

— Bacon? — Ele balançou a cabeça. — Que blasfêmia...

— Mas... achei uma receita com bacon. Duas, na verdade.

— Nem sei se isso conta como macarrão ao molho de queijo.

— Está errado?

— Com certeza. Eu não contaria a ninguém sobre o bacon se fosse você. É antiamericano.

— Bacon não pode ser antiamericano. Vocês colocam isso em tudo.

— Cada mãe sempre faz uma receita diferente de macarrão ao molho de queijo. Meu pai dizia que o único jeito de fazer era com salsicha. Mas o segredo está no queijo. Tem que ser cheddar.

— Hummm — disse Sara.

Ela não acreditava. Parecia macarrão ao forno. Não era muito exótico. A moça foi até a pia, lavou e descascou as novas batatas e as jogou no ensopado.

— O que mais você tentou?

— Pensei em fazer *corn dogs* hoje — disse ela, rindo quando ele quase cuspiu o vinho.

— *Corn dogs* e macarrão ao molho de queijo — repetiu ele. — Que noite teria sido...

— Mas eu não sabia como. Dá para fazer *corn dogs* em casa?

— Claro — respondeu Tom. — Se você quiser. Também dá para comprar congelado e esquentar no micro-ondas, mas eu não recomendo.

— Ótimo, porque não tenho micro-ondas.

Ele olhou em volta, como se não tivesse percebido.

— Sloppy Joes — continuou ela. — Mas nem sei o que é isso.

— Ah, é uma especialidade de Iowa. Criada por Sloppy Joe, de Sioux City.

— Vou ter que continuar procurando — disse ela, triste.

— Posso levar você para fazer uma incursão pela nossa culinária um dia desses — ofereceu ele.

Mas Sara notou que Tom havia se arrependido no instante em que fizera o convite. Ela sorriu levemente e balançou a cabeça como se quisesse garantir que não aceitaria a oferta dele.

Parte do clima relaxado desaparecera. Quando não falava, Tom parecia velho e cansado. As rugas em torno dos olhos pareciam mais profundas, e ele estava mais pálido do que quando a vira de manhã. Ela suspeitava que era assim que ficava quando estava sozinho.

— Tom — disse ela —, você consegue relaxar?

— Estou relaxado agora — respondeu ele, surpreso.

— Não, quer dizer... Você fica sem fazer nada? Só dormindo ou lendo um bom livro na cama ou de pijama o dia inteiro?

— Não uso pijama — afirmou Tom, impedindo que Sara pensasse em qualquer outra coisa que não no corpo nu dele, quente e cheio de sono, em uma tarde de domingo.

Ela se forçou a pensar na comida e a pôr a mesa.

— Além disso, o que eu faria com um livro? — Os olhos dele brilhavam do jeito devastador que a fazia pensar no modo como Amy o descrevera. Não era bem uma risada, mas quase. — Ser forçado a ler não me faria relaxar.

— Quero saber se você toma café na cama — continuou ela, desejando que pudesse parar de falar sobre ele na cama. — Se vê TV no sofá — disse então. — Sabe... relaxado.

Ele deu de ombros.

— Às vezes — respondeu, mas ela suspeitava que fazia muito tempo que ele não relaxava.

Ele se virou e começou a preparar a salada, e Sara foi até o fogão conferir o ensopado. Decidiu que ainda faltavam alguns minutos. Tom preparou a salada e improvisou um molho. Sara pôs a mesa. Era grande o bastante para quatro ou cinco pessoas, mas pequena o suficiente para os dois ficarem à vontade.

Enquanto comiam, os dois conversaram sobre como o dia tinha sido, como se simplesmente fossem amigos em um jantar comum. Sara percebeu que não estava nervosa. Contou a ele sobre Gertrude e Stieg Larsson, e ele falou sobre o amigo Pete e o molho de maçã. Então ela notou que havia um vidro no balcão, ao lado das garrafas de vinho. Ele ergueu uma das sobrancelhas.

— É um presente.

Os dois arrumaram a cozinha juntos. Sara lavou a louça, e Tom a secou, em um silêncio confortável. Os únicos barulhos eram o de batidas ocasionais dos talheres ou de rajadas repentinas de vento, que balançavam as árvores do lado de fora. A noite não estava sendo mágica, de forma alguma, e Sara sabia que significaria pouco para ele. Mas para ela... Para ela havia sido uma noite em que rira e fizera piadas com um homem, em que se sentira relaxada, em que, de algum modo, ela... *vivera*.

Simplesmente vivera.

Isso teria sido impensável alguns meses antes. Sara tentou imaginar o que as meninas da livraria teriam dito se soubessem que ela, *ela*, havia convidado um americano bonito para jantar.

Ou se soubessem que havia bancado a bartender para ajudar um americano ainda mais bonito. Se a livraria da Suécia ainda estivesse aberta, ela teria enviado a elas um cartão-postal com uma foto de Carl.

Tom voltou a erguer uma das sobrancelhas, e Sara balançou a cabeça, sorrindo.

Então se virou para ele com um prato sujo na mão.

— A Amy e o John chegaram a ficar... juntos?

Ele olhou nos olhos dela.

— Está perguntando se dormiam juntos?

— Não... Bom, é, talvez.

— Não que eu saiba, mas nunca perguntei a nenhum dos dois.

— Mas... eles eram, sabe, apaixonados?

— Eram.

— Desde o início?

— Acho que sim.

Ela não conseguiu deixar de ficar decepcionada com Amy. Começou a esfregar o prato com mais força do que o necessário, até que Tom o tirou com cuidado de suas mãos, enxugou-o e o secou.

— Na época em que eles se conheceram, não era exatamente legal um negro tentar alguma coisa com uma branca — explicou Tom. — Não acho que John tenha tido problemas aqui, não como no Alabama. Amy podia ser amiga dele. Mas se casar... Como eles podiam sequer ter um encontro?

— E aí ela se casou? — perguntou Sara.

— É.

— Mas não com John.

— Não.

— Espero que ela tenha traído o cara — disse Sara, de repente, fazendo Tom rir. Ele não discordava dela. — Eu sei que nem sempre dá para largar um casamento, mas as pessoas sempre podem ter um caso. Pense em *O encantador de cavalos*. Claro, ela não podia pedir o divórcio depois que a filha amputou a perna e ainda estava se recuperando, mas poderia ter ido para lá algumas semanas por ano só para dormir com ele um pouco, não?

— É... Acho que sim — falou Tom.

Sara balançou a cabeça.

— Acho que algumas semanas com Robert Redford seriam suficientes para qualquer um.

— Eu preferiria não ter nenhuma.

— Você sabe o que eu quis dizer.

O livro, claro, era tão depressivo quanto o filme. Sara achava incrível alguém conseguir pegar uma história e criar dois finais infelizes. Pelo menos, no livro, eles ficavam juntos no final. Por outro lado, ele era morto por cavalos selvagens. No filme, os dois tinham que se contentar com uma única dança platônica, mas ele sobrevivia. A típica moral americana, pensou ela.

Sara voltou ao assunto.

— Mas por que eles não se casaram quando o marido dela morreu?

— Sinceramente, não acho que pensaram que fosse necessário. Já eram amigos. Acho que se amavam de um jeito que era mais profundo do que apenas ser casado. De alguma forma, John sempre soube o que ela queria ou, pelo menos, era isso que eu achava quando criança. Talvez ele nunca tenha conseguido dar exatamente o que ela queria, mas ele sempre soube o que era.

Ela fez que sim com a cabeça.

— Lembra quando você perguntou se Amy era uma sonhadora?

— Lembro.

— Eu acho que era, mas não foi alguém que realizou os próprios sonhos. Por outro lado, era uma pessoa que se contentava com muito pouco e eu não sei o que é melhor. Ela nunca reclamou.

Quando Tom estava indo embora, Sara o seguiu até o corredor e, por alguma razão, os dois pararam. Sara de braços cruzados, apoiada em uma das paredes, e Tom virado para a porta, como se fosse sair, mas claramente sem pressa de ir para casa.

— Tom, quais são os seus sonhos?
— Não tenho nenhum — respondeu ele.
— É sério.
— Eu estou falando sério.

Ela não se sentia em posição de insistir, por causa das próprias parcas ambições. Ou, na verdade, da total falta delas.

Mas, hesitante, quis saber:
— Você não fica cansado disso? Tipo, de só de trabalhar?
— O tempo todo.

A confissão pareceu surpreendê-lo, mas ele não tentou se corrigir nem se explicar.

— Mas talvez seja pior se eu relaxar — disse Tom. — O truque é continuar trabalhando. É quando a gente para e pensa demais que encontra os problemas.
— É — concordou ela.

Com certeza era verdade, mas Sara não achava que trabalhar era a solução, não depois de ter vivido algo diferente.

Broken Wheel, Iowa
9 de março de 2011

Sara Lindqvist
Kornvägen 7, 1 tr
136 38 Haninge
Suécia

Querida Sara,

A família do John nunca se adaptou aqui em Broken Wheel. A mãe dele era uma mulher incrível, que trouxe a família inteira para cá. Lembro que ela sempre me pareceu andar com a força de uma mulher tão acostumada a sobreviver a catástrofes que a calma a entediava. Ela não sabia o que fazer com aquela força quando não era exigida. Com exceção de John, todos os filhos dela (um menino e três meninas) tinham a mesma força. Eles viviam e respiravam luta política por isso, quando chegaram aqui, em uma cidade tão tranquila que nem se esforçava para manter antagonismos, ficaram quase decepcionados e um pouco desorientados. Aos poucos, todos se mudaram para Chicago. Um deles se tornou juiz, a outra, advogada, a segunda escritora, e a terceira médica. Era esse tipo de família.

Por outro lado, John andava por Broken Wheel como se todos os sonhos dele tivessem repentina e milagrosamente se realizado, como se não acreditasse na sorte que tinha. Para ele, a calma era um tipo de paz harmoniosa. Na primeira vez em que o vi, ele estava sentado, imóvel, em um banco de parque. As folhas das árvores se mexiam mais do que ele e quase não havia brisa naquele dia. Quando me viu, ficou preocupado, como se a vida já tivesse ensinado a ele, aos dezesseis anos, que brancos significavam problemas, mesmo quando vinham na forma estranha de uma menina magricela de quinze anos, de vestido de algodão velho e cabelo ralo e desgrenhado, que nunca ficava preso. Acho que foi naquele instante que decidi ser amiga dele, mas levei anos para convencê-lo de que era possível. É claro... naquela época, ele devia estar certo sobre os brancos. Desde então, houve muitos momentos da nossa amizade em que ele foi o mais corajoso entre nós dois.

Um beijo,
Amy

BROKEN WHEEL SE PREPARA PARA A FEIRA

O conselho da cidade se dividiu em equipes para se encarregar do planejamento da feira e da festa. Jen ficou responsável pela propaganda, Caroline pela feira em si, e Andy pela festa. Os outros habitantes de Broken Wheel decidiram ficar quietos e se esconder toda vez que passavam por um dos três na rua, esperando que esquecessem aquilo. Era uma esperança extremamente inocente. Em uma semana, a maioria deles já havia sido recrutada.

George não tinha nada contra ajudar, mas ainda não havia conseguido que alguém dissesse exatamente o que ele devia fazer. Decidira, então, aparecer nas reuniões, que agora pareciam ocorrer de forma aleatória, em qualquer lugar e momento. Tinha acabado de encontrar Jen e Andy, que estavam sentados ao balcão da lanchonete de Grace, elaborando o projeto geral para a feira. Caroline não estava com eles.

— Quando deveríamos fazer a feira? — perguntou Jen. — Precisamos de tempo para organizar tudo e fazer um pouco de propaganda.

George se perguntou se os dois pediriam a aprovação de Caroline depois ou se ela já havia decidido quando o evento seria e simplesmente não contara aos outros.

— Daqui a um mês? — sugeriu Andy.

George limpou a garganta.

— A Sara já não vai ter ido embora?

— Embora! — exclamou Jen. A ideia nem passara pela cabeça dela.

— Acho que ela vai no final de outubro — disse George com cautela.

Ele preferia não pensar na partida de Sara e definitivamente não queria estar envolvido em nenhuma das decisões, mas não achava que a feira podia ser feita depois que a turista tivesse ido para casa. Não era certo. Se não fosse por ela, a cidade não teria uma feira.

Jen e Andy olharam para ele. Tinham que fazer aquilo logo. Deixaram a questão da data de lado e passaram o restante do tempo conversando sobre outras coisas antes de se separarem para continuar planejando sozinhos.

No caminho para casa, George passou pelo apartamento de Claire.

Ela morava no mesmo conjunto habitacional que ele. Eram apartamentos pequenos e impessoais em um prédio feio de um único andar, com um gramado malcuidado e latas de lixo sempre lotadas. As pessoas haviam começado a jogar nelas móveis velhos, pneus, sapatos, garrafas de bebida e outras coisas de que não precisavam. Naquele dia, o lixo continha um colchão cuja espuma amarelada se espalhava pelo chão e dois sapatos que não combinavam. George estava tão acostumado ao lixo que nem prestou atenção nele, mas não conseguiu deixar de olhar para Claire.

Ela estava apoiada na pia do apartamento, olhando para o nada através da janela da cozinha. Praticamente encarava George, mas parecia não estar olhando para ele. Depois de alguns segundos, baixou os olhos e os voltou para a pia com uma expressão tão cansada e resignada que ele não achou que conseguiria simplesmente passar por ela.

Foi até a porta de Claire, hesitou por um instante e depois bateu.

Ela parecia um pouco melhor quando abriu a porta. Pelo menos conseguiu abrir um sorriso cansado. *Era como se tivesse posto a máscara que costumava usar*, pensou George, o que fez com que ele se interrompesse. De repente, estava muito nervoso por causa do que tinha ido fazer ali. Não imaginava que alguém como Claire pudesse precisar de ajuda de alguém como ele, mas era tarde demais. Ela já o havia deixado entrar. Fora forçada a chutar dois pares de sapatos do meio do caminho.

— Me desculpe a bagunça — disse Claire, fazendo uma careta. — Meu Deus, eu virei alguém que pede desculpas pela bagunça.

George não disse nada. Simplesmente a seguiu até a cozinha, onde ela preparou um café que os dois beberam de pé: George apoiado na geladeira, e Claire na pia, provavelmente para não ter que olhar para a louça. Ele não pôde deixar de notar os pratos e copos sujos e, especialmente, as tristes frigideiras e panelas cobertas de comida seca.

Ela olhou para o chão entre eles.

— As expectativas dos outros são mesmo engraçadas. Eu sempre fui contra elas. Primeiro, com a Lacey. — George desviou o olhar, envergonhado, mas Claire continuou. — Na época em que as pessoas ainda ligavam para adolescentes grávidas. Depois não quis me casar e ganhei uma casa bagunçada, mas me recusei a me arrepender disso. Sinceramente, não sei o que mais incomoda as pessoas. Qualquer um já teria percebido que é melhor me deixar em paz.

Ele não sabia direito quem eram "as pessoas" e se perguntou se estava incluído entre elas.

Claire olhou para a montanha de louça a seu lado.

— Mas quando foi que me cansei disso tudo? Não consigo nem começar a lavar a louça. E ainda tenho que ir trabalhar se a Lacey resolver aparecer com o carro. Tudo parece tão difícil... Não é engraçado? O que é a vida senão tarefas domésticas, trabalho, jantar e depois começar tudo de novo?

Ele não sabia como responder. Em vez disso, tomou um gole de café.

— E agora vamos ter uma feira — disse ela. — As coisas estão realmente mais animadas desde que a turista chegou.

— A Sara? — perguntou ele.

— Eu gostaria de saber o que faz alguém querer viajar para um continente diferente. Você faria isso?

George fez que não com a cabeça. Se fosse sincero, não conseguia se ver nem cruzando a fronteira do estado.

— E para quê? Para ver Broken Wheel? — Claire balançou a cabeça. — Não é o melhor lugar para uma turista. Não tem nada para ver aqui. A única coisa que a gente tem muito não vale nada.

— É uma cidade agradável.

Ela riu.

— Broken Wheel. Sem empregos. Sem futuro. Visitas guiadas todo dia às duas.

Ele abriu um leve sorriso.

— Não sei se as pessoas estão melhores em algum outro lugar.

Claire pensou um pouco naquilo.

— É verdade. As pessoas não estão melhores nem piores, mas ainda não consigo entender por que alguém viajaria milhares de quilômetros para vir para cá.

George também não entendia.

— Bem, de qualquer forma, ela está aqui — disse ele, sem conseguir animar Claire.

— Não é irônico? Ela tem a livraria há pouquíssimo tempo e já parece mais um lar do que o meu apartamento. Moro aqui há quinze anos. Quinze anos de papel de parede amarelo feio.

Ele sorriu.

— O meu é igual.

— Nossa Senhora, o que eu não faria por um pouco de cor! Isso não é um lar.

— Não é verdade — disse ele. Ficou surpreso pela própria frase e perdeu o fio da meada. Por fim, afirmou: — Olhe para a jaqueta, os sapatos e os pratos.

A jaqueta ousada de Lacey estava largada em uma das poltronas da sala de estar. Era de um amarelo vivo e tinha algum tipo de pena no colarinho. Havia alguns pratos na mesa da sala. No corredor, quatro pares diferentes de sapatos estavam empilhados de forma desorganizada. Uma família. Aquilo era mais importante do que cor nas paredes.

— Bom, pelo menos é bagunçado o bastante para ser um lar — disse ela, com uma risada trêmula. — Mas me diga uma coisa: quando exatamente eu deveria fazer as coisas? E agora Caroline decidiu que vou montar uma barraca de bolos caseiros.

Ele desviou o olhar, incomodado.

— Não sei cozinhar. Senão poderia ajudar você. Pelo menos tenho tempo.

— Não é isso, George... — afirmou Claire. — Também não sei cozinhar. Vou ter que comprar a droga dos bolos.

A livraria recebia muito menos visitas agora que todos estavam correndo de um lado para o outro, tentando organizar o grande dia. A única pessoa que ainda passava por lá era Tom. Sara achava que ele estava olhando para ela de forma diferente, como se tivesse, de algum modo, aceitado que ela estava na cidade. Ele falava sobre pessoas de que ela nunca ouvira falar como se fossem velhos amigos dos dois, como se ela fizesse parte da cidade.

Tom desabou em uma das poltronas e, por um instante, ambos ficaram sentados, junto com os livros, sem sentir a necessidade de falar.

Ela olhou para ele.

— Quer saber? Um dia vou achar um livro para você.

Tom não protestou, e Sara se recostou na cadeira, feliz.

— Acho que vou me mudar para Hope — disse ele.

Ela lutou para manter um tom de voz natural.

— Hope? — repetiu. Não parecia nem um pouco natural. Sara limpou a garganta. — Como... Por quê?

Ele deu de ombros.

— Consegui um emprego lá. Parece inútil ficar aqui.

Inútil. Ela engoliu em seco

— Você realmente acha que conseguiria se mudar? Deixar tudo isso para trás?

Sara achou que Tom daria uma resposta qualquer, mas ele olhou para ela, sorriu e balançou a cabeça.

— Não sei — admitiu.

Jen passou pela livraria e viu os dois sentados. Interrompeu Andy, que também estava passando, e apontou para a vitrine com uma satisfação óbvia.

— Veja. Meu plano está funcionando. — Ela continuou quase para si mesma. — Uma livraria, alguma coisa para fazer... É quase a realização de um sonho para Sara. Você tem que admitir isso pelo menos. E... a amizade dela com Tom também. Eu me pergunto se ela vai mesmo para casa em outubro.

A cena realmente parecia idílica, com o sol brilhando na janela, e Sara e Tom alheios ao fato de estarem sendo observados. Andy foi bem mais pessimista.

— O que eles vão fazer se o visto dela acabar? — perguntou. — Já pensou nisso? O que vai acontecer com o sonho então?

A QUESTÃO DO VISTO

— O visto da Sara vai acabar.

Foi a primeira coisa que Jen disse quando o conselho da cidade se reuniu. Havia tantas coisas para resolver naquele momento que não tinham se dado ao trabalho de se encontrar no cinema propriamente. As reuniões agora aconteciam de pé, no saguão.

— Temos que fazer alguma coisa.

— Ah, é?

Havia certo tom na voz de Caroline. Ela estava cansada dos planos que envolviam Sara. Podiam dizer qualquer coisa sobre a menina, mas pelo menos ela era discreta. Caroline vinha procurando a semana toda sinais de que as pessoas sabiam sobre a... leitura... dela, mas, pelo que pudera ver, Sara não havia dito uma palavra.

— Temos que resolver isso para ela poder ficar — disse Jen. — Somos *americanos*, pelo amor de Deus. Se não pudermos convidar uma amiga para morar na nossa cidade, por que fizemos toda a Guerra da Independência?

— E ela quer ficar? — perguntou Caroline. — Já disse alguma coisa sobre isso?

— Ah, há várias formas de dizer. É muito provável que ela queira ficar, então temos que estar prontos para ajudar a moça.

Caroline pensou em como Tom e Sara haviam ficado parados, um ao lado do outro, na festa de abertura improvisada. Estavam relaxados e em silêncio, observando a multidão. Muito poucas pessoas conseguiam ficar juntas sem conversar. Isso a preocupava. E ele visitara a livraria. Talvez houvesse mais no plano maluco de Jen do que ela gostava de admitir.

— Não seria melhor perguntar a ela? — sugeriu.

— Talvez seja melhor ver se é *possível* que ela fique antes de dar ideias à moça — disse Andy.

— Possível? É claro que é possível. Esse é um país livre, não é? — exclamou Jen.

Caroline não se deu ao trabalho de responder, mas entendeu o que tinha que fazer.

Depois da reunião, esperou na entrada do cinema por quinze minutos, só para garantir que Jen e Andy não voltariam. Então foi até a livraria, certa de seu dever, mas surpreendentemente indecisa sobre como o cumpriria.

Ela se sentou em uma das poltronas e fez sinal para que Sara se sentasse ao seu lado.

Amy deveria estar aqui para ter essa conversa, pensou, cansada. Amy conseguiria resumir as perguntas, usaria um tom de voz gentil e acolhedor e, de alguma maneira, faria Sara falar sobre seus problemas e sonhos.

Como se falar fizesse alguma diferença. Caroline se ajeitou na cadeira e se preparou para a conversa.

Só seja diplomática, Caroline. Seja gentil. Ela fez uma careta.

— Quando o seu visto vai acabar, Sara? — perguntou.

Sara se levantou e desviou o olhar da vitrine, como se, de repente, não pudesse mais olhar para a rua.

— No final de novembro — disse ela. — Mas minha passagem de volta está marcada para o dia 30 de outubro. Saio de Nova York.

Sara ainda estava de costas para Caroline, por isso a mulher não podia ler a expressão da moça.

— Então você vai voltar para casa? — perguntou Caroline.

— Eu... vou. Acho que *poderia* tentar mudar minha passagem e ficar mais uma ou duas semanas, mas não acho que seja permitido... — A voz de Sara se interrompeu de forma um tanto patética, pensou Caroline.

Caroline fez que sim com a cabeça e se levantou.

— Era só isso que eu queria saber.

Teria que tomar controle daquela situação também, mas pelo menos sabia exatamente para quem ligar.

Broken Wheel, Iowa
28 de março de 2011

Sara Lindqvist
Kornvägen 7, 1 tr
136 38 Haninge
Suécia

Querida Sara,

Meu marido nunca ria. Ele não era um homem particularmente feliz, mas nem sempre foi assim. A mãe dele deixou o pai quando o filho tinha apenas treze anos e, quando analiso tudo o que aconteceu, acho que isso injetou um tipo de veneno nele. Um veneno que trabalhava de forma tão lenta que era difícil dizer quando havia começado. Sei que ele ria antes de isso acontecer e sei que deixou de rir depois. Pelo menos risadas alegres.

    Acho que ele sofreu mais do que o pai com a partida da mãe. De início, ficou triste, e depois com raiva. Acho que era por isso que não achava fácil fazer amigos quando era adulto, o que era um pecado, pois nunca achei que ele fosse má pessoa. Nunca assisti a *As pontes de Madison* (o filme se passa em Iowa, sabia?) sem me perguntar se ela não fez a coisa certa ao ficar. É que eu já vi de perto o que acontece com as famílias que ficam para trás. Também vi o que acontece com as mulheres que ficam. Algumas vezes apenas imploro a Meryl Streep que puxe aquela maçaneta e saia correndo na chuva. Apenas corra, digo a ela.

Amy

CHICK LIT COMUM
(LIVROS: 3 – VIDA: 1)

As pessoas costumam dizer que o outono é uma estação que beira à morte, mas Sara não concordava.

Não havia nada de mais vivo, de mais constantemente mutável do que o outono que estava vivendo em Broken Wheel. A moça testemunhava uma explosão de folhas, vento e cores todas as manhãs.

O verão se recusava a ir embora e ainda havia alguns dias quentes, mas o equilíbrio mudara. O mundo à sua volta lentamente se encaminhava para o inverno e para o fim de sua estadia na cidade.

Quando George chegou para buscá-la, ela saiu de baixo do cobertor e andou lentamente até o carro. Respondeu às perguntas dele com cansaço e de forma monossilábica. Nuvens escuras cobriam a cidade, e o vento chicoteava as árvores, mas nem isso fez com que a livraria parecesse calorosa e acolhedora. Parecia pequena, claustrofóbica e assustadoramente sem sentido.

Sara ficou de pé, observando as folhas serem arrancadas das árvores do lado de fora. Era como se o inverno desse mais um passo a cada folha que caía no chão, a cada galho que ficava desfolhado e vazio, e a vida dela em Broken Wheel estava indo embora com o vento.

Talvez ir para casa fosse bom, pensou Sara. Ela havia vivido na cidade de Amy, feito um brinde à srta. Annie, conhecido Andy, Claire e... bem, todo mundo. E distribuíra livros para eles. Talvez tivesse terminado seu trabalho ali.

Mas as pessoas tinham algo de estranho. Não importava quanto Sara tentasse pagar sua dívida, todas sempre criavam novas razões para que ela se sentisse agradecida. Era como se Sara estivesse travando uma batalha já perdida ao tentar ressarcir os juros sobre seus juros.

A conversa com Caroline a abalara. Ela esperava que Caroline não tivesse percebido. Havia tentado esconder o choque que tivera ao perceber que teria que voltar para casa — e logo.

Faltavam quatro semanas para voltar para a Suécia. A imagem da casa confortável de Amy, o charme tranquilo da livraria, as pessoas à sua volta, tudo isso brilhava quando comparado aos contornos indefinidos do apartamento em Haninge e, caso tivesse sorte, de outra livraria. Mas Sara não podia imaginá-la e isso a assustava.

Quando havia parado de pensar na Suécia? Tentou se lembrar de que a família esperava por ela, mas, se fosse realmente sincera, não era um argumento muito bom.

Não achava que ninguém se importaria quando voltasse à Suécia. Ela não teria ninguém para conversar sobre tudo o que havia acontecido em Broken Wheel: a livraria, os novos amigos, a sensação repentina e inesperada de pertencer a algum lugar. Os pais não ligavam e não iam querer ouvir sobre isso. A irmã provavelmente nem teria percebido que Sara tinha viajado se não tivesse recebido um cartão-postal.

Ela andou pela livraria, tentando parar de pensar na Suécia. Não tinha nada para fazer, mas não conseguia ficar parada.

Seu olhar então pousou em um dos livros da prateleira à sua frente. Sara riu. Pelo menos tinha encontrado o livro perfeito para Grace. Mulheres fortes que haviam construído o país.

Nem Grace seria capaz de resistir àquele livro, pensou Sara enquanto vestia a jaqueta e corria alguns metros contra o vento até a lanchonete.

Não estava com energia para conversar com Grace, por isso simplesmente jogou o livro no balcão com um sorriso triunfante e soltou um "Mulheres fortes!" antes de voltar correndo para a rua.

Ainda era a livraria dela. *Era, sim.*

Mas o efeito não era mais o mesmo. Sara logo ficou inquieta e percebeu que teria que se forçar a ficar até o restante do dia.

Talvez fosse melhor fechar cedo, pensou.

Às cinco, ela ainda estava na livraria, observando uma tempestade que se aproximava. A chuva atingiu o outro lado da rua primeiro e, por um instante, pareceu que as duas, Sara e a tempestade, se encaravam. A chuva hesitava em se aproximar da moça.

Em seguida começou. Pequenas gotas chegaram primeiro, como uma espécie de guarda avançada. Depois a chuva cercou a moça, batendo contra a janela embaçada, até que Broken Wheel não era nada mais do que um borrão fora de seu pequeno mundo.

Sara esperou a chuva parar por meia hora, mas, no fim, não conseguiu mais aguentar a imagem da livraria aconchegante, completa, com a chuva batendo contra a janela. Pegou a capa de chuva de Amy, apagou todas as luzes e ficou parada, no escuro, por um instante. A rua principal estava deserta.

É uma situação apropriada, pensou. Muito apropriada.

Sara saiu na chuva. Era uma sorte ter uma tempestade justamente quando precisava de uma. Passou pela lanchonete e viu Grace parada no balcão, bebendo como se o lugar ainda fosse um bar. Tinha um copo e uma garrafa à sua frente, e Sara viu que o livro que lhe dera estava apoiado na garrafa. Podia jurar que Grace estava rindo dele.

Em outro momento, essa imagem a teria deixado contente, mas Sara não quis parar. Simplesmente baixou a cabeça e continuou andando para fora da cidade.

O milho a cercou, seguindo-a em seu caminho. A chuva soava diferente quando batia nos campos verdejantes; mais pesada e suave, quase como uma chuva de verão. Só o frio que sentia no rosto lembrava a ela que era outono.

Quando, por fim, chegou à estrada que levava à casa de Amy, continuou andando. Não conseguia aguentar o silêncio e o vazio que a esperavam.

Você não pertence a este lugar, pensou. Era burrice pensar que pertencia. Burrice, burrice, burrice. Ela ergueu o rosto, deixando a chuva cair sobre ele em uma obstinação silenciosa, e continuou andando, deixando a água e o frio chegarem a suas pernas.

No fundo, sabia que estava indo para a casa de Tom. Por alguma razão, apesar da chuva, Sara sentia que poderia conversar com ele sobre isso. *Vai se mudar para Hope*, pensou ela, *mas ainda se importa com a cidade*. Com certeza, não? Ele vai entender como seria triste deixar todos para trás.

No entanto, quando chegou à casa, parou. Sentiu que estava sendo invasiva ao aparecer daquele jeito. Depois se lembrou de como os dois haviam ficado sentados, juntos, na livraria e da conversa no corredor de Amy. Sobre a necessidade de continuar trabalhando. De pertencer a algum lugar.

Precisava conversar sobre tudo isso com alguém. Pelo menos Tom manteria a conversa em segredo. Sara tinha certeza.

Ela bateu à porta. O corredor estava escuro, mas a luz da cozinha estava acesa. Ninguém respondeu.

Diante da ideia de tomar mais chuva em uma caminhada até em casa e do fato de a porta estar destrancada quando Sara a empurrou, decidiu que era perfeitamente normal entrar e esperar um pouco antes de voltar.

Andou com cuidado pelo corredor, que levava a uma grande sala de estar aberta, com uma cozinha e uma sala de jantar na ponta.

— Tom? — chamou.

Mais uma vez, ninguém respondeu. Ela pendurou a capa de chuva, tirou os sapatos e deu mais alguns passos.

Olhou em volta. A curiosidade sobre o lar de Tom a fez esquecer tudo o que estava pensando.

Talvez "lar" não fosse a palavra certa. Tudo era estranhamente impessoal e muito, muito limpo.

Não havia uma única estante, nem para uma coleção de CDs ou DVDs. Era como se ele estivesse deliberadamente tentando evitar tudo o que revelasse algo a seu respeito ou transformar a casa em um lar. Os móveis tinham cores e formas neutras, e todas as superfícies eram limpas e sem poeira.

Não havia fotografias, pratos sujos nem livros lidos pela metade jogados onde ele estivera lendo; nenhum amontoado de canetas velhas, moedas ou recibos.

Na cozinha, havia dois pratos no escorredor e três garrafas vazias de cerveja enfileiradas no balcão.

Mas eram as janelas que dominavam o cômodo e anulavam os limites entre o lado de dentro e o lado de fora. Os vidros balançavam levemente sempre que uma rajada de vento soprava contra eles. Isso fazia Sara se sentir quase impotente contra o clima, como se ainda estivesse do lado de fora. Contudo, havia algo de consolador no fato de a noite e a escuridão estarem tão próximas.

Além dos campos escuros, ela viu as luzes de Broken Wheel através da chuva. Também podia ver as luzes da casa de Amy. Devia ter se esquecido de apagá-las de manhã.

Quase sempre esquecia. Era menos solitário voltar para uma casa bem iluminada, como se o próprio imóvel estivesse esperando por ela.

Na casa de Tom, Broken Wheel estava sempre presente, pensou Sara. Cercada pela paisagem atemporal, pelo milho, pelas nuvens que o cobriam e pelos celeiros solitários nos campos: tudo o que, muito tempo antes, fizera parte da vida da cidade.

Por fim, ela voltou à sala de estar e desabou no sofá. Quando o silêncio se tornou insuportável, levantou-se e ligou o rádio da cozinha. Depois voltou para o sofá. Sentiu-se repentinamente muito cansada e muito longe de casa.

Então fez a única coisa que podia diante das circunstâncias.

Dormiu.

Quando Sara acordou, algumas horas depois, a inquietude passara. O sono havia deixado seu corpo calmo, quente e pesado. Ela se espreguiçou até que seu pé bateu em uma perna.

Uma perna.

Sara se sentou e olhou em volta, confusa. Tom. Ela estava na casa de Tom. Sob um cobertor. Devia tê-la coberto quando chegara em casa e a encontrara dormindo no sofá.

Antes de ele cair no sono ao lado dela. Sara sorriu. Tom era inacreditavelmente bonito quando dormia.

A moça estendeu a mão e tocou na perna dele antes que pudesse se impedir. Depois se levantou e se inclinou sobre ele. Uma barba curta cobria o queixo e as bochechas dele, as rugas em torno dos olhos estavam menos pronunciadas e a expressão era mais tranquila.

— Tom — chamou ela baixinho, o rosto próximo ao dele.

Ele se mexeu e abriu os olhos. Se ficou surpreso ao vê-la tão perto dele, não disse nada.

Tudo aconteceu de forma incrivelmente lenta. Tão lenta que ela se perguntou se os beijos dos filmes eram mesmo exagerados, se aqueles instantes longos, arrastados e hesitantes antes de um beijo também existiam na vida real.

Quando percebeu o que estava fazendo, recuou rápido. Sentou-se no sofá, tentando pensar em alguma coisa para dizer.

Era inútil. Então tentou sorrir. O que era um pouco mais fácil.

— Sara — disse Tom. Ele olhava para ela com um olhar incômodo, penetrante. — Não estou interessado em ter um caso — avisou ele com uma brutalidade desnecessária. E continuou, apesar de já ter sido bastante claro e de ela se sentir incapaz de falar alguma coisa. — Já fiz isso antes. E já tive relacionamentos à distância.

Claro que já tivera. Mas Sara não. Nunca tivera um relacionamento decente. Havia tentado uma vez, mas não tinha dado certo.

Instintivamente, ela voltou a se afastar dele.

— Se a gente se apaixonar, vai ser... irritante — avisou Tom. — Se a gente não se apaixonar, vai ter sido sem sentido.

Era óbvio que ele não se apaixonaria por ela, pensou Sara. Tom não podia achar que ela era tão... sonhadora a ponto de pensar isso. Ainda assim, a moça não pôde deixar de sentir um leve toque de irritação ao vê-lo descrever um romance com ela como irritante e sem sentido.

Sara ergueu a cabeça e disse:

— É claro que você não vai se apaixonar por mim. — Como supunha que as coisas não podiam piorar, completou: — Mas eu não entendo por que seria irritante e sem sentido.

Ele estendeu a mão e, com cuidado, virou o rosto dela para si. Lenta, quase inconscientemente, fez carinho no rosto e no pescoço da moça. O toque foi tão suave que ela não teve certeza de que havia realmente acontecido, apesar de a mão dele estar pousada no colo dela.

— Você realmente achava... — disse Tom antes de se interromper.

— O quê? — perguntou ela. A frase saiu quase como um coaxar.

Ele a puxou para si e, sem saber exatamente como ou quem tomara a iniciativa, Sara foi caindo de costas no sofá, até que ficou deitada, com Tom sobre o corpo dela. Podia sentir a respiração dele em seu corpo.

Sara estendeu o braço e tocou na pele exposta da cintura de Tom enquanto ainda tinha a chance. "Ainda" porque ela logo estaria de volta à Suécia. Mas também porque sabia que ele não a queria de verdade, por isso devia aproveitar ao máximo o tempo que tinha.

Ele recuou um pouco quando ela o beijou. Foi quase imperceptível, mas Sara sentiu o modo como o peso dele diminuiu. Ela tentou se sentar, mas Tom a beijou de volta, lenta e suavemente no início, e depois com mais força. O corpo dele pressionou o da moça outra vez, as mãos passando pelo ombro, pelo rosto e pelo cabelo de Sara em movimentos rápidos e intensos.

O beijo terminou e os dois ficaram deitados por um instante, olhando um para o outro.

A respiração de Tom era rápida e ansiosa. Quase como se os dois tivessem transado. A ideia não diminuiu nem um pouco a excitação dela.

Sara fechou os olhos e pensou em como queria tocá-lo, no quanto queria que ele a tocasse. Sou sua, queria dizer a ele. Arqueou as costas para ficar mais próxima do corpo de Tom. Tinha os braços em volta dele, e as pernas dos dois estavam tão envolvidas que ela se sentia presa entre as coxas dele. A moça moveu o quadril e sentiu um desejo urgente, excruciante, que começava dentro dela e se espalhava, fazendo com que cada centímetro de seu corpo estivesse, de alguma forma, tocando Tom.

Ela sabia que não era boa nessa história de sexo. Sempre se sentira envergonhada demais e sempre soubera que não tinha... talento natural para a coisa. Pela primeira vez, porém, seu corpo parecia saber exatamente o que queria. Pela primeira vez, parecia ter muita certeza. Talvez porque ela nunca tivesse desejado ninguém como queria Tom.

Por alguma razão, a ideia a deixou triste. Era como uma piada maldosa de um deus entediado: tinha criado um desejo enorme apenas para não satisfazê-lo.

— Droga, Sara — exclamou Tom, como se estivesse pensando exatamente a mesma coisa. Não parecia irritado.

— Vá para o inferno — respondeu ela no mesmo tom de voz.

— Você realmente achava — disse ele — que a gente ia conseguir evitar isso se tivesse alguma chance?

Os dois não transaram. Mesmo assim, quando foi embora, Sara conseguia se lembrar de tudo o que haviam feito, das palavras que haviam dito, da forma como o corpo dele ficara pressionado contra o dela... Suspirou, feliz e frustrada ao mesmo tempo. Sinceramente tinha sido o melhor sexo que ela não fizera.

Tinha certeza de que ele havia dito que achava que corria o risco de se apaixonar por ela, que tinha sugerido que, em um universo alternativo, paralelo (claramente governado por leis da natureza completamente diferentes), os dois teriam uma chance. Além disso, ele a beijara.

Sara percebeu que não queria chorar; queria cantar, rir e contar ao mundo todo o que havia acontecido. Tom se sentia atraído por ela. Sara sorriu. Toda a ansiedade que sentira sobre ter que ir embora logo — dali a algumas semanas, quase um mês, muito tempo! — havia desaparecido com a noção de que, naquele instante, ela caminhava analisando os sentimentos e ações de um homem, como se fosse Bridget Jones por um dia. Como se fosse a personagem principal de um livro de chick lit.

Ela logo voltaria a vê-lo, na festa. Só tinha que passar pela feira antes.

Tom observou Sara ir embora e disse a si mesmo que era um completo idiota.

De repente, não conseguira suportar a ideia de que ela voltaria para a Suécia, sumiria como se nunca tivesse passado por Broken Wheel. Sentira que, de alguma forma, ele deixaria de existir, que ele e o restante da cidade seriam apenas parênteses na vida de Sara. Uma lembrança, talvez uma anedota contada a pessoas tão distantes que ele não podia imaginá-las. *Suécia*. O caso e o relacionamento à distância tinham sido apenas desculpas. Não eram exatamente brilhantes, mas tinham sido as únicas em que ele conseguira pensar.

Controle-se, Tom, pensou ele, apoiando a testa na janela da sala, como se pudesse atrair a calma e a escuridão do exterior para dentro de si apenas com um pedido. *Se você ficar longe dela nas próximas semanas*, disse a si mesmo, *ela vai se esquecer de você tão facilmente quanto parece ter esquecido todos os amigos suecos*. E os namorados.

Ela não dissera uma palavra sobre eles. Podia ter deixado dezenas de namorados abandonados em diferentes cantos da Suécia.

Não que Tom tivesse algo a ver com isso. O problema era que ela voltaria para eles, o que, acrescentou rapidamente, viria bem a calhar.

Não precisava de uma mulher que não tinha nada a ver com ele e que preferia passar mais tempo com um livro do que com outras pessoas. E não tinha nenhuma intenção de viver uma história romântica maluca que envolvesse heróis perdendo braços, mãos, a visão ou o bom senso para que Sara pudesse ter seu final feliz.

Se tinha aprendido alguma coisa na vida, era que não existia final feliz. A vida apenas continuava.

Então por que a beijara? Ou melhor, por que se jogara sobre ela no sofá?

Devia saber que não daria certo. Sabia que não daria certo. A questão era que havia sido um choque voltar para casa e encontrá-la dormindo no sofá, como se tudo fizesse sentido. Era como se todas as obrigações e responsabilidades... não tivessem exatamente desaparecido, mas haviam ficado tão distantes que, por um curto período, ele imaginara uma vida em que teria uma folga delas. E ela ainda estava lá quando ele acordara, perto dele, e ele simplesmente *não pensara* em nada.

Porque era um idiota, um completo idiota. Isso já estava óbvio.

Mas não era o fim do mundo, lembrou a si mesmo. A única coisa que tinha que fazer era demonstrar que não havia se apaixonado por ela e que não tinha nenhuma intenção em fazê-lo.

Tom suspirou. Se pelo menos pudesse convencer a si mesmo.

Um pouco de força e disciplina era tudo de que precisava.

UM ADVOGADO SE ENVOLVE NA HISTÓRIA

— Mas vocês têm que entender — disse o advogado, gesticulando desesperadamente para o grupo em seu escritório.

Ele já havia explicado três vezes, mas nenhum integrante da excêntrica delegação parecia estar ouvindo. Eram educados, bem-comportados e não o haviam interrompido, mas ficara claro que não tinham aceitado o que ele estava dizendo. O advogado sentiu que teria uma enxaqueca e massageou as têmporas de forma discreta.

Tudo havia parecido muito simples quando Caroline Rohde telefonara. Um problema com o visto de uma mulher que estava de visita na casa dela. Ele supusera que seria uma questão simples de extensão de visto de turista, algo que teria resolvido antes do almoço. Só não estava preparado para as cinco pessoas que haviam aparecido, esperando que ele magicamente conseguisse um visto de permanência.

Devia ter adivinhado. Nada nunca era simples quando envolvia Caroline Rohde. Se não fosse por toda a gentileza que ela havia demonstrado com a esposa dele, o advogado já teria jogado a mulher para fora de sua sala. É claro que, além da gentileza, havia o pequeno detalhe de Caroline ter convencido sua esposa a aceitá-lo de volta depois de certa indiscrição.

O restante do grupo não era melhor: uma dona de casa maníaca, um homem nervoso em um paletó mal-ajambrado e dois homens que o advogado suspeitava que eram um casal. Um deles era bonito demais. Ele não tinha paciência para homens bonitos. *Não é natural*, pensou, irritado.

— Deve haver alguma coisa que a gente possa fazer para que ela fique — disse Jen. — O que aconteceu com toda aquela conversa sobre a liberdade e o direito de encontrar a felicidade?

— Era mais um... jeito de falar — respondeu o advogado, cansado. — Essa parte da Constituição é um pouco infeliz. É preciso entender que sempre foi mais uma ideia ou um desafio do que uma descrição da realidade. Além disso, ela não se aplica a quem não é cidadão americano.

Ele esfregou os olhos. Por ele, Sara podia muito bem ficar no país. Ela provavelmente era uma pessoa legal à sua maneira.

— Os Estados Unidos se tornaram um símbolo, um sonho, um país para o qual as pessoas vêm para, assim como a senhora lembrou, ter uma vida melhor e encontrar a felicidade para si e seus entes queridos. Mas nossas leis de imigração são duras. Claro, algumas coisas mudaram nos anos 1990 para permitir a imigração de pessoas com certos conhecimentos especiais, como cientistas, engenheiros e médicos. Ou pessoas dispostas a investir uma boa quantidade de dinheiro em negócios americanos. Uma *boa* quantidade — enfatizou. — Desde então, porém, o clima piorou outra vez, especialmente por causa das leis antiterrorismo e da falta de emprego. Ninguém quer deixar os estrangeiros pegarem as poucas vagas que ainda existem.

O advogado deu de ombros no que poderia parecer um pedido de desculpas, mas também uma demonstração de que ele não era responsável pelas regras.

— Então em que circunstâncias as pessoas podem ficar? — perguntou Caroline.

— Caso peçam asilo, é claro, mas apenas se estiverem fugindo de uma guerra ou de perseguição política. Mesmo assim, não é simples.

— E se ela tiver um emprego? — quis saber Jen.

— Não faz muita diferença. É um processo complicado, cheio de papelada e muito caro. Além disso, o empregador tem que provar que ela tem um conhecimento específico que nenhum americano tenha. Ela tem algum talento especial?

— A Sara trabalha em uma livraria — explicou Caroline. — É muito boa no que faz. Adora livros. — Havia certa desaprovação em seu tom de voz.

— Mas temos várias pessoas assim aqui — respondeu ele.

— E todos aqueles latino-americanos que trabalham nos abatedouros? — perguntou o homem magro que vestia o paletó horrível. — Eles não têm nenhum talento especial.

— Alguns deles têm a cidadania por causa dos pais ou vieram ilegalmente e receberam vistos depois. E não podemos nos esquecer de que muitos deles simplesmente não têm visto.

O advogado olhou nos olhos de todos. Ninguém hesitou em retribuir o olhar.

— Não aconselho sua amiga a ficar aqui ilegalmente. Muitas vezes quis poder fazer alguma coisa por pessoas que já estavam aqui, mas pelo menos posso aconselhar outros a não seguirem esse caminho.

O grupo ainda não parecia estar prestando atenção ao que ele dizia.

— Imaginem se ela for pega! Estamos falando em multas pesadas, processo e até em certo tempo de cadeia, tanto para ela quanto para as pessoas que a ajudaram. Além disso, mesmo que consiga escapar das multas e da prisão, o que não é certo, ela vai ser imediatamente deportada. Se isso acontecer, ela nunca mais vai poder voltar para cá.

— Mas o Tom... — começou Caroline.

— Tom? — perguntou o advogado.

Os outros pareceram tão surpresos quanto ele.

Ela sorriu para os outros.

— Isso vai partir o coração dele.

— Vai partir o coração dele — repetiu a dona de casa.

— Quem é Tom?

— O namorado dela — afirmou Jen. — Levou uma eternidade para os dois ficarem juntos, mas a gente sabia desde o início que iam gostar um do outro.

A dona de casa ficou muito animada, de forma levemente preocupante. Havia um olhar maníaco em seus olhos e um sorriso parecia cobrir todo o rosto.

— Desde o início — repetiu ela.

— Esses jovens são muito lentos hoje em dia — acrescentou Caroline.

A dona de casa se ajeitou na cadeira.

— É. A Sara e o Tom estão muito apaixonados — disse Jen.

Pelo menos já era alguma coisa.

— Então estão dizendo que ela conheceu alguém aqui? Um cidadão americano?

— O Tom é tão americano quanto possível — disse Caroline.

A outra mulher assentiu, entusiasmada.

— Muito americano — disse ela. — Tão americano quanto torta de maçã.

— Eles se conheciam antes de ela vir para cá, quando pediu o visto? Isso é importante. Se ela veio para cá com o visto de turista, mas com a intenção de se casar e ficar mais tempo, ainda podem recusar o visto de permanência.

— Não, eles se conheceram aqui — afirmou a dona de casa, acrescentando, determinada: — Eu apresentei os dois.

— E ela com certeza tem um visto? Não veio usando o direito que tem de entrar no país sem visto?

— Ela tem um visto.

— Nesse caso... Bem. Se esse Tom for ficar de coração partido o bastante para se casar com ela, a moça vai poder ficar. É um processo relativamente simples. Contanto, é claro — acrescentou o advogado —, que ela não fique depois que o visto atual vencer. Nem um dia.

— Não. Então um casamento resolveria tudo?

— Se os dois se amarem o bastante — esclareceu o advogado.

— É claro — disse Caroline.

— Mas eles têm que se casar — acrescentou ele. — Estar noivos ou morar juntos não basta. — De repente, pensou em uma coisa: — Por que o próprio Tom não veio fazer essas perguntas?

— Os jovens de hoje... — respondeu Caroline. — Não são nem um pouco organizados. Não é como na nossa época, quando...

O advogado ergueu as mãos.

— É, é verdade. — Olhou para o relógio. Era definitivamente hora do almoço. — Se os dois decidirem alguma coisa, posso ajudar com a papelada. Ela também vai precisar de um certificado médico e vai ter que preencher alguns formulários.

Ele se levantou e estendeu a mão para indicar que a reunião estava encerrada. Todos os integrantes da delegação se levantaram educadamente, e Caroline apertou a mão do advogado e agradeceu pelos conselhos.

— Jane? — disse o advogado ao telefone enquanto o grupo saía do escritório. — Atenda as minhas ligações. Vou sair para almoçar.

— Tom? — perguntou George no instante em que todos saíram do escritório do advogado.

Caroline deu de ombros.

— Eu tinha que falar alguma coisa.

Também não estava satisfeita com a improvisação. Será que era moralmente defensável se casar para receber o visto de permanência? Ela duvidava. Fora uma ideia repentina, uma forma de manter as portas abertas, mas Caroline tinha a sensação de que Jen veria aquilo como a única alternativa.

— Ela tem que se casar — disse Jen. — Você ouviu o cara. É o único jeito de ela ficar.

Andy e Carl olharam um para o outro, impressionados com a facilidade com que uma heterossexual dizia aquilo.

— Ela tem que se casar — repetiram um para o outro, baixinho.

— Não digam nada para ela ainda — pediu Caroline em uma tentativa de minimizar os danos.

— Não, vamos fazer uma bela surpresa — concordou Jen, alegre. — E a mesma coisa para o Tom. Não vamos contar nada para ele ainda.

— Tom é a escolha óbvia — disse Andy.

Carl não parecia ter tanta certeza, mas Andy continuou mesmo assim:

— Ele tem a idade certa. É solteiro. E é heterossexual.

— Além disso, ela gosta dele — lembrou Jen.

— Mas será que ele quer se casar com ela? — perguntou Caroline. — E será que ela quer se casar com ele?

— A questão não é se querem — explicou Jen. — Seria só no papel. Ele com certeza pode se sacrificar pela cidade. Na verdade, já passou da hora de esse cara fazer alguma coisa por Broken Wheel. — Ele nunca assinara a newsletter, lembrou Jen, indignada.

Tom era o homem certo. Além do mais, não estava ali para se defender, o que todos viam como um bônus. Um ataque surpresa. Essa era a melhor estratégia.

— Vamos fazer o pedido de casamento na festa — disse Andy. — Vai ser a festa do século.

UMA OFERTA INESPERADA

George não sabia fazer comida. Mas tinha todo o tempo do mundo e sabia dar faxina.

Ninguém nunca trancava a porta em Broken Wheel. Era simplesmente assim que as coisas sempre haviam sido. Havia muito pouco que valesse a pena roubar e ainda menos pessoas dispostas a fazê-lo. Ele entrou na casa sem pensar duas vezes.

Por onde devia começar?

Teria que passar o aspirador, esfregar superfícies, tirar o pó e lavar a louça. Decidiu atacar primeiro a louça, já que ela a mencionara diretamente. Enquanto arrumava as coisas no balcão para serem lavadas e tirava os pratos da sala de estar, pegou-se cantando.

Fez o trabalho de forma cuidadosa, usando bastante detergente e inspecionando cada copo e cada prato em busca de restos teimosos de comida. Depois os secou e os pôs de volta ao lugar certo. Satisfeito, viu a pilha de louça suja diminuir a cada copo que lavava. A cozinha cresceu aos seus olhos: aos poucos foi ficando maior, mais arejada e mais agradável, e, apesar de ele não ter limpado as janelas, até o sol pareceu brilhar com mais força. Era sempre necessário limpar as janelas.

Era bom fazer alguma coisa em que o progresso era visto de forma tão clara. Não era como no abatedouro, em que as pilhas de animais mortos, à espera do corte, nunca diminuíam, não importava quanto os funcionários trabalhassem, e a sujeira lavada sempre voltava, quase sempre antes do fim do processo de limpeza.

Depois que terminou a louça, George limpou o balcão e as outras superfícies da cozinha até que ficassem praticamente brilhando. Ou pelo menos chegassem o mais próximo disso. Ele via que estavam fazendo o melhor que podiam.

Era uma bela cozinha, pensou. Amistosa e modesta.

Decidiu então atacar o piso. Precisava ser varrido e aspirado. Ele pendurou as bolsas e jaquetas no corredor, e pôs todas as coisas que encontrou na sala de estar em uma pilha no sofá para poder limpar a mesa.

Cantarolou para si mesmo enquanto passava o aspirador. Fazia muito tempo que não tinha nada de útil para fazer além de ajudar na livraria. Então se espreguiçou. Sophy ficaria orgulhosa se pudesse vê-lo agora.

— Está vendo? — disse ele. — Seu pai ainda está na ativa.

— Oi, Claire — cumprimentou Grace, como se fosse absolutamente normal ver a moça ali.

Fazia anos que Claire não passava na lanchonete. Grace supunha que ela já via hambúrgueres suficientes no trabalho.

Serviu café para as duas enquanto Claire se sentava em frente a ela.

— Sabe de uma coisa? — disse Grace. — Eu sempre gostei de você.

Não havia nada de suspeito em sua voz.

— Foi esperteza sua não se casar com o Graham — continuou. — Era um cara muito chato.

— Como você sabe que foi ele?

Grace dispensou a pergunta com um gesto da mão que segurava o cigarro.

— Por eliminação. Não havia muitos candidatos, e você logo decidiu que não queria se casar. Se tivesse sido Tom ou um dos outros, você pelo menos teria pensado na possibilidade.

— Tom e eu nunca...

— É, é um desperdício na minha opinião. De qualquer forma, você fez uma coisa boa ao manter sua decisão. Criou sua filha para ser forte. Isso é sinal de classe. — Grace piscou. — Apesar do Graham. Mas, para ser sincera, nós, Graces, também nos apaixonamos várias vezes pelo cara errado. Não tem nada de errado nisso, é claro. O truque é não ficar com eles.

— Não é engraçado como a gente, às vezes, se envolve com caras muito errados? E como depois se sente "curada" deles? — perguntou Claire. — Às vezes parece que os homens são uma gripe: a mulher pega, fica curada e a vida continua.

— Uma gripe — repetiu Grace. — Gostei. É bem isso, não é?

Claire pediu outra xícara de café.

— Ainda tenho um turno longo — explicou a moça.

Grace analisou o uniforme de trabalho: a saia preta curta, o tênis e a camiseta branca de piquê, além da postura e da expressão cansadas de Claire, e chegou à conclusão de que a moça já tinha ido ao trabalho.

— Não arranjou outro emprego, arranjou? — perguntou Grace.

Claire trabalhava em duas lanchonetes diferentes e pegava todas as horas extras que podia.

— Tenho que encontrar algum lugar onde possa comprar bolos caseiros.

— Está com vontade de comer doce? — quis saber Grace.

Claire riu.

— Caroline me mandou montar uma banquinha de bolos. Pelo jeito, a feira não vai ser boa se não tiver uma.

Havia um choramingar cansado na voz de Claire, mas, se estava procurando alguém que tivesse pena dela, provavelmente ficaria decepcionada.

Em vez disso, Grace riu e balançou a cabeça.

— Eu me pergunto quantos desses bolos são passados de uma feira para a outra.

— Não mais do que as geleias — afirmou Claire antes de abrir um sorriso cansado e fazer menção de se levantar.

— Espere — pediu Grace. — Quero testar uma coisa com você.

— Ahn?

— Eu sempre disse que não era bom se envolver com certas coisas, especialmente com os problemas de outras pessoas.

Claire não fazia ideia do que Grace estava falando, mas voltou a se sentar.

— Me parece uma boa ideia — disse a moça.

— É. Parece, não é? Mas minha amiga Idgie abriu os meus olhos.

Claire fez cara de quem não sabia quem era a tal Idgie, mas Grace não pareceu notar e continuou:

— Quando alguém é durona e corajosa, e não idiota e fraca como todo mundo, não deveria oferecer ajuda? Não seria uma obrigação moral?

— Talvez — respondeu Claire com cautela. — Mas eu não sei se conseguiria. Já é muito difícil trabalhar em tantos lugares.

— A Idgie dava bebida e comida para os mendigos e, quando um elefante teve que ser recuperado em um jogo de pôquer, bem, ela não hesitou em fazer isso também. Isso faz a gente pensar, não é? — Grace se apoiou no balcão e acendeu um cigarro.

— Claro — disse Claire. — Mas esse elefante... você precisa de um elefante?

Grace fez um gesto impaciente com o cigarro.

— Posso resolver essa história dos bolos para você — explicou. — Pouca gente sabe, mas eu sei cozinhar. Tenho uma velha receita de família para um bolo de passas ao rum fantástico. O segredo é não usar rum.

Claire piscou.

— A feira é no sábado.

— Tudo bem — disse Grace.
— Vou pagar a você.
— De jeito nenhum. Agora vá embora.

Foi surpreendentemente bom ver o carro de Claire se aproximar. George estava sentado em sua cozinha e a viu estacionar e sair. Ainda havia certa letargia em seu caminhar, mas a moça não estava tão resignada quanto da última vez em que ele a vira. Claire parou em frente à própria porta e descansou a testa nela, como se fosse absolutamente impossível abri-la e encarar tudo aquilo outra vez.

George ficou feliz por ter feito a limpeza. Achou que ela ia gostar. Passou um instante imaginando o rosto sorridente da moça ao ver o chão limpo, o alívio ao perceber a pia vazia.

Então as primeiras dúvidas surgiram. Será que ela acharia aquilo presunção da parte dele? Entrar no apartamento dela daquele jeito? Será que notaria que tinha sido ele? Será que ele deveria ter deixado um bilhete, um pedido de desculpas?

Por fim, ela destrancou a porta, entrou e a fechou.

Foi um gesto carinhoso, não foi, Sophy?, perguntou George, nervoso. Não podia mais ver Claire. Não fazia ideia de como a moça havia reagido.

Claire passou na casa dele meia hora depois. Não parecia feliz. Tinha o rosto impassível, e o corpo tenso, como se estivesse se esforçando para manter o controle. George olhou ansioso para ela e a levou até a cozinha, onde Claire desabou em uma das cadeiras, como se não conseguisse mais se manter de pé.

Ele achou que devia dizer alguma coisa, explicar por que fizera aquilo, mas, no fim, apenas ligou a cafeteira e se encostou na geladeira, como fizera na casa dela. Era melhor ficar de pé.

— Eu vim agradecer — disse Claire, sem soar nem um pouco agradecida. Na verdade, soara quase agressiva.

Naquele instante, George notou que ela trouxera uma garrafa de vinho. Claire seguiu o olhar dele até a garrafa, como se tivesse acabado de perceber que não era o melhor presente para um alcoólatra em recuperação. Para o horror de George, ela reagiu aos prantos.

Agora ele realmente não sabia o que dizer.

Claire soltou o que poderia ser uma breve risada ou um soluço.

— Meu Deus — disse ela. — Olhe só para mim. Estou aqui sentada, chorando por causa de uma pia vazia, como uma completa idiota.

— Eu... — começou George, antes de ficar em silêncio. — Quer uma taça de vinho?

Ela riu, uma risada genuína dessa vez. Depois acrescentou, hesitante:

— Você vai...?

— Vou tomar uma xícara de café. Não se preocupe. Eu resisto a uma garrafa de vinho. Nunca fui muito fã. Já uísque...

Ela abriu um leve sorriso.

— Está bem — concordou Claire. — Ótimo.

— Espero que não tenha ficado irritada — disse ele. — Eu só queria ajudar.

— Ajudar!

Claire olhou para o apartamento de George. Era praticamente igual ao dela, mas a planta era espelhada. Além disso, estava muito limpo e arrumado.

Ele sorriu.

— Não tenho nada melhor para fazer.

— Dá para perceber.

— É — disse ele baixinho.

George abriu a garrafa de vinho com um movimento rápido e leve, que fez Claire erguer uma das sobrancelhas.

— Tenho muita experiência. Só porque não era minha bebida favorita não significa que eu recusava. — Ele serviu uma taça à moça e uma xícara de café a si mesmo. — Mas não estou absolutamente confiante — admitiu. — Não sei se deveria ir à festa. Vai ser no Square. Talvez seja melhor evitar a tentação.

— Como estão indo... as coisas? — perguntou ela meio desconfortável.

— Tudo bem — disse George.

Claire fez que sim com a cabeça.

— Só penso na Sophy — explicou ele.

— E na Michelle?

Ele abriu um sorriso cansado.

— Não, ela não significa mais grande coisa para mim.

— Não se preocupe com a festa — disse Claire. — Se quiser, posso ficar de olho em você. Se vir você perto de uma garrafa, vou dar com ela na sua cabeça.

Aquilo o deixou mais à vontade, mas ele queria ter certeza de que estavam se entendendo.

— Não precisa fazer isso se for de coca-cola.

Claire riu tanto da tentativa de piada que ele fizera que George parou de se sentir incomodado. Ela *realmente* bateria nele se ele saísse da linha. *Vai ficar tudo bem, Sophy*, disse a si mesmo.

Claire tomou o restante da taça e se levantou. Antes de sair, parou no corredor. Parecia mais relaxada. Ainda tinha os olhos um pouco cansados, mas pelo menos não estavam cheios de lágrimas.

— George — disse por sobre o ombro, sem olhar direito para ele —, sabe a limpeza que você fez?

Ele fez que sim com a cabeça.

— Foi a coisa mais legal que alguém já fez por mim.

Depois que Claire foi embora, George ficou na cozinha olhando para a meia garrafa de vinho. Fez uma pausa de um segundo antes de pôr a rolha de volta e colocá-la em uma prateleira.

— Quer saber, Sophy? — disse ele. — Acho que finalmente posso prometer que nunca mais vou beber.

A AMIZADE ENTRE GRACE E IDGIE É POSTA À PROVA

Quando foi visitar a sobrinha no dia seguinte, Caroline ficou impressionada por uma série de razões. Não apenas o apartamento estava estranhamente limpo e arrumado (até para seu olho clínico), mas Claire também havia preparado um bolo de passas ao rum fantástico.

Caroline cortou um pequeno pedaço para si mesma e pediu a receita de forma amável. Era a primeira vez em anos que se sentia satisfeita com a sobrinha.

Mas Claire apenas gaguejou uma descrição absolutamente improvável do bolo que estava diante delas. Tão improvável que Caroline não pôde deixar de desconfiar que Claire havia feito o bolo levemente... embriagada.

Parte dela pensou que, se Claire tinha conseguido produzir *aquilo* bêbada, era ainda mais impressionante.

Caroline!, disse a outra.

Por fim, Claire admitiu que não havia feito o bolo.

— Você *comprou*? — Caroline tinha muito mais coisas a dizer sobre o assunto, mas conseguiu se controlar. Em vez disso, perguntou: — O que vamos fazer em relação à feira? Temos que ter uma barraca de bolos caseiros. Se tivesse me dito que não ia conseguir fazer, eu teria resolvido de alguma forma, mas agora...

— Vamos ter a barraca — afirmou Claire.

— Mas como? Você não pode comprar todos os bolos. Como vai pagar por eles? — Caroline parou para pensar. — Imagino que vá querer dinheiro emprestado — disse a tia, relutante. A ideia de se envolver com a venda de bolos industrializados em uma feira a preocupava, mas não tanto quanto outras coisas que ela havia comprado recentemente, admitiu para si mesma com um sorriso seco. — De quanto você precisa?

Claire não parecia nem um pouco interessada em aceitar a ajuda, ao contrário do que Caroline imaginara. Na verdade, estava pensando em alguma coisa.

— Eu não comprei os bolos — disse a moça.

* * *

Quinze minutos depois, Caroline entrou marchando na lanchonete.
— Eu soube que você andou ajudando a minha sobrinha.
Grace se apoiou no balcão e disse:
— Eu faço o que posso. — Depois, desconfiada, acrescentou: — Eu ajudei?
— Com os bolos.
— Ela disse que eu sei *fazer bolos*? Não poderia ter dito que eu era o anticristo?
— Os seus bolos de passas ao rum são fantásticos.
— Não é rum.
— Não quero saber.
Grace deu de ombros.
— Acho que você devia ter uma barraca na feira. Com o seu nome.
Grace deu um passo involuntário para trás e encarou Caroline, chocada.
— "Hambúrgueres da Grace"? — disse com o máximo de sarcasmo que pôde reunir.
— Eu estava pensando em alguma coisa parecida com "Bolos caseiros da Grace".

Sara olhou para a porta, surpresa, quando uma sombra escura bloqueou a luz. Grace encobria a entrada com uma expressão nervosa, o que fez Sara agradecer por ela não estar com uma espingarda nas mãos. Ainda usava o uniforme e cheirava a fritura, mas tirara o avental. Cuspiu toda a história sobre os bolos, Claire e Caroline em três frases curtas e agitadas.
— É um insulto — continuou Grace. — E a culpa é sua. Sua, daquela Idgie e dos mendigos que me deixaram boba.
— Hum — hesitou Sara. — Quer entrar?
Grace entrou na livraria batendo os pés e se sentou em uma das poltronas, com movimentos furiosos. Sara hesitou ao lado do balcão. De repente, a loja pareceu muito pequena. Grace tinha a capacidade de dominar qualquer cômodo em que estivesse.
— Querem que eu monte uma barraca na feira.
— E, hum, o que querem que você venda?
Ela não sabia se seria aceitável vender destilados caseiros em uma feira frequentada por crianças e adolescentes.
— Bolos caseiros — disse Grace em um tom sombrio.
— Mas isso parece ótimo — respondeu Sara, aliviada.

— Ótimo? Ela só está fazendo isso para me provocar. A questão é que nós, Graces, nunca nos envolvemos nos problemas da cidade. A gente até pode criar alguns deles, mas uma Grace com uma barraca de bolos caseiros? É como se... como se nós estivéssemos recolhendo dinheiro para a *igreja*. E na cara de todo mundo. Nem a gente tem tão pouca vergonha alheia. — Ela fez uma pausa para pensar. — Bom, talvez minha mãe tivesse.
 — Quer um pouco de café?
 — Uma coisa é fazer isso de forma anônima. Não estou dizendo que as Graces nunca ajudaram ninguém, mas nunca fizeram isso por meio de feiras da igreja. Tirando a minha mãe, mas ela era assim.
 — Era uma boa mulher — disse Sara, apesar de nunca tê-la conhecido.
 — O quê? É, acho que era. — Grace soou hesitante. — Madeleine. Bom, não me afetou tanto assim.
 — E então? O que você vai fazer sobre a feira?
 — Dizer que não, é claro.
 — O que fez Caroline pedir isso a você?
 — Claire me denunciou. Eu me ofereci para fazer os bolos para ela. Escondido, é claro. Qual é o problema das pessoas?
 O sorriso de Sara se fechou.
 — Então ela vai ter que fazer os bolos? Se você decidir não fazer?
 — O quê? Não, não sei. Acho que sim.
 — Como Claire vai ter tempo para isso? — perguntou Sara. — Achei que ela tivesse dois empregos ou algo assim.
 — Ela não sabe fazer bolos. Pode comprar tudo. — Grace pareceu incomodada. — Não me incomodo em fazer os bolos para ela. Eu ofereci ajuda. É, talvez tenha sido um erro me envolver nos problemas de outra pessoa, mas vou manter minha palavra. Só não quero que ninguém saiba.
 — Mas o que Claire vai fazer agora que Caroline sabe?
 Grace olhou para Sara, desconfiada. Estava pensando.
 — Não sei — admitiu. Pôs a cabeça entre as mãos. — Acho que vou ter que ajudar. É a última vez que me ofereço para fazer qualquer coisa para esta cidade se esse é o agradecimento que recebo.
 — Seu trabalho foi reconhecido. É, *realmente* parece ingrato da parte da Caroline.
 — Você está zombando de mim — afirmou Grace, acusando-a.
 — Pode ser. — Sara sorriu. — Você sabia que a Idgie foi salva por um pastor? Depois de ter matado um homem, cortado o cara em pedacinhos, grelhado a carne e vendido na lanchonete?
 — Isso faz a gente pensar, não é? — disse Grace, impressionada, apesar de tudo. Ela suspirou. — Droga de livro.

PESSOAS E PRINCÍPIOS

Grace teria achado divertido saber que, naquele mesmo instante, Caroline lutava contra a própria consciência. Mal tivera tempo para se recuperar do livro antes que outra coisa voltasse a ameaçar sua paz de espírito.

No final daquela manhã, ela não esperava nenhum novo ataque a essa paz. Passou pela igreja em uma de suas visitas quase diárias e andou lentamente por ela. Pegou uma Bíblia abandonada no chão, embaixo de um banco, retirou um toco de vela de um candelabro e substituiu as flores do altar. Analisou as janelas para ver se precisavam de limpeza, mas foi forçada a admitir que estava apenas inventando aquilo para ter alguma coisa para fazer.

Não era uma igreja particularmente impressionante, mas Caroline gostava de lá. Parecia mais uma sala de reunião, com suas paredes bege-claras, janelas comuns e bancos de madeira macia, separados por um corredor largo. Tinha espaço para pouco mais de cem pessoas, mas Caroline nunca vira mais de vinte fiéis ali, pelo menos não naquele milênio.

E então? O que o Senhor acha da Sara?

Deus não respondeu, e Caroline ficou secretamente aliviada. Se tivesse ouvido uma voz do Céu, teria pensado que havia perdido a sanidade, e não que era algum tipo de revelação divina.

Além disso, tinha quase certeza de que, apesar de tudo, se Deus ousasse falar, ela não ouviria nada de bom.

O Deus com o qual crescera não queria ganhar nenhum concurso de popularidade. Se as pessoas achavam que Caroline era rígida, deviam conhecer seu Deus.

Ela também estava convencida de que Ele não podia ler seus pensamentos. Pelo menos esperava isso depois do livro gay. Por alguma razão, não conseguia esquecer a história do menino solitário.

O romance era quase platônico, disse ela em sua defesa. No entanto, o Deus com o qual havia crescido não seria mais indulgente por causa disso.

Era só um menino solitário e um amor proibido em uma pequena cidade. Ela mal vira um beijo antes da página 178 (Caroline nunca admitiria, nem para si mesma, mas sua primeira impressão tinha sido de que a história era muito arrastada).

Deus já tem coisas suficientes para resolver sem ter que seguir cada movimento seu, pensou, advertindo e consolando a si mesma. Mesmo assim. Caroline estava tentando manter pensamentos respeitosos e distantes dos livros. Tentava também se lembrar de usar letras maiúsculas. Só por garantia.

Havia algo nas igrejas que tornavam as conversas com Deus tentadoras, até quando Ele não estava ouvindo. Ela deu de ombros. Naquele instante, Ele não estava respondendo.

Depois de fazer tudo o que era necessário e dar outra volta na igreja só para passar o tempo, Caroline saiu pela porta dos fundos e a trancou. Decidiu ir para casa e fazer alguma coisa. Ainda não sabia o quê, mas sempre havia alguma coisa a fazer. Por fim, contornou a igreja e parou nos bancos do único pedacinho de parque de Broken Wheel.

O parque era composto de árvores jovens que cercavam um pequeno gramado desnivelado. Ao lado dos bancos havia dois minúsculos bordos com folhas vermelhas brilhantes. As árvores sempre faziam Caroline se lembrar de crianças ansiosas para se jogarem de cabeça nas estações. As bétulas e suas claras cores mostarda pareciam comuns ao lado delas.

O dia estava tão bonito que Caroline não resistiu e se sentou em um dos bancos. Estava bem agasalhada contra o frio do outono; usava casaco, cachecol e luvas, e, ao se sentar, lutou para disfarçar quanto estava gostando da tarde.

Chocar os habitantes da cidade com ondas estranhas de bom humor não era uma boa ideia, mas era difícil, difícil mesmo, ficar séria em um dia de outono tão lindo.

O tempo estava fazendo aquilo. Havia algo de purificador nos dias de outono, pelo menos quando a pessoa tinha o bom senso de usar roupas quentes. Pela primeira vez no ano o hálito de Caroline começou a formar pequenas nuvens sempre que ela exalava.

Talvez fosse a beleza do dia, mas os pensamentos dela não paravam de voltar ao menino da história. Ela pensou no romance entre ele e o outro homem com uma indulgência tranquila.

Alguma coisa na história a incomodava. Talvez fosse a sensação de estar sendo constantemente *observado*. Como se tudo que os dois fizessem — cada olhar, cada leve toque — estivesse sendo analisado, categorizado e julgado. As pessoas podiam ficar bêbadas, fazer coisas horríveis umas com as outras, até dar à luz milhares de filhos, sem que ninguém prestasse atenção. Mas quando o assunto eram os outros... Parecia que um único olhar já era o bastante para que começassem a falar.

Depois daquele verão em que Caroline tinha dezessete anos, um homem havia se interessado por ela. Eles não tinham se visto o bastante para que ela se apaixonasse, mas ele a seguira até em casa algumas vezes depois da missa. Não seguira *naquele* sentido. Apenas a levara até a porta. Talvez tivesse até sorrido para ela, apesar de Caroline nunca ter sorrido de volta. Ele nem mesmo pegara em sua mão.

Mesmo assim, tinha sido o suficiente. As pessoas haviam começado a falar e rir, e ela logo interrompera tudo.

Caroline se perguntou se o que sentia era arrependimento ou simples curiosidade. Uma leve sensação de "e se?" entrara, de alguma forma, em sua mente, junto com o ar frio do outono.

Ela estava tão mergulhada nos próprios pensamentos que só notou o homem que havia se sentado ao lado dela quando ele se virou, sorriu e disse:

— Espero que não se importe com a minha companhia.

Talvez o bom humor dela estivesse aparente, mas o homem não pareceu nem um pouco hesitante nem envergonhado. Ele abriu um sorriso tão radiante quanto o dia que os cercava. A boca de Caroline se voltou levemente para cima e ele fez que sim com a cabeça, como se ela tivesse acabado de soltar uma gargalhada.

— Vi você da rua — disse ele.

Ela ergueu uma das sobrancelhas, mas não respondeu nada.

— E vi você na livraria uns dias atrás.

De início, a frase a paralisou, fazendo sua mente pensar se devia lutar ou fugir. Contudo, pelo modo como o homem olhava para ela, não parecia haver nenhum toque de ambiguidade no que ele havia dito. Era como se achasse que ela estava apenas comprando livros.

E era isso que você estava fazendo, Caroline, lembrou a si mesma.

É, sei, acrescentou outra parte dela, sem ajudar.

Pensando bem, ela se perguntou se os óculos de sol haviam sido uma boa ideia. Poderiam ter parecido suspeitos no final de setembro.

— O dia está bonito hoje — sentiu-se obrigada a dizer apenas para mudar de assunto. Por garantia.

Ele assentiu e continuou olhando em volta com calma. De vez em quando, unia e soltava as mãos lentamente. O provável era que nem notasse que estava fazendo aquilo. Tinha belas mãos. Dedos longos. Não estava de luvas, mas também era jovem.

— A cidade é bonita — disse ele de repente.

Caroline olhou para o homem, surpresa. Em frente a eles, viam a pequena rua que levava para a principal. Dos dois lados dela havia imóveis baixos, comuns, de aparência cansada. As antigas lojas que ocupavam o primeiro andar deles estavam vazias. A rua principal também não era muito impressionante. Era possível ver um pedaço dela, banhado pela luz fria do sol. Além disso, viam parte da livraria, um canto da loja de ferramentas, uma árvore entre elas e só.

O homem soara sério e sincero. E Caroline concordava com ele, agora que estava parando para pensar. Estranho que não tivesse pensado naquilo mais vezes.

— É — respondeu depois de alguns segundos. — Você não é da região?

— Sou de Hope.

— Ah.

Ele abriu um de seus sorrisos claros e rápidos.

— Exatamente — disse ele, virando-se para ela e estendendo a mão. O cumprimento foi caloroso e firme ao ultrapassar a luva dela. — Meu nome é Josh.

— Caroline.

Depois do cumprimento, ele ficou em silêncio, mas não foi um silêncio desconfortável. Muito poucas pessoas tinham o bom senso de apreciar o silêncio, pensou ela, apesar de seus pensamentos traiçoeiros estarem usando aquela pausa para analisar todos os próprios fracassos.

Além disso, era o tipo de dia que convidava à reflexão, algo que, para ela, quase sempre significava uma análise silenciosa de suas ideias. Caroline pensou em Sara e no que a fizera inventar aquele plano ridículo.

Na verdade, sabia perfeitamente por que havia feito aquilo. Fora a expressão nos olhos de Sara quando ela havia perguntado quando a moça ia para casa. Não tinha sido exatamente confusão, mas um tipo desesperado de coragem, como se Sara estivesse determinada a não deixar ninguém ver quanto ela queria ficar. Caroline respeitava aquele tipo de abnegação. Sentira aquilo muitas vezes, mas conseguira esconder melhor.

Será que aquela teria sido uma das ocasiões em que a mãe e as outras mulheres teriam se reunido para ajudar? Ou será que teriam se escondido para fofocar sobre Sara?

Era difícil saber. Ela suspeitava que suas predecessoras também nem sempre soubessem o que fazer.

Acabou se surpreendendo ao dizer:

— Sabe, a vida seria muito mais fácil se não fosse por todas as pessoas.

Josh riu.

— Mas algumas são legais.

— Talvez.

Ele devia ter ouvido a hesitação na voz dela, pois riu outra vez.

— As pessoas superestimam os outros demais — explicou Caroline. — Tenho certeza de que conseguiria lidar melhor com as coisas se não fosse por eles.

— Você ainda precisaria lidar consigo mesma — lembrou Josh.

Mas ela não era o problema. Tinha total controle de si mesma havia décadas.

— É só uma questão de disciplina — respondeu ela, dispensando o comentário.

A proposta de casamento é culpa sua, Caroline, lembrou a si mesma. *Foi você que começou tudo no escritório do advogado.* Ela fez uma careta. Por sorte, Josh não notou. Não tinha a menor intenção de revelar seu último erro a ninguém, nem mesmo a um estranho.

— Você nunca duvida de si mesma? — perguntou ele.

Parecia que a pergunta havia sido feita com sinceridade. Como se, por algum motivo, ele se importasse com a resposta. Era uma experiência nova.

— Duvidar de si mesmo é uma completa perda de tempo. Quando cometemos um erro, alguma outra pessoa sempre nos avisa. — Caroline acrescentou, sorrindo: — Alguém como eu, provavelmente.

Ele riu.

— Então, até que você me diga que fiz algo errado, eu não deveria me importar? Isso é prático. Minha própria bússola moral. Será que isso se aplica mais à ética ou às outras escolhas da vida também?

Caroline se virou para conferir se ele brincava com ela, mas Josh parecia relaxado, como se realmente estivesse gostando do dia e da conversa. Ela riu. Soltou uma risada profunda, genuína e despreocupada que escapou de seus lábios antes que ela pudesse se interromper.

— Se eu fosse você — disse Caroline —, não colocaria tanta fé na minha opinião.

Ele sorriu outra vez, mais confiante.

— Agora é tarde demais para voltar atrás. Confio totalmente em você. A questão é se devo perguntar antes de fazer alguma coisa ou se tudo bem se a gente conversar depois. Posso pedir minha absolvição?

— Eu também não pediria perdão a mim. Nunca fui muito boa nisso.

As pessoas esperavam demais do perdão. Claro, Caroline acreditava em confissões, arrependimentos e talvez em ser perdoada por seus pecados, mas as pessoas costumavam pular direto para a penitência e a reparação. Queriam pôr todas as suas esperanças na igreja e nas pessoas que davam a outra face.

Na opinião dela, ser paparicado pelos outros não ajudava em nada.

Então Josh olhou para Caroline e tentou analisá-la, como se estivesse pensando no que ela havia dito. Por fim, deu de ombros.

— Ninguém é bom em perdoar. Não na prática.

Pela primeira vez na vida, ela não soube o que responder. Sentiu que fazia anos que havia tido uma conversa sincera com alguém. As palavras dele soaram mais maduras do que ele era.

Balançou a cabeça para si mesma e disse:

— Quem sabe? Talvez eu faça uma exceção para você. Mas, por favor, nada de pecados mortais.

— Nem sei se lembro quais eram.

Ela ia listá-los quando viu que Josh sorria. Então riu e voltou a balançar a cabeça, dessa vez para ele.

— Andy pediu que eu ajudasse na festa de sábado — explicou Josh.

Caroline não respondeu, mas o silêncio não foi constrangedor.

— Porque estão esperando muita gente.

Quando ela não respondeu, ele continuou, mais hesitante:

— Eu fui procurar os dois. Para... conhecer outros.

— Legal — disse ela. Foi a única coisa em que conseguiu pensar.

Josh pareceu tão agradecido pela resposta que Caroline desejou ter pensado em algo mais significativo. Depois se lembrou do menino do livro e achou que talvez o importante não fosse *o que* havia dito.

Ela ajustou o cachecol e o casaco para se proteger do frio, mas decidiu ficar mais um tempo sentada. Olhou para ele. Não era do tipo que fazia fofoca.

— Você vai? — perguntou Josh.

Caroline hesitou. Ajeitou as costas, mas ele não entendeu o movimento e se levantou.

— Foi um prazer conhecer você — disse Josh com pressa.

Ele começou a se afastar rapidamente, mas ela continuou onde estava, no banco. Antes que desaparecesse na rua principal, Josh se virou. No entanto, como o sol estava atrás dele, ela não podia mais ver seu rosto.

— Espero que você vá no sábado — disse ele. — Se for, prometo que vou preparar um drinque gostoso para você.

Caroline continuou observando-o, completamente desprovida da capacidade de falar.

Será que iria? A ideia não havia passado por sua cabeça, mas deveria. A proposta de casamento a Sara seria feita durante a festa. Parte da responsabilidade pelo estado horrendo da situação era dela. Seria errado fugir das consequências de sua ideia precipitada.

Também seria errado fazer parte do que seria, com toda a certeza, uma orgia de bebedeira e imoralidade.

— É imoral — disse Caroline, tentando se convencer, mas não conseguiu pôr na frase sua austeridade costumeira.

Pelo menos de uma coisa ela sabia. Não ia beber *nada*.

Broken Wheel, Iowa
14 de abril de 2011

Sara Lindqvist
Kornvägen 7, 1 tr
136 38 Haninge
Suécia

Sabe, Sara, às vezes vejo você aqui em Broken Wheel, em uma série de imagens breves e bem iluminadas. Pode parecer estranho, mas é assim que os velhos veem o passado. É muito fácil se tornar parte dele. Talvez porque grande parte dele agora exista apenas dentro de mim. É um alívio saber que meu passado também faz parte de você, mas eu não me importaria muito com isso se fosse você. É perigoso ser envolvido na memória de outras pessoas. Espero que perceba que nunca liguei para o fato de estar envelhecendo, mas agora ligo um pouco. Não porque tenha menos futuro, mas porque já perdi grande parte do meu passado, uma morte de cada vez. Vejo os antigos moradores daqui e como a vida deles gira em torno de mortes e aniversários. Esposas, amigos e até filhos. "Meu marido morreu nove anos atrás", "Faz sete anos que meu filho morreu."

    Acho que tenho sorte porque minhas crianças ainda estão aqui. Às vezes, porém, sinto que todos, a cidade inteira, estão presos em um ciclo parecido, em que tudo o que vai acontecer já aconteceu. Por isso é um consolo imaginar você aqui. Na minha cabeça, você está estranhamente ligada à minha vida inteira. Você poderia estar vendendo Bíblias com a Caroline, distribuindo livros com a srta. Annie ou só batendo papo com o meu John.

Um beijo,
Amy

O LIVRO DOS LIVROS

Como, *como* ela havia se deixado convencer?

Sara estava diante do espelho do quarto, olhando triste para o próprio reflexo. A expressão em seu rosto era uma mistura das feições de uma criança birrenta com as de uma adolescente deprimida.

Tinha certeza de que outros, antes dela, haviam se sentido exatamente da mesma forma quando tinham sido obrigados a ir a uma feira ou a um centro comercial vestidos como qualquer produto ridículo para venda. Não era assim que atores se sustentavam, pelo menos segundo os filmes e as séries de TV sobre pessoas que queriam atuar? Eles não se vestiam de tomate ou frango em comerciais de TV, se tivessem sorte, ou em shoppings se não tivessem?

A diferença, claro, era que ela não queria ser atriz. E os outros haviam sido pagos para fazer aquilo. E se vestido de alguma coisa inofensiva. Ela estava vestida de livro. Mas não qualquer livro. Era o Livro dos Livros.

Como tinha ido parar naquela situação?

Livros não deviam ser humilhantes daquele jeito, como um tipo de lista de celebridades esquecidas. Deviam trazer dignidade, ser portais mágicos para o mistério, a diversão e o amor.

Jen ficara entusiasmada. Como a feira aconteceria na rua principal, a livraria ficaria aberta e não teria uma barraca própria. Mesmo assim, dissera Jen, era preciso fazer alguma coisa para deixá-la ainda mais festiva.

Orgulhosa, ela dera à ideia o nome de Livro dos Livros.

— As pessoas podem ir falar com você e perguntar sobre os livros!

Elas também poderiam perguntar se ela estivesse vestida normalmente, havia lembrado Sara. A moça tinha até decidido fazer um esforço e usar uma camiseta especial, mas Jen não ficara impressionada.

— Uma camiseta? Quando posso fazer uma fantasia maravilhosa para você? E você não vai ter mais trabalho porque vou fazer tudo. Não que eu tenha tempo de sobra com duas crianças e toda a propaganda que tem que ser feita, mas porque eu *me importo* com esta cidade.

— Eu me importo com a cidade — protestara a moça baixinho.

Sem contar que havia outras formas de demonstrar afeição por Broken Wheel que não envolviam se vestir de livro.

Para Jen, no entanto, não havia, por isso Sara estava ali, de pé, pronta para se fazer de boba por amor, como tantos outros antes dela.

A fantasia não a deixava nada elegante.

Inicialmente Jen quisera usar um tecido fino e brilhante sobre uma armação de metal pousada sobre os ombros de Sara, que faria papel de lombada do livro. Tudo ficaria ainda mais lindo com letras douradas, como as de um livro antigo. Mas já eram meados de outubro e fazia frio, por isso ela foi forçada a ceder à flanela e até deixou que Sara usasse jeans por baixo da fantasia.

A moça pensou em como estava ansiosa para ver Tom outra vez. Seria a primeira vez desde a noite no sofá. Pensou em como havia planejado estar totalmente relaxada e natural, mas, ainda assim, mais bonita do que o normal.

Já eram onze horas, e a feira começava ao meio-dia. George apareceria a qualquer momento para buscá-la, e Sara parecia um espantalho estranho. Não havia outro modo de descrever a fantasia.

Só para irritá-la, o dia estava bonito, com um vento leve e um pouco de sol. Sara imaginou que todos estavam vendo o tempo bom e esperando um belo dia ao ar livre. Já ela se olhava no espelho e previa nada além de um dia inteiro de humilhação pública.

Descansou a cabeça no espelho e fechou os olhos. Ia encontrar Tom vestida de livro.

Broken Wheel estava mais bonita do que nunca. Faixas e bandeiras haviam sido penduradas na rua principal, formando as cores da bandeira americana. Infelizmente, a rua era tão larga que elas estavam um pouco frouxas no meio, mas todos concordaram que ainda assim estavam bonitas. As barracas da feira tinham sido espalhadas por toda a rua e presas no chão caso o vento de Iowa ficasse mais forte. Elas faziam a rua parecer ter o tamanho certo. Até o asfalto estava mais aconchegante.

Grace vendia bolos caseiros e parecia apenas levemente desconfortável. Havia pendurado um cartaz na barraca que dizia: "Cuidado! Podem causar dor de cabeça", mas Caroline tentava retirá-lo. As reclamações de Grace soavam pouco entusiasmadas, talvez porque ela nunca tivesse realmente pensado que conseguiria manter o cartaz ali.

Havia uma barraca vendendo vários bibelôs e peças de jogos de jantar incompletos, pintados à mão. Outra vendia almofadas bordadas, suéteres, luvas e chapéus de tricô colorido para o vento cortante do inverno.

A maioria dos habitantes de Broken Wheel já estava ali. Sara tentou entrar escondida na livraria e adiar um pouco a humilhação, mas foi interrompida por Grace. Queria ter chegado em suas roupas normais e se trocado na loja, mas achou que não teria tempo. Fora forçada a se sentar de lado no carro para que o suporte do ombro se encaixasse e agora tinha que falar com todos antes mesmo de ter tempo de se preparar.

— O que é isso que você está usando? — perguntou Grace, soltando uma gargalhada ao ouvir a explicação de Sara.

Jen foi defendê-la e explicou a ideia, mas, como a dona de casa não estava sendo forçada a usar aquilo, foi apenas um pequeno consolo.

Sara suspeitou que a fantasia afastava homens com mais eficácia do que afastava corvos. Por sorte, Tom ainda não havia chegado. *Talvez ele esteja doente*, pensou ela, esperançosa.

Por fim, carros começaram a estacionar, e pessoas a se espalhar como um exército invasor. Famílias de crianças inquietas e adultos ansiosos. Jovens que ficavam estrategicamente no limite da feira e, como se tivessem programado, acabavam indo para os bancos quebrados do parque. Adultos solteiros em grupos barulhentos. Alguns avós e avôs: os homens se posicionavam perto de comidas, as mulheres inspecionavam os jogos de jantar, murmurando. Todos os moradores de Broken Wheel estavam na feira, junto com muitos habitantes de Hope.

Depois que ouviam o que ela era, a maioria não achava o Livro dos Livros estranho. Sara chegou à conclusão de que deviam estar acostumados com frangos recheados e coisas do tipo. Tentou se esconder na segurança da loja, mas não demorou muito até que a feira a atraiu para fora.

— Venha ficar aqui com a gente — chamou Grace. — Vai afastar os pássaros.

A rua estava lotada.

— De onde veio tanta gente? — perguntou Sara.

Grace deu de ombros.

— Estamos em Iowa. As cidades podem ficar a quilômetros de distância, mas isso não quer dizer que as notícias não se espalhem.

Sara observou a multidão, procurando Tom, mas não o viu em lugar nenhum. Então relaxou. O dia estava bonito. Desde que não visse Tom antes de tirar a fantasia, poderia ser até perfeito.

Andy fazia propaganda da festa. Nenhuma barraca estava vendendo bebidas. ("Não queremos incentivar a imoralidade", dissera Caroline. "Não queremos que as pessoas cheguem bêbadas ao bar", havia dito Andy. Considerando o número de garrafinhas que Sara tinha visto nos bolsos dos visitantes, os dois provavelmente ficariam decepcionados.)

— E aí? — perguntou Andy. — Vai usar isso... na festa hoje?

— É claro que não — respondeu Claire. Ela ajudava Grace na barraca de bolos.

— Por que não usaria? — disse uma voz atrás de Sara. — Ficou bem nela. Falando nisso, o que você deveria representar?

Tom apertou os olhos exageradamente para Sara e deu um beijo no rosto de Claire.

— Sou um livro — respondeu Sara, triste.

Ele se esforçou para não rir.

— Acho que poderia ser pior — disse Sara, apesar de não acreditar naquilo. Ela pensou por um instante. — Poderiam ter me enterrado em uma pilha de livros... Me vestido de livro de plástico gigante... Talvez de Rainha dos Livros, em um trono feito com várias obras e uma tiara... Podiam ter prendido livros de verdade em mim... Me forçado a andar nua com apenas livros para me cobrir...

Ela teria continuado dando exemplos de possíveis catástrofes maiores, mas Tom parecia ter parado de ouvir. Sara parou de falar quando viu a forma como ele a olhava.

Na opinião de Caroline, a feira era um enorme sucesso e havia restaurado toda a confiança que ela podia ter perdido com o livro erótico gay. Ela observava a cena à sua frente com uma satisfação merecida. Até Grace, notou Caroline, estava se comportando.

Então o homem do parque apareceu a seu lado. Ela percebeu que estava feliz em vê-lo, o que era totalmente inesperado e um pouco estranho.

— Está um dia fantástico — disse ele.

Para seu horror, ela percebeu que sorria. *Controle-se, Caroline*, pensou ela. Por alguma razão, viu um carro em sua mente.

— Tivemos muita sorte com o tempo — respondeu ela. Era um assunto seguro.

Ele não tinha pressa de se afastar dela. Caroline disse a si mesma que aquilo não significava nada. Com o tempo, o jovem perceberia que havia pessoas mais interessantes na cidade e começaria a sorrir pelas costas dela, e não de frente para ela. E seria ótimo, pensou Caroline, ajeitando-se, se aquilo acontecesse logo.

— Já decidiu se vai à festa hoje? — perguntou Josh.

QUER SE CASAR COM A GENTE?

— Agora as coisas vão esquentar de verdade — disse Andy para ninguém em especial.

Não havia mais nada a fazer. Tudo estava preparado. O Square estava pronto. Seria uma festa sobre a qual todos falariam por muito tempo. Muitos drinques seriam servidos, muita música seria tocada e coisas aconteceriam.

O bar nunca estivera tão bem-arrumado, Carl estava lindo como sempre, e o ajudante Josh parecia aprender rápido. A festa seria seu maior triunfo, seu melhor projeto até ali. E, é claro, o pedido de casamento também era importante.

Jen e o marido estavam entre os primeiros a chegar. O homem parecia resignado mas tranquilo e usava um paletó bege claramente escolhido pela esposa, pequeno demais para ele. Jen estava vestida para a ocasião: usava um vestido preto feito de um material espesso e duro que a fazia parecer quadrada.

— Então fomos os primeiros a chegar? — perguntou ela.

Não era bem verdade. Algumas pessoas de outras cidades já haviam chegado e estavam sentadas com cervejas e uísques na mesa mais distante do bar. Jen se inclinou por sobre o balcão e lançou um sussurro audível para Andy:

— E a faixa? Está tudo pronto?

Ele fez que sim com a cabeça.

— Estamos prontos.

Então Tom chegou, seguido de perto por Claire. Isso pôs um ponto final na discussão.

Ao contrário dos moradores de fora da cidade, os habitantes de Broken Wheel se reuniram em torno do bar e ficaram de pé ali, levemente rígidos e inibidos, como costumam ficar as pessoas que saem pouco. Grace conseguiu acabar com parte da vergonha de todos ao simplesmente ignorá-la. Tinha vestido uma camisa limpa e bem passada, e agia como se fosse alguém que passasse camisas todos os dias. Sentou-se em um dos bancos vazios do bar e pediu um uísque antes mesmo de se dar ao trabalho de cumprimentar os outros.

— Sara ainda não chegou? — perguntou Grace. — Podem dizer o que quiserem sobre ela, mas aquela mulher realmente faz as coisas acontecerem.

— É mesmo? — perguntou Tom, seco.

Andy e Jen trocaram um olhar rápido.

— Sara é durona. — Grace balançou a cabeça e riu, como se fosse uma piada engraçada. — E a Idgie também. Ela oferecia bebidas aos mendigos, é, antes do almoço. E elefantes, e sei lá mais o quê.

Ela continuou, ignorando o olhar confuso dos outros:

— A outra mulher também ficou muito durona quando finalmente começou a fantasiar que matava homens. Towanda, não é?

Todos a encaravam. Grace abriu os braços e os deixou cair.

— *Tomates verdes fritos*! Um livro sobre as mulheres fortes deste país. A Sara conhece bem os livros. Provavelmente nunca houve uma mulher tão durona quanto Idgie Threadgoode. Talvez só a minha avó. — Depois acrescentou, para ser justa: — Mas nem a minha avó se envolveu com um elefante. Pelo que eu saiba.

Aquilo fez Andy ter uma lembrança vaga.

— Isso não era de um filme? — perguntou.

Grace balançou a cabeça.

— Um filme. Bem, muito obrigada. Imagino que nem todo mundo possa ser tão bem-educado quanto a Sara e eu.

Por alguma razão que Tom não entendia direito, todas as conversas sempre voltavam a Sara. Era como se os moradores da cidade não conseguissem passar uma noite sem conversar sobre ela.

No entanto, havia algo de emocionante no fato de todos parecerem estar esperando por ela. Cada vez que a porta se abria, alguém olhava para a entrada e, toda vez que era outra pessoa, e não Sara, o olhar voltava para os outros.

A moça estava na cidade havia um mês, mas eles agiam como se ela sempre tivesse estado ali. E como se sempre fosse estar. Com a livraria. Entre pessoas que, se um dia haviam pegado um livro, provavelmente tinham usado o objeto para bater na cabeça de alguém, e não para ler.

Ele sorriu apesar de tudo.

Já achava difícil imaginar a rua principal sem a livraria, mas disse a si mesmo que era só questão de costume. Com o tempo, a turista iria embora e tudo voltaria ao normal.

Tom tomou um gole da cerveja e se forçou a sorrir para Jen, que falava sem parar ao seu lado. Nem tentou entender o que ela dizia. Alguma coisa sobre elefantes.

O melhor seria se ele a evitasse até que ela voltasse para casa. Sabia que tinha sido um erro conversar com ela na feira, mas como podia ter evitado isso depois que a moça aparecera vestida de livro?

Contanto que ela não mencionasse seu corpo nu outra vez, ele conseguiria apenas cumprimentá-la de forma rápida para demonstrar que tinha sido bem-educado e ficar longe dela o restante da noite. Resoluto, virou de costas para a porta e continuou batendo papo com Jen.

Entretanto, quando Sara chegou, Tom se voltou para olhar.

Ela parecia mais adulta e surpreendentemente bonita. Usava um vestido simples, sem mangas, de decote quadrado, aberto o bastante para uma festa, mas não exagerado demais. A roupa ficava mais solta nos quadris e parava pouco acima dos joelhos. A cor mostarda deixava o cabelo da moça mais escuro, quase preto. Até os olhos dela pareciam maiores do que ele se lembrava. O corte do vestido enfatizava seu corpo magro e, quando ela andava, parecia leve, confiante e irritantemente sensual. A luz fraca batia no vestido, fazendo os braços nus e a pele pálida brilharem.

Apenas evite a moça, disse Tom a si mesmo, incapaz de desviar o olhar. *Ela vai voltar para a Suécia logo*, pensou ele. Fez as contas silenciosamente. Daqui a duas semanas no máximo. Depois tudo vai voltar ao normal.

O carinho e a bondade dos habitantes de Broken Wheel a emocionaram no instante em que entrou no bar. Todos abriram um sorriso caloroso e acenaram para que ela se aproximasse, como se estivessem esperando por ela. Como se fossem realmente notar caso ela não aparecesse. Era uma experiência nova.

Por instinto, o olhar dela procurou por Tom. Quando os olhos dos dois se encontraram, ele virou o rosto. Sara podia jurar que o tinha visto fazer uma careta. Aquilo disse mais do que a moça queria saber. Seu sorriso diminuiu um pouco, mas ela permitiu que Jen e Grace a arrastassem para o bar e cumprimentou Josh, que estava do outro lado do balcão. Todos a cercaram, cumprimentaram e riram com ela, como se Sara morasse na cidade desde sempre.

Com exceção de Tom, que lançou um aceno frio para ela e foi se sentar no lado oposto do bar, rindo de alguma coisa que Claire havia dito.

Sara se forçou a não olhar para ele. Como se quisesse zombar dela, ele usava uma camisa branca, frustrantemente bem passada, que enfatizava seus ombros largos, mostrava a barriga reta e caía sobre as coxas musculosas, mal-escondidas pela calça jeans... Ela desviou o olhar outra vez.

Começou a pensar na noite no sofá, mas depois voltou à realidade. Quis que o tempo passasse rápido para que Tom pudesse se esquecer daquilo tudo e assim não tivesse mais que evitá-la.

A música e a dança haviam começado animadas. A maior parte dos moradores de Broken Wheel ainda estava em torno do bar, mas, além deles, havia uma multidão de clientes da feira e um grande número de mulheres de chapéu de caubói. Elas não tinham se dado ao trabalho de ir à feira, mas estavam definitivamente presentes ali. Andy e Jen não paravam de se olhar, mas Sara tinha tantas coisas na cabeça que mal notou.

É claro que não estava apaixonada por Tom.

Só queria a amizade dele, como tivera antes. A amizade que o fazia visitar a livraria de vez em quando e rir do fato de Sara estar lendo.

Por isso, decidiu ignorar a parte de seu corpo — naquele instante relegada a algum ponto próximo ao plexo solar — que, mais uma vez, sempre tinha consciência de onde Tom estava.

Tinha sido apenas um... beijo. Aquelas coisas aconteciam. Mesmo entre amigos. Duas pessoas um dia se viam sentadas em um sofá, perdiam a concentração e, de repente, uma delas acabava deitada em cima da outra.

Um acidente, pensou Sara. Nada que precisasse ser levado a sério. Eles superariam aquilo, esqueceriam que havia acontecido ou então ririam da situação juntos. Rá, rá, que maluquice, pensar que você acabou em cima de mim daquele jeito. E então poderiam ser amigos de novo.

Simples assim.

Ela nunca diria nada sobre aquela noite, pensou, e esperava que Tom também nunca a mencionasse. As coisas um dia voltariam a ser como eram.

No entanto, alguns minutos depois, sentiu-se perigosamente tentada a falar sobre o assunto.

Tinha saído do lado de Grace para conversar com George. Relaxara tanto que não notara que, no mesmo instante, Tom tinha ido falar com Claire. Todos acabaram juntos em um estranho quarteto. Sara lançou um olhar significativo para George, mas não antes de notar a ironia seca nos olhos de Tom.

Aquilo foi demais. Ela não havia conversado com ele a noite toda. Nem o *vira* na meia hora anterior. E agora que tinha lançado um — um! — olhar inconsciente para ele, apenas para garantir que não se esbarrariam, Tom tivera a coragem de sorrir, como se achasse que a moça tinha ido até ali apenas para ficar perto dele.

Os olhos de Sara brilharam. Ela se virou para Tom, pronta para...

A música parou.

Sara se viu, de repente, sob a luz de um holofote. Uma faixa apareceu do nada atrás do bar. Cobria toda a extensão do balcão.

Em um velho lençol branco, letras vermelhas pintadas à mão diziam, de forma quase incompreensível: QUER SE CASAR COM A GENTE?

CONSOLO EM CÂNDIDO

Ela ficou presa como um coelho na luz do holofote.
 Caroline involuntariamente agarrou seu drinque rosa e ouviu Andy tentar explicar a ideia maluca. Por um segundo, sentiu que a coisa toda poderia funcionar. Sara sorria, incerta e hesitante no início, mas depois de forma cada vez mais encantadora. Seus olhos brilhavam com algo parecido com gratidão genuína. Ela se virou para incluir todos no sorriso.
 Havia um brilho de alegria tão pura e verdadeira no sorriso e nos olhos da moça que Caroline se pegou piscando, desconcertada, quase incapaz de sorrir de volta.
 Andy e Jen ainda falavam, mas Caroline sabia que ninguém estava ouvindo o que diziam. O olhar de Sara era forte demais. *Isso já é alguma coisa*, pensou ela, antes de tudo dar errado. Eles haviam conseguido ser a causa de um olhar como aquele, de um sorriso como aquele, em outra pessoa.

A verdade era que Sara estava feliz. A ideia era tão maluca e estranha que a moça não pôde deixar de rir, mas também ficou emocionada. Sabia que era uma forma de demonstrar que gostavam dela, um tipo de grande gesto de despedida. Não importava o que aconteceria depois: a faixa era um sinal de que ela pertencia àquele lugar.
 Andy e Jen continuaram.
 — É claro que cidades não podem se casar — disse Jen, fazendo Sara rir. — Por isso a gente decidiu indicar um, bem... um representante.
 — Um representante — concordou Andy. — E decidimos sacrifi... indicar o Tom.
 — Vai ser apenas um casamento de conveniência, é claro — lembrou Jen.
 Sara fez que sim com a cabeça. Claro. Lançou um olhar para Tom, cheia do humor e da alegria do momento, esquecendo temporariamente a iniciativa de

ignorá-lo, precisando compartilhar aquele momento maluco com alguém. Foi então que viu o rosto dele.

Tom tinha um olhar vazio e abrira um sorriso duro e forçado. Duas fortes manchas vermelhas haviam surgido em seu pescoço e se espalhavam lentamente pelas bochechas. Como ele estava sorrindo, apenas Caroline e Sara notaram o olhar frio e irritado em seus olhos. Sara engoliu em seco.

Então o holofote desapareceu, a música voltou, e todos se reuniram ao redor dela, que procurou Tom para ver se tinha apenas imaginado sua expressão, mas várias pessoas a haviam cercado, afastando-a dele. A moça respondeu mecanicamente a tudo o que ouvia. Quando o encontrou, Tom estava no bar, e Carl servia um uísque a ele. Ele bebeu o copo todo rápido demais.

Sara disse a si mesma que não se importava. Era o seu pedido de casamento. Todos gostavam dela.

Gostavam o bastante para inventar aquela ideia maluca de casamento de conveniência. Ela planejava aproveitar a sensação.

Por isso riu, sorriu e manteve a cabeça erguida enquanto andava lentamente pelo salão. Pessoas que mal conhecia e que nunca tinha visto deram tapinhas em suas costas e várias mulheres de chapéu de caubói deram abraços de urso na moça.

— Isso significa que o cara do bar está livre agora? — perguntou uma delas, mas Sara não precisou inventar uma resposta. Outra mulher que havia aberto caminho para parabenizá-la dera um tapa tão forte em suas costas que a moça perdera temporariamente a capacidade de falar.

Ela ignorou a figura rígida de Tom.

Dane-se o Tom.

Quando não pôde mais evitar, foi até ele.

— Que plano doido — disse ela de forma agradável. Aquilo com certeza o faria relaxar um pouco, pensou Sara.

Ele olhou em volta para garantir que ninguém estava escutando. Carl estava ocupado na outra ponta do bar e a música tocava tão alto que ninguém conseguia ouvir nada do que os outros diziam, mas Tom ainda assim baixou a voz.

— Acho que devo parabéns a você. Ou melhor, a nós dois.

A voz dele demonstrava tanto desprezo pela ideia que ela não pôde deixar de dizer:

— Dá para ver que você é o homem mais feliz da cidade.

Ainda havia certa leveza na voz de Sara, mas Tom não conseguiu apreciá-la.

— Pelo amor de Deus, Sara — disse Tom. — No que você estava pensando? — Ele olhou em volta. — Precisamos conversar. Vou levar você para casa — afirmou friamente.

Ela percebeu que ele já tinha a jaqueta nas mãos.

Ao redor deles, a festa estava no auge e todas as outras pessoas pareciam estar com um humor ótimo. A maioria delas estava reunida em um grande grupo no meio do bar. Algumas dançavam. Havia até uma banda tocando em um palco improvisado em uma das pontas do salão: uma cantora, um violonista, uma violinista e um baterista. Sara olhou para as pessoas que dançavam, esperançosa.

Você quase nunca tem oportunidade de dançar, pensou. *E ainda está muito cedo.* Tom estendeu a jaqueta dela e Sara a pegou com um leve suspiro.

Teria outras oportunidades, disse a si mesma.

Mas se interrompeu.

Não, não teria outras oportunidades, festas nem pedidos de casamento improvisados. Ia voltar para a Suécia e aquela noite ficaria para trás, junto com tudo o que tinha vivido ali. Tom já estava andando até a porta. O que Sara tinha a perder?

— Não quer dançar antes de ir? — perguntou ela.

— Ah, pelo amor de Deus... — respondeu ele, abrindo a porta com força e quase empurrando a moça para fora.

— Pelo jeito não — murmurou Sara para si mesma.

Ela lançou um último olhar sentimental para os outros. Eram os primeiros a ir embora. Até Caroline ainda estava lá.

Sara sabia o que a esperava. Só podia haver uma razão para Tom arrastá-la para fora daquele jeito.

Claro.

— O que diabos você acha que está fazendo? — explodiu ele no instante em que puseram o pé para fora.

Estavam parados no enorme estacionamento, sozinhos, a não ser pelos carros escuros e silenciosos que os cercavam. Mesmo mal iluminado pelas poucas luzes dos postes que ainda funcionavam, Sara podia ver o olhar de reprovação no rosto de Tom e a postura tensa de seu corpo.

Sorriu ao ver como ele era previsível, o que talvez não tenha sido muito diplomático.

— Estou falando sério, Sara.

Ele ainda estava estupidamente atraente. A camisa branca mal amassara. Ele dobrara as mangas e não se dera ao trabalho de vestir a jaqueta.

— Não sei as regras direito, mas, se você for presa, nunca vai poder voltar ao país e com certeza vai tomar uma multa. É um crime, cacete.

Ela abraçava a jaqueta e tremia por causa do frio da noite. Ia voltar para a Suécia em novembro. Era um péssimo mês para voltar, pensou.

— Está me ouvindo?

— Crime, multa, consequências horríveis... — repetiu ela, obediente, sem olhar para ele.

— Não estou brincando.

Ele estava parado ao lado do carro, a chave na mão, mas ainda falava, como se precisasse cuspir aquilo tudo. Desesperada, ela tentava manter os olhos fixos em qualquer outra coisa que não no rosto dele.

— ... sobre a gente. — Ouviu Sara de repente.

Então não pôde deixar de olhar nos olhos de Tom.

— Não existe um "a gente", você sabe disso. Isso tem alguma coisa a ver com o que aconteceu naquela noite?

Ela enrubesceu.

— É claro que não — disse Sara.

Ele lançou-lhe um olhar duro, mas ela não planejava dizer mais nada.

— Eu falei sério. Nunca daria certo.

Sara fez que sim com a cabeça.

— Você não está apaixonada por mim — começou ele.

Ela o interrompeu rapidamente.

— Não. Claro que não.

— E eu não estou apaixonado por você.

Ela também sabia disso.

— Quanto tempo você estava planejando ficar aqui?

O máximo de tempo possível, pensou Sara.

— O que estava planejando? Ia se casar comigo, ficar alguns meses até se cansar e mandar a papelada do divórcio da Suécia?

O surpreendente era que Tom parecia irritado. Como se estivesse determinado a fazê-la ver que não pertencia à cidade. Pareceu uma coisa desnecessariamente má depois de algo que não fora nada além de um gesto de carinho.

Ela sorriu ao lembrar. A faixa tinha sido fantástica. Então se apoiou na porta do carro para poder ver o Square, onde todos estavam se divertindo. *Não é como se eu tivesse alguma coisa me esperando na Suécia*, pensou. O futuro a assustava mais do que ela queria admitir. Ficaria sozinha outra vez.

Mas Sara não disse nada. Não tinha a menor intenção de revelar que muito pouca gente esperava por ela na Suécia. Não depois que ele havia deixado claro que não queria que ela ficasse.

Sara deu de ombros.

— Tudo é o melhor no melhor dos mundos possíveis — disse baixinho para si mesma.

Sempre encontrara certo consolo nas aventuras de Cândido. O que aconteceria a ela não importava. Cândido já havia sofrido coisa pior. Talvez não fosse o resultado que Voltaire esperava, mas funcionava.

Os olhos de Tom voltaram a ficar frios.

— Pelo amor de Deus — exclamou.

Muito bem observado, meu caro filósofo, mas agora vamos cuidar do nosso jardim, pensou Sara.

Tom deu a volta no carro para abrir a porta para ela, como se achasse que Sara sairia da festa para levar mais broncas dele. A moça deu um passo para trás e balançou a cabeça com o máximo de resolução que tinha. Não ia a lugar nenhum.

— Talvez não tenha sido brincadeira — disse ela. — Mas você não precisa levar isso tão a sério. Foi um gesto de carinho, só isso. A única coisa que você ou eu temos que fazer é dizer que não estamos planejando nos casar. É óbvio que não vamos nos casar. Você acha que eu esperava que você fosse aceitar? Ninguém pode forçar você a se casar com alguém.

Tom se virou e entrou no carro, pronto para deixá-la ali, sozinha, irritada e estranhamente agitada por ter se recusado a ir embora com ele.

Antes de sair, ele se inclinou por sobre o banco do passageiro, baixou o vidro e disse:

— Você não conhece os dois como eu conheço. — E completou baixinho: — Caramba.

Então foi embora. Sara ficou. Simples assim. Olhou para o relógio. Nove e meia. A festa ainda estava longe de terminar.

SWEET CAROLINE

As coisas haviam começado a se acalmar no Square, e Caroline começara a se sentir relaxada pela primeira vez naquele dia.

Quando chegara, havia ficado chocada com o número de pessoas, com o volume insuportável de barulho e com a falta de educação de todos. Abrira caminho pela multidão dizendo "Com licença" e depois "*Com licença*".

Quase tinha se virado e ido embora.

Tinha ido a uma festa para encontrar um homem. No fundo, sabia que era a verdadeira razão para estar ali. Queria vê-lo de novo. Mas fazia muito tempo que não pensava que podia ser uma mulher forte e inteligente e ainda assim ter uma vida normal. Até aquela noite de verão de 1984, ela ainda acreditava que houvesse homens que apreciavam a força de uma mulher.

Era engraçado, pensou Caroline enquanto era jogada de um lado para o outro e tentava descobrir se valia a pena brigar para abrir caminho. Ela não se lembrava do nome do homem, mas ainda se recordava da sensação das meias de nylon roçando em sua pele, do aroma da fogueira e da velocidade com que seu coração batia quando ela chegara à festa. Tinha se esquecido do sexo em si, mas ainda se lembrava do sabor de tabaco e bebida no beijo dele, e do peso do corpo dele sobre o dela.

Controle-se, Caroline, pensou. Você está aqui pelo bem de Sara. No mesmo instante, porém, Josh a viu e, antes que Caroline pudesse dizer alguma coisa, preparou um drinque para ela. Um drinque rosa ridículo que com certeza continha álcool.

Ela não sabia se teria fugido se ele não a tivesse visto. Quando já estava com o drinque na mão, ficou parada, observando Josh lidar com os pedidos como se tivesse passado metade da vida atrás de um balcão de bar. Apesar da multidão, a festa tinha sido surpreendentemente agradável, até toda a história do pedido de casamento.

Naquele instante, os dançarinos já haviam saído da pista e estavam sentados em pequenos grupos, conversando sobre assuntos que interessavam a eles. Inclinavam-se por sobre as mesas para serem ouvidos e tocavam no braço ou na mão de outras pessoas para chamar a atenção ou demonstrar um toque de proximidade. Três casais ainda dançavam de forma lenta e tranquila, como velhos amigos. Alguns casais saíam para tomar ar puro. Caroline fez que sim com a cabeça, compreensiva. Ela entendia a necessidade deles.

Não conseguia parar de pensar no olhar de Tom. Não tinha certeza se havia sido pânico ou raiva, mas ela vira algo. Podia jurar que tinha visto Tom ir embora com Sara, mas Sara tinha voltado, agindo como se nada tivesse acontecido e tudo estivesse bem. Então talvez estivesse.

Andy, Carl e Josh estavam mais relaxados, limpando as coisas tranquilamente e servindo os últimos clientes. Sara estava sentada ao bar, se divertindo com algumas das histórias de Grace, que gesticulava tanto que corria o risco de cair do banco. Caroline pensou em se juntar a elas, mas foi salva por Josh, que chegou trazendo duas cervejas. Ele tocou levemente no braço dela e usou uma das garrafas para apontar para uma mesa vazia.

— Venha — chamou, guiando-a até a mesa.

Josh se recostou na cadeira e fechou os olhos.

— Que noite! — disse ele.

— Está cansado?

— Um pouco — admitiu Josh. — Mas que noite!

Então se inclinou por sobre a mesa.

— Obrigado por ter vindo — disse ele, tocando na mão de Caroline em um movimento inconsciente.

Seus dedos mal passaram pela pele dela, mas Caroline sentiu um farfalhar repentino no peito. Engoliu em seco e se esforçou para não puxar as mãos para si, em pânico. Em vez disso, começou a uni-las e soltá-las.

— Foi legal — respondeu ela, hesitante.

Mas realmente era muito melhor poder se sentar por um tempo e conversar com tranquilidade. Ela tomou um gole cuidadoso da cerveja fria e refrescante. Não que fosse tomar a garrafa toda, claro.

Por um instante, os dois apenas ficaram sentados juntos, como haviam feito no parque, observando as pessoas se divertirem. Uma delas tropeçou na pista de dança e teve que ser pega pelo parceiro. Caroline olhou instintivamente para Josh e os dois riram. O violonista e a cantora ainda tocavam, mas o baterista estava apoiado na parede, com uma cerveja na mão e as baquetas no colo. A violinista tinha saído para tomar ar puro com o morador de uma das fazendas da região.

— Quer uma carona para casa?

Ela assentiu, mas nenhum dos dois fez menção de ir embora.

— Você foi ótimo hoje — disse ela.

— Eu me diverti. Gostou do drinque?

Caroline assentiu outra vez. Uma mentirinha não machucaria ninguém, afinal de contas.

Quando saíram do bar, Andy e Carl estavam arrumando tudo. Josh ergueu a sobrancelha, como se quisesse oferecer ajuda, mas os dois fizeram um gesto para que ele fosse embora.

Caroline e Josh não disseram nada durante o trajeto de volta, que pareceu demorar mais do que o normal, mas também passou em um instante. Josh a surpreendeu quando a seguiu até a porta.

Ela hesitou antes de abri-la. De certa forma, não queria que a noite acabasse. E ele não demonstrava sinal de pressa para voltar para o carro.

— Obrigado por ter ido — repetiu Josh tão baixinho que Caroline quase não pôde ouvir.

Ele se aproximou dela. Ela olhou para ele, confusa.

Por um instante, quase achou que Josh fosse beijá-la. Estava tão próximo... *Não seja estúpida, Caroline*, pensou um segundo antes de ele realmente beijá-la. Os lábios dele tocaram os dela, fazendo-a ficar paralisada.

Ela sabia que tinha que se afastar. Abrir a porta e fugir. Mas não conseguia se mexer.

Ele se afastou um pouco e passou o indicador pelo rosto dela. Caroline não conseguiu olhar nos olhos dele.

— Veja só — disse Josh. — Você não está me dizendo que fiz uma coisa errada.

Então ele a beijou outra vez.

GOOD TIMES NEVER SEEMED SO GOOD

Quer saber, Caroline, disse a si mesma, *acho que você ficou completamente maluca.*

Ela estava sentada na poltrona da sala, com uma xícara de chá para acalmar os nervos. Não estava funcionando. O chá tinha esfriado havia muito tempo. Do lado de fora, o lindo jardim não era nada além de uma concha escura. As flores haviam murchado semanas antes, e as folhas já tinham começado a cair. As coisas não estavam muito melhores para ela. Caroline era uma sombra de seu antigo eu. Podia ver o próprio reflexo na janela: o rosto pálido e impassível, um assombro nos olhos.

Havia começado a conversa consigo mesma no instante em que acordara naquela manhã. A noite anterior fora um erro. Ela nunca devia ter incentivado o menino. Tinha quarenta e quatro anos, meu Deus! Uma senhora cristã respeitável agindo como uma adolescente apaixonada. Com um adolescente. E um adolescente gay.

Ele deve ter pelo menos vinte e cinco anos, disse a si mesma.

E essa é a sua defesa? Vinte e cinco!

Meu Deus do céu.

Passara a manhã à mesa da cozinha, preocupada com o que as pessoas diriam se soubessem sobre Josh. *Vão rir de você se descobrirem,* dissera repetidamente a si mesma até que o mundo começara a girar à sua volta. E era o tipo de coisa que as pessoas sempre descobriam.

No verão em que ainda era jovem e boba, tinha se apaixonado por um daqueles homens bonitos e aventureiros que não levam nada a sério e são idolatrados por isso. Ele era dois anos mais velho do que ela. Mesmo na época, Caroline sabia que todos de sua idade a viam como cabeça-dura demais, afetada demais e, bem, chata demais.

O homem apenas sorrira e contara uma piada que ela mal havia entendido; pensando agora, Caroline tinha quase certeza de que a piada fora sobre ela. Mas tinha sido o bastante para virar sua cabeça. Ela soubera instintivamente que ele não ficaria impressionado com sua inteligência, mas também pensara que tinha uma escolha, que podia decidir deixar de ser esperta e ser como as outras pessoas.

Tinha ido à festa e escondido a própria personalidade atrás de um vestido novo, de maquiagem e de um penteado absolutamente ridículo. Ficara chocada com sua inocência. Como se as pessoas fossem perdoar sua inteligência apenas porque tinha bebido, tossido ao fumar um cigarro e perdido a virgindade no banco de trás de um carro.

Os dois tinham voltado para a festa juntos, mas, algumas horas depois, ela o vira com o braço envolvendo a cintura de outra mulher. As risadas haviam começado no instante em que todos tinham visto a expressão no rosto dela. Ao tentar ser normal, ela havia baixado a guarda por vontade própria, abandonado alegremente suas armas e ficado totalmente indefesa contra o escárnio. Em algum momento, as pessoas tinham passado a novas fofocas, mas, até fazerem isso, aquele verão havia sido horrível.

E lá estava ela na mesma situação. Ainda era burra.

Quando ouvira a batida à porta pouco depois do almoço, soubera que seria Josh. Por um instante, pensara em não atender.

Ele parecera irritantemente alerta, descansado e nem um pouco envergonhado. Entrara na sala de estar dela como se estivesse acostumado a frequentá-la. Caroline podia vê-lo diante dela: forte, confiante e humilhantemente jovem e bonito. Ela se afundou ainda mais na poltrona, tentando se proteger da lembrança.

— Ontem foi legal — dissera ele.

Ela havia sido forçada a explicar que o dia anterior fora um total e completo erro. Ele não tinha protestado, não exigira nenhum tipo de explicação. Simplesmente dera de ombros e dissera:

— Eu só queria saber se você não estava escondida aqui porque estava com medo de me ver.

Era uma maldade dizer aquilo, pensara ela. Claro que estava se escondendo.

Era tudo culpa de Sara. Antes de a turista chegar, algo assim nunca teria acontecido.

Caroline se levantou e foi até a cozinha fazer uma nova xícara de chá. Era muito velha para continuar fazendo aquilo. Tinha se comportado como uma daquelas mulheres muito velhas e maquiadas que tentam flertar com jovens garçons. O tipo de mulher que não entende que os mesmos garçons voltam para casa e riem delas com suas jovens namoradas.

Ou namorados.

Não é como se você tivesse o equipamento certo para isso, Caroline. Josh deve estar tendo algum tipo de crise sobre a sexualidade dele. E agora você está no meio dela. Josh pertence ao mundo de Andy e Carl, e não ao seu. Além disso, vamos ser sinceros: o equipamento que você tem está velho e gasto. Não pode ser consertado.

Nem todo ele.

Caroline!

(Bom, é verdade.)

Josh voltou à noite.

— Por que foi um erro? — perguntou ele antes mesmo de entrar.

Ela se virou e foi até a sala de estar. O corredor era estreito demais para ficar sozinha com ele.

— Não quero falar sobre isso — disse Caroline.

Ele a seguiu.

— Foi só um beijo. Além disso, eu gostei de beijar você.

Ela empalideceu.

— Ai, meu Deus... — murmurou para si mesma.

— Eu duvido que Ele tenha alguma coisa a ver com isso.

Pelo menos nisso Josh estava certo, pensou Caroline. Mesmo assim, não conseguiu deixar de abrir um leve sorriso.

— Não é certo — repetiu ela, calma, como se estivesse enunciando um fato. O que, lembrou a si mesma, era exatamente o que estava fazendo.

— Tem alguma coisa a ver com a igreja? Existe algum mandamento contra senhoras cristãs e homens bi?

Ela olhou para ele surpresa. Bi? Bi o quê? Do que ele estava falando?

— Isso não me surpreenderia — respondeu ela. Se parasse para analisar, a igreja tinha regras sobre quase tudo o que envolvia esse assunto. — Mas não é por causa disso.

— Eu podia jurar que você também tinha gostado.

Caroline estremeceu ao pensar como havia sido transparente e foi forçada a olhar para o outro lado.

— Eu... Não é certo.

— Por quê?

Josh estava de pé, ao lado da velha poltrona confortável em que Caroline costumava ficar. Ela deu um passo involuntário para trás. Não sabia direito para onde olhar. Ele parecia absurdo, parado ali na sala dela. Jovem e cheio de vida, poder e energia, cercado por coisas velhas, femininas e fora de moda. Ela se sentiu presa entre ele e as imagens bordadas.

— Você é jovem e eu... não sou — explicou ela. *Não é? Meu Deus, Caroline.*
— Sou velha — corrigiu. — Velha demais para você. Devia ficar com alguém tão jovem e bonito quanto você... — Ficou extremamente vermelha quando percebeu o que havia dito. — Tão jovem — repetiu, esperando que ele não tivesse ouvido o resto.

— Você é linda. — Ele não parecia estar escutando. — Eu acho que é. Isso realmente importa? E foi só um beijo, meu Deus.

— É claro que foi só um beijo. O que mais poderia ter acontecido?

Ele ergueu uma das sobrancelhas, mas, por sorte, não disse nada.

— Então o problema é a diferença de idade? — perguntou Josh.

— Entre outras coisas.

— Você acha que sou novo demais.

— Eu sou velha demais.

Ele fez um gesto irritado com a mão.

— É a mesma coisa.

Ela riu.

— Não. O seu problema vai passar. O meu só vai piorar.

Ele sorriu ao ouvir aquilo.

— Pelo menos a diferença de idade vai ser constante.

Caroline parou de sorrir ao pensar na ideia.

— E o que mais? — perguntou ele.

O olhar dela se voltou para outro lugar.

— Mais?

— Você disse "a idade, entre outras coisas". O que mais você tem contra mim?

As pessoas não costumavam querer saber o que havia de errado com elas. Caroline sempre dizia sem que perguntassem. É irônico, pensou, agora que estão perguntando, o problema sou eu.

— Na verdade, sou eu — admitiu ela.

— *Não é você, sou eu?* Porra, Caroline, ninguém mais diz isso.

Ela enrubesceu.

— Não precisa falar palavrão — pediu. — Eu nunca disse que sabia o que estava em voga.

— Não tem a ver com o que está em voga, tem a ver com clichês. Clichês batidos e sem sentido.

— Não é batido para mim — disse ela. — Eu nunca disse isso a ninguém.

Josh soltou um grunhido abafado e riu.

— Está bem. Qual é o seu problema então?

Caroline percebeu que, agora que era o problema, não queria conversar sobre aquilo. O que também era irônico.

— Sou velha demais.

— Você já disse isso — afirmou ele, brutal.

Ela percebeu que Josh não havia tentado contradizê-la, o que era lógico, já que era verdade. Sentiu-se estranhamente deprimida.

— Não sou... bonita o bastante. — Ela continuou, antes que ele deixasse de contradizê-la outra vez. — Sou vivida demais. Esse corpo já viajou muitos quilômetros.

— Mesmo assim, ainda está novo. O antigo dono só devia usar para ir à igreja aos domingos.

Era uma verdade tão deprimente que Caroline não conseguiu rir. Josh não disse nada. Ficou parado no meio da sala de estar, recusando-se a deixá-la em paz.

— Não acho que tenha o equipamento certo — disse ela, desesperada. Estava pensando no menino do livro. — Você devia achar um cara legal para se casar.

— Equipamento, Caroline?

Ela voltou a ficar vermelha. Tinha perdido o controle da conversa. Aquilo não estava indo nem um pouco como gostaria.

— Que mulher fantástica você é — acrescentou ele quase para si mesmo.

Nem um pouco como Caroline havia planejado.

— Mas é verdade — insistiu ela.

Josh ergueu uma das sobrancelhas, como se exigisse que Caroline se explicasse.

— Eu gosto dos dois sexos — disse ele. — É possível, sabia? Quem sabe o que vai acontecer daqui a alguns anos? Talvez eu me case com um belo jovem, talvez não. Mas por que isso faz diferença para a gente agora?

— Não existe "a gente" — respondeu ela, rápido, só para deixar claro.

Josh deu de ombros, mas um olhar perigoso apareceu em seu rosto. Algo determinado e desafiador. A noite estava escura como breu, por isso a janela da sala formava um espelho. O corpo alto e relaxado de Josh estava em todos os cantos.

Ele deu um passo para a frente, pôs o braço em volta da cintura dela e a puxou para si. Caroline arquejou e foi forçada a admitir que não havia sido por medo. Tinha quase certeza de que ele estava planejando beijá-la, mas ainda assim, ele se afastou. Alguma coisa — um tipo de sorriso — brilhou nos olhos de Josh. Quando o olhar dela se voltou para o outro lado, um canto da boca do jovem se curvou para cima. Estava definitivamente rindo dela. Aquilo a irritou o suficiente para fazê-la olhar nos olhos dele. Então ele a beijou.

Os lábios de Josh foram gentis mas insistentes. Seu corpo era firme, jovem e másculo. Quando fechou os olhos, Caroline viu a imagem de homens nus e fortes se tocando no escuro.

Ficou surpresa ao perceber que estava gostando. Sentia partes estranhas e profundas de seu corpo voltarem à vida. Não achou que fosse capaz de gostar daquilo. Ela sempre havia pensado que sua capacidade para o amor tivesse se perdido com o passar do tempo. Parte de seu corpo estava encantada com ele.

A outra parte estava morrendo de medo.

Ela se afastou um pouco, dizendo:

— Pelo amor de Deus, eu sou uma velha carola.

Josh sorriu.

— Pelo amor de Deus, eu sou bissexual.

Mas ele a soltou, com um brilho de alegria nos olhos, e deu um passo para trás. Em seguida, piscou para ela.

— Eu disse que você não teria nada contra isso.

Caroline nunca teria admitido, mas, quando Josh se afastou, ela sentiu algo parecido com decepção.

— Vou voltar na terça — avisou ele. — Decida-se até lá.

Ela quase perguntou: decidir o quê? Mas achou que não queria ouvi-lo dizer em voz alta.

Caroline não foi a única moradora de Broken Wheel a se sentir abalada no dia seguinte à festa. O mais afetado foi George, o único que não havia bebido nada.

Quando o sol nasceu, ele ainda não imaginava que o caos e a confusão seguiam na direção dele, a 120 quilômetros por hora, pela rodovia 34.

A noite tinha sido calma e agradável. Ele não tomara uma gota de álcool. E o mais fantástico de tudo: dera carona para Claire. A moça tinha se inclinado e dado um beijo no rosto dele, como uma verdadeira amiga.

George se levantou, sorriu para si mesmo, bebeu café e até se barbeou, apesar de ter feito isso no dia anterior. Olhou para o segundo livro da série Bridget Jones e se perguntou o que o dia traria.

Sentia-se daquela forma, como se o novo dia tivesse algo a oferecer. Era uma sensação revolucionária.

Tomou um gole de café. Tinha sentido vontade de misturá-lo com leite e açúcar e fora uma decisão fácil.

Perguntou a si mesmo se devia sair para levar Sara a algum lugar, mas suspeitava que ela preferiria andar. Havia algumas nuvens no céu, mas não estava chovendo. Além disso, caso chovesse, ele poderia pegá-la à tarde.

Quando a campainha tocou, ele sorriu para si mesmo e imaginou que seria Claire. Abriu a porta com um sorriso amistoso.

E a encarou.

Ela parecia mais velha do que ele se lembrava. E mais baixa. Mal chegava a seu queixo, mas, ainda assim, para George, tinha adquirido proporções quase míticas. Era mais bonitinha do que linda e tinha um olhar duro. Disso ele se lembrava.

— Oi, George.

— Michelle?

— É bom ver você também. — O ar úmido havia deixado o cabelo da moça frisado, como ele sabia que ela odiava.

— Cadê a Sophy?

— Sei lá. Deixei a menina na casa de um ex uns anos atrás.

George ficou pálido, sem poder entender o que ela havia dito.

— Não seja idiota, George. Ela está no carro.

Ele olhou por sobre o ombro da ex-mulher como se tivesse acabado de descobrir onde o carro estava. Havia alguém no banco do passageiro, mas ele não conseguia ver direito.

Michelle passou por ele e entrou. George hesitou à porta, dividido entre a vontade de ver Sophy e a ideia de que o encontro seria estranho.

— Vá dizer "oi", pelo amor de Deus... — disse Michelle, pouco sentimental.

— O que você está fazendo aqui? — perguntou George, ganhando tempo.

Michelle deu de ombros e andou até a sala. Quando chegou, parou de repente e olhou em volta.

— Não acredito que estou de volta — disse ela.

George também não acreditava.

— Jurei que não voltaria, sabia?

Nisso ele acreditava tranquilamente.

— E... quanto tempo você está planejando ficar aqui? — perguntou George.

— Não para sempre, se é com isso que está preocupado.

Ele não estava. Olhou para o carro. Sophy dava a volta no automóvel para pegar as malas. Era tão alta quanto Michelle, mas muito mais bonita. Era daquele tipo de adolescente que ainda não se acostumou ao próprio corpo e não tinha a confiança óbvia de Michelle. Era a pessoa mais linda que ele já tinha visto.

George foi ajudá-la com as malas. Elas tinham trazido duas. Ambas eram gastas e floridas, mas uma bem maior do que a outra.

— É da mamãe — explicou Sophy.

Ele não respondeu nada. Sophy também ficou em silêncio, agradecida pela ajuda. Entrou na casa antes dele, carregando a mala menor, e parou no corredor.

Apesar de ter conversado mentalmente com a filha durante todos aqueles anos, George não conseguia pensar em nada para dizer. Claro, ele nem sempre estava sóbrio quando fazia isso e enrubesceu ao pensar em tudo o que deixara

Sophy ver, apesar de, obviamente, ela nunca ter visto nada, o que era uma pena, mas tudo bem porque ele nem sempre estava sóbrio... George se perdeu em seus pensamentos e não conseguiu fazer nada além de sorrir para a filha outra vez.

— Meu nome é Sophy — disse ela, como se nunca tivessem se conhecido.

George sentiu uma punhalada no coração ao ouvi-la, mas não foi nada que não pudesse aguentar. Tinha um desejo absurdo de conversar com Sophy sobre aquilo.

— Eu sou o George — respondeu. — Houve uma época em que você me chamava de "pai".

— O nome dele é George — gritou Michelle da cozinha.

Ele ficou feliz por ter arrumado a casa no dia anterior. O apartamento era simples e impessoal, mas pelo menos estava limpo. Se soubesse que a filha viria, teria feito mais. Repintado tudo, talvez. Comprado móveis novos. Comprado uma casa nova.

Sophy sorriu para ele, envergonhada, e olhou para a cozinha.

— George também está ótimo — disse ele.

Percebeu que ainda segurava o livro e pôs a mala no chão. Olhou em volta para ver onde poderia pousar o livro. Por fim, colocou-o no chão também.

— É bom? — perguntou Sophy. Tinha uma linda voz.

— Oi? — disse George. E, depois, quando já estava de pé: — Quer pegar emprestado?

— Talvez mais tarde — sugeriu ela, sorrindo.

Ele fez que sim com a cabeça. Sophy voltou a olhar para a cozinha.

Claro que queria estar com a mãe. Ele tinha que se lembrar de que ela não o conhecia, de que talvez não quisesse conhecê-lo. Precisava dar tempo para que a filha se acostumasse a ele.

Ela não tem que gostar de mim, não estou pedindo isso, disse a Deus, ao padroeiro dos pais esquecidos ou a quem quer que fizesse promessas agora que não podia mais fazê-las para a filha imaginária. *Basta saber que pode confiar em mim e me procurar sempre que tiver um problema.* Diria isso depois que Sophy tivesse tempo de se acostumar a ele. Mostraria que era absolutamente normal e até *legal*. Ou que poderia ser. Para o bem dela, ele até pararia de ser estranho e constrangedor.

Naquele momento, queria apenas fazer uma pergunta calma e tranquila: se a filha queria chá ou alguma coisa para comer. Não ia forçar nada a ela, claro. Seria só uma pergunta simpática.

— Posso fazer alguma coisa? — perguntou George. — Precisa de alguma coisa? Uma xícara de chá? Alguma coisa para comer? Um carro novo?

Sophy sorriu ao ouvir a oferta sobre o carro. Ele sorriu de volta, aliviado, e fingiu ter feito uma piada.

— Não tenho carteira — explicou ela.
— Precisa de dinheiro para as aulas? — Ele podia vender alguma coisa. Talvez o sofá.
O sorriso dela diminuiu um pouco, e a menina voltou a olhar para a cozinha.
— Uma xícara de chá seria ótimo — disse por fim.

UM LIVRO PARA CADA UM

De alguma forma, Sara conseguiu sobreviver ao dia seguinte à feira.

Ficou feliz por poder andar até a livraria — precisava dispersar a irritação. O restante do dia foi gasto atrás do balcão, observando os habitantes da cidade rirem e brincarem enquanto desmontavam as barracas e arrumavam a rua.

George e Caroline não passaram pela livraria, mas ela viu o carro de Tom estacionar em algum momento. Não conseguiu sair depois de vê-lo. Quem saberia quando ele voltaria a passar pela loja.

Assim, ficou parada ali, em silêncio, sem fazer nada, cansada tanto de Tom quanto de si mesma.

Não sabia se o dia seguinte seria melhor, mas, quando chegou à livraria de manhã, uma cliente já esperava do lado de fora.

A pequena figura magra e solitária esticava o pescoço para ver pela vitrine. Não deve ter mais de quinze anos, pensou Sara. E devia estar esperando na garoa havia algum tempo, pois o cabelo caía sobre o rosto em mechas úmidas. Sorriu quando Sara destrancou a porta.

— A livraria é sua? — perguntou a menina.

— Mais ou menos.

Sara pendurou a jaqueta no depósito e acendeu as luzes. Pegou alguns livros para pôr na prateleira, mas, em vez disso, colocou-os no balcão e esperou para que a menina pudesse analisar as obras disponíveis em paz. Ela ainda estava à porta, olhando em volta, fascinada.

— Meu nome é Sophy — disse ela.

O nome fazia Sara se lembrar de alguma coisa, mas não sabia do quê. Ela deu de ombros. Logo se lembraria.

— Então você gosta de livros? — perguntou Sara.

Sophy fez que sim com a cabeça. *É uma menina esperta*, pensou Sara, *e gentil*. Ainda estava chovendo, e a loja só se tornara aconchegante no instante em que Sophy entrara. Esse era o efeito que uma menina de cabelo úmido e despenteado podia ter.

— Quais são os seus favoritos? — perguntou Sara. — Você tem algum?

Sophy balançou a cabeça. Deu alguns passos para dentro da loja e olhou para as prateleiras com uma expressão séria.

— Então todos esses livros são seus? — perguntou.

— É... De certa forma. — Sara parou para pensar. — Ou da cidade. Até que alguém venha e compre.

— Você não fica triste por perder seus livros?

Naquele instante, Sara devia ter explicado alguns dos grandes princípios da economia de mercado para Sophy. Na verdade, não perdia os livros, mas sim os trocava por dinheiro e que podia usar aquele dinheiro para comprar outras coisas, guardar no banco ou embaixo de um colchão. Mas Sara achou que seria uma atitude cética e absolutamente inacreditável. Por que alguém preferiria notas de dinheiro a livros? Um pouco de papel com uma citação patética sobre Deus e a foto de um político a pilhas de papel com histórias fantásticas impressas?

Sara suspeitava de que ela mesma nunca havia entendido os princípios da economia de mercado.

Por isso levou a pergunta a sério e pensou antes de responder:

— Na verdade, não — disse ela. — Eu não poderia ler todos esses livros sozinha. Se outra pessoa comprar, então pelo menos eles vão ser apreciados. E, quando a gente ama um livro, quer compartilhar com os outros.

— E se for um livro que ninguém quer?

— Existe uma pessoa para cada livro. E um livro para cada pessoa.

A menina abriu um sorriso e se virou para uma prateleira aleatória.

— Até para mim? — perguntou.

— Claro.

A garota pareceu satisfeita com a resposta, mas não pediu nenhuma dica nem nenhum livro em especial. No entanto, não parecia ter pressa de ir embora.

— Não venho aqui desde que era pequena — explicou Sophy. — Nem me lembrava direito da cidade.

— É mesmo? — perguntou Sara.

— A gente foi embora quando eu era muito pequena, mas minha mãe é daqui. Ela disse que nunca voltaria. Isso me deixou ainda mais curiosa para ver tudo de novo. — Sophy sorriu. — As coisas que a gente não pode fazer são sempre mais interessantes, não é? Já andei pela cidade toda. Duas vezes.

Sara sorriu. Ela também fizera aquilo quando chegara.

— Minha mãe sempre disse que só voltaria aqui de limusine. E, mesmo assim, passaria correndo pela cidade. Sem nem baixar as janelas. Só para ver a cara dos que... — Ela se interrompeu de repente.

— Dos que...?

— É meio grosseiro.

— Eu imaginei — disse Sara. — Ela não gostava mesmo de Broken Wheel, não é?

— Bem, chamava todo mundo de "retardados que não têm nada melhor para fazer do que julgar os outros e se meter na vida das outras pessoas". — Sophy pareceu envergonhada. — Eu não devia estar falando tanto — disse, acrescentando: — Foi um prazer.

Sara sorriu para ela.

— Volte logo.

Então a moça ficou sozinha na loja e pôde começar a arrumá-la.

Sara não se importava em ouvir palavras duras sobre a cidade. Provavelmente teria gostado de ver uma limusine preta brilhante passar pela rua principal sem parar. Não, Sara estava pensando na primeira parte da conversa. Aquilo mexera com alguma coisa na cabeça dela. Havia uma categoria faltando. Era verdade que a livraria era da cidade, claro, mas era especialmente de Amy.

Antes de começar a fazer a limpeza, ela reuniu todos os livros que tinha trocado com Amy, além de pérolas da coleção da senhora, e os pôs em uma única prateleira. Louisa May Alcott veio primeiro. Fazia sentido. Deu ao espaço o nome de PRATELEIRA DA AMY. Achou que era o suficiente.

Como uma loja vazia pode ficar tão suja?, pensou Sara enquanto varria o chão antes de passar o esfregão.

Tentou não pensar muito em Tom enquanto trabalhava, mas não pôde evitar que a irritação crescesse durante a limpeza. Ele estava sendo realmente ridículo.

Não era como se ela estivesse apaixonada por ele. Sara sabia que aquilo poderia ter sido irritante. Uma paixonite, o amor e a atração sexual nem sempre eram correspondidos, mas todos ainda assim exigiam alguma coisa do objeto de desejo. O amor era egoísta. Era necessário um esforço descomunal para aguentar suspiros sentimentais, expectativas exageradas de outras pessoas e ainda ter que se equilibrar em um pedestal em que você mesmo não queria estar.

Mas ela não estava apaixonada por ele, então tudo aquilo era irrelevante. O que Sara não conseguia entender era por que ele não a queria nem como amiga ou até mesmo como conhecida. Teria ficado extremamente feliz se os dois se vissem uma ou duas vezes por semana, nem que fosse apenas para ficarem sentados por um tempo em um silêncio confortável. Ela só queria vê-lo.

Quando desistiu de varrer e começou a lavar o chão, ainda podia ouvir algumas pedrinhas de cascalho sob seus pés. Suspirou e quase ficou agradecida quando Jen interrompeu a limpeza.

A dona de casa foi direto para o balcão, por isso Sara largou o esfregão e se dirigiu para lá.

— Posso ajudar? — perguntou.

— Assine aqui.

Sara olhou para o papel à sua frente. O canto superior direito da folha dizia: *Formulário 1-130. Petição para parente alienado*. A moça não pôde deixar de rir de uma legislação que praticamente comparava não cidadãos a malucos.

— Você tem um visto de turista, não é?

Sara fez que sim com a cabeça. Jen apontou para uma linha no final da página.

— Assine aqui.

Ela já havia preenchido o nome de Tom. *Tom Harris*.

Sara nunca soubera o sobrenome dele. Desconfiou de que aquilo não era uma boa base para um casamento. Olhou para Jen.

Ia dizer alguma coisa quando a lembrança da raiva de Tom a tomou. O comportamento irascível, a suposição injusta e simplesmente irritante de que ela, de alguma forma, sabia do plano.

Deixe que ele se preocupe com a Jen, pensou Sara antes de assinar seu nome com um floreio dramático.

— Espere — disse ela quando Jen estava indo embora.

Sara se virou e pegou o livro que vinha guardando atrás do balcão.

Era um guia completo para a autopublicação, de Marilyn Ross e Sue Collier.

— Caso um dia você queira transformar seu blog em um livro — disse ela.

Jen ficou absolutamente sem palavras.

A GENTE NÃO FALA SOBRE ESSAS COISAS

Quando Josh chegou à casa dela na terça à noite, Caroline ainda não havia tomado nenhuma decisão.

Na verdade, tinha se recusado a pensar no assunto. Metade dela tentava argumentar que era a melhor decisão, que estava tão óbvio que ela não ia fazer nada que nem precisava pensar a respeito.

A outra metade quase admitia que Caroline não havia pensado no assunto porque não queria ouvir todos os motivos que tinha para que nada acontecesse entre os dois.

Ao vê-lo parado à porta, uma das sensações mais fortes que ela teve foi surpresa por Josh realmente ter ido. Tivera absoluta certeza de que, depois de alguns dias, ele perceberia que estar interessado nela era maluquice.

A segunda sensação mais forte foi um tipo de alegria confusa por poder vê-lo outra vez. Quando Josh se aproximou para dar um beijo em seu rosto, Caroline não se afastou.

Ele parecia cansado. Uma mecha de cabelo caía sobre sua testa e havia novas rugas em torno dos olhos. Quando desabou no sofá, fechou os olhos por um instante, como se aquele fosse o primeiro momento do dia em que estivesse conseguindo relaxar. Ela se sentou ao lado dele e lutou contra a vontade de tirar o cabelo de sua testa.

Josh então sorriu: um sorriso aberto e absolutamente relaxado, como se estivesse feliz em vê-la, como se fossem... amigos. Ela sorriu de volta, intrigada. Muito poucas pessoas sorriam como se estivessem felizes em vê-la ou mesmo tranquilas em sua companhia. A amizade era uma coisa boa.

— Como estão os planos para o casamento? — perguntou ele.

— Os planos? — respondeu ela. Não andara prestando muita atenção à cidade nos últimos tempos. Um descuido vergonhoso de suas funções.

Ela deu de ombros. Não achava que ninguém fosse realmente sentir sua falta.

Josh parecia já ter abandonado o assunto. Olhava para ela, sorrindo de modo muito diferente. Havia uma pergunta em seus olhos. Ou um convite.

— Caroline — disse ele.

Ela olhou para ele com cuidado. Ai, droga. O brilho nos olhos dele havia voltado.

— Você não acha que já é hora de me dar um beijo?

Ela o encarou. *Pelo amor de Deus, a gente não fala sobre essas coisas*, pensou. Tinha que admitir que era muito diferente de dizer "A gente não faz essas coisas".

Caroline se levantou, confusa, tentando escapar da tensão repentina entre os dois. Josh também se ergueu. Parecia irritantemente calmo.

Ainda assim, não tentou tocar nela. Apenas ficou parado, a menos de um metro de distância, esperando.

Ficou óbvio que era ela que devia tomar a iniciativa. Caroline quase quis que ele simplesmente a beijasse de novo para que não tivesse que tomar aquela decisão. Sabia que toda aquela história estava errada, mas, agora que tinha a chance de tocar nele, não conseguia se lembrar de por que não deveria.

Só uma vez, pensou. *Posso tocar nele agora, fazer um pequeno intervalo na minha vida de temor a Deus e depois voltar ao bazar da igreja.*

Não estava acreditando em si mesma. Mas acreditava que nunca teria outra chance de tocar em Josh.

Por isso apenas estendeu a mão e tocou nele. Podia ouvir o sangue correndo por seus ouvidos. Engoliu em seco, nervosa, quando sua mão tocou a clavícula e desceu pelo peito dele. Caroline hesitou um pouco no primeiro botão da camisa, mas abriu todos, já que a atrapalhavam.

Por que eu não poderia fazer isso?, pensou ela, desafiando-se. Então olhou em volta como se tivesse medo de que alguém — Deus? A mãe? — respondesse.

Talvez eu nunca mais tenha a chance de tocar em ninguém.

Josh ainda estava parado, mas seus olhos haviam mudado. A alegria neles desaparecera, e o olhar estava mais profundo, mais sombrio. Ela percebeu que era desejo. Então se sentiu ainda mais ousada.

Ele notou e pôs o braço em volta da cintura dela, puxando-a para si. Mesmo depois de Caroline ter iniciado tudo, ficava claro que era ele que estava tomando a iniciativa. Josh parecia mais velho, mais seguro de si. Ela gostou da sensação de perda de controle e respondeu ao beijo com mais sentimento do que razão.

— Meu Deus... — exclamou ele.

Caroline estava disposta a concordar.

Morar com Michelle e Sophy não era fácil. George ainda não sabia quanto tempo as duas iam ficar. Pelo que tinha conseguido entender, a ex-mulher brigara com o último namorado. Não achava que elas ficariam muito tempo, mas esperava que tivesse tempo suficiente para conhecer Sophy outra vez. Tentou não pensar no que aconteceria depois. Não era fácil.

Michelle basicamente ficava no quarto dele (George fora relegado ao sofá). Tinha trazido um computador com ela, o que o surpreendera. Quando estavam casados, ela nunca havia demonstrado muito interesse por tecnologia, mas agora passava a maior parte do tempo diante da máquina.

Um dia ele perguntara se ela planejava visitar alguém enquanto estivesse na cidade. Michelle tratara a sugestão com desprezo:

— O que você quer? Que eu faça visitas de cortesia aos vizinhos? Ou talvez vá ver meu pai e minha mãe. Que bela reunião seria.

George desconfiava de que Michelle só tinha se casado com ele para fugir dos pais. E depois o deixara por ter percebido que não havia ficado longe o bastante.

Ele não via problemas em morar com Michelle. De certa forma, já estava acostumado a ela. Com Sophy era mais complicado.

Tinha que ficar lembrando a si mesmo que não podia ter conversas imaginárias com a filha. Uma vez, quando pensara que estava sozinho, tinha começado:

— Sophy...

Em seguida, ouvira do corredor um surpreso:

— Oi?

Ela era tão gentil e carinhosa. Era difícil tê-la de volta e ser forçado a agir como um estranho. Claro, sentia-se agradecido pela oportunidade, mas queria poder fazer mais.

— Fui até a livraria hoje — disse ela enquanto cozinhavam juntos.

Ele teve o cuidado de não olhar para a filha e manteve os olhos firmes na tábua que usava. Era a primeira vez em que ela lhe contava algo voluntariamente. O normal era esperar que George falasse primeiro. Os dois pareciam gostar de ficar em silêncio juntos. Às vezes ele perguntava à filha sobre a escola, a vida e os amigos, e ela sempre respondia de forma educada, mas sem entusiasmo. Ele nem sabia onde as duas moravam. Supunha que ainda era em Iowa, mas não tinha certeza. De qualquer forma, havia um homem na história, apesar de isso não ser muito surpreendente.

— Você conheceu a Sara?— perguntou George.

— Conheci — respondeu Sophy. — Ela me disse que existem livros para mim por aí.

— Eu não sabia que você gostava de ler.

— Não sei se gosto. — Sophy sorriu. — Mas os livros... são tão lindos, George.

Ele se encolheu um pouco ao ouvir o "George", mas estava começando a se acostumar, realmente estava. Não diria nada.

— Ela disse que a livraria é da cidade toda.

Ele pensou um pouco.

— Acho que é, mas o crédito é todo da Sara.

— Mas isso significa que alguns dos livros são seus?

George sorriu.

— Talvez alguns. Eu ajudei muito quando a loja estava abrindo. — Acrescentou para ser sincero: — Basicamente com a limpeza. E com caronas, é claro. A Sara não dirige.

— Você acha que ela está certa? Que existe um livro para mim?

— Se foi o que a Sara disse, então deve ser verdade.

Sophy sorriu de volta para ele.

— Obrigada... pai.

Michelle apareceu atrás deles.

— George — disse a ex-mulher automaticamente.

Sophy apenas voltou a sorrir para ele, de forma secreta, e esperou ter certeza de que Michelle não podia ouvir. Depois se aproximou e disse:

— A mamãe diz que o pessoal da cidade acha que ela não vale nada.

George pensou um pouco.

— Talvez seja verdade — afirmou. — Mas as pessoas nem sempre estão certas.

— Eu sei — respondeu Sophy. — A gente se mudou várias vezes quando eu era pequena. — Ela hesitou. — O que quero dizer é... será que é desleal da minha parte achar que as pessoas daqui são *legais*?

Ele sorriu.

— Acho que você tem o direito de ter a sua opinião, assim como todo mundo. Mas talvez...

— Seja melhor não contar à mamãe? — terminou ela.

— Acho que sim.

— Ela acha que ele vai vir atrás dela, sabia?

— Quem?

— O namorado dela, Ronald Lukeman.

— Você gosta dele?

Sophy deu de ombros.

— Ele é legal, eu acho. É gerente de um Taco John's.

George não sabia o que dizer, então apenas fez que sim com a cabeça. Pareceu funcionar porque Sophy continuou sussurrando:

— Não sei se ele vai vir. Talvez isso também seja desleal da minha parte.

Broken Wheel, Iowa
4 de maio de 2011

Sara Lindqvist
Kornvägen 7, 1 tr
136 38 Haninge
Suécia

Querida Sara,

Existem poucos homens no mundo em quem eu olharia nos olhos e diria: "Você devia pensar mais em si mesmo. Ser egoísta". A maioria parece saber disso sem nunca ninguém ter dito. Mas eu gostaria de dizer isso ao Tom.
    Tenho certeza de que já mencionei meu sobrinho. Ele esteve aqui e fiquei bastante chateada com ele. Pessoas com um forte senso de dever podem ser surpreendentemente irritantes, você não acha? Em meus momentos menos caridosos, eu me pergunto se isso não é uma forma estranha de autoafirmação: "Se eu não estiver lá para salvar todo mundo, o mundo que conhecemos vai acabar". Mas, para ser sincera, acho que é mais uma questão de costume. Ele vem cuidando das pessoas há tanto tempo que provavelmente não sabe fazer nada de diferente.
    Não estou dizendo que a lealdade seja uma característica ruim em um homem. Mas é preciso saber onde parar. Tom foi leal ao pai, ficou com Mike e a empresa de transporte apesar de todas as dificuldades, me apoiou e não me surpreenderia se achasse que a cidade inteira também é responsabilidade dele. Claro, a lealdade às vezes traz recompensas. Ele tem um bom emprego na empresa de Mike e gosta do que faz. Ainda faz um ou outro conserto, mas só para amigos. É que sempre haverá uma pessoa que ele não poderá salvar.
    Tom não conseguiu salvar a fazenda nem o pai — meu irmão Robert. Robert nunca conseguiu ser jornalista. Continuou trabalhando como fazendeiro, como a maioria das pessoas por aqui. Mas Tom tentou, Deus sabe que tentou. Trabalhava em tempo integral na fazenda e meio período

para Mike. Recusou uma bolsa para o Programa de Estudos Agrícolas da Universidade Estadual de Iowa. Não acho que ele ligava para a fazenda, mas se importava com o pai, então ficou. No fim, teve que vender, claro. A maioria dos produtores da região teve que fazer isso. Tom conseguiu um acordo que permitiu que o pai continuasse na casa da fazenda nos últimos anos de vida. Eles ficaram com a casa, um pequeno jardim e a estrada. Todos sabiam que não demoraria muito. Quando o pai morreu, ele foi entregar as chaves aos novos proprietários, uma empresa enorme de Des Moines, eu acho. Eles não precisavam da casa. Iam derrubar tudo.

    Muita gente comentou sobre a casa nova que Tom construiu. Estamos em uma cidade pequena, todo mundo faz fofoca. É irônico, não é? Tão poucas pessoas, mas tantas opiniões. Algumas pessoas disseram que ele estava tentando ser melhor do que todo mundo com aquelas janelas panorâmicas e com os cômodos abertos. Outros (Andy) acharam que era um jeito de dizer "foda-se" ao mundo: "Vocês podem ficar com as chaves se quiserem. Não ligo". Esse tipo de coisa. Eu sempre achei que ele não queria correr o risco de voltar a criar laços com uma casa, não depois do que tinha acontecido com Robert. Por isso construiu um lugar prático e impessoal, e disse a si mesmo que era o que ele queria e criou uma barreira contra qualquer possibilidade de se importar com um lugar.

    Sabe qual é a pior coisa sobre as pessoas leais? Todo mundo está sempre dizendo que elas devem se concentrar em si mesmas, mas ninguém quer que elas parem de *ajudar*. Não quando precisam. Eu me consolo pensando que, se alguma coisa acontecer comigo, Tom vai estar aqui pelo meu John.

    Está vendo, Sara? Não sou melhor do que os outros.

Um beijo,
Amy

PELO BEM DA CIDADE

Se George havia ficado pouco à vontade no escritório do advogado, não era nada comparado ao que sentia naquele instante, na sala de estar de Tom, ao observar Jen enfrentar o amigo.

Até ali a batalha havia sido equilibrada. Jen tinha um tipo de concentração estranha, parecida com a de um buldogue que se recusa a largar o osso, apesar das poucas chances de mantê-lo. Tom respondia a tudo o que ela dizia com uma perseverança estoica, quase bem-humorada, que, naturalmente, irritava Jen até o último fio de cabelo.

— Você *tem* que se casar com ela — disse Jen.

— Eu não amo a Sara, e ela não me ama.

— É? E isso é culpa de quem? Se tivesse feito alguma coisa, ela já estaria completamente apaixonada por você agora!

Tom abriu um sorriso irônico.

— Você não liga para a cidade?

— Eu já vi cidades piores — retrucou ele.

— E então?

— E então o quê?

— Tom, se você não se casar com ela, a Sara vai ter que ir embora. E ela comprou um livro para mim!

O argumento não pareceu impressionar Tom. George havia notado que Tom não ficara nem um pouco preocupado quando ele, Andy e Jen tinham aparecido em sua casa. Nem quando Jen deixara claro que estava em uma missão. Depois de meia hora de muita insistência, Tom parecia ainda mais determinado a não se interessar pelo assunto. Ele estava sentado em sua poltrona. Os outros três estavam espremidos no sofá; tão próximos uns dos outros que Jen quase havia batido em George várias vezes por causa de seus gestos acalorados.

George não pôde deixar de pensar que Andy não estava se esforçando muito. Mal dissera uma palavra e, quando falava, dava a entender que achava que tudo aquilo era uma piada.

— Por favor, Tom — disse Andy. — O que são dois anos pelo bem da cidade, não é? Não é como se você tivesse uma pretendente melhor, é?

— E por que ele deveria se casar com uma pretendente melhor? — questionou Jen. — Nossa Sara é perfeitamente... bem, ela é perfeitamente apropriada!

— Muito apropriada — respondeu Tom, rindo.

— Pelo amor de Deus, Tom. Não estamos pedindo para você amar a moça. George achou aquilo um tanto quanto grosseiro.

— É claro que não — disse Andy. — Se heterossexuais só se casassem por amor, a heterossexualidade já teria deixado de existir.

George estava começando a se sentir um pouco incomodado com todos eles: Jen e seus planos, Andy e sua mania de rir de tudo, e Tom... Bem, ele entendia por que Tom estava sendo irritante, mas não conseguia aceitar que ele preferisse vencer uma discussão infantil a ajudar Sara. Ninguém naquela história toda parecia estar pensando na turista.

— O que você quer? — perguntou Jen. — Dinheiro? É isso que está dizendo? Tenho certeza de que a gente pode juntar alguma coisa.

Aquilo pelo menos chamou a atenção de Tom.

— Caramba, Jen — exclamou ele, assustado. — Pare com isso, por favor.

De repente, Tom pareceu muito cansado. George entendia. Mas aquilo não ajudava em nada.

George então se levantou de forma abrupta, interrompendo a conversa. Não queria fazer nenhum tipo de discurso, só pensara em sair dali antes que ouvisse alguma coisa que realmente o incomodasse. Mas, quando se levantou, viu todos ali, desinteressados, ainda sem entender a questão. Nem mesmo Jen compreendia. Para ela, a história toda parecia ter a ver com prestígio; para Andy era uma piada, como tudo na vida; para Tom, bem, provavelmente não era nada.

— É a *Sara* — lembrou ele. — A nossa Sara. Eu não conhecia bem a Amy, mas ela foi legal comigo quando... quando a Sophy sumiu, e eu sei quanto essa cidade precisava dela. E conheço a Sara, e sei que precisamos *dela*. — Ele não estava se expressando bem, podia sentir. Nunca fora bom com as palavras, mas tinha que fazê-los entender. — Ela vai embora e vai ficar sozinha lá na Suécia. A família dela não dá a mínima para a moça. E a gente vai ficar sozinho aqui também. Disso eu sei.

Era besteira, claro, mas George não conseguia deixar de sentir que tudo o que havia acontecido tinha sido causado por Sara. Mesmo a volta repentina de Sophy. Coisas assim tinham se tornado possíveis desde que Sara havia chegado.

Jen ia dizer alguma coisa, mas ele a ignorou.

— Tudo bem então — disse George. — Eu posso me casar com ela.

Todos o encararam.

— É muita gentileza sua — afirmou Jen.

— É, por que não? — disse Andy, fazendo que sim com a cabeça, incentivando-o.

— George... — falou Tom. — Eu só... — Mas não sabia o que dizer.

— Bom, *alguém* tem que se casar com ela — explicou George.

— É, mas... — Jen parecia procurar por um motivo para que aquilo não acontecesse, mas por fim disse: — É, bem, é isso mesmo. Por que não?

George não estava à vontade com tudo aquilo, ele mesmo admitia. Tinha certeza de que Sara preferiria se casar com Tom. Quem não iria preferir? Mas pelo menos ela ficaria, e ele poderia continuar dando carona a ela.

— Escute, George, eu... — começou Tom, mas George o interrompeu.

— Ela vai poder ficar. Não vai querer se casar comigo, é claro, mas vai poder ficar.

— O advogado! — deixou escapar Jen.

— O que tem ele? — perguntou Andy.

— A gente já falou com ele sobre o Tom.

— Vai ser um belo triângulo amoroso — disse Andy.

— Voltamos à estaca zero — concluiu Jen, totalmente derrotada.

George olhou para Tom, que não disse nada. Então se virou para ir embora. Pelo menos tinha tentado.

— Está bem — disse Tom. — Eu vou fazer isso, George. Vou me casar com ela.

— Ótimo — respondeu George antes de ir embora.

O CHEIRO DE LIVROS E AVENTURAS

— Oi.
Sophy estava parada à porta, olhando hesitante para Sara. Pegara a moça literalmente com o nariz em um livro. Sara olhou para a entrada e pousou o volume que segurava no balcão. Estava ocupada abrindo uma caixa de livros novos que havia acabado de chegar e, obviamente, decidira levar todos ao nariz para sentir o aroma deles.
— Já cheirou um livro? — perguntou Sara, saindo de trás do balcão.
Sophy balançou a cabeça. A moça estendeu uma brochura para ela. O último lançamento de Marian Keyes. A capa era toda em tons pastel brilhantes, azul e rosa-claro, com grandes letras decoradas.
— Abra — sugeriu.
Sophy abriu o livro com cuidado, como se tivesse medo de danificá-lo.
— Não, não — disse Sara, assustando Sophy. — Abra direito. — Ela mostrou à menina. — Você tem que enfiar o nariz nele.
Sophy levou o livro ao rosto, ainda com muito cuidado, e lentamente aspirou pelo nariz. Então sorriu.
— Está sentindo? Cheiro de um livro novo. De aventuras desconhecidas. De amigos que nunca conheceu, de horas de escapismo mágico esperando por você.
É claro que Sara sabia que Sophy não teria visto as coisas daquela forma, mas tinha certeza de que a menina também podia sentir. Tirou outro livro da prateleira: um belo exemplar cheio de fotografias de carvalhos, com capa dura e páginas espessas e brilhantes. As páginas tinham um cheiro totalmente diferente, de plástico e impressão colorida de qualidade.
— Cheire este aqui.
Agora um livro normal, também em capa dura, mas com um papel mais fino, levemente amarelado. As duas o cheiraram.
Sara sorriu. Livros de capa dura e brochuras tinham aromas diferentes,

mas também havia diferenças entre as edições suecas e americanas. Clássicos, por exemplo, eram absolutamente únicos. Livros didáticos tinham um aroma singular, e textos de universidades eram diferentes dos usados em escolas. O interessante era que os livros de educação para adultos tinham o mesmo cheiro dos didáticos comuns: aquele aroma familiar de salas de aula abafadas e inquietas.

Livros novos sempre tinham um cheiro mais forte. Sara supunha que a impressão deixava aquele aroma e que, de alguma forma, ele desaparecia quando o livro era aberto, lido e folheado. Era o que ela pensava em um nível puramente intelectual, mas, na verdade, não acreditava muito naquilo. Ainda achava que podia sentir as novas aventuras e experiências de leitura que a esperavam.

Sophy parecia estar muito mais confiante. Ela pousou o livro e andou lentamente por entre as estantes. Sara voltou às caixas. Talvez fosse idiotice pedir livros novos, já que só ficaria outras duas semanas, mas era o único meio que tinha para aguentar o tempo que faltava. Agindo normalmente e fingindo que nada havia mudado. No fim, ela estaria sentada em um avião, indo para casa, e tudo estaria acabado.

— Sobre que assunto você gosta de ler? — perguntou Sara.

Sophy deu de ombros.

— Não sei.

A menina continuou andando pela loja. Não parecia estar lendo os títulos em si, apenas olhando para os livros. De vez em quando, estendia a mão e tocava nas lombadas enquanto andava, assim como as pessoas em barcos mergulham os dedos na água ao passar.

Sophy ficou na livraria por quase meia hora. Antes de sair, disse:

— Dragões. Gosto de dragões. Tenho certeza de que vou encontrar um livro sobre eles um dia. Ou com um dragão. Não importa.

Dragões, não é?, pensou Sara.

— Espere — pediu. — Quanto tempo você vai ficar na cidade?

Sophy deu de ombros.

— Não sei.

— Onde você mora?

— Em Bloomfield.

Sara passou um bloquinho pelo balcão e pediu o endereço da menina. Sophy o deu sem perguntar por que Sara queria saber aquilo. Sara também não disse nada. Estava determinada a achar o livro perfeito para Sophy antes que fosse embora.

A moça ainda pensava em dragões quando Jen entrou na loja.

— Você vai precisar de um vestido de noiva.

Ela com certeza já havia falado com Tom, pensou Sara. E ele devia ter dito "não". Senão, então aquela era definitivamente a ocasião para que ela dissesse.

A moça olhou nos olhos de Jen com o máximo de determinação que tinha e disse:

— Eu...

— Você tem que ir à loja da Madame Higgins — interrompeu Jen. — Ela vende vestidos de noiva em Broken Wheel há uma eternidade.

Sara já tinha visto a vitrine da loja de Madame Higgins. Não era uma imagem empolgante.

Jen olhou para o pedaço de papel que tinha nas mãos. Parecia uma lista, pois ela soou como se estivesse lendo:

— Despedidas de solteiro para as fotos. Documentos. Pessoas desconfiadas na USCSI. — Ela quase acertou o nome da instituição.

Era tão injusto com eles, pensou Sara, descrente.

— Jen — disse ela. — Isso é loucura.

— Não estou dizendo que vão ser despedidas de solteiro de verdade. — Jen riu. — Mas valeria a pena só para ver a cara da Caroline quando o stripper aparecesse. Não se preocupe. Pensei em tudo. Vamos convidar alguns amigos para a prova do vestido e levar um pouco de vinho. Vai render umas boas fotos e não vamos ter que organizar nada. Além disso, você vai ganhar umas dicas de estilo.

— Esse casamento é loucura — repetiu Sara. — Primeiro, é ilegal. E o Tom não quer se casar.

— Tom... — exclamou Jen, dispensando o comentário. — Não se preocupe com Tom. — Ela olhou nos olhos de Sara. — Você quer ficar?

Aquela era uma pergunta a que Sara responderia sempre "sim" sem pestanejar.

Gavin Jones era um bom burocrata. Sabia que muitas pessoas viam aquilo como uma contradição, mas leis existiam por um motivo. As pessoas votavam em representantes e, depois, a maioria deles decidia que as leis eram boas. Seria inútil passar por todo o processo de eleições se não houvesse ninguém para garantir que as regras eram apresentadas e seguidas. Ele era necessário. Era pago para fazer um trabalho e por isso o fazia. Era competente e esperto e o fazia bem.

Gavin era bom no trabalho por três motivos. Primeiro, porque sabia instintivamente quando alguma coisa não estava certa. Segundo, porque levava a intuição a sério e investigava as circunstâncias a fundo. Por fim, porque coletava pequenas informações e detalhes e se lembrava deles. Por exemplo, um turista que estava morando havia algum tempo em uma cidade vizinha e não tinha enviado um pedido de visto. Boatos sobre empregados que não falavam inglês. Residentes temporários que surgiam.

Como queria fazer um bom trabalho, ele lia os jornais locais, memorizava coisas e acompanhava assuntos relacionados com o caso. Sua intuição sempre usava alguma informação guardada e semiconsciente que ele havia adquirido em algum lugar. Naquela ocasião em particular, nada fez com que se preocupasse imediatamente. Ele olhou para o formulário.

Broken Wheel...? Já tinha ouvido falar daquela cidade? Achava que não. Deu de ombros. Se alguma coisa não se encaixasse naquele caso, ele descobriria mais cedo ou mais tarde.

NÃO HÁ NADA PARA CONTAR

— Vai contar aos seus pais?
Ela estava nua, deitada ao lado dele na cama. As luzes estavam apagadas, claro, mas, como era dia, o quarto ainda estava iluminado. Caroline não conseguia se decidir se aquilo era pecaminoso, libertador ou apenas indecente.
Na verdade, Caroline não sabia o que achar de nada daquilo. Mesmo sua voz interior havia ficado em silêncio. Fazia horas que não ouvia nenhuma palavra dura. Era como se tudo... aquilo fosse tão impensável que a bússola moral de Caroline tivesse ficado desregulada. O sexo que fizera, naquela vez, tantos anos antes, tinha sido uma experiência absolutamente insignificante, que não valia a pena em termos de esforço nem de pecado. Mas *dessa vez*. Ela não fazia ideia de que sexo podia ser daquele jeito. Ela transara com *Josh*, caramba.
— Sobre a gente? — perguntou Josh.
Ela o encarou, quase pronta para dar um pulo e se sentar na cama, mas lembrou que não estava usando nada. Puxou a coberta até o queixo e recostou nos travesseiros.
— Não, é claro que não é sobre *a gente* — respondeu Caroline, chocada. Não entendia como ele podia pensar aquilo. Ninguém podia descobrir sobre os dois. Nem os pais de Josh (ela ficava assustadoramente perto de enterrar a cabeça embaixo da coberta ao pensar na cena) nem os moradores de Broken Wheel. — Sobre você. Sobre o fato de você... gostar de homens e de mulheres.
Josh riu e a puxou para si, fazendo-a pousar a cabeça no ombro dele, e não no travesseiro. Estranhamente, a posição era mais confortável.
— Isso não me parece mais muito relevante — disse Josh.
Ela tentou entender o comentário, mas não conseguiu. Por fim, simplesmente repetiu:
— Você sabe que não existe "a gente", não é?
Ele não se deu ao trabalho de responder.

— Você vai acabar encontrando um cara legal e me esquecendo. Ou uma mulher, se é isso que você quer. Uma mulher da sua idade — explicou ela.

É claro que iria. E a ideia não era um problema para ela, contanto que ninguém descobrisse o que estavam fazendo. Talvez ela também conseguisse lidar com isso.

Você ficou maluca, Caroline? Eles acabariam com a sua raça se descobrissem. Deixariam você em pedacinhos.

Seria uma catástrofe para ele também. Tinha certeza de que Josh não sabia que mesmo pessoas legais podiam ser cruéis e displicentes quando encontravam um assunto que as fazia rir.

Ele também não se deu ao trabalho de responder àquilo. Só para se assegurar, ela acrescentou:

— Ninguém pode saber sobre a gente, Josh. As pessoas só... iam rir.

O indicador dele acariciou o ombro dela, fazendo desenhos lentos e sem forma em sua pele. Ela relaxou, mas não pôde deixar de se perguntar se ele havia entendido.

— Como não existe "a gente", não há nada para contar — lembrou Josh.

Caroline fez que sim com a cabeça apoiada no ombro dele. Exatamente. Podia ser apenas uma coisa legal, pelo tempo que durasse.

UMA POSSÍVEL CONSPIRAÇÃO

— Rá-rá — disse o vizinho de Gavin Jones. Era o tipo de homem que expressava a risada em palavras, e não em sons de risada. Naquele instante, estava apoiado na cerca do terreno de Gavin, sem fazer menção de deixá-lo em paz. — Andou deportando alguns mexicanos nos últimos tempos? — perguntou.

Gavin suspirou. Segundos antes, estava varrendo folhas em uma noite tranquila de sexta-feira e agora tinha que se submeter àquela idiotice.

— Sabe aquela operação em Postville alguns anos atrás? — continuou o vizinho. — Centenas de pobres coitados mexicanos que nunca tinham feito nada além de trabalhar feito cavalos por salários mais baixos do que os americanos preguiçosos estão dispostos a aceitar...

Gavin também não havia gostado da operação em Postville. Por isso pedira para ser transferido para um dos escritórios regionais da USCIS e agora passava os dias investigando europeus que podiam ou não ter se casado com cidadãos americanos. Era mais papelada, mas havia certa satisfação também.

— Isso não deixa você puto? A gente não poderia ter deixado os coitados em paz?

Um mês antes, o vizinho havia reclamado do fato de nunca terem prendido os "escurinhos" que estavam pegando todos os empregos. Não o tipo de emprego que ele ia querer, pensara Gavin na época. Agora eram coitados. Ele deu de ombros. Não dava para conversar com aquele cara.

O sexto sentido de Gavin para mentiras impressionava os colegas, mas, às vezes, muitos olhavam para ele com algo parecido com desprezo. Como se não acreditassem o bastante no próprio trabalho para apreciar alguém que era bom no que fazia. Porque ele *era* bom no que fazia. Lentamente, tinha parado de prender imigrantes ilegais que apenas tentavam sobreviver para começar a deportar europeus mimados que não achavam que a lei se aplicava a eles, que tinham o direito ficar nos Estados Unidos pelo tempo que quisessem. Eram diferentes dos latino-americanos, que nem sabiam que direitos humanos *existiam* e que não esperavam nada além de um trabalho duro e ingrato, longe da família, e com um salário horrível.

Ainda assim ele não ficava satisfeito com as prisões. Sabia que alguns de seus colegas achavam que era a parte de que Gavin gostava, que ele se divertia ao ver as pessoas ficarem nervosas e desabarem na sua frente. Sabia que havia pessoas que adoravam aquilo. Mas não era nada de tão sério. Os europeus recebiam multas e eram mandados para casa. Era pior com os mexicanos. Alguns eram mandados para a cadeia sem entender o que estava acontecendo e, quando eram deportados, era uma catástrofe.

— Acho que tenho uma dica para você — disse o vizinho.

Gavin se forçou a pousar o ancinho e a se virar, torcendo para que a atenção fizesse o homem parar de falar.

— Espere aqui — disse o vizinho, afastando-se.

Voltou um minuto depois com duas folhas de papel. Gavin as pegou, relutante. O título dizia: *Newsletter de Broken Wheel*. Ele olhou para o vizinho com mais interesse.

— Tem uma livraria nova em Broken Wheel — explicou o vizinho.

Gavin leu os artigos. Sara. Podia ser uma coincidência, claro. Ou talvez houvesse duas Saras na cidade. O artigo não dava o sobrenome, mas a Sara Lindqvist do formulário que esperava aprovação em sua mesa tinha vindo para os Estados Unidos com um visto de turista (que ainda não havia expirado), conhecido um cidadão americano e se apaixonado por ele.

Não era permitido abrir uma livraria com um visto de turista, claro. Se ela havia feito aquilo, então o romance envolvente com Tom Harris teria que ser visto de uma perspectiva muito diferente.

— Posso ficar com isto? — perguntou, relutante, indicando os papéis com a cabeça.

— Claro — respondeu o vizinho, fazendo um gesto expansivo e revelando mais de seu peito.

Era outubro e o homem ainda estava bronzeado, pensou Gavin, enojado. Três botões da camisa estavam abertos sob a jaqueta.

Ele suspirou. Teria que visitar a livraria e conversar com a tal de Sara. Viu o sábado de folga desaparecer diante de seus olhos.

Na tarde seguinte, foi fácil para Gavin reconhecer Sara pela foto da newsletter. De onde estava parado, na calçada da livraria, ele podia vê-la trabalhar. Naquele instante, ela estava ocupada recomendando dois livros a um cliente e se movia com a calma natural de alguém claramente acostumado a trabalhar em uma loja.

Decidiu não entrar naquele momento. Em casos como aquele, preferia ter algo de concreto antes de conversar com o suspeito. No entanto, não duvidava de que chegaria à verdade.

A Sara Lindqvist do formulário estava em Iowa havia quase dois meses. Se realmente estivesse apaixonada a ponto de querer se casar por outras razões que não apenas o visto permanente, então outras pessoas saberiam. A cidade só falaria do romance. Eles teriam passado muito tempo juntos, arrulhando como bons pombinhos. Provavelmente já estariam morando juntos. Teria sido impossível não notar.

A não ser que já se conhecessem antes. As pessoas provavelmente saberiam disso também. Ele a teria apresentado como namorada ou amiga sueca. Mas também era ilegal entrar no país com um visto de turista caso a pessoa estivesse planejando se casar e ficar.

A lanchonete ao lado da livraria estava bastante cheia, mas a mulher atrás do balcão estava sozinha, sem fazer nada. Uma lanchonete era quase tão boa quanto um bar quando o objetivo era saber das fofocas.

Ele entrou e se sentou em um dos bancos. A mulher começou a fritar um hambúrguer que Gavin suspeitava ser para ele. O cheiro da gordura provocou ondas de náusea que inundaram seu corpo. *Aguente firme*, pensou. E descubra o máximo que puder, o mais rápido que puder.

Gavin já havia feito inúmeras entrevistas com pessoas impacientes muito parecidas com a mulher atrás do balcão. Pela sua experiência, sabia que as pessoas gostavam de falar. Se desse qualquer tipo de incentivo, elas contariam tudo o que ele queria saber. O truque era fazê-las falar e baixar toda a guarda, depois simplesmente ouvir o que quer que tivessem a dizer, apenas completando com algumas perguntas no caminho. Repetir a última frase, transformando-a em pergunta, costumava ser o bastante para manter um fluxo de conversa. Não era nada muito complicado.

Ele resmungou um obrigado pelo café que surgiu à sua frente e ergueu a xícara em um brinde silencioso.

— Imagino que sua família more em Broken Wheel há muito tempo — disse Gavin. Uma pergunta amistosa sobre a família costumava ser o bastante para quebrar o gelo com qualquer pessoa.

O rosto de Grace se iluminou.

— Ah — exclamou ela. — É engraçado que esteja perguntando isso. — Ela estendeu a mão. — Grace. Mas na verdade fui batizada como Madeleine.

Quarenta e cinco minutos depois, Gavin estava exausto. Não havia descoberto nada sobre Sara, mas agora sabia mais do que o necessário sobre a espingarda mantida sob o balcão. Em algum momento, um xerife também estivera envolvido no assunto.

Ele esperava que fosse uma velha história, apesar de a mulher ter dito algo sobre comprar uma espingarda, o que lhe parecia estranhamente atual. Só conseguira escapar porque, por algum motivo, o lugar ia fechar mais cedo. Quando saíra, a livraria também estava escura e vazia.

SÓ PELO SEXO

— Tem certeza de que vai se casar de vestido?
Todos estavam espremidos na loja maluca de Madame Higgins. Sara não tinha nem um pouco de certeza. Estava usando um vestido branco e bufante de noiva, velho, quase amarelado e claramente feito para uma moradora de Iowa matrona e com mais... autoridade.
— Você está linda — disse Jen.
— Sabe por que as mulheres se casam de branco? — perguntou Andy. Ninguém se deu ao trabalho de responder. — É óbvio. Todos os eletrodomésticos são brancos.
Sara riu. Jen tirou uma foto.
A loja de Madame Higgins comportava todos, mas os obrigava a se separar em grupos menores para que pudessem andar entre os vários vestidos volumosos. A vista para a rua Dois ficava totalmente bloqueada por três vestidos monstruosos, feitos de um tecido rosa-escuro.
Andy pusera duas garrafas de vinho e uma série de taças de plástico no balcão. Naquele instante, divertia qualquer pessoa que tivesse o azar de estar perto dele com histórias de Sara na cidade.
— A cara dela quando a gente fez o pedido. Estava morrendo de medo! — Ele piscou para Josh. — Mas não com tanto medo quanto o Tom. Apesar de ele ser a escolha lógica. Por um instante, achei que fossem tentar convencer a mim ou ao Carl. — Ele deu uma cotovelada em Josh. — É quase tanta doideira quanto escolher você, não é?
Josh lançou um olhar nervoso para ele. Estava espremido entre Andy e Grace, com um cabide pressionado contra suas costas. Caroline estava na outra ponta da loja. Levava um susto toda vez que ele chegava perto dela.
— Broken Wheel é bem tolerante, mas as pessoas não são malucas a ponto de aceitar isso.

— Por que... — começou Josh, mas foi interrompido pela gargalhada de Jen.

Sara notou que Jen havia desistido de fazer Andy levar aquela linda situação a sério. Ela se arrastou de volta para o provador (um canto que tinha duas faixas de tecido como "paredes") e se esforçou para tirar aquele vestido catastrófico. Tudo bem. O importante era que fosse branco. Nem a USCSI podia exigir que ela ficasse bonita nas fotos.

— Nossa, claro que não — disse Jen. — Mas tenho que admitir que pensei no Carl primeiro. Ele é bonito o bastante para convencer qualquer pessoa de que a Sara poderia se apaixonar por ele em algumas semanas.

— Mas ninguém teria acreditado que o Josh ia se apaixonar de repente por uma mulher.

— Não entendo por que é tão impossível que eu me case com uma mulher — respondeu Josh, irritado. — Existe uma coisa chamada bissexualidade, sabia?

Claire e George estavam de pé, um pouco afastados do grupo. Ele se sentia mais relaxado do que de costume, quase confiante em uma camisa de algodão simples. O primeiro botão estava aberto e a ponta da camiseta branca que usava por baixo contrastava claramente com a camisa azul. Ele se aproximou de Claire e disse, sorrindo:

— Você deve estar querendo saber por que parei de passar na sua casa.

— Não.

Ele riu.

— É claro, você deve ter visto.

— Vi.

— A Sophy, não é?

— E a Michelle.

— É... Mas ter a Sophy de volta vale o esforço. Ela é uma menina ótima. — Ele acrescentou, generoso: — Assim como a Lacey. — Não ouviu resposta.

Claire encarava Tom e Sara teimosamente, com uma expressão resoluta no rosto. George deu de ombros.

Enquanto os outros estavam envolvidos nos próprios assuntos, Sara pendurou o vestido horrível de volta e começou a procurar entre as outras opções, sem prestar atenção no que fazia.

Não sabia por que estava fazendo aquilo. Mais uma vez, jurou que ia conversar com Jen sobre aquele plano maluco e cancelar tudo. Então olhou para o sorriso maníaco de Jen, pensou nas milhares de fotografias que tirava e estremeceu. Era melhor escolher outro dia para falar.

Ela ergueu um vestido para vê-lo melhor. Era uma peça que não parecia ter nenhuma ilusão sobre amor e casamento. Perfeita para um casamento falso.

Sara suspirou e o pendurou de volta, mas não rápido o bastante. Quando se virou, Tom estava parado ao seu lado. Sara percebeu que ele a vira entre os vestidos. Era como se ainda estivesse tentando enganá-lo para que se casasse com ela.

— Tom — disse Sara, pondo uma das mãos no braço dele antes que ele tivesse tempo de dizer alguma coisa.

O olhar entre os dois ficou mais profundo quando ela tocou nele. Algo nos olhos de Tom se suavizou, como se ele estivesse vendo Sara *de verdade* pela primeira vez. Ela pensou no quão pouco a maioria das pessoas expressava pelos olhos. Pensou no quanto gostava dele.

O estranho foi que perceber aquilo não foi chocante. Ela nem entrou em pânico. Apenas olhou para ele, sem se mexer, e seu corpo inteiro relaxou, com certeza absoluta de que o amava. Era uma conclusão calma, como dizer que a Terra era redonda: ela existia, absolutamente clara, e não havia nada que Sara pudesse fazer. Sabia que aquele amor causaria problemas em longo prazo, mas, naquele instante, a certeza deu a ela um tipo de... paz.

E, pelo menos, deu a Sara a coragem de dizer:

— Tom, você não precisa fazer isso. — Tinha a mão no braço dele ainda. — Eu disse a Jen que essa história toda era loucura.

Tom riu.

— E ela ouviu você respeitosamente e cancelou tudo, não foi?

— Vou falar com ela de novo.

— Sara, eu assinei o formulário.

— Mas... — Ela piscou. — Por quê?

Ele deu de ombros.

— Era o que a Amy ia querer.

— Não é certo — lembrou Sara.

Tom só estava fazendo aquilo porque achava que era seu dever, pensou ela.

— Por que não? — perguntou ele, indicando as araras de vestidos com a cabeça. — Você já até achou um vestido.

Ela fez uma careta.

— Eu sei que a Jen já falou com o pastor e marcou a cerimônia para o próximo sábado. É melhor a gente continuar com o plano. Ninguém vai conseguir parar essa história agora. Você ainda pode dizer "não" quando o pastor fizer a pergunta clássica.

Sara tentava se agarrar a algum tipo de realidade. Não podia se casar para ter um visto de permanência. Não podia ir para um país estrangeiro e se casar com alguém que não conhecia. E não podia forçar outra pessoa a fazer aquilo.

Ela encarou os cabides e os vestidos velhos, como se os tecidos cansados, as cores e os cortes fora de moda pudessem manter seus pés no chão.

Mas tudo o que via era um precipício.

Era engraçado, pensou, como as pessoas sempre se mantinham no caminho mais seguro, se fechavam e mantinham os olhos no chão, fazendo o melhor que podiam para não olhar para a vista fantástica da vida. Como não viam as alturas a que haviam chegado, as oportunidades que as esperavam, não percebiam que deviam apenas pular e voar, pelo menos por um instante.

Sara se mantivera atrás de uma barreira de segurança a vida toda, mas agora estava ali, na beira do precipício, lidando cegamente com a ideia de que havia outras formas de viver e de que a vida podia ser muito intensa.

Estava reagindo à vista da mesma maneira que teria reagido se estivesse na beira de um precipício real. Sentia-se zonza e tinha uma vontade enorme de pular, apesar das possíveis consequências. Imaginava como seria apenas cair, *queria* cair, mas também sentia a mesma vontade enorme de voltar a um lugar seguro.

Você o ama, pensou ela, mas não sabia se era um bom argumento para pular ou recuar.

— Deixa pra lá, Sara — disse Tom, como se pudesse ler os pensamentos dela. A moça desejou que não pudesse. — Você quer ficar, não quer?

— Quero — respondeu ela simplesmente. Olhou para ele. — É que eu gosto tanto de todo mundo... É a primeira vez na vida em que sinto que me encaixo em algum lugar. — Ela ficou em silêncio. Depois perguntou: — Você ainda vai se mudar para Hope? — Não pudera evitar.

— Eu nunca teria me mudado, mas vou começar a trabalhar lá daqui a algumas semanas. Vai ficar tudo bem. — Ele deu de ombros. — Se a gente se casar, você não vai precisar se mudar comigo para Hope — disse, abrindo um sorriso seco. — Mas talvez seja melhor você morar comigo por um tempo — continuou. — A gente tem que saber mais um sobre o outro. Se você come alpiste no café da manhã, por exemplo.

— Alpiste? — perguntou ela. Não estava entendendo.

— É de um filme — explicou ele. — Com Gérard Depardieu e Andie MacDowell.

— Ah. Não vejo muitos filmes. Eu...

— Prefere livros — completou.

Dessa vez, ele sorria.

* * *

— E aí? — perguntou Jen. — Você acha mesmo que o Josh está apaixonado pela Sara?

— E por que estaria? — quis saber Andy.

— Aquela história toda de ser bissexual. Achei meio suspeita. — Ela encheu uma taça de plástico. — Ele falou de um jeito muito enfático.

— Ele já esteve alguma vez na livraria? — perguntou Grace.

— Não... — respondeu Jen, hesitante. — Não nos últimos tempos.

Ela ergueu a garrafa de vinho para Grace e Andy, que estenderam suas taças.

— Exatamente — disse Andy.

— Mas talvez ele tenha alguma mulher em algum lugar — insistiu Jen. — Mas não aqui em Broken Wheel. A única mulher que já vi com ele foi a Caroline.

Grace e Andy a encararam.

— Caramba, Jen — exclamou Andy, acrescentando, pensativo: — Os dois estavam bebendo cerveja juntos depois da festa. E foram embora juntos.

— Cerveja? — perguntou Jen. — A Caroline?

Os três automaticamente olharam para Josh e Caroline. Ele pusera uma das mãos no braço dela e ria de alguma coisa que a mulher dissera. Ela havia retirado o braço imediatamente, mas não fora o toque que os incomodara. Josh estava rindo de alguma coisa que Caroline havia dito? Alguma coisa devia estar acontecendo.

— Talvez ele tenha bebido... — sugeriu Grace.

— Viu? — disse Jen.

Andy havia parado de rebater os argumentos dela. Um olhar preocupante de determinação aparecera em seus olhos.

Quando Josh passou por ele, Andy agarrou o braço do jovem e disse:

— Jen está criando umas teorias muito interessantes.

Josh olhou para ele com calma.

— É?

— São muito engraçadas, na verdade. Ela acha que você e Caroline estão juntos.

Josh não disse nada.

— É uma acusação maluca — continuou Andy. — Justo a Caroline?

— Hum-hum.

— Eu sabia que não era verdade. Com todo o respeito à bissexualidade e às mulheres mais velhas, ninguém conseguiria se aproximar dela sem ser congelado pela frieza. Ou sem fazer um voto de castidade. — Andy riu da própria piada, mas acrescentou para ser justo: — Não, não, eu suponho que *algumas* pessoas poderiam transar com ela. Pelo menos ela está bem conservada. Mas você? Com a *Caroline*?

— É claro que não tem nada acontecendo entre mim e Caroline — afirmou Josh sem emoção.

Andy deu uma série de tapinhas no braço dele.

— Claro, claro — concordou, acrescentando esperançoso: — E você tem certeza de que ela não está gostando de você? Muitas mulheres mais velhas se apaixonam de repente por homens mais jovens. Vejo isso acontecer o tempo todo.

Josh riu, mas foi uma gargalhada sem alegria.

— Posso jurar a você que Caroline não está nem um pouco interessada em mim — disse ele.

— Não? — Andy soou decepcionado.

— Não — respondeu Josh. — Ela só está comigo pelo sexo.

Sara Lindqvist
Kornvägen 7, 1 tr
136 38 Haninge
Suécia

Sara!

Só tenho mais um papel, então vou responder sua última carta com mais detalhes quando John me trouxer mais, mas só queria escrever agora para contar que fiz Tom tirar livros das minhas prateleiras a manhã toda. Você estava certa! Eles têm cheiros completamente diferentes. Que coisa boa de descobrir no fim da vida! Eu ainda não conseguiria passar por um teste vendado, mas pode apostar que vou praticar. Já encomendei três tipos de brochura diferentes, um livro de fotografias e um romance em capa dura para ver que cheiro têm.

 Tenho que admitir que Tom não entendeu o que eu estava fazendo. Eu disse que tinha sido uma dica da "minha grande amiga Sara, da Suécia", e isso fez com que ele se calasse. Na minha idade, é muito especial poder falar sobre novos amigos.

 Não que Tom fosse dizer alguma coisa. Ele é educado demais para isso. Meu sobrinho só olha para a gente *daquele jeito*, como se estivesse rindo com ou de você, mas faz o que a pessoa quiser se gostar dela. Tom pode levar as coisas um pouco a sério demais, mas pelo menos também tem brilho nos olhos. Talvez seja possível ser feliz sem isso, mas meu conselho é: nunca se case com um homem que não tenha alegria nos olhos.

 Não é um conselho que eu mesma tenha seguido. Em minha defesa, devo dizer que era jovem na época e não sabia o que queria. Nem os olhos do John riam para mim. Mas agora eles sorriem às vezes, então acho que basicamente depende das circunstâncias.

 Se um dia você vier para cá, espero que goste do John. Ele é, sem dúvida, a pessoa mais extraordinária que já conheci. Enquanto estou escrevendo isso, ele está sentado na poltrona costumeira, ao lado da minha cama. (Já mencionei que tenho um probleminha chato que às vezes me deixa de cama? Mas tudo bem.) Tenho quase certeza de que sabe que estou escrevendo sobre ele e que provavelmente quer reclamar disso; ele sabe que só escrevo coisas positivas e acha que eu exagero. Mesmo assim, está sentado aqui, cheirando um livro em brochura. Essa é uma das coisas que me dá mais satisfação quando analiso minha vida: saber que pude viver tamanha amizade, conhecer um homem assim e ter o bom senso de gostar dele.

    Então é isso. O papel acabou justo quando eu estava começando a ficar insuportavelmente sentimental. Mas tenho uma última pergunta: você não gostaria de vir me visitar?

Um beijo,
Amy.

P.S.: Isso não é só uma vontade passageira e confusa de uma idosa. Se um dia você quiser visitar uma cidade pequena ou só tirar férias em um lugar tranquilo, então espero que saiba que será muito bem-vinda aqui. Posso mostrar a rua Jimmie Coogan a você, podemos conversar sobre livros e, bom, passar um tempo juntas. E você não ficaria totalmente à minha mercê. Todos nós cuidaríamos de você e distrairíamos você da melhor forma que pudéssemos. Pense nisso.

SRA. HURST
(LIVROS: 4 – VIDA: 0)

Parecia uma mistura muito doce de panquecas e salsichas, mas, quando Sara pensou bem, devia ser exatamente isso.

Tom havia feito *corn dogs* para ela e, enquanto Sara os comia como aperitivo, ele picava cebolas e fritava carne moída para montar Sloppy Joes. Ela estava sentada na casa dele, desesperada, tentando evitar as lágrimas. Ele preparara *corn dogs* para ela! Um prato americano absolutamente genuíno.

Tom fizera compras depois de deixá-la na casa de Amy, onde ela pegara tudo de que precisava para ficar na casa dele. Quando fora buscá-la, ele tinha se recusado a dizer o que iam comer no jantar.

Corn dog era uma massa feita de ovo, muito açúcar (que parecia estar incluído na maioria das receitas americanas, pensou Sara, depois de ter visto Tom adicionar uma bela quantidade à carne moída também) e farinha de milho, que, depois, era posta sobre uma salsicha. A salsicha era bem frita em uma frigideira cheia de óleo quente. A massa normalmente se espalhava um pouco, por isso os *corn dogs* ficavam um pouco mais chatos e retangulares do que as versões redondinhas e uniformes que ela vira nas imagens das receitas, mas Sara achou que aquilo era mais verdadeiro. A salsicha parecia fervida e mais doce do que o normal. Ela se serviu de outra.

Nenhum dos dois havia mencionado Caroline, mas Sara não conseguiu deixar de pensar nela. A moça vira algo de tão... vulnerável nos olhos da mulher.

Todos os presentes tinham ouvido o que Josh dissera na loja de roupas e se virado para Caroline no mesmo instante. Mas ela apenas erguera um pouco o queixo, olhara para os outros com o costumeiro olhar confiante e levemente frio. Em seguida, cumprimentara Madame Higgins com um aceno rápido de cabeça e fora embora, sem olhar para trás.

O rosto dela ficara um pouquinho mais pálido, pensou Sara, e as rugas mais pronunciadas, mas tinha sido tudo. Nenhuma palavra. Nenhum olhar.

Uma saída digna.

Todos sabiam que tinha sido apenas uma piada, mas Sara ficara decepcionada com Josh. Não fora engraçado.

Andy gostara, é claro, mas Sara sentira pena, apesar de Caroline ter lidado bem com a situação e de nunca ter desejado aquilo.

Tom se virou e tomou um gole de cerveja. A postura enfatizava os músculos de sua barriga e de seus ombros. A cozinha, de repente, pareceu muito menor.

— O truque do Sloppy Joes é a consistência — disse ele. — A gente tem que conseguir dar uma mordida na carne sem que a coisa toda desmonte. Mas ainda assim tem que fazer certa meleca. O segredo é ir separando a carne enquanto ela cozinha.

— Então Sloppy Joes é só carne moída em pão de hambúrguer? — perguntou ela.

— Isso.

— Sem legumes?

— Tem ketchup na carne. Isso conta?

Sara riu e tomou um gole de cerveja e, enquanto Tom se virava de novo para picar um pimentão verde, uma cebola e alho, ela imaginou como sua vida poderia ser. Poderia trabalhar na livraria e voltar para casa toda noite para preparar o jantar para alguém que brincaria com ela e com seus livros, num tipo de mundo mágico de... rotina e amizade. Seria realmente pedir muito?

— A carne está pronta quando você tira um pedaço grande com a espátula e ele não se desfaz — continuou Tom. Ele demonstrou erguendo um pouco da carne moída, que imediatamente caiu pelas laterais. — Mais um pouquinho então.

Ela sorriu, mas lembrou a si mesma que não podia se distrair. Exatamente porque a noite havia sido tão boa Sara teria que mencionar um assunto que a incomodava desde a conversa na loja de vestidos. Talvez porque precisasse lembrar aquilo a si mesma, talvez para mostrar a ele que não estava se iludindo.

— Tom — disse ela —, a gente não tem que continuar morando junto depois do casamento. Você pode continuar sua vida normalmente. Não vamos envolver nenhum... sentimento nisso. — Ela quisera dizer aquilo de modo firme e calmo, mas a frase saíra mais como uma pergunta.

O sorriso nos olhos de Tom desapareceu. Ele se voltou para a pia outra vez.

— É claro — concordou. — Sem sentimentos.

— Eu posso ficar na casa da Amy. Ou dormir no sofá.

Ela já devia ter parado de falar. Dormir no sofá? Que coisa ridícula. Parou de pensar em uma possível vida agradável e se imaginou na sala de estar, tentando se tornar invisível enquanto um fluxo constante de amantes de Tom passava pela casa pelos dois anos que teriam que ficar casados para que ela recebesse permissão para trabalhar.

Controle-se, Sara. Você vai poder ficar.

Não estar com Tom era um preço muito pequeno a pagar para finalmente pertencer a algum lugar.

— Você vai poder continuar saindo com outras pessoas — disse ela, porque sentiu que devia.

Tom nem se deu ao trabalho de responder. Ela supôs que aquilo era óbvio para ele desde o início.

Os dois iam dormir na mesma cama.

Ela repetira a oferta idiota de dormir no sofá, mas, como ele havia demonstrado, era uma ideia estúpida. Se não dormissem na mesma cama, como ele saberia se ela roncava, por exemplo? Com certeza seria uma das primeiras perguntas do departamento de imigração. Sara havia protestado, mas ele simplesmente respondera que era uma coisa que ninguém saberia responder sobre si mesmo.

Ela não teria nada contra dormir com ele se tivesse pensado, mesmo que por um segundo, que aquilo era um plano para levá-la para a cama.

Mas não era. Tom deixara claro de forma deprimentemente rápida e agora os dois estavam deitados bem afastados um do outro.

Tinham se despido no escuro, mas a luz da lua passava pelas cortinas e a deixara ver um pouco da pele e do peito nu de Tom antes que ele se deitasse. Aquilo não havia ajudado a manter a paz de espírito da moça.

Ela suspirou baixinho.

Os lençóis dele tinham um cheiro estranho, fresco e másculo. Sara o ouviu respirar ao seu lado e sentiu um desejo insuportável de tocá-lo. Para se impedir, uniu as mãos no peito e ficou ali, deitada, olhando para o teto desconhecido.

Tom não estava interessado nela, mas, lembrou a si mesma, aquilo não era uma catástrofe. Nem uma novidade. Às vezes sentimentos não eram recíprocos. Ela não esperava nada, de verdade.

O mesmo era verdade em relação aos livros. Sara sabia que Tom achava que ela os preferia porque eram mais alegres do que a vida, mas, mesmo nas páginas escritas, as pessoas eram abandonadas, separavam-se e perdiam entes queridos. Tanto na vida quanto nos livros, as pessoas no fim se apaixonavam outra vez. Não havia nenhuma diferença entre livros e a vida naquele caso: ambos incluíam histórias de amor felizes e infelizes.

Mesmo assim. Deitada ali, rígida, de costas, olhando para o teto, ouvindo o barulho suave e regular da respiração de Tom, Sara se sentiu mais solitária do que jamais se sentira em Broken Wheel.

É claro, nos livros, podia-se ter mais confiança de que tudo acabaria bem. O leitor passava pelas decepções e complicações consciente, no fundo, de que Elizabeth sempre ficaria com o seu sr. Darcy no final. Na vida, ninguém podia ter a mesma fé. No entanto, cedo ou tarde, lembrou a si mesma, alguém que ela poderia considerar o seu sr. Darcy apareceria.

Isso se ela se considerasse uma das personagens principais.

Sara quase se levantou da cama ao perceber aquilo. Tom se mexeu ao seu lado, e ela se forçou a relaxar outra vez, mas sua cabeça ainda estava muito abalada.

Me ajude, pensou, *não me deixe ser uma das coadjuvantes*.

Ela não via problema em ainda não ter encontrado o seu sr. Darcy. Na verdade, nunca esperara conhecê-lo. Antes de ir para Broken Wheel, sempre quisera ser apenas uma coadjuvante. Ser a protagonista teria sido pedir demais. Era muito melhor aparecer de vez em quando e ter o tipo de caráter que podia ser descrito em duas frases durante um encontro com a protagonista. Mas agora... Pensar que Tom estava destinado a conhecer outra pessoa a enchia de medo. Seus pensamentos naturalmente se voltaram para Claire, mas Sara tentou esquecer a ideia.

Imagine se ela, Sara, fosse *Caroline Bingley*, e não Lizzy Bennet.

Ou a sra. Hurst.

Broken Wheel, Iowa
22 de maio de 2011

Sara Lindqvist
Kornvägen 7, 1 tr
136 38 Haninge
Suécia

Querida Sara,

Naturalmente estou feliz por saber que você andou economizando dinheiro, ainda mais porque sua situação de trabalho está muito incerta (apesar de isso significar que talvez você tenha mais tempo para ficar com a gente), mas não quero envolver dinheiro nisso. Eu fiz um convite a uma velha amiga. Como nossos livros já se conheceram, você não acha que também é hora de nos conhecermos? Por isso não posso deixar que você pague nada. Sinto muito, mas vai ter que me deixar decidir dessa vez.
    Só de pensar em deixar você pagar para se entediar com uma velha! Sinceramente, a vida não é uma competição para pagar as coisas.
    Viva um pouco. Leia um pouco. Fique o tempo que quiser, de graça, mas venha logo.

Um grande beijo,
Amy

AMY HARRIS SE ENVOLVE NO ASSUNTO POR INTERMÉDIO DE UM REPRESENTANTE

Talvez não seja o fim do mundo, pensou Sara. *Muita gente já se casou antes. Até com pessoas absolutamente comuns.*

Fora do carro, o milho passava correndo. A colheita havia começado em alguns dos campos, que surgiam em intervalos regulares, como faixas nuas e planas entre a paisagem formada por ondas de milharais.

Tom parecia descaradamente alerta e descansado ao lado dela, e, como se quisesse confundi-la, o dia estava quente e ensolarado.

Se ela ia ficar, pensou, tinha que encontrar uma forma de se sustentar. Ainda tinha algum dinheiro na poupança, mas ele não duraria para sempre, e Sara não planejava deixar Tom pagar nada para ela.

Mais clientes tinham começado a frequentar a loja. Agora, ela vendia alguma coisa quase todos os dias. No entanto, não conseguiria viver apenas com a venda de três brochuras por dia.

Já que ia ficar, tinha que melhorar sua estratégia de venda.

Sara sorriu para si mesma e olhou para Tom. Era uma ideia vertiginosa. Ter tempo, poder continuar o trabalho na livraria. Quando notou que ela olhava para ele, Tom abriu um sorriso. Depois voltou a atenção para a estrada. Quase bateu em outro carro.

Talvez ela pudesse criar um site para a livraria. Era algo que já vinha considerando ainda na Suécia. Uma combinação de blog literário e loja on-line com um toque pessoal. Entrevistas com autores locais, além de todos os livros escritos sobre Iowa ou por alguém do estado. Uma versão on-line das pequenas livrarias independentes que costumavam existir. Ela se perguntou se as pessoas estariam dispostas a viajar para muito longe para visitar uma pequena livraria charmosa. Achou que, se vendesse livros de autores que conheciam, com certeza viriam. Não devia subestimar o poder de propaganda dos amadores entusiasmados. Podia fazer uma prateleira sobre o condado de Cedar ou talvez uma prateleira virtual sobre todos os condados de Iowa.

Você só está se enganando, pensou Sara, perversa. Parte dela parecia determinada a estar de mau humor. Provavelmente a parte que não havia dormido a noite toda e estava com dor de cabeça.

Nem a imagem de Tom sorrindo para ela a animara.

— Por que você não gostou de mim quando me conheceu? — perguntou ela antes que pudesse se impedir.

Na mesma hora se arrependeu. *Não responda*, quis dizer. *Vamos só continuar fingindo*.

— Não gostei de você? — perguntou Tom.

— Quando me deu carona até o Square. — Ótimo, provavelmente ele nem se lembrava daquilo.

Tom estacionou em frente à livraria, desligou o motor e olhou para ela.

— Mas eu gostei de você.

— Não pareceu.

Ele passou os dedos entre os cabelo.

— Eu estava cansado. Foi na semana seguinte à morte da Amy. Eu não queria me envolver com nada na época.

— E o que fez você mudar de ideia?

— Sobre você? Já disse que gostei de você.

— Sobre se envolver. Você definitivamente está envolvido agora.

Ele riu.

— Mas é uma romântica mesmo... — Tom sentiu que ela falava sério, porque acrescentou: — Eles sabem ser muito convincentes.

— Eles?

— A Jen e o Andy lideraram a iniciativa, mas, por mais estranho que seja, o George foi o mais eficiente.

Sara piscou.

— George convenceu você a se casar comigo?

— Como eu disse, ele foi muito eficiente.

Tom sorriu. Sara não.

— Além disso, não senti que era a primeira vez que a gente estava se vendo.

— Não entendi.

— Quando fui buscar você naquele dia. Não parecia a primeira vez. Amy falava de você o tempo todo.

Sara sorriu, mas de forma triste.

— E de repente lá estava você, como se tivesse saído de um dos livros dela. Tinha até um no bolso. E não finja que não preferia ter ficado lendo a conversar comigo.

Então ele se lembrava.

— Bom, você não foi muito simpático. Na época, quer dizer.

Tom olhou para Sara até que ela desviou o olhar.

— Sinto muito — disse ele.

Ela balançou a cabeça.

— Tudo bem. Você estava cansado e triste. Além disso, não me conhecia.

— Eu sabia que você deixava a Amy feliz. E talvez não conseguisse lidar com isso. Com o fato de você estar aqui, e ela não. Ela queria muito conhecer você, mas só eu teria essa oportunidade. Na época achei que era uma pena. Ela chamava você de "minha amiga da Suécia".

Sara engoliu em seco. Não fazia ideia do que dizer. Ficou sentada ali até que Tom se inclinou sobre ela e abriu a porta.

— Vá vender livros — disse ele.

Ela, de alguma forma, conseguiu sorrir.

Então ele havia sido convencido a se casar com ela. Será que aquilo importava? Sara queria ficar, e ele estava disposto a oferecer a ela um meio de fazer isso. Se tivesse sido absolutamente contra a ideia, com certeza teria conseguido dizer "não" a George, não?

Grace estava apoiada na porta e acenou quando Sara passou.

— Quer café? — gritou.

Sara ficou feliz com a interrupção. Queria uma folga dos próprios pensamentos.

Grace serviu uma xícara para cada uma e se apoiou no balcão.

— Eu não consigo entender por que você quer ficar.

E por que não deveria?, pensou Sara. A própria Grace claramente não tinha planos de se mudar. Por que ela podia pertencer à cidade se Sara não podia — só porque havia acontecido um erro no nascimento e a moça fora parar em Haninge?

— Já contei a você sobre a vez que fizeram uma petição contra a minha avó? O título era "Amazing Grace Is the Devil in Disguise". — Ela olhou esperançosa para Sara, que brincava com a xícara de café. — Igual à canção do Elvis. Dá para imaginar? Uma fã do Elvis em Broken Wheel. Quem quer que tenha inventado isso deve ter se divertido muito. As carolas não pescaram a referência, só concordaram que ela era realmente o demônio disfarçado. Isso era na época em que o Elvis ainda era polêmico.

— É, mas você nunca saiu da cidade.

— Eles ainda podem me expulsar — disse Grace, dramática, antes de acrescentar de forma mais prosaica: — Bolos caseiros!

— Por favor... — retrucou Sara. — Nem você nem sua avó tiveram realmente problemas para serem aceitas aqui.

— Que coisa horrível de se dizer!

— Eles gostam de você — afirmou Sara. — Querem que fique. E você gosta deles, apesar de fingir que não se encaixa aqui. Até a sua avó ficou. Eu aposto que ela gostava da cidade também.

Parecia que Sara tinha dado um tapa em Grace.

— Gostar! — exclamou antes de continuar, desesperada: — Não era só a minha avó. Nós, Graces, sempre fomos excluídas. Vendíamos bebida! Brigávamos! É...

— Praticamente uma tradição familiar — terminou Sara. Mas não queria ser injusta, então acrescentou: — Talvez não seja culpa sua. Os tempos mudaram. Imagino que seja mais difícil ser excluída hoje em dia.

— Vou te contar... — respondeu Grace, amarga. — Nada é mais chocante no mundo de hoje. Ser bêbada, imoral, violenta... É tudo culpa de Hollywood.

— É, e também tem o fato de você vender hambúrgueres agora.

Caroline o deixou entrar na segunda vez em que ele passou na casa dela. Josh já havia estado lá no final *daquela noite* (ela ainda não conseguia pensar na história sem estremecer), mas não pudera conversar com ele.

— Eu sei que fiz papel de bobo — disse ele, passando a mão pelo cabelo, nervoso.

— É — concordou ela. Não estava irritada com ele, na verdade. Não conseguia nem ter energia para isso.

— Eu disse que você não estava apaixonada por mim.

— Você disse que a gente *transou*.

— Eu *sei*. — Ele se esqueceu de soar arrependido. — Mas estavam me provocando — afirmou, irritado. — Talvez seja uma coisa boa. A mulher mais velha e forte com um jovenzinho do lado? — Ele se interrompeu ao ver o modo como Caroline o olhava. — Talvez não.

— Talvez não — concordou Caroline.

Ela não havia saído de casa naquele dia. Estava pensando seriamente em nunca mais sair, mas notara que ele não tinha entendido e achava que devia pelo menos tentar explicar. Só queria que ele tivesse ficado calado para que pudessem ter continuado por um tempo. No entanto, era inevitável que todos soubessem um dia.

— Como mulher mais velha e solteira... — começou ela.

Ele pareceu interessado. Como se os pensamentos dela significassem alguma coisa para ele. Não significariam por muito tempo.

— Como mulher mais velha e solteira, a única coisa de que posso ter certeza é de que serei ridicularizada, mesmo que não faça nada. As pessoas vão rir de mim. É isso que elas fazem. Não costumo ligar porque foi uma escolha que fiz. Entendeu?

Ele claramente não entendia.

— As pessoas podem não gostar de mim, mas eu faço as coisas. Elas riem de mim, eu encho o saco delas e, de alguma forma, posso dizer que escolho sobre o que elas podem rir. Todos convivem tranquilamente. Mas agora... o equilíbrio acabou. Elas vão rir de mim por outras razões. Será que dá para entender que, a partir de agora, eu nunca mais vou ser só Caroline?

— Quem mais você seria?

Ela não sabia explicar direito.

— Nossos relacionamentos anteriores... — começou. — A partir de agora, isso vai ser parte de quem eu *sou*. Vou ser "Caroline que se joga nos menininhos" ou "Caroline? Você sabia que ela tem casos com caras muito mais novos?". Você, eu imagino, vai continuar sendo só Josh. E elas vão estar certas. Vão rir disso e eu não vou poder falar nada. Quando riam de mim por ser determinada ou por dar broncas, eu podia me defender. E eu ainda era só Caroline.

— Mas por que a gente tem que se esconder? Sara e Tom foram sinceros, vão se casar na frente da cidade inteira, foram pedidos em casamento por um coletivo!

— Primeiro, porque Sara e Tom não estão juntos. Além disso, eles têm a mesma idade. — Ela acrescentou baixinho: — E porque o mundo não é justo. — Tentou argumentar com ele. — Embora não seja justo que você tenha que se esconder. Não fui até a sua casa, entrei arrebentando a porta e contei aos seus pais sobre os seus namorados, fui?

— Eu não tenho namorado nenhum, pelo amor de Deus.

Ela não se deu ao trabalho de responder. Ainda estavam parados no corredor. Caroline não planejava deixá-lo entrar, mas aquilo fazia com que ele estivesse muito próximo dela.

— Sinto muito — disse Josh em um tom abrupto e irritado que, mais uma vez, não pareceu nem um pouco arrependido. — Não tem nada que eu possa fazer para consertar isso?

Ela desejou que o mundo fosse um lugar melhor ou que ela não tivesse que ser a pessoa responsável por mostrar a ele como a vida realmente era. Caroline apoiou um dos ombros na parede e lentamente a tocou.

— Isso não é uma coisa que você possa consertar, Josh. Daqui a pouco, quando perceberem que não estamos mais juntos, vou ser "Caroline, a coitadinha solitária que achou que um mocinho fosse gostar dela" ou "Caroline, você sabia que ela foi abandonada por um cara mais jovem?". Talvez um dia me deixem em paz.

— Quando virem que a gente não está mais junto?

— Não quero mais sair com você — disse ela com o máximo de gentileza que tinha, apesar de saber que ele não ligaria por muito mais tempo.

Josh ficou pálido. Seu rosto adquiriu um tom esbranquiçado preocupante e, por um instante, algo quase feroz surgiu em seus olhos. Ela deu um passo para trás, não por medo de que ele a machucasse, mas por medo de que a tocasse outra vez e que ela gostasse.

No entanto, quando, por fim, falou, Josh tinha a voz fria, quase inexpressiva, e mal escondia a raiva.

— Pode me largar se quiser, Caroline, mas não finja que é por causa do que as pessoas vão comentar. Você pode ser a "Caroline que acabou de ser abandonada" agora, apesar de isso não ser um título muito justo, mas nunca foi só Caroline. Muito antes de eu aparecer, já era a "coitada solitária da Caroline" ou "Caroline, o clichê ambulante da carola".

Ela o encarou.

— Adeus, Josh — disse sem nenhuma gentileza, passando por ele para abrir a porta com força. Ela indicou a rua com a cabeça, e Josh deu alguns passos para trás.

— *Caroline*. Eu não quis dizer...

Ela já havia fechado a porta.

Quando ia trocar as pilhas de livros ao lado das poltronas, os olhos de Sara pousaram em *Eragon*. Ela sorriu para si mesma, sentindo-se inspirada. Um livro para uma menina que gostava de dragões. Ela pôs a obra embaixo do balcão para entregar a Sophy da próxima vez que ela aparecesse.

— Acho que você já sabe, mas Amy e eu éramos muito amigos.

Sara olhou para fora. John estava parado à porta. O sol estava atrás dele, por isso era difícil ver sua expressão, mas sua voz soava lenta e cansada, e ele tinha os ombros caídos. O período seguinte à morte de Amy não havia feito bem a ele.

Ela fez que sim com a cabeça.

— Você nunca conheceu Amy, mas ela era uma mulher fantástica.

— Eu sei — respondeu Sara. Lembrou-se do que Tom dissera no carro e acrescentou, sem olhar direito para John: — Você acha que ela teria gostado de mim?

— Ela gostava de você.

— E... da livraria?

Um breve sorriso passou pelo rosto dele.

— Da livraria também. — John olhou para ela, sério. — Mas ela não ia querer que você se casasse sem amor.

Sara involuntariamente agarrou os livros que tinha à sua frente.

— É claro — concordou.

Não achou que John soubesse como o aviso era desnecessário. Tinha se apaixonado por Tom e pela cidade muito tempo antes. Encontrou coragem para dizer:

— Eu sei quanto você significava para ela. Muito mais do que o próprio marido. Você era o Robert Kincaid dela, esperando na chuva.

John continuou, como se não a tivesse escutado.

— E ela não ia querer que Tom fizesse isso.

Sara se perguntou se John achava que ela havia prendido Tom em uma armadilha, se achava que ela apenas estava usando o amigo dele.

A raiva fez com que fosse mais fácil olhar nos olhos dele e a forçou a dizer:

— É, mas a própria Amy fez isso. — Ela não pôde deixar de acrescentar: — Por que vocês dois não se casaram? Como a Amy pode ter sido tão... *fraca*? Por que ela não quis desafiar o preconceito?

Sara não conseguia entender. Amy havia cuidado de Andy e ficado feliz ao receber o cartão com o homem seminu. Era incompreensível.

— Ela sabia o que era se casar sem amor — respondeu John, fazendo um tipo de confissão relutante.

Sara viu certo consolo naquilo. *E daí?*, queria dizer. A própria Amy fez isso. Mas, pensando bem, sabia que não era um bom argumento. Sara tinha certeza de que Amy nunca ia querer que seu sobrinho fosse sujeitado à mesma coisa pela qual passara e da qual se arrependera.

— Ela não ia querer que Tom fizesse isso — repetiu John.

Sara suspirou. Não, não ia. Não bastava que uma pessoa amasse a outra em um casamento.

Ao sair, John parou e se virou. Sara não ousou erguer os olhos e fixou o olhar na pilha de livros à sua frente.

— Não foi Amy que foi fraca demais para se casar comigo — disse ele. — Fui eu.

A ESCURIDÃO DOMINA GEORGE

George voltou da prova do vestido e entrou em um inferno particular. Iniciou-se pela forma improvável de um carro e de um gerente de uma lanchonete chamado Ronald.

O carro estava estacionado na vaga de George e, ao lado dele, havia duas malas floridas, fechadas, esperando.

Seu primeiro pensamento foi: então ele veio buscá-la. George ficou feliz por Michelle. Era realmente um idiota, pensaria depois. Só um velho besta. Outra vez.

O gerente da lanchonete saiu do apartamento de George como se fosse dono do lugar, mas, para ser sincero, não pareceu um babaca. Sorria muito e cumprimentou George com simpatia demais.

— Ronald Lukeman — disse ele. — Tenho certeza de que a Michelle falou sobre mim.

— Falou — respondeu George.

— Mulheres, não é?

Como não sabia mais o que falar, George disse:

— É.

Michelle saiu depois, usando uma calça jeans justa e um belo penteado. Pusera sombra demais para Broken Wheel, mas, desde que voltara, ele ainda não a vira tão bonita. Também parecia um pouco boba, parada ali ao lado de Ronald. Estava feliz.

Então Sophy saiu. Estava de jaqueta e segurava um par de luvas.

— Você... você vai embora? — perguntou George.

Michelle passou de feliz a exasperada em dois segundos.

— Faça o favor de se controlar, George.

— Mas...

Ele não conseguia pensar no que dizer. Michelle simplesmente passou por ele, deixando o cheiro doce demais de seu perfume no caminho. Ronald estendeu a mão e George a apertou, distraído.

— Sophy — chamou, olhando intensamente por sobre o ombro de Ronald.

A menina parou quando chegou ao lado dele.

— Ele veio buscar minha mãe no fim das contas — disse ela, repetindo o pensamento de George. Ela sorria, como se estivesse feliz por ter estado errada.

George engoliu em seco.

— Então — disse ele —, você... — Limpou a garganta. — Você vai embora?

— É o que parece.

— Sophy! — chamou Michelle.

George se virou e olhou para eles: Michelle e Ronald estavam parados ao lado do carro, as malas já guardadas... George tentou desesperadamente pensar em alguma coisa, qualquer coisa, para dizer, mas, no fim, não conseguiu.

Sophy deu um abraço rápido nele, George piscou e então todos se foram. Ela se fora. Outra vez.

Quando entrou em casa, o apartamento amarelo-claro não continha nenhum sinal de que as duas haviam estado nele, com exceção de dois bilhetes na mesa da cozinha.

George, estamos indo embora, dizia um deles.

Obrigada por nos deixar ficar aqui, dizia o outro.

Ele percebeu duas coisas, de pé ao lado da geladeira, com os bilhetes ainda na mão: ela não havia deixado um endereço, e a escuridão o havia dominado outra vez.

Perdê-la era ainda mais difícil daquela vez.

Talvez porque tudo tivesse sido mais incerto da primeira vez. Na época, tinha sido algo gradual: todos os problemas, as brigas, as malas. A partida. Ele não tinha se permitido pensar que poderia ser para sempre. Sophy ia voltar, pensara, mesmo muito depois que as pessoas haviam começado a lançar olhares de pena para ele.

Quando fora forçado a admitir que ela não ia voltar, ele havia começado a beber, e isso o ajudara. Tinha afogado a pior parte de suas mágoas quando finalmente desistira.

Tinha se esquecido de como doía. Mesmo assim, não conseguia se lembrar de ter sido tão ruim quanto estava sendo naquele instante.

George sabia, sem sombra de dúvida, que ninguém podia esperar que um pai perdesse a filha duas vezes. A percepção deu a ele um tipo de consolo perverso. Ele havia conseguido lidar com a perda uma vez. Não tinha nenhuma intenção de fazê-lo de novo.

Por mais estranho que parecesse, seus pensamentos não se voltaram imediatamente para a bebida.

No dia depois em que toda a Broken Wheel tinha ido comprar um vestido de noiva e Sophy havia desaparecido, ele ficou sentado à mesa da cozinha, pensando em como algo simples e automático como a respiração podia, de repente, parecer tão difícil. Viu a escuridão crescer outra vez e não fez nada para se proteger dela.

Por fim, seus olhos passaram dos bilhetes na mesa da cozinha para a garrafa de vinho aberta de Claire.

Ele se perguntou se devia esvaziá-la.

Pensar nisso não afetou sua consciência, apesar de ter prometido a Sophy que nunca mais beberia. Ele agora sabia que não fizera a promessa à Sophy real, apenas a uma voz em sua cabeça. Nem mesmo a uma voz, já que ela nunca respondera, e George não conseguia mais conversar com ela. A Sophy verdadeira havia levado a Sophy imaginária quando fora embora.

Ele não conseguiu reunir energia suficiente para se levantar e chegar até a garrafa. Mesmo sentado, sentiu-se em um combate. Cambaleou em direção à cama e se deitou, ainda vestido, sem sequer levar um livro consigo.

Talvez bebesse depois, quando se sentisse um pouco melhor.

Passou o segundo dia inteiro na cama.

Não tinha desistido, pensou George. Desistir implicava tentar primeiro. Era preciso desistir de *alguma coisa*. Isso acontecera da primeira vez: ele havia protestado inicialmente, mentido para si mesmo e, por fim, durante um período longo de bebedeira, tinha desistido de suas ilusões uma a uma. No entanto, dessa vez não havia nada de que podia desistir. Simplesmente aceitara que a havia perdido.

Não negava nada. Nem sentia raiva. Havia outra coisa que sentira da primeira vez, mas isso não mudara nada.

É claro, se olhasse de outro ângulo, podia dizer que estava desistindo da tentativa de fingir que era capaz de viver uma vida normal sem a filha. Talvez tivesse desistido da vida em si, mas não achava que tinha escolha sobre isso. Parecia que a vida tinha desistido dele.

Senão, a vida não teria mandado Sophy de volta para ele apenas para tomá-la outra vez. Por um instante, George quase chegou ao cúmulo de pensar: *Se pelo menos ela não tivesse voltado para mim.* Mas afastou o pensamento. Uma semana com a Sophy real valia a perda da Sophy imaginária. Mesmo um tempo mais curto teria valido a pena. Um dia, uma hora, um minuto, até alguns segundos com ela.

Não que fosse reconhecer a filha se a vida tivesse dado a ele apenas alguns segundos, claro. A ideia o fez suar frio. Pequenas pérolas delicadas de água se formaram em sua testa. Vê-la e não reconhecê-la teria sido horrível.

Então. Ele não havia desistido. Só não se importava o bastante para fazer algo.

O teto precisava ser pintado. Havia enormes rachaduras na pintura que, em certos lugares, tinham se tornado amarronzadas com a sujeira e o tempo.

George seguiu as rachaduras com os olhos e encontrou certo consolo nelas. Eram algo de concreto e real. Podia pensar e se agarrar naquilo.

Pintar. Repintar. Limpar. Cobrir os móveis.

Ele virou a cabeça. As cortinas estavam fechadas. Talvez devesse tê-las aberto antes de ir para a cama de modo que tivesse mais coisas para ver e pensar.

Mudar as cortinas. Costurar novas. Ele não sabia costurar, claro. Além disso, não tinha intenção nenhuma de sair da cama.

Alguém bateu à porta, mas ele não conseguiu se convencer a se levantar e atender. E isso seria apenas o começo. Ele teria que falar. Ouvir. Trocar palavras.

Era impensável.

Suspeitava que fosse Claire. Seria legal. Claire entenderia, tinha uma Sophy também. Sentiu uma dor inesperada na consciência ao pensar que poderia ser Sara. Talvez ela não entendesse e precisasse de uma carona para algum lugar.

BROKEN WHEEL AFOGA AS MÁGOAS

Às quatro e meia, Sara já havia perdido a esperança para aquele dia. Antes de sair, seus olhos bateram no pedaço de papel com o endereço da menina e, de repente, ela percebeu que não sabia se Sophy ainda estava com George. Ela escreveu um belo recado e decidiu que ia enviar o livro caso a menina já tivesse ido para casa. Se Sophy gostasse, Sara enviaria as duas sequências depois. No entanto, pensou ela, triste, provavelmente não enviaria. Porque, quando a menina terminasse o livro, Sara já não estaria mais em Broken Wheel.

Não se preocupou em esperar para ver se George ou Tom iria buscá-la. Ia andar para casa (a de Amy ou a de Tom), dependendo de onde fosse parar, ou talvez descobrisse alguma coisa no caminho. Era uma ideia deprimente. A única coisa que tinha conseguido descobrir era que não podia ficar. Fora o que Amy dissera. E só faltava um dia para o casamento.

Josh passou pela lanchonete depois de outra visita à porta de Caroline.
— Cara, eu preciso de uma bebida — disse ele, sentando-se ao balcão.
Grace tentou fazer uma piada.
— Rá-rá. Você levou um pé na bunda da Caroline?
Josh não riu. Grace sentiu que suas piadas estavam acertando demais na mosca nos últimos tempos. Ficou assustada com algo na expressão dele.
— Me diga que não é verdade — pediu ela.
— Não é mais.
— Caroline está pegando menininhos? — disse Grace a si mesma. — Sem ofensa — completou rapidamente. — Homens mais jovens. — Ela abriu um sorriso seco e disse como consolo: — Não se preocupe, ninguém vai acreditar que foi ela que terminou. Se acreditarem, vão saber que você teria dado um pé na bunda dela um dia desses. — E acrescentou, entusiasmada: — Olhe, isso alegrou o meu dia. Justo Caroline, que sempre foi tão correta.

— Durona — disse Josh.

Grace olhou para ele sem entender.

— Correta não. Durona.

— Claro, claro. — Grace era justa. — Durona também. Mas irritante. Quem pensaria nisso? Ela nunca mais vai poder mandar nas pessoas.

Isso não pareceu animar Josh.

— Teria sido melhor se você tivesse ficado com ela mais tempo, assim ela realmente teria tido tempo para fazer papel de boba.

— Caroline nunca faria papel de boba.

— É mesmo? Mulheres mais velhas sempre fazem papel de bobas quando se apaixonam por homens mais novos. É uma lei da natureza. A mesma coisa acontece quando homens mais velhos se apaixonam por mulheres mais novas.

Ele descansou a cabeça nas mãos e soltou um som abafado que pareceu um grunhido de dor.

— Preciso de uma bebida — repetiu.

— Com isso eu posso ajudar.

Quando saiu da lanchonete, Josh parecia estar com um humor ainda pior, mas pelo menos tinha uma garrafa inteira de uísque caseiro consigo. Grace o viu parar logo depois da porta, dar de ombros de forma exagerada e começar a andar na direção de Hope. Segurava a garrafa em uma das mãos e, pouco antes de começar a andar, tomou um gole da bebida. Mesmo de onde estava, ela pôde ver a careta no rosto de Josh. Não adiantava dar uísque bom para certas pessoas. Grace ficou sozinha com uma leve sensação de desconforto. Podia imaginar o sorriso gentil de Sara. Amistoso mas levemente reprovador.

— Droga, Sara — disse para ninguém em particular. — Ela mereceu. Teria dito a mesma coisa sobre mim. Foi só uma piada.

Desde quando Grace tinha consciência? Não era como se fizesse parte daquele buraco de cidade.

George conseguiu chegar à mesa da cozinha, mas apenas porque seu corpo estava agitado demais para continuar deitado.

Ele olhou para o vinho tinto. Podia bebê-lo. Ou sair para caminhar. Ou ficar sentado ali.

Se ia bebê-lo, teria que comprar mais bebida. Disso George tinha certeza: meia garrafa de vinho não seria suficiente nem de longe. Grace sempre se recusava a vender uísque para ele. Andy também. Nos velhos tempos, isso nunca havia sido um problema. Na época, tinha contatos que sempre o ajudavam. Podia pedir a Claire, claro, mas achava que ela não teria muitas bebidas em casa.

Podia andar até Hope. Podia continuar andando para sempre.

No caminho para Hope, George encontrou Josh, que acenou com a garrafa quando o viu. Parecia já tê-la começado, mas ainda não estava bêbado.

— Quer um traguinho?

— Claro — disse George, por fim, sem muito entusiasmo.

Josh deu de ombros e entregou a garrafa a George.

— Mulheres...

Eles continuaram andando. Nenhum dos dois se importava com onde iam parar. Josh tomou outro gole e entregou a garrafa de volta para George, que bebeu sem fazer sequer uma careta.

— A escuridão voltou — disse George.

— Eu devia ter ficado com os homens — afirmou Josh. — Mas, para ser sincero, também não tive muita sorte com eles.

George ergueu a garrafa.

— A Sophy — disse ele, tomou um gole e devolveu a garrafa.

— A Caroline — anunciou Josh, erguendo a garrafa outra vez.

Havia um olhar de desafio nos olhos dele, mas George nem havia notado que o menino falara.

— Eu quero a Caroline — explicou Josh.

— Ela não vai voltar dessa vez — disse George.

Quando Tom chegou à livraria para buscar Sara, ela já tinha ido embora. Ele voltava para o carro quando John acenou da loja de ferramentas.

— Eu conversei com a Sara — disse ele. — Sobre o casamento. Não podia deixar que sacrificassem você.

— Eu aceitei a ideia — lembrou Tom.

— Amy não teria gostado disso.

— E o que a Sara disse?

— Ela concordou, é claro. — John fez que sim com a cabeça. — Acho que percebeu que não é certo ela ficar. Não tem por que ficar.

Tom voltou rápido para o carro, irritado por Sara ter dito algo que ele mesmo andava pensando. Por que diabos ela não se decidia? Em um minuto estava falando sobre querer ficar, muito triste (e Tom não conseguia deixar de querer fazer com que ela se sentisse melhor), parecendo um cachorrinho com aqueles olhos grandes. No minuto seguinte, falava que não havia por que ficar.

Sara também não estava na casa dele. Claramente havia desistido do plano. Ele passou pela sala e foi até a cozinha. A imagem dos livros de Sara quase o fez sorrir.

Tom levou um copo e uma garrafa de uísque para a varanda. Havia uma calma natural ali. O som dos pássaros e dos insetos era tão familiar que entrava em sua mente sem que ele o registrasse de verdade. Tom notava apenas a leve sensação acolhedora e tranquila criada por eles.

Ao sul da casa, podia ver as poucas luzes que formavam Broken Wheel. A cidade em si ou o que restara dela mal ficava visível à noite. Tom viu as luzes espalhadas das casas próximas à de Amy e dos apartamentos onde Claire morava. Entre elas, a escuridão compacta dos campos.

As luzes das casas lembravam a ele que a cidade ainda estava ali. A escuridão criava uma distância, dizendo que tudo o que estava acontecendo lá podia esperar.

Talvez fosse loucura pensar que Sara queria se casar com ele de verdade. Especialmente quando a cidade inteira parecia apaixonada por ela. Às vezes, quando Tom via como todos se iluminavam com a presença dela, não conseguia deixar de pensar em Amy.

Era como se a cidade precisasse de um núcleo, algo em torno do qual se reunir, e como se Sara tivesse preenchido, com a loja, os livros e sua bondade quase universal, o vazio que Amy deixara.

Tom pensou em Sara, na livraria, na feira e na rua que voltara a parecer viva e agora vivia constantemente iluminada pelo sol. Pensou na cidade que, em algumas poucas semanas, tinha deixado de ser preto e branca e ganhado cores.

Broken Wheel – agora em cores! Logo em um cinema perto de você. Desconsiderando o fato de que o cinema havia fechado tempos antes, claro. E que Sara voltaria para a Suécia, a livraria fecharia, as pessoas que tinham se reunido em torno da loja voltariam a se espalhar, e a rua principal recuperaria sua antiga... tranquilidade.

Ele desconfiava de que o contraste seria grande demais para eles. Que esse seria o golpe fatal em uma cidade que, de forma estranha, era amada por ele. Que a rotina tranquila e a calma de todos os dias não seriam mais suficientes depois de Sara e de seus livros.

De que isso importava? Tom não precisava de livros, feiras, festas no Square nem de grandes olhos expressivos... Sua mente traiçoeira se concentrou naquele instante no sofá, no olhar daqueles olhos irritantes pouco antes do beijo, na sensação do corpo de Sara pressionado contra o dele, quente e convidativo.

Você é um idiota, Tom.

Caroline estava sentada na cozinha, com uma xícara fria de chá, tentando ignorar os sinais claros de depressão. Ela não ficava deprimida. Nunca ficava desanimada. Não se sentia passiva, apática nem ficava sentada olhando para o nada.

Talvez devesse ficar furiosa, pensou ela. Quebrar alguma coisa, gritar, jogar coisas na parede. Tomou um gole do chá frio e não conseguiu se forçar a fazer outro.

Já era noite. Devia ser perto de uma da madrugada. Talvez duas. Algumas horas antes, ela ficara parada, sem se mover, no meio do corredor. Tão passiva, silenciosa e incapaz quanto se sentia naquele instante.

Josh havia batido à porta com mais força do que deveria e esperado quase uma hora na varanda da casa dela. Talvez por vingança, para realmente dar aos vizinhos alguma coisa para falar. Talvez apenas porque quisesse vê-la outra vez.

— Por favor, Caroline — dissera ele para a porta. — Será que isso é mesmo o pior que você pode ser? Caroline, "a linda mulher que parte corações jovens"?

Mas ela simplesmente ficara parada. Nem tocara na porta, apesar de saber que a mão dele estava pressionada contra o outro lado.

Não era, em si, uma conclusão revolucionária. *Todos* que falavam com uma porta fechada punham a mão sobre ela. Se Caroline tivesse ido até a porta, estava convencida de que teria tocado no mesmo ponto em que Josh. Era assim que as coisas funcionavam.

Não tinha nenhuma intenção de tocar nele, na verdade. Se *quase* tivesse tocado em Josh por trás da segurança de uma porta fechada, provavelmente teria aberto a casa e depois tocado nele de fato.

Ou o beijado.

Mas ela dera um passo em direção à porta quando ele dissera seu nome. Certas coisas simplesmente não podiam ser evitadas. Josh não sentiria falta de Caroline, mas ela não conseguia se convencer de que isso era uma coisa boa.

Era bobagem, mas tudo isso parecia tão... triste.

BROKEN WHEEL TEM UMA DOR DE CABEÇA

No dia do casamento, William estava se preparando para desafiar abertamente as palavras de Caroline, ainda que sob a cobertura das primeiras horas da manhã, e demonstrar que era digno que um pastor cuidasse do próprio jardim.

Estava pensando em mexer nas plantas sem pensar em suas funções clericais. Claro que não havia muito que fazer em um jardim no meio de outubro, mas havia arbustos, terra e um verdadeiro entusiasta que podia facilmente lidar apenas com aquilo.

Começou a trabalhar com uma reverência apropriada diante da grandeza de Deus. Sentia o aroma de terra fresca e de folhas quase apodrecidas e dos vestígios de uma névoa que lentamente se dispersava. Imaginou que podia sentir seu cheiro úmido, mas talvez não fosse nada além da grama coberta de orvalho.

Era um dia maravilhoso.

E haveria um casamento! Muito poucas pessoas se casavam em Broken Wheel naquela época. Até menos do que as que frequentavam as missas. Ele teria preferido o contrário. Casamentos eram mais importantes para uma cidade do que missas comuns. E, pensou William, eram dias em que as pessoas achavam mais fácil se aproximar de Deus, dias em que se lembravam de qual era o real objetivo de Deus.

Estava repassando o sermão do casamento na cabeça quando viu um pé solitário saindo de baixo de um arbusto.

Por um instante, temeu que tivesse que completar o casamento com um enterro, mas, então, ouviu um leve grunhido de dor. O pé estremeceu um pouco.

William se inclinou e disse com cuidado para o arbusto:

— Com licença.

Perguntou a si mesmo o que devia fazer em uma situação como aquela.

— Está tudo bem, meu filho? — Tentara soar calmo e paternal, mas acabara parecendo bobo. Na próxima, ia chamar o arbusto de "meu amigo".

O pé estremeceu mais, até que foi puxado de volta para o arbusto, e uma figura alta, magra e bastante abatida se arrastou para fora dos galhos.

— Bom dia, padre — disse Josh.

William fez uma careta. Pensou em corrigi-lo e dizer que não era católico, mas olhou para o jovem parado diante dele e decidiu que a discussão teológica podia esperar. O moço estava claramente abalado depois de uma noite de... depravação, pensou William. Havia um tipo de resignação em seus olhos, que podia, é claro, ser resultado da punição costumeira para aquele pecado em particular, mas, naquele caso, parecia ter raízes mais profundas.

O pastor fez que sim com a cabeça.

— Quer café? — sugeriu, andando de volta para a pequena casa ao lado da igreja sem esperar uma resposta.

Ouviu Josh se levantar atrás dele.

— Não é uma boa época para dormir ao ar livre — disse William enquanto a água fervia.

Ele pegou o café e o açúcar. Josh recusou o leite, o que foi ótimo, já que o pastor não tinha.

— Desculpe por ter atrapalhado o senhor — disse Josh.

— Não foi problema nenhum. Eu só ia mexer no jardim um pouco enquanto repassava o sermão de hoje. — William sorriu, encantado. — Um casamento! Aqui em Broken Wheel!

— Está ansioso para a cerimônia?

— É claro. Casamentos são eventos fantásticos.

— Eu achei que... considerando as circunstâncias... o contexto todo...

William simplesmente olhou para Josh.

— E então? — perguntou por fim. — O que posso fazer por você?

— Eu não tinha planejado fazer esta visita — explicou.

— É claro –- disse William. — E isso tem alguma coisa a ver com... uma decepção amorosa?

O pastor, claro, ouvira falar sobre a noite na loja de Madame Higgins. Ninguém levara o assunto a sério, mas William não via Caroline havia alguns dias.

Josh não respondeu.

— Desistir nunca é uma boa ideia — disse William. — E, nesse caso, se me permite dizer, me parece uma decisão precipitada.

Josh soltou uma risada seca.

— Nesse caso, acho que eu devia ter desistido muito tempo atrás.

O pastor olhou com tanta tristeza para Josh que ele fez uma careta e disse:

— Me desculpe.

— E você já... conversou com ela?

— A questão é ela conversar comigo.
— É — concordou William. — A Caroline é uma mulher... formidável.
Josh não pareceu surpreso por o pastor saber da história. Simplesmente disse:
— Mas se concentra demais no que as outras pessoas pensam dela.
William tomou um gole de café enquanto pensava em como deveria responder. Girou a xícara de café, distraído, nas mãos.
— É — respondeu, hesitante. — Mas o mundo pode ser muito cruel com mulheres que nunca se casaram. Mesmo hoje em dia.
Josh fez outra careta, uma expressão que demonstrava arrependimento e certa censura.
— Não se preocupe. Não estou julgando a Caroline por isso. Às vezes acho que ela está certa.
Josh não disse mais nada depois. Simplesmente tomou o café, agradeceu ao pastor e foi embora, mas William achou que havia uma nova determinação no andar do jovem.
O pastor foi acometido por um senso estranho de propósito. De certa forma, sempre soubera que havia ficado secretamente feliz com a crise econômica. Era horrível, claro, ficar contente com os infortúnios da cidade, mas também era como estar em grupo. Ele ficava mais feliz perto de pessoas que também seguiam o rebanho.
Acabou se esquecendo do jardim por causa da estranha sensação de euforia que se havia materializado com a ideia de que ele era necessário.
Talvez tivesse simplesmente nascido para cuidar dos que ficavam para trás.

George acordou na beira de um campo, nos arredores de Broken Wheel. Alguém chutava seu pé. Sentiu cheiro de uísque e grama úmida, e não ficou feliz ao ver que era Claire que estava parada ao lado dele. Ela não devia ter que me ver assim, pensou ele. Teria voltado a se deitar na grama se Claire não tivesse se inclinado e dito:
— Pelo amor de Deus, George.
Ele piscou.
— Levante — pediu ela, firme. — A Sara vai se casar hoje. Não é hora de desabar.
Ele conseguiu se arrastar e se sentar. Claire parecia uma deusa da vingança, pensou George, mas de um jeito legal. Botas bonitas, jeans, uma jaqueta acolchoada e o cabelo muito ruivo, como se nada pudesse derrotá-la. Era difícil imaginar que fosse a mesma pessoa que havia chorado na cozinha dele por causa de alguns pratos limpos.

Mas George não podia fazer nada por ela naquele momento. Ela e Sara teriam que aguentar os problemas sem ele. Talvez precisasse dar alguma explicação.

— A Sophy me deixou.

— E daí?

O choque quase fez com que George se levantasse outra vez. Ela agarrou os cotovelos dele e o ergueu.

— A Sara vai se casar hoje — repetiu Claire.

Ele balançou a cabeça, tentando clarear os pensamentos. A única coisa que conseguiu foi perceber que a cabeça doía.

— A Sophy — lembrou mais uma vez.

— Claro, claro — respondeu Claire. — Foi embora. A vagabunda da sua ex-mulher fugiu de novo.

George tentou fazê-la ver a parte importante.

— Com a Sophy.

— É claro que foi com a Sophy. E você andou bebendo.

Claire o ajudou a andar até o carro. George desabou no banco da frente sem realmente saber o que estava fazendo. Tinha as roupas frias e úmidas, mas era uma sensação boa. Era algo prático, em que podia se concentrar. Talvez desenvolvesse um caso muito sério de pneumonia e nunca mais tivesse que sair da cama.

Claire olhou para ele com certa pena. Era a primeira vez que demonstrava algum tipo de carinho por George naquele dia. Ainda assim sua voz soou dura e determinada. Ele se inclinou na direção dela como um afogado se pendura em uma boia, como se o som da voz de Claire fosse mantê-lo de pé até que chegasse em casa.

— Eu sei que parece difícil — disse ela. — Vamos encontrar a Sophy para você, mas agora não é a hora certa de ficar para baixo por causa disso.

Ele piscou.

— Encontrar a Sophy?

Não cometeria o erro de acreditar nela. Aceitaria seu destino. Era a única forma de aguentar aquilo.

— Meu filho, estamos no século xxi. A gente sabe como ela é. Tem que ser possível encontrar essa menina. Elas ainda devem morar em Iowa e o estado não é tão grande assim. Ela provavelmente também está no Facebook.

George não sabia o que era Facebook. Claire pareceu notar que ele não estava convencido, porque continuou:

— Vamos encontrar a sua filha, não importa onde ela esteja. Vamos conversar com a Sara. Ela vai resolver essa situação. Deve haver algum livro sobre isso. "Investigação particular para iniciantes" ou algo parecido.

Talvez Sara *realmente* conseguisse resolver aquilo. Não parecia haver nada que ela não pudesse fazer.

— Ou talvez a gente possa contratar um detetive particular. Um desses que bebe uísque e fuma sem parar.

Ele abriu um leve sorriso.

— Ela é quase adulta, George. As coisas são diferentes agora. Talvez ela até venha procurar você.

Ele balançou a cabeça.

— De qualquer forma, você devia ter me procurado para conseguir bebida.

— Não achei que você teria o suficiente — explicou ele.

Ela o levou para casa e esperou até ver que George tinha entrado no banheiro para tomar banho para o casamento.

— Volto daqui a uma hora — disse pela porta do banheiro. A frase soou como uma mistura de ameaça e promessa.

Ele sorriu outra vez enquanto tirava a roupa, mas foi um sorriso mais fraco agora que ela não podia vê-lo.

Ia guardar energia para alguma coisa melhor, pensou George.

Josh não estava mais chateado.

Já chega, pensou enquanto se afastava da casa do pastor. Claro, o sexo tinha sido incrível, mas havia outras pessoas para namorar. Podia ir para Des Moines ou Denver, pedir ajuda a Andy e a Carl. Superar aquilo.

Não imaginava que ela abriria a porta, mas ainda assim sentiu uma pontada de decepção quando percebeu que Caroline não conseguiria nem dizer adeus na cara dele.

Pousou uma das mãos na porta e disse:

— Não se preocupe. — Isso apesar do fato de a porta parecer totalmente indiferente e nem um pouco ansiosa. — Não vim incomodar você. Vou para Denver depois do casamento. Só queria me despedir.

Esperou mais um instante. A porta não respondeu.

— Adeus, Caroline — disse Josh.

Broken Wheel, Iowa
17 de julho de 2011

Sara Lindqvist
Kornvägen 7, 1 tr
136 38 Haninge
Suécia

Querida Sara,

Eu sei que você acha que parece impossível me pagar em livros, já que só pode trazer malas de até vinte quilos, mas já tenho todos os livros e o dinheiro de que preciso. Se *realmente* tem que pagar, então não vou aceitar mais de trezentos dólares. Esse é o meu máximo, e só vou aceitar sob a condição de que a gente faça algo divertido com o dinheiro. Se não houver outra coisa para fazer, podemos jantar várias vezes no bar do Andy e do Carl.
    Escreva para me dizer quando você vai chegar. Vou buscar você.

Um beijo,
Amy

SE ALGUÉM SOUBER DE ALGUM MOTIVO...

Ela usava o vestido simples da loja de Madame Higgins. Havia algo de triste no material vagabundo, no corte simples e reto e no modo como mal chegava aos joelhos. Não era um vestido alegre, claro, mas pelo menos era despido de babados e de renda.

George a havia deixado na igreja, e a moça se trocara na pequena sacristia dos fundos. A cerimônia aconteceria dali a meia hora, e os moradores de Broken Wheel haviam começado a chegar. Sara olhou pela fresta da porta, mas não foi falar com eles. Em vez disso, saiu de mansinho pelos fundos.

Sentiu-se um pouco ridícula ao andar vestida de noiva pela rua principal da cidade, com um pequeno buquê de rosas na mão, mas não precisava ter se preocupado. Não havia ninguém à vista. A rua inteira estava abandonada: a loja de ferramentas estava escura; a Amazing Grace, fechada; e a própria livraria, tão deserta quanto um lugar cheio de livros pode ficar.

Enquanto destrancava a porta e entrava, Sara olhou em volta. Não queria que ninguém a visse e fosse até lá. Precisava estar sozinha.

Não sabia por que tinha de fazer aquilo naquele momento. Talvez estivesse simplesmente tentando se distrair. Quase convencera a si mesma de que diria a todos que não ia se casar com Tom, mas não podia fazer seu cérebro traiçoeiro se concentrar em *como* o faria.

Não se deu ao trabalho de acender as luzes. Olhou para os títulos nas prateleiras e no balcão, e para tudo o que, por um pouco mais de tempo, ainda era dela. Parou por um instante, piscando para afastar as lágrimas obstinadas que tentavam embaçar sua visão.

Em seguida, fechou os olhos, como se tentasse registrar tudo na memória: o ar seco, o aroma dos livros e das velhas poltronas, a luz que entrava pela vitrine e dançava atrás de suas pálpebras.

Abriu os olhos. Não tinha tempo para aquilo. Algumas coisas precisavam ser feitas.

Sara pousou o buquê no balcão, pegou o marcador permanente e as últimas folhas de cartolina. O papel já estava um pouco velho, mas ela encontrou dois pedaços que não estavam amassados nas pontas. Separou-os e começou a passar livros para uma prateleira.

Escreveu um novo cartaz: LIVROS DA AMY E DA SARA. Não eram todos os livros delas, claro, apenas os mais importantes para as duas. Achou que Louisa May Alcott devia ser a primeira. A amizade delas seria imortalizada.

Até que a livraria fosse fechada, e os livros levados de volta para a casa.

Pelo menos todos se lembrariam dela da mesma forma que ainda se lembravam de Amy, mesmo quando não estavam falando sobre a senhora. Uma leve presença, outro destino ligado aos tijolos e ao asfalto, ainda atrelado aos imóveis abandonados.

Talvez algum milagre acontecesse, algo que permitisse que Sara ficasse. Talvez Tom pudesse convencê-la outra vez, talvez Jen a forçasse a se casar, talvez... Ela lutou para manter o controle. Sabia o que tinha de fazer. De alguma forma, seria forte o bastante para aguentar.

Havia uma última categoria. A moça começou a mudar os livros de posição outra vez, criando pilhas enormes que apoiava no peito e segurava com o queixo. Escreveu o novo título na melhor cartolina, pegou uma cadeira bamba do pequeno depósito e se equilibrou nela enquanto pendurava a placa, o mais alto que podia, em um lugar que ficava à vista da vitrine e da porta.

Sara se agarrou à nova categoria como se o novo cartaz brilhante fosse a única coisa que a impedisse de ir embora. Os melhores livros reunidos em um só lugar, a maior seção da livraria, tudo o que tornava os livros melhores do que a vida.

FINAIS FELIZES PARA QUEM PRECISA.

Quando voltou à igreja, Broken Wheel inteira já estava reunida no local. John estava sentado em um dos bancos dos fundos, sério. Sara se forçou a pensar em Amy e no preço que Tom pagaria se não recusasse o pedido de todos eles.

Enquanto passava por John, inclinou-se sobre o ombro dele e disse baixinho:

— Não se preocupe. Não vou me casar com ele.

Estava provavelmente dizendo aquilo tanto para si mesma quanto para John, mas a frase não pareceu melhorar o humor dele, e ela nem se deu ao trabalho de tentar sorrir. Em vez disso, apenas andou pelo corredor da igreja.

Quando Tom por fim chegou, estava tão sério quanto Sara e tinha o rosto igualmente pálido. Ele andou direto até ela sem cumprimentar ninguém. Apertou a mão da moça com muita leveza quando chegou à frente do altar.

A moça se perguntou se estaria mais feliz se não tivesse começado a querer coisas, se não achasse que devia ficar na cidade. Era assim que as pessoas costumavam se sentir nos livros.

Eu queria nunca ter conhecido você.
Eu queria nunca ter visto você.
Se eu nunca tivesse vindo para cá...
Mas ela não conseguia se sentir assim. Nem naquele instante.

O pastor começou a falar diante deles, mas Sara mal ouvia o que ele estava dizendo. Será que ela teria sido mais feliz? Ou será que o gostinho de pertencer a algum lugar a deixaria feliz depois, quando tivesse voltado para a Suécia e aceitado a perda? Talvez aquilo tivesse aumentado a ambição da moça, mostrado alternativas que ela podia buscar em outra pequena cidade de algum outro lugar, talvez de outro país. Sara sabia que havia países em que poderia ficar e trabalhar. Simplesmente não eram países que a moça tinha vontade de visitar.

Devia interromper William naquele instante. Mas era o sermão dele, e tudo estava indo tão bem... e ele parecia tão feliz. Ela não conseguia se convencer. O pastor não havia notado quando Caroline entrara sorrateiramente e se sentara nos fundos da igreja nem que Josh ficara paralisado ao vê-la. William falava de forma tão confiante que havia conseguido até ignorar Grace, que entrara tropeçando na igreja, nem um pouco silenciosa — na verdade, completamente bêbada —, com uma espingarda embaixo do braço, provavelmente para comemorar em grande estilo depois. Sara voltou a atenção para o pastor. Ele parecia ter terminado o sermão.

William ficou em silêncio e olhou em volta, cheio de expectativa. Por um instante, Broken Wheel conseguiu se concentrar e começar uma salva de palmas espontânea. William sorriu e se virou para Tom e Sara.

Ela realmente tinha que falar. No entanto, não sabia se seria capaz. Havia um gosto seco horrível em sua boca. Seu rosto queimava de vergonha. Quis chorar, mas seu coração batia com tanta força que ela achou que não conseguiria.

Meu Deus, não consigo falar em público, pensou Sara.

Por um instante, a moça esqueceu que conhecia todos os presentes, que eram seus amigos. Só conseguia pensar em como sempre fora péssima nas apresentações da escola.

Por sorte, foi salva por uma tosse discreta no fundo da igreja.

Todos se viraram e olharam com surpresa para o homem baixinho que havia entrado silenciosamente e agora limpava a garganta para chamar a atenção.

— Estou procurando Sara Lindqvist e Tom Harris.

Tom deu um passo hesitante para a frente.

— Vocês submeteram um pedido de visto de permanência por causa do casamento que vou testemunhar?

— Isso.

— Já se casaram?

Tom sorriu, irônico.

— A gente estava no meio da cerimônia quando o senhor chegou.
— Hum. Só que tenho uma pequena objeção.

William o encarou:

— Mas eu ainda não cheguei a essa parte!
— Infelizmente, não posso esperar — disse o homem.

Todos haviam começado a sussurrar por causa do acontecimento inesperado. Todos, com exceção de Grace, que perdera a capacidade de falar baixo havia muito tempo.

— Quem diabos é esse cara para ter alguma objeção? — exigiu saber de Claire, que abriu um sorriso fraco e mexeu a cabeça em negativa.
— Eu recomendaria que vocês repensassem a decisão.
— Mas por quê? — perguntou William.
— Mesmo que se casem, não é certo que ela receba o visto. Pelo que sei, devo dizer que duvido que isso aconteça.
— Ele vai tirar a Sara da gente! — disse Grace, irritada.

Claire fez com que ela se calasse e deu vários tapinhas no braço dela, como se a mulher fosse um cavalo agitado. Ou, naquele caso, um cavalo bêbado armado de uma espingarda.

— Como então eles poderiam morar juntos? — perguntou William.
— Devo dizer que, a meu ver, isso me parece mais uma tentativa de obter o visto de permanência por motivos falsos, o que, devo dizer, é um crime.
— Mas não é por isso que eles estão se casando — protestou o pastor.

As pessoas começaram a se remexer nas cadeiras. Sara abriu um sorriso fraco.

— Mesmo sem a livraria e as questões com relação à *loja*, eu provavelmente seria forçado a recomendar uma rejeição ao pedido.

Grace se levantou.

— Nós, Graces, nunca deixamos nenhuma lei dizer o que podemos ou não fazer — disse ela. Com instabilidade, mirou Gavin Jones com a espingarda. Ele pareceu despreocupado. — Towanda!
— Grace! — pediu Claire enquanto Andy lembrava, de forma menos prestativa, que a trava de segurança ainda estava no lugar.

Grace baixou a arma e olhou, hesitante, para os outros. Claire e George soltaram um suspiro de alívio. Andy riu.

Gavin Jones aproveitou a oportunidade para chamar a polícia.

OBJEÇÕES

Gavin Jones tirou os olhos de suas anotações. O policial concordara educadamente em acompanhá-lo até o escritório da USCIS em Hope. Também concordara em deixar que Gavin fizesse o que queria e resolvesse o problema da arma junto com o restante do processo.

Como a janela era espelhada de um lado, as pessoas sentadas na sala de espera não podiam vê-lo. Ele não sabia por que quem construíra o cômodo havia decidido incluir tal extravagância, mas, naquele instante, tinha todo o tempo do mundo para observá-las. O caso devia ter sido simples, mas o número de malucos em potencial o enchia de medo. Gavin já desconfiava de que, quando o assunto envolvia Broken Wheel, nada nunca era simples.

Sara Lindqvist e Tom Harris estavam sentados um pouco afastados dos outros, espremidos em um canto, silenciosos e tristes. A mulher era magra, comum e usava um vestido branco simples. Não fizera esforço nenhum para ficar bonita. Pelo que ele sabia, noivas costumavam gastar uma fortuna em rendas e babados, e passavam horas dedicando-se ao cabelo e à maquiagem. Sara Lindqvist nem se dera ao trabalho de passar batom.

Por outro lado, o homem era suspeitosamente bonito. Se Gavin tinha alguma dúvida antes de ir à igreja, ela havia desaparecido.

Ele só podia pensar em uma razão para um homem como Tom Harris querer se casar com uma mulher como Sara Lindqvist.

Esse cara recebeu algum dinheiro, pensou Gavin, decidido.

— Por quem vamos começar? — perguntou o policial ao lado dele. — Com a arma? O pastor? O vestido de noiva? — Ele parecia estar achando aquilo engraçado.

Gavin olhou pela janela uma última vez.

Sara Lindqvist. Uma cidadã sueca e possível criminosa.

Será que tinha valido a pena?, perguntou a si mesmo.

* * *

Eles conversaram com os menos interessantes primeiro. Dois homens — um casal, notou o policial com alegria e Gavin com desinteresse — entraram para dar o depoimento juntos. No último instante, uma mulher que parecia uma dona de casa maníaca entrou junto com eles e exigiu ser ouvida primeiro.

— Por favor, me expliquem o que está acontecendo aqui — pediu ela, parecendo uma mãe que pergunta ao filho o que aconteceu com um vaso quebrado.

Gavin fez um gesto para que Jen se sentasse, e ela o fez, relutante, agarrada à sua pequena bolsa, encarando o oficial como se ele fosse uma criança malcriada.

— Eu exijo saber o que está acontecendo — disse a dona de casa. — Estamos em um país livre!

— Com certos limites — lembrou o policial.

Gavin se virou para o casal.

— Falem sobre o casamento.

— Sara e Tom — disse um deles. Seus olhos brilhavam. — Um casal perfeito. A gente sabia disso antes mesmo de os dois perceberem.

— E organizaram tudo para eles? — A voz de Gavin soou seca.

— Claro — respondeu o mesmo homem. Ele não parecia sentir nem um pouco de remorso. — Quem sabe o que eles teriam feito se não fosse isso?

— E a livraria?

— Que livraria?

— Quantas livrarias existem em Broken Wheel? — disse o policial, fazendo Gavin olhar para ele com rispidez.

— Quis dizer: "O que tem ela?".

— A Sara gerencia a loja?

O homem parou para pensar.

— Bem, ela fica lá de vez em quando. Mas não recebe salário, se é isso que está pensando, e não é a dona da loja. Oficialmente, acho que a livraria é do conselho da cidade. — Ele riu. — Ou de Amy Harris.

Gavin anotou o nome.

— Não entendo o que isso tem a ver com o casamento da Sara! — reclamou a mulher.

Ninguém prestou atenção nela.

— E a arma? — perguntou o policial.

Gavin lançou outro olhar irritado na direção dele.

— Foi um mal-entendido. — O homem sorriu.

Gavin não quis fazer outras perguntas para os dois homens. Podia jurar que um dos dois havia piscado para ele.

— Não pense que vou esquecer isso — disse a dona de casa por sobre o ombro enquanto o policial a escoltava para fora da sala com certa dificuldade. — Porque não vou!

Gavin tinha mais esperança na entrevista seguinte. A mulher da lanchonete, que levara a espingarda.

— Sara é uma boa pessoa — disse a mulher.

Gavin Jones olhou para o formulário à sua frente. Grace. Sem sobrenome.

— Tom e Sara se conheceram assim que ela chegou em Broken Wheel — explicou ela. — São praticamente inseparáveis desde então.

Gavin não fez menção de anotar o que ela havia dito.

— E a arma? — perguntou o policial.

Gavin lançou um olhar irritado para ele.

— A arma? — repetiu Grace. — Isso foi só um mal-entendido. Era só um jeito de comemorar. Como no Quatro de Julho.

— Sei — disse o policial, sorrindo.

Gavin não estava achando nada divertido.

— Na minha família, levamos as comemorações a sério — disse Grace. — Isso me lembra a época em que a mãe da minha avó...

— Obrigado — interrompeu Gavin rapidamente. — Podemos falar sobre Tom e Sara?

— Muito previsíveis, era isso que Tom e Sara eram — afirmou ela. — Certos casais conseguem tudo com muita facilidade. Não é igual à gente, que sempre tem que lutar.

— Vocês?

Gavin nem se deu ao trabalho de olhar para o policial outra vez.

— Pode acreditar, as Graces tiveram que lutar. Os homens não têm nenhuma noção de romantismo. Insistem em se casar e em *ter* você em vez de só brincar com um pouco de luar e armas semiautomáticas. Ou revólveres. Facas. A gente se interessa por quase tudo. Até por frigideiras, antes de trocarmos todas por espingardas. Você pode dizer o que quiser sobre facas e frigideiras, mas não servem de nada contra um revólver a vinte metros de você. Mas hoje em dia — acrescentou ela, completando — tenho uma espingarda Marlin 336.

— Muito obrigado — deixou escapar Gavin. — Deixe os seus números de telefone. Pode ir para casa agora.

O policial ergueu uma das sobrancelhas, mas não disse nada.

Caroline estava sentada sozinha, na ponta da sala de espera, tentando não olhar para Josh.

As únicas outras pessoas que ainda estavam na sala eram o pastor, Sara e Tom, e nenhum deles parecia interessado no que ela estava fazendo. O pastor se sentia confuso e infeliz. Sara e Tom estavam apenas sentados, em um silêncio calmo, um ao lado do outro. Não diziam nada, o que era ótimo. O que poderiam dizer? O que qualquer um deles poderia dizer naquele momento?

Quando o policial foi buscá-la, Caroline olhou instintivamente para Josh. Ele se afastou da parede e foi até ela. Tiveram que passar por uma porta e descer um corredor curto, paralelo à sala de espera. Ele deixou que Caroline entrasse primeiro, e o aroma da loção pós-barba embrulhou o estômago dela.

Sem querer, Caroline parou, e Josh pousou uma das mãos nas costas dela, antes de pegar seu braço.

— Mudei de ideia — disse ele, quase imperceptivelmente, enquanto a guiava.

Josh já havia dito que não queria mais estar com ela. Planejava ir para Denver ou onde quer que fosse parar. Aquilo a deixara triste, de verdade, especialmente porque havia acabado de decidir que as pessoas podiam rir dela. Mas não a deixara surpresa.

Caroline só não entendia por que ele estava insistindo em segui-la até a sala de depoimento para explicar tudo outra vez. Talvez ela o tivesse incomodado tanto com a recusa que ele simplesmente quisesse enfatizar quanto havia mudado de ideia.

Sorriu para si mesma. *Não era impossível*, pensou ela, e gostava mais dele por isso. Por que simplesmente ficaria quieto e deixaria que ela escapasse?

Se fosse tão durona nos relacionamentos quanto era com as outras coisas, Caroline também não o deixaria escapar.

O policial abriu a porta da sala. O homem baixinho do casamento estava sentado a uma mesa. O policial parou atrás do burocrata e olhou tranquilamente pela janela em vez de olhar para os dois.

Mal-educado, pensou Caroline, sem emoção.

Josh não parecia se importar com o fato de estar onde estava nem com o que acontecia ao redor. Ele se sentou em uma das cadeiras, mas apenas porque Caroline fizera o mesmo, e imediatamente se virou para ela. Ia dizer alguma coisa quando o burocrata de terno mal-ajambrado assumiu o controle. Ela ficou tão agradecida que sorriu para o homem.

— Falem sobre esse... casamento.

A desconfiança na voz dele era forte o suficiente para incentivá-los a contar a verdade, mas sem ser tão clara que os deixasse na defensiva.

— O que quer saber? — perguntou Caroline. — Eles se conheceram quando a Sara veio visitar a Amy.

O burocrata olhou para os papéis.

— Seria uma certa Amy Harris?

— Ela morreu — afirmou Caroline, calma.

Isso fez o policial tirar os olhos da janela e se concentrar nela, curioso.

— Que cidade! — exclamou, impressionado.

O burocrata franziu a testa para ele.

— Bom, não foi uma surpresa. Mas poderíamos dizer que foi pouco prático.

— Muito — concordou o policial.

— E Sara ainda assim ficou na casa. Era o que Amy queria.

— E ela trabalhava na livraria?

— Ajudava.

— E esse casamento, era o que Amy queria também?

— Acho que teria gostado da ideia, mas, como as duas não se conheceram antes de ela morrer, provavelmente não tinha nenhuma opinião sobre isso.

— Mas e a livraria? Ela queria que Sara ficasse com ela?

— A livraria não é da Sara. Os livros eram da Amy em sua maioria. Acho que posso dizer que, nós, o conselho da cidade, um grupo de pessoas que ajuda Broken Wheel informalmente hoje em dia, é dono da loja.

— Não é bem uma cidade — afirmou o policial.

Caroline não cometeu o erro de se virar para ele. Josh estava em algum lugar entre ela e o policial. Por isso, Caroline manteve o olhar fixo no burocrata para não ter que olhar para Josh. Ele não dizia nada, mas Caroline achou que sentia uma tensão nele. Talvez estivesse só imaginando, mas não tinha nenhuma intenção de tentar confirmar.

— E Sara trabalhava lá?

— Ela não recebia nada, se é isso que quer saber. Ficava lá sentada lendo às vezes e pegava livros emprestados. Não acho que ninguém trabalhe lá de verdade. Todos nós ajudamos. Nunca tivemos muitos clientes. Mas é uma lojinha bonitinha, em todos os sentidos.

O burocrata não fez nenhum comentário nem anotou nada, apesar do papel e da caneta pousados à sua frente. Caroline não se abalou com a tranquilidade dele.

— Então chegamos à questão do casamento...

— Acho que é uma questão sobre a qual o senhor deveria conversar com eles.

— Vamos conversar — afirmou o burocrata.

Ele fez menção de perguntar outra coisa, mas o policial ergueu os olhos e lançou um olhar penetrante para Josh e Caroline.

— Me diga que vocês dois também não estão juntos — pediu.

— Somos só amigos — respondeu Caroline.
— Porra nenhuma!

Ela se virou para Josh. Não pôde evitar. Ele não costumava ser tão direto. As mãos de Caroline tremiam.

— Somos amigos, não somos...? — perguntou ela sem ter certeza.
— Eu disse que mudei de ideia, não disse? — lembrou ele.

Que mudara de ideia sobre estar com ela, claro. Não sobre o fato de serem amigos. Ou melhor, era óbvio que ela sabia que eles não seriam mais amigos. Mas nunca pensara que ele diria aquilo na cara dela.

Josh olhou para Caroline. Ela desviou o olhar e piscou rapidamente. Forçou-se a engolir em seco e dizer com o máximo de calma que tinha:

— Claro. — Mas sua voz soou fraca e triste. Ela se forçou a assentir com a cabeça só por garantia. — Talvez seja melhor assim.

— Não vou me mandar para Denver e deixar você em paz para que a sua vida seja mais fácil — explicou ele. — Não é esse o objetivo da atração? Tornar a vida mais *interessante*?

Caroline abriu um leve sorriso, apesar de si mesma.

— Realmente fica mais interessante — concordou.

Ele a encarou. Ficava muito atraente quando estava irritado.

— *Tem* que ser difícil, complicado, errado e estranho. Deixe as pessoas rirem. Isso só significa que vamos ter vidas mais interessantes do que as delas.

Caroline tentou entender o que Josh dissera, mas não conseguiu. Não respondeu nada.

— Existem dois tipos de pessoa no mundo, Caroline: as que mandam e vivem, e as que seguem rindo das primeiras. Não importa quanto você finja ser chata e triste, nunca vai conseguir ser. Vai ter que aprender a ser um pouco mais durona do que o resto. A única coisa realmente ridícula que já vi você fazer foi terminar comigo. — A determinação havia surgido nos olhos dele. — E eu não estou planejando deixar você fazer isso. Me recuso a aceitar. Me dê um bom motivo para a gente não continuar como estava. Caramba, a gente não está planejando se casar nem nada assim.

— Talvez — disse Caroline com cuidado.

Ele se interrompeu.

— Talvez? — repetiu. — Mas não "não".
— É. — Ela sorriu. — Não "não".

O burocrata tossiu, tentando recuperar a atenção dos dois. O policial parecia fascinado e desconfiado.

— Então vamos continuar o que estávamos fazendo antes? — perguntou Josh. — Você vai continuar saindo comigo?

— Bom, era realmente *muito* divertido — disse Caroline.
— Qual é o *problema* dessa cidade? — murmurou o policial para si mesmo.
Josh olhou para ele.
— É que o sexo era ótimo.
Caroline abriu o sorriso mais tranquilo e educado que tinha para o policial.
— Isso é muito importante, o senhor não acha?
O policial estava tomando café e quase cuspiu tudo ao ouvir a frase seguinte de Caroline:
— Eu fui apresentada à atividade mais tarde. Tenho que recuperar o tempo perdido.
Caroline viu aquilo como uma espécie de vitória, apesar de uma pequena parte dela ainda estar rezando para que o policial não contasse a ninguém. Ao seu lado, Josh tremia, em um riso silencioso.
O burocrata tentou desesperadamente retomar o controle.
— A Sara — disse ele.
Mas Josh e Caroline pareceram surpresos por ver que ele ainda estava na sala. Caroline não conseguia deixar de sorrir para Josh, e os olhos dos dois brilhavam em um consenso silencioso e feliz.
— Sara e Tom. Um casal ótimo — afirmou Caroline. — Combinam muito. Primeiro, têm a mesma idade e... hum... Bom, nenhum dos dois estava namorando quando se conheceram. Tom estava solteiro havia muito tempo. O senhor tem que entender que todos nós achávamos que era uma união muito... feliz.
O burocrata esfregou as têmporas.
— A Sara é uma mulher fantástica — disse Josh. — Ela me ajudou a arranjar um emprego aqui.
— E a ameaça armada? — perguntou o policial.
— Foi só um mal-entendido — afirmou Josh.
— Ah, claro — concordou Caroline. — Uma forma de comemorar. Aquela mu... A Grace sempre fica muito *inspirada* nas comemorações.
— Se pudermos voltar ao Tom e à Sara — pediu Gavin, firme. — Eles parecem ter se encontrado de forma muito rápida.
— Foi uma união feliz.
— Já se conheciam antes de a moça vir para os Estados Unidos?
— Não, claro que não. Não acho que ela conhecia ninguém aqui.

Entediado, o policial se virou para a janela quando o casal saiu.
— Você acha que eles sabem que a gente consegue ver todo mundo? — perguntou.

— Provavelmente — respondeu Gavin. Ele não tirara os olhos das anotações. A entrevista seguinte teria que ser correta.

— Então os dois realmente só estão juntos para conseguir o visto? — O policial continuava olhando pela janela.

— É o que parece — respondeu Gavin.

— Não gosto disso — afirmou o policial. — As pessoas não deviam se casar sem amor. Já temos problemas suficientes com casamentos infelizes.

Gavin não fez nenhum comentário.

— Faria diferença se eles *realmente* estivessem juntos?

Gavin pensou naquilo.

— Na verdade, não sei — disse por fim.

O policial olhou para ele.

— O senhor sabe que não temos nenhuma prova concreta de que alguém tentou enganar a gente, não é? Acho que podemos ter um caso de amor verdadeiro aqui.

Gavin já havia notado a falta de provas, mas ainda não tinha tanta certeza do amor.

— Só traga os dois aqui — pediu.

Era tudo absolutamente surreal.

Sara estava sentada, encarando a parede coberta de papel gasto. Havia um bebedouro em um canto, e ela podia ouvir música country vindo de um rádio em algum lugar.

Então é assim que tudo vai acabar, pensou.

A recepção em si estava escura. Havia quatro mesas atrás da divisória de acrílico e pequenos buracos para a passagem de passaportes e outros documentos; todos vazios e inúteis naquela tarde de sábado.

Era muito estranho, na verdade, uma operação tão grande apenas para garantir que ela não terminaria com ele.

— Tom... — disse Sara. Não sabia o que ia falar depois, mas achou que tinha que dizer *alguma coisa*. Era culpa dela. Ergueu as mãos em um gesto de desespero.

Ele balançou a cabeça.

— A gente devia conversar — afirmou ela.

Soara pouco convincente. É sempre difícil quando a pessoa não acredita no que está dizendo.

— Não acho que a gente vai resolver isso conversando, Sara — respondeu ele.

Uma nova canção começou. Ela ergueu uma das sobrancelhas.

— Quer dançar então? — brincou, desesperada. Alguma coisa tinha que ser feita para aliviar a tensão.

Tom se levantou e estendeu a mão, em um gesto absurdo de cavalheirismo. Depois de pensar por um instante, Sara se pôs de pé também. Por que não?

Ele pegou a mão da moça e pôs o outro braço em torno da cintura dela.

Ela fechou os olhos e se apoiou nele.

A camisa branca parecia surpreendentemente macia sob as mãos de Sara. Algo dentro dela se acendeu.

Então a mão de Tom começou a descer pelas costas dela.

No início, ela não teve certeza de que estava sentindo aquilo, que a mão dele estava realmente se movimentando. Sara tocou no ombro dele e sentiu. Um movimento verdadeiro. Uma pressão mais forte em torno de sua cintura. Ela acariciou os pelos macios do pescoço dele e sentiu a calça jeans em suas pernas, o cinto em sua barriga, a escuridão acolhedora que os envolveu no instante em que a moça fechou os olhos. O corpo dos dois se aproximou ainda mais, até que, por fim, uma das pernas dele se posicionou entre as dela, e ela ficou pressionada contra a coxa de Tom.

Em algum canto remoto de sua mente, ela sabia que aquela proximidade inesperada tornaria a distância ainda mais difícil depois, mas não podia fazer nada.

Sabia que a realidade estava esperando em algum lugar além daquela única dança, mas até ali, por algum milagre, ninguém viera chamá-los. Pela primeira vez, Sara se perguntou se ela se sentiria melhor ou pior se Tom a amasse também.

Ela não sabia, mas tinha certeza de uma coisa: o momento era intenso demais para ser apenas uma dança relaxada entre amigos. Sentia a tensão nos músculos do braço dele à medida que a pressão em suas costas aumentava, bem entre a cintura e as escápulas. Sara se agarrou a ele; ou talvez estivessem agarrados um ao outro. Pousou a cabeça no ombro de Tom, e ele a bochecha no cabelo dela. Nada mais existia além da música e de seus corpos.

A música estava terminando. O corpo de Sara notou antes que a própria moça percebesse: a música havia chegado ao auge e começara a jornada para o fim. O refrão estava sendo repetido uma última vez, com um pouco mais de ênfase, indicando que a melhor parte havia acabado e era hora de tudo aquilo acabar.

O corpo dela reagiu pressionando-se com mais força contra o dele. De alguma forma inconsciente, a moça parecia estar tentando memorizar a sensação das coxas, da barriga, dos ombros e da mandíbula dele, do pequeno cacho de cabelo atrás de uma das orelhas, do aroma de loção pós-barba e da camisa macia enquanto os dois dançavam de olhos fechados. Tom também parecia sentir aquilo. Abraçou-a com mais força e a puxou para si até que Sara quase não conseguiu mais respirar, mas também sentiu que não precisava.

Havia algo de tragicamente simples no final de uma dança. Mãos que deixam um ombro, uma cintura. Mãos que se abrem e se soltam. E pronto.

Tom limpou a garganta. Sara olhou para ele, confusa. Ele pegou a mão dela em um gesto quase distraído. Depois a levou a seus lábios e beijou levemente a parte de dentro do pulso dela.

— Quem quer ser o primeiro? — perguntou o policial.

Sara estava confusa demais para tomar alguma decisão, por isso Tom deu um leve apertão na mão dela e a deixou, atordoada e sozinha, na confusa sala de espera da confusa instituição.

Confusa. Ela estava confusa. Desabou na cadeira mais próxima.

O policial se afastou da parede e se apoiou na ponta da mesa.

— Então você foi o carneiro oferecido em sacrifício? — perguntou ele.

Tom não disse nada.

Gavin assumiu o controle.

— De quem foi a ideia desse plano maluco?

— Maluco?

— Vocês iam se casar para que ela pudesse ficar.

— Ah, *essa* maluquice. — Ele olhou para os dois. — A ideia foi minha.

Gavin se inclinou para a frente.

— Então havia um plano? Para conseguir o visto?

— Os outros devem ter dito.

— Eles... contaram várias coisas interessantes, é.

Tom abriu um sorriso rápido e fraco.

— Eu imagino. Bom, a ideia foi minha. A Sara não queria isso. Eu convenci a moça. Se a coisa for complicar para alguém, tem que ser para mim.

— É um crime sério, claro — disse Gavin. — Mas uma confissão sempre ajuda.

— E a Sara?

— Ela obviamente vai ser mandada de volta para casa. — Gavin deu de ombros. — Se você confessar, não vão ter que pagar as multas. — Como um aviso, completou: — Nem ir para a cadeia. Mas ela vai ter muita dificuldade para conseguir outro visto nos próximos anos.

Tom fez que sim com a cabeça.

— Ou algum dia.

— Então você não ama a moça? — perguntou o policial.
Dessa vez, Gavin Jones não tentou interrompê-lo.
Tom olhou para ele, surpreso.
— É claro que amo. Eu *queria* me casar com ela.
— E ela?
— Acho que ela só queria ficar.
O policial ficou emocionado. Gavin não.

A lembrança de estar próxima de Tom sumiu muito rápido no ambiente daquela sala cansativa.

Sara não conseguia mais se lembrar exatamente do cheiro da loção dele e, naquele período muito curto de tempo, também não se lembraria do braço dele em torno de sua cintura. Seu corpo estava se esquecendo do dele.

Um dia, não conseguiria se lembrar da cor dos olhos dele, de como ficavam quando ele sorria. Sentiu um instante de pânico sentada ali, na ponta de uma cadeira de escritório desconfortável. Fechou os olhos e se forçou a voltar a abri-los.

O homem grisalho da igreja estava sentado à mesa. Ele tirara o paletó e usava o tipo de camisa barata que desenvolve manchas de suor quase imediatamente. Mas não parecia ligar e olhava para Sara com curiosidade.

O policial não dissera uma palavra quando fora buscá-la nem durante a caminhada curta até a sala de interrogatório. Quando tinham chegado, ele havia se sentado à mesa e começado a encará-la. O uniforme verde cinzento parecia muito formal se comparado à sua juventude. Sara achou que o policial não gostava dela.

Não sabia onde Tom estava. Calculou quanto tempo aquele tipo de decisão costumava levar. Com certeza não a mandariam de volta para casa antes que tivesse tempo de se despedir, pensou ela, desesperada. Por outro lado, o que podia dizer?

— Bom — começou Gavin. — Fale sobre essa história de casamento.
— A ideia foi minha — disse Sara.
Nenhum dos dois acreditou nela. Sara não sabia mentir.
— Tom foi praticamente forçado a fazer isso. — Por estranho que parecesse, isso soou como verdade. Ela desviou o olhar. — Nenhum dos outros sabia de nada.
O policial riu.
— Está querendo dizer que nenhuma das pessoas que estiveram aqui sabia da verdade?
— A ideia foi minha — repetiu ela, teimosa. Mas parecia muito preocupada. Os olhos a traíam. Olhava para os dois quase implorando. — Eles não vão ter problemas por causa disso, vão?

O policial balançou a cabeça antes que Gavin tivesse tempo de dizer alguma coisa. Sara sorriu, aliviada.

— Muito obrigada — disse ela. Parecia estar sendo sincera.

— Mas você não vai poder ficar — avisou Gavin.

O sorriso dela desapareceu.

— Então você só queria se casar para ter o visto? — esclareceu o policial.

— Eu... — Ela voltou a desviar o olhar. — É. Para poder ficar.

— Para trabalhar?

Ela riu.

— Acho que não.

— Então como achou que ia se manter? Ou Tom Harris se dispôs a assumir esse peso também? — O policial parecia estar levando o assunto para o lado pessoal.

Ela enrubesceu.

— Não, eu... Eu tenho algum dinheiro. E ninguém me deixa pagar nada aqui. Acho que vocês sabem como é, não? Eles se ajudam. Grace dá café para todo mundo, Andy dá cerveja e John nos deixa pegar as ferramentas emprestadas quando precisamos consertar alguma coisa. Tom ajuda com o conserto em si. Eles são amigos. Vou ter dinheiro quando voltar para casa — disse Sara.

— Então você não ama o cara? — insistiu o policial.

Ela olhou para ele, surpresa.

— É claro que amo. Eu amo todos, mas especialmente ele. Não devia ter feito isso, eu sei. *Tentei* cancelar tudo pelo bem dele. Ele devia poder encontrar uma mulher legal, com quem realmente quisesse se casar, e não ser forçado a viver comigo só porque... eu não conseguia suportar a ideia de deixá-lo aqui.

— Qual é a dessa cidade? — disse o policial para si mesmo outra vez. Ele se virou para ela. — Então isso significa que não estava se casando só para conseguir o visto?

Ela pareceu envergonhada.

— Eu disse a todo mundo que era pelo visto — respondeu, triste, mais para si do que para os dois. — Queria muito ficar. Eu... Eu sabia que Tom não me amava, mas aceitei mesmo assim.

Até Gavin estava tenso. Ele não gostava daquela parte, apesar do que os outros pensavam. Preferia passar seu tempo investigando e deixar os depoimentos para os outros.

— Vá para casa — disse ele por fim.

Ela estremeceu, mas pareceu lutar para esconder isso.

— Para casa? — perguntou Sara, acrescentando baixinho: — Para a Suécia, não é?

— Eu quis dizer para Broken Wheel. — Gavin estava incomodado com a própria incapacidade de ser claro. — Por enquanto — acrescentou, sombrio. — A gente vai entrar em contato.

Sara se levantou em silêncio e saiu com a calma dignidade de alguém que foi derrotado.

A CORRESPONDENTE ESTRANGEIRA DE BROKEN WHEEL

Quando saiu do prédio, Sara teve que parar e apertar os olhos por causa da luz do sol. Era como se estivesse vendo tudo em uma série de imagens separadas, como se o mundo tivesse sido cortado em pequenos pedaços e congelado para que ela pudesse observar. Viu o estacionamento, as vagas vazias, as linhas brancas que as marcavam e a sombra de um carro solitário estacionado. O sol batia no capô empoeirado. Os imóveis do outro lado da rua, brancos e recém-pintados, tinham um gramado tão bem cuidado na frente que faziam a coisa toda parecer um tipo de cenário.

Então viu Tom, apenas o contorno de seu corpo, como se esse fosse o único jeito de vê-lo. Contra a luz, alguém que não o conhecesse diria que sua postura estava quase relaxada. Mas ele estava parado de forma pouco natural, pensou Sara, como se a única maneira de manter o controle fosse não se mover nem um centímetro.

Várias imagens passaram diante dos olhos dela, tornando-se uma mistura confusa de passado e presente, futuro e fantasia: um pombo pousado em um poste, tão imóvel que se havia tornado parte da peça; Amy jovem, sentada ao lado de John em um banco do parque; Amy cercada de livros, apesar de Sara não conseguir distinguir se estava no quarto ou na livraria; a livraria, o modo como ficava de manhã, à tarde e à noite; a cadeira de balanço na varanda de Amy, os dois pares de bota de borracha, prateleiras vazias e Tom. George, nervoso e confuso, rindo de um livro; a srta. Annie, nada além de um contorno vago, quase fantasmagórico; e Tom outra vez. Dormindo na poltrona, o rosto muito mais relaxado que o do Tom real, que estava parado ali, esperando que Sara se controlasse e pudesse falar com ele.

Ela ia falar com ele. Não deixaria reclamações, repreensões em relação a um mundo injusto nem lágrimas. Acima de tudo, não deixaria lágrimas. Podia fazer pelo menos isso por ele. Não seria apenas um problema que Tom não havia conseguido resolver. Com um pouco de sorte, um dia, poderia até ser uma anedota engraçada que o faria sorrir. Aquela mulher maluca, sempre lendo. Você se lembra dela? Da Suécia. Ou era da Suíça?

Não era bom pensar nisso. Teve que piscar várias vezes antes de se aproximar dele. Enquanto descia a escada e atravessava a calçada larga para chegar ao estacionamento, tentava desesperadamente descobrir o que ia dizer quando chegasse lá. Não conseguiu encontrar nada que valesse a pena falar.

Quando Tom a viu se aproximar, tirou as mãos dos bolsos e fez um gesto silencioso e desamparado. Estendeu os braços para ela. Sara deu um último passo e se deixou envolver por eles, como se fosse a coisa mais natural a fazer. Respirou o cheiro dele, mais uma vez familiar, e ficou aliviada por ainda se lembrar daquilo.

Tentou rir, mas a risada saiu quase como um soluço. Ele a abraçou com ainda mais força.

— Vai dar tudo certo — disse Tom, provavelmente porque não conseguia pensar em mais nada. — Você vai poder voltar aqui um dia.

Ela não receberia permissão para isso.

Ele parecia saber disso também.

— A gente vai visitar você — afirmou ele então. — Vou levar todo mundo. George pode dirigir, a Jen pode transformar a newsletter em um guia de viagens, e a Caroline pode organizar uma coleta.

Sara riu, e Tom soltou um suspiro de alívio. Uma pequena lágrima traiçoeira rolou pela bochecha da moça, e ela virou o rosto. Ele tocou o queixo dela com gentileza e limpou a lágrima com o polegar.

— Essa maluquice é culpa minha — disse Tom.

— Eu não devia ter deixado a situação chegar a esse ponto — afirmou Sara.

— Você acha — perguntou ele, hesitante — que se a gente tivesse mergulhado em uma relação desde o início... teria sido diferente? Pelo menos eles não iam poder dizer que a gente estava se casando por causa do visto.

— Eu duvido que você teria me pedido em casamento depois de duas semanas — lembrou Sara. — Não sou muito boa nisso, em relacionamentos. E com certeza não boa o bastante para fazer alguém querer se casar comigo tão rápido. O pessoal ainda ia ter que se meter.

Então olhou para ele, sem entender.

— Você queria que alguma coisa tivesse acontecido desde o começo? — perguntou Sara.

— Acho que amo você desde a primeira vez em que você explicou que gostava mais de livros do que de mim. — Ele parou para pensar. — Ou talvez desde que você se ofereceu para lavar louça em troca de cerveja.

— Foi uma sugestão razoável! — protestou ela.

Então ele a beijou, como se quisesse provar sua sinceridade.

Nem Gavin nem o policial viram o beijo, e era absolutamente possível que, se tivessem visto, nada teria mudado.

Mas um homem solitário ainda estava parado fora do prédio e viu toda a cena. E o beijo mudou algo nele.

Grace esbarrou em John assim que ele voltou a Broken Wheel. Algo na expressão confusa do homem a fez parar de andar. Até se esqueceu de acender outro cigarro no mesmo instante.

— Não sei mais o que a Amy ia querer — disse ele. Parecia estar falando consigo mesmo e com Grace. — Ela queria que Sara viesse, é claro. Eu sempre soube disso, muito antes de ela ousar mencionar a vontade em voz alta. Mas e *agora*? O que ela quer agora?

Diante da ameaça de um longo discurso, Grace decidiu acender outro cigarro. As únicas palavras que disse foram:

— Agora ela não quer mais nada.

John não pareceu ouvir.

— Eu não acreditava em nada disso antes, mas agora me pergunto se ela de alguma forma inconsciente, de um modo estranho, sabia que a gente precisava da Sara tanto quanto ela. Se sabia que Sara precisava da gente. Mas isso não é a mesma coisa que forçar o filho do Robert a se casar sem amor. Ela nunca teria aceitado *isso*. Mas *será* que não tem amor ali? É nisso que estou pensando.

— Caramba, cara, as pessoas morrem. Você está vivo há tempo suficiente para ter percebido isso. Se quer minha opinião, você pensa demais. E isso também não é uma coisa muito difícil de descobrir. Ela ia querer que a Sara ficasse, é claro. E teria feito aquele burocrata desejar nunca ter pisado nesta cidade.

John ainda não parecia inteiramente convencido. Grace deu de ombros.

— Você vai ter que ligar para a Caroline.

A CONSPIRAÇÃO É CONFIRMADA

Gavin Jones estava acostumado a receber pessoas de vários níveis de excitabilidade. Quando o assunto era Broken Wheel, muito pouco podia surpreendê-lo.

Caroline Rohde parecia calma demais para uma cidadã agitada. Ele não pôde deixar de pensar em seu amante mais jovem. Ficou irritado consigo mesmo quando ruborizou. Ela, por outro lado, parecia absolutamente impassível.

Ele a levou até uma das salas de reunião. O próprio escritório não era nada além de uma cabine formada por paredes finas e baixas e, naquele caso em particular, havia muitas coisas que não gostaria de discutir com os colegas. Ele se sentou à mesa e, com calma e antes que ele convidasse, ela se sentou do outro lado.

— E então? Como posso ajudar a senhora?

O tom de voz de Gavin sugeriu — ou pelo menos ele esperava que sim — que não achava que pudesse ajudá-la com nada.

Caroline apenas sorriu.

— Devo dizer que esse caso já me deu várias dores de cabeça — começou ele.

Ela não pareceu impressionada.

— O elemento coletivo... é um caso interessante.

Ela tirou as luvas, dobrou e as pôs no colo.

— O senhor não entende — disse com calma. — Eles se amam.

Gavin abriu um sorriso seco.

— Foi o que eu soube.

— Então... qual é o problema?

— A lei... — começou Gavin, mas ela o interrompeu:

— A lei supostamente permite que cidadãos americanos se casem com cidadãos não americanos e que morem com eles porque os amam.

— É — admitiu Gavin. — Mas também existe o pequeno problema do que parece ser uma conspiração de toda uma cidade.

Caroline deu de ombros.

— Então prenda a gente — disse ela. — A Jen, o Andy, o Carl. Talvez até o George. — Ela contava nos dedos. — E a Claire, a Lacey e o marido da Jen também.

— E a senhora? — Ele percebeu que seu olhar não estava conseguindo nada e se forçou a desenrugar a testa.

— E eu também, é claro. — Caroline pareceu pensativa. — Os filhos da Jen também estavam no casamento, mas será que têm idade para isso? Provavelmente não — continuou ela depois de respirar. — Pelo menos não para ir para a cadeia. Talvez fiquem em uma instituição para jovens infratores. O pastor, William, não estava envolvido. Tenho que deixar isso claro. O senhor pode deixar o coitado solto. Mas todos os outros achavam que os dois deviam se casar só para que ela conseguisse o visto de permanência. Todos estavam preparados para... como foi que o seu colega disse?

— Ele não é meu colega.

— Sacrificar o Tom. Foi isso. Não que a gente tenha forçado o coitado a se casar, mas talvez o senhor possa nos indiciar por incentivo ao crime. — Ela sorriu. — A gente definitivamente incentivou.

— E Tom e Sara? — perguntou Gavin.

— *Eles* não cometeram crime nenhum — respondeu Caroline, bondosa. — *Queriam* se casar.

— Desde o início?

— Claro. Depois os dois me contaram. — Caroline riu para si mesma. Era um som surpreendentemente alegre, mas não melhorou o humor de Gavin. — Ou seja, eles enganaram a gente! Nós não sabíamos de nada. É um pecado que não tenham sido mais claros.

Era óbvio que a mulher estava tentando segurar uma gargalhada. Ele podia perceber isso na voz e no olhar irritante e compreensivo dela.

— Tantas pessoas acabaram entrando para o mundo do crime só porque os dois achavam que o que sentiam era uma coisa particular. Uma tragédia.

— A lei — repetiu Gavin.

— É claro. Não há nada que o senhor possa fazer. Temos que ser processados. Suas mãos estão atadas.

— Tom e Sara confessaram — disse ele, desesperado. — Todos os outros negaram. Mas Tom e Sara disseram que eram responsáveis pelo plano.

Caroline pareceu hesitar, mas então afirmou:

— Acho que depois de ver quantas pessoas *achavam* que tinha cometido um crime, eles não podiam fazer muita coisa além de confessar.

— A senhora não parece especialmente preocupada — percebeu Gavin. A conversa não estava acontecendo como ele esperava. — Considerando que foi uma das pessoas que cometeu o crime.

— A lei... — disse ela.

Gavin suspeitava que Caroline estivesse gostando daquilo.

— Estou preparada para aceitar minha punição. Com os outros talvez seja mais complicado, mas tenho certeza de que o *senhor* não vai ter nenhum problema para provar tudo no tribunal. Mesmo se a Grace, a Jen e... bom, até o Andy não cooperarem tanto quanto eu... Mas devemos permitir que a lei siga seu curso. — Ela se levantou e vestiu as luvas. — Disso eu sei — disse Caroline. — Ninguém sabe mais sobre a lei, a ordem e o controle do que eu. Tenho certeza de que *nisso* concordamos.

Com essas palavras gentis, ela saiu, garantindo que acharia a saída e dando uma série de tapinhas carinhosos no ombro dele. Tudo antes de Gavin conseguir encontrar uma boa resposta.

Ele odiava aquela cidade.

Por um tempo, pensou em prender todos. Pelo menos a ideia de prender Caroline o alegrava. Mas ter que entrevistá-los na frente dos colegas e de um possível tribunal fez o sorriso desaparecer. Ele imaginava a incredulidade de seus colegas. O desespero do juiz.

Precisava conversar com alguém sobre tudo isso. Era preciso estar lá para entender. Levou as dúvidas para o próprio escritório e pegou o telefone.

— A cidade é cheia de amor — foi tudo o que o policial disse.

Gavin riu, cansado, para si mesmo.

— O que vai fazer com isso tudo? — Havia uma compaixão clara, mas pouco funcional na voz do policial.

— Eu realmente não sei — respondeu Gavin. Ele hesitou. — Se os dois se amam... Por outro lado, tenho quase certeza de que queriam enganar a gente desde o início. E de que aquela Caroline está rindo da minha cara.

— O que ela disse sobre as confissões?

— Que se sentiam responsáveis, estavam tentando assumir a culpa, blá-blá--blá. Você sabe como é.

— Talvez ela esteja certa sobre isso — afirmou o policial. — Eles pareciam muito determinados a assumir a responsabilidade um pelo outro. É bem romântico se parar para pensar.

— Pelo amor de Deus, não comece. E toda aquela história de conspiração? A mulher disse que todos estavam envolvidos. Eu acredito *nisso* facilmente.

O policial teve a bondade de não dizer que Gavin faria papel de bobo se começasse um processo contra uma cidade inteira. Em vez disso, perguntou:

— Quer fazer alguma coisa por causa da espingarda?

Gavin suspirou. A ameaça armada era o menor de seus problemas.

— Você ouviu a mulher. Como no Quatro de Julho. Deixa isso pra lá.

— Por mim tudo bem — afirmou o policial. — Não dá para fazer muita coisa sem um boletim de ocorrência mesmo.

— Não dá para ganhar sempre — lembrou Gavin. Estava começando a se sentir mais filosófico em relação àquela situação. Filosófico no sentido de extremamente cansado de tudo.

— Não contra oponentes como esses — disse o policial. — Eles estão em número muito maior no fim das contas.

Broken Wheel, Iowa
5 de agosto de 2011

Sara Lindqvist
Kornvägen 7, 1 tr
136 38 Haninge
Suécia

Querida Sara,

Jimmie Coogan! Eu tinha me esquecido completamente de que havia prometido contar a história dele. Ai, meu Deus! Jimmie Coogan. É uma bela história. Jimmie foi o primeiro Coogan a ter um terno, depois o primeiro a ler, a ter uma casa, a pintar o cabelo e a ter uma rua com seu nome. Quando você chegar aqui, vou contar o que aconteceu. Pode ser nosso primeiro passeio juntas.
    Pegar o ônibus até Hope não vai ser complicado. Hope fica a menos de uma hora de distância, então eu posso ir até lá encontrar você. Eu mesma devo ir, mas, se não puder, outra pessoa irá. Se tiver algum problema, me ligue.
    Estou ansiosa para conhecer você no fim do mês.

Um beijo,
Amy

EPÍLOGO: FELIZES PARA SEMPRE (LIVROS: 4 – VIDA: 4. RESULTADO FINAL: EMPATE)

A vida era cheia de finais felizes.

Enquanto estava parada ali, em seu segundo casamento, Sara pensava que a vida real tinha muitas coisas boas no fim das contas. Não se lembrou de livro nenhum durante o sermão do pastor, apesar de já tê-lo ouvido uma vez.

Não estava de branco.

Jen havia reclamado, é claro, mas ela batera o pé.

— Ninguém vai cair nessa de vestido branco — explicara Sara, firme. — É a segunda vez que me caso em um mês.

— Com a mesma pessoa! — retrucara Jen.

Sara simplesmente sorrira e balançara a cabeça.

Nos últimos tempos, vinha se pegando sorrindo, como muitas outras pessoas em Broken Wheel. Ela cedera e estava usando o chapéu de caubói branco que Claire lhe havia emprestado. Não que isso tivesse deixado Jen mais feliz. Na verdade, tinha sido o contrário.

Era possível que Broken Wheel estivesse ouvindo o pastor com mais atenção dessa vez, mas Sara duvidava. Caroline e Josh estavam lá. Grace estava lá, armada. Sara tinha quase certeza de que não atiraria dentro da igreja. Também tinha quase certeza de que Grace estava sóbria dessa vez.

John havia começado a passar na loja para falar sobre Amy. Ele às vezes aparecia, sentava-se em uma das poltronas e começava a falar. Sua voz era sempre baixa e quase distante, e ele nunca se dava ao trabalho de conferir se ela estava ouvindo. Simplesmente contava coisas que Amy havia dito, feito ou sido. Isso fazia Sara sentir que Amy não havia realmente partido. Ela esperava que John sentisse a mesma coisa. Ele estava sentado no mesmo banco de antes, nos fundos da igreja, levemente afastado de todos. Era impossível ter certeza, mas, pela expressão, Sara achava que ele estava feliz com o casamento.

Ainda havia certa tristeza em George. Sara via nos olhos dele quando ele achava que ninguém estava observando. Não que George reclamasse. Parecia quase surpreso por não ter desistido, mas Sara não estava. Havia algo de estoico nele. Às vezes ela se perguntava se ele não vivia catástrofes apenas porque esperava que acontecessem. Ela sorriu. George agora tinha Claire a seu lado. Sara não achava que as catástrofes teriam chance, não contra Claire.

Ela olhou para Tom e percebeu que ele olhava para ela. Ele piscou para a moça, e ela teve que lutar para não rir. Um dia encontraria um livro para ele. Não tinha pressa. Tinha a vida toda para fazer isso. Estendeu a mão e tocou na mão dele, só porque podia.

Broken Wheel estava realmente a caminho de se tornar uma cidade extremamente feliz.

Grande parte dessa felicidade parecia vir da ideia de que todos tinham conseguido enganar as autoridades. Como nos velhos tempos, dissera Grace. Jen parecera disposta a concordar. Toda a figura de Jen sugeria que ela nunca havia duvidado. Quando *ela* organizava coisas, dizia seu olhar satisfeito, um detalhe trivial como as autoridades migratórias americanas jamais poderia arruiná-las.

Naturalmente haveria uma newsletter especial sobre o casamento. Caroline tinha perguntado, de forma inocente, se Jen também iria à lua de mel e se a imortalizaria no papel.

E Sara havia mudado de ideia.

A realidade era tão boa quanto os livros.

William chegava ao fim do sermão. Ela ainda estava nervosa por ter que falar na frente de todos, mas, dessa vez, não teria que dizer muita coisa.

Estava mais pronta do que nunca quando a porta voltou a se abrir atrás deles. *Ah*, pensou Sara quando viu quem era. A única coisa que estava faltando.

Uma menina magra e comum, de cabelo castanho bagunçado e jaqueta azul acolchoada, estava parada à porta.

— Pai? — disse enquanto George se levantava e dizia:

— Sophy!

A menina deu alguns passos incertos em direção ao banco em que George estava sentado, e Claire se moveu com calma para o lado.

— Sente aqui, querida — disse ela, dando tapinhas no lugar vazio.

Sara sorriu para si mesma e lançou uma piscadela para Claire. As duas tinham enviado o convite para o casamento junto com o segundo livro da série Eragon.

O mundo era cheio de finais felizes, pensou Sara, virando-se de novo para William. Teria sido um desperdício não aproveitá-los.

Ela ia se casar com Tom.

Ia se casar com Broken Wheel.

E eles viveriam felizes para sempre.

ESTA OBRA FOI COMPOSTA PELA ABREU'S SYSTEM EM CAPITOLINA REGULAR
E IMPRESSA EM OFSETE PELA PROL EDITORA GRÁFICA SOBRE PAPEL PÓLEN SOFT DA
SUZANO PAPEL E CELULOSE PARA A EDITORA SCHWARCZ EM JULHO DE 2016

A marca FSC® é a garantia de que a madeira utilizada na fabricação do papel deste livro provém de florestas que foram gerenciadas de maneira ambientalmente correta, socialmente justa e economicamente viável, além de outras fontes de origem controlada.